NINA BEAUMONT

FELICITY
WEG IN DIE FREIHEIT

LIEBE IN STÜRMISCHEN ZEITEN

Buch 2

Roman

Aus dem Amerikanischen übertragen von
Jutta E. Reitbauer

AP
Aventurine Press

Das Buch

Liebe und Leidenschaft in Zeiten der Revolution

Wien, 1847. Felicity Allen ist der Liebling von Opern- und Konzertbesuchern in ganz Europa, aber sie lebt mit den seelischen Narben ihrer Vergangenheit. Einem Mann zu vertrauen ist ihr unmöglich, nicht einmal einem Mann, der so attraktiv und charmant ist wie Graf Maximilian Berg. Und doch kann sie nur schwer seiner Charakterstärke und seiner Zärtlichkeit – und seinen Idealen – widerstehen.

Bis jetzt war der Brennpunkt des Lebens von Maximilian von Berg sein geheimes Engagement, um mehr Freiheit für Österreich zu erlangen. Aber als er Felicity kennenlernt, ist er sofort entflammt. Doch bald erkennt er, dass er sie nicht einfach verführen möchte, sondern sie für immer lieben und umsorgen will und dass er dazu erst ihr Vertrauen gewinnen muss.

Als Wien von der Revolution von 1848 überrollt wird, müssen sie den Weg zueinander finden in einer Welt, wo überall Gefahr und Verrat lauern.

Felicity, Weg in die Freiheit ist das zweite Buch der historischen Reihe *Liebe in stürmischen Zeiten* von Nina Beaumont. Der Roman ist in sich abgeschlossen und kann unabhängig von den anderen Titeln gelesen werden.

Die Autorin

Nina Beaumont wurde in Salzburg als Kind russischer Eltern geboren und wuchs in den USA auf. Während ihres Studiums lebte sie zeitweise in Österreich. Viele Jahre arbeitete sie als Übersetzerin und Lektorin. Ihre Begeisterung für Geschichte und das Reisen entdeckte Nina früh, daher ist es für sie ein Vergnügen, Schauplätze ihrer historischen Romane für Recherchen zu besuchen.

Für weitere Informationen besuchen Sie Nina Beaumonts Website https://www.ninabeaumont.com/ und melden sich für ihren Newsletter an.

Historische Reihe *Liebe in stürmischen Zeiten*

Arabella, Weg der Hoffnung
Felicity, Weg in die Freiheit
Ariane, Weg in eine neue Welt
Irina, Weg durch den Sturm
Julie, Weg in den Neubeginn

Die Originalausgabe erschien 1992 unter dem Titel *Promises to Keep*, veröffentlicht von Harlequin Historicals®

Die zweite und überarbeitete Auflage erschien 2019
Aventurine Press, Kreuzgasse 21, 8010 Graz / AUSTRIA

Aus dem Amerikanischen übertragen von Jutta E. Reitbauer

Umschlagdesign von Tammy Seidick Graphic Design,
unter Verwendung von Motiven und Fotos von
www.123rf.com (Darya Komarova – Fotografin), www.123rf.com (darkbird – Fotograf*in), www.shutterstock.com (Alexandra Reinwald – Fotografin)
Satz: Maria Connor, My Author Concierge

Leseprobe von *Ariane, Weg in eine neue Welt*

Taschenbuch ISBN: 978-3-903301-22-1
E-Book ISBN: 978-3-903301-21-4

Felicity, Weg in die Freiheit ist Buch 2 der historischen Reihe *Liebe in stürmischen Zeiten*. Die Romane sind lose miteinander verbunden, aber jedes Buch ist in sich abgeschlossen und kann unabhängig von den anderen Titeln gelesen werden.

Druck: Amazon, 410 Terry Ave N, Seattle, WA 98109/USA

WIDMUNG

Meiner lieben Freundin Eileen Nauman gewidmet, die mir immer mit Hilfe und Rat zur Seite stand und mir viele wertvolle und wunderbare Dinge beibrachte – und mir manchmal einen notwendigen Schubs gab.

Danke, dass Du immer an meiner Seite bist, auch wenn wir durch die halbe Welt getrennt sind.

Vorwort

Die Revolution des Jahres 1848 lässt sich am besten als die gescheiterte Revolution bezeichnen. In Frankreich führte die Revolution zu der kurzlebigen Zweiten Republik, die bald vom Zweiten Kaiserreich und Napoleon III vereinnahmt wurde. In Österreich löste sich die Revolution und ihre wenigen Errungenschaften unter der absolutistischen Regentschaft von Kaiser Franz Joseph, die bis 1916 andauerte, auf.

Die österreichische Revolution des Jahres 1848 war von Anfang an zum Scheitern verurteilt, da ihr die breite Unterstützung der Bevölkerung fehlte. Die treibenden Kräfte der Revolution in Wien waren Studenten, Künstler und kleine radikale Gruppen von idealistischen Intellektuellen. Die Unterstützung durch die Arbeiterschaft war minimal, da sie zu wenig verdiente, zu viel arbeiten musste und zu hungrig war, um wirklich helfen zu können. Und das Bürgertum verlor schnell seine Begeisterung, sobald Geschäfte und Fabriken während der Unruhen beschädigt oder zerstört wurden.

Sie war außerdem destruktiver und viel blutiger als die Revolution von 1848 in Frankreich, da sie zu einem einjährigen Bürgerkrieg führte, der hauptsächlich in Ungarn ausgetragen wurde. Anfangs waren die aufständischen Truppen so erfolgreich, dass es so aussah, als ob die Monarchie nicht zu retten wäre. Aber Kaiser Franz Joseph bat die Russen um Hilfe, und Zar Nikolaj I kam ihm nur allzu gern zu Hilfe, da er kein Interesse hatte, eine aufstrebende Republik an seiner Grenze zu haben. Der Bürgerkrieg endete in einem Blutbad und jene Anführer, denen es nicht gelang, nach England oder in das Königreich Piemont-Sardinien zu fliehen, wurden ohne viel Aufhebens hingerichtet.

Fast alle Reformen wurden aufgehoben – die Verfassung, die Pressefreiheit, das Recht auf öffentliche Gerichtsverhandlungen. Nur das Recht der Bauern auf Grundeigentum und die Lehr- und Lernfreiheit an den Universitäten blieben bestehen.

Die österreichische Gesellschaft blieb im Allgemeinen so, wie sie vor der Revolution von 1848 gewesen war. Die Bauern wurden zwar befreit (d. h. sie wurden aus der Feudalherrschaft entlassen), aber ihr Leben blieb hart und ärmlich. Das Bürgertum sah die Revolution als Bedrohung seines bequemen Lebens und wurde dadurch konservativer und politisch desinteressiert. Die Aristokratie mit ihren Palästen voller Kunstschätze und ihren umfangreichen Ländereien blieb die müßige, privilegierte Klasse.

In diesem Buch kommen einige historische Persönlichkeiten vor, z. B. Kanzler Fürst Metternich, Erzherzog Albrecht und der Revolutionär Dr. Fischhof. Die Situationen, in denen sie dargestellt sind, sind alle erdacht – mit einer Ausnahme: Am 13. März 1848 ließ Erzherzog Albrecht auf demonstrierende Studenten und Bürger, die vor dem niederösterreichischen Ständehaus in der Herrengasse nach einer Verfassung riefen, schießen. Dies waren die ersten Todesopfer der Revolution in Österreich.

Kapitel 1

Wien, November 1847

Die Musik hatte bereits begonnen, als Maximilian von Berg den Salon betrat. Er ignorierte sowohl die Köpfe, die sich nach ihm umdrehten, als auch das kokette Lächeln unzähliger Damen, verschränkte die Arme und lehnte sich mit nachlässiger Eleganz, die seine schlechte Laune verbarg, an die Wand. Ohne das Klavier ganz vorne im Salon zu beachten, ließ er seinen Blick durch den Raum schweifen.

Die übliche Mischung der Wiener Hautevolee war anwesend, obwohl er zugeben musste, dass seine Eltern einen besseren Geschmack als die meisten ihrer Standesgenossen hatten, was Freunde und Bekanntschaften betraf. Dennoch hielt er es für höchst unerquicklich, dass er seine Zeit damit verschwenden musste, einen Abend lang jemandem beim Klavierspiel zuzuhören, obwohl seine Gedanken mit ganz anderen Dingen beschäftigt waren. Wenn seine Mutter ihn nicht ausdrücklich um seine Anwesenheit gebeten hätte, wäre er gar nicht gekommen.

Doch dann hörte er die Stimme – klar und rein, wie eine Glocke an einem Frühlingsmorgen, und dennoch klangvoll und weich und warm wie eine zärtliche Berührung. Er stieß sich von der Wand ab und sein Kopf ruckte zum vorderen Bereich des Salons herum.

Die Sängerin stand halb von ihm abgewandt, und sein erster

Gedanke war, dass eine solche Klangfülle unmöglich aus einem so zierlichen Körper kommen konnte. Dann drehte sie sich in seine Richtung, und eine Spannung ergriff Max, die seine Sinne entzündete.

Ihre feinen Gesichtszüge könnten zu einer der Meissner Porzellanfiguren gehören, die seine Mutter sammelte. Aber es war nicht ihre Schönheit, die Max alles andere vergessen ließ. Es waren ihre smaragdgrünen Augen, die mit all der Emotion und Leidenschaft ihres Liedes strahlten, und obwohl ihr schwarz-weißes Kleid nach modischen Maßstäben nahezu züchtig war, umgab sie eine Aura der Sinnlichkeit, die ihm den Atem raubte.

Sein Blut begann sich zu regen, doch statt dem Aufwallen von Lust nachzugeben, versuchte er, es zu unterdrücken, aber sie hielt ihn gefangen, wie Treibsand einen unvorsichtigen Wanderer gefangen hält, und erlaubte ihm nicht, auch nur den Blick abzuwenden. Und währenddessen wob ihre Stimme ein Netz der Verzauberung um ihn. So musste sich Odysseus gefühlt haben, dachte Max, als er sich an seinen Mast hatte binden lassen, damit er dem Ruf der Sirenen nicht folgte.

Dann gab etwas in ihm nach, und ein Lächeln umspielte kurz seinen Mund, als er sich der schieren Wollust des Augenblicks hingab. Doch das Vergnügen dauerte nicht lange, löste sich ohne Vorwarnung auf und wurde bitter, als das Bild von Maries Gesicht aufstieg und sich auf die Züge der Sängerin legte. Marie – genauso zierlich, genauso betörend. Marie mit ihrem weichen, sanften Mund und dunklen Augen voller Vorwurf.

Maries Bild war nicht von Bestand – das war es nie. Aber es hatte seine Arbeit getan und ihn an seine Schuld erinnert. Trotzdem sah Max weiter der Sängerin zu, da er selbst jetzt nicht in der Lage war, wegzuschauen. Das köstliche, zügellose Vergnügen dieses einen Augenblicks war verschwunden und von einem drängenden Verlangen ersetzt worden, das all seine Sinne schärfte. Ein Verlangen, das nicht von dem Schuldbewusstsein gemindert wurde, welches ihn durchströmte.

Als das Konzert schließlich vorbei war, hatten ihn Ungeduld und Schuldbewusstsein innerlich aufgerieben. Sobald der enthusiastische Applaus verklungen war, begab er sich in den vorderen Teil des Salons. Beinahe wäre er direkt auf die feingliedrige, blonde Sängerin zugegangen, doch Zuneigung und gute Manieren ließen ihn neben einer Frau stehen bleiben, die in der ersten Reihe saß.

»Guten Abend, *maman.*« Sein Lächeln war ehrlich, als er sich hinunterbeugte, um zuerst ihre Hand und dann ihre Wange zu küssen.

Gräfin Arabella Bergs saphirblaue Augen leuchteten vor Freude, als sie eine Hand an die Wange ihres ältesten Sohnes legte. Es erstaunte sie stets von Neuem, ein jüngeres, maskulines Abbild ihres eigenen Gesichts zu entdecken, wenn sie ihn ansah. Nur seine Augen wiesen das gleiche reine Silbergrau wie die seines Vaters auf. Sie hielt die Hand ihres Sohns in ihrer und sah zu ihrem Mann, der links von ihr saß.

»Max muss zu uns zum Essen kommen, während wir in der Stadt sind, Nando.« Mit einer anmutigen Geste ließ sie die Hand auf den Oberschenkel ihres Mannes sinken. »Sieh ihn nur an. Kommt er dir nicht wie jemand vor, der ein oder zwei anständige Mahlzeiten vertragen könnte?«

Graf Berg schenkte seiner Frau ein liebevolles Lächeln. »Was immer du wünschst, meine Liebe«, sagte er und wich damit elegant ihrer Frage aus.

Sein Blick wanderte nach oben und er wappnete sich für den Schmerz, der ihn bereits die Lippen zusammenpressen ließ. Sein Lächeln verblasste, als er seinem Sohn in die Augen sah. Wie immer stritt die Liebe, die er nie aufgehört hatte, für sein erstgeborenes Kind zu empfinden, mit bitterer Enttäuschung.

Er hatte seinem Sohn alle Möglichkeiten geboten, und was hatte dieser getan? Er hatte Medizin studiert, doch dann auf einmal entschieden, in die kaiserliche Armee einzutreten, und jetzt nahm er seine Befehle von Kanzler Metternich entgegen. Graf Berg zog es vor, sich nicht daran zu erinnern, dass auch er in der Armee gedient und Befehle von Metternich entgegengenommen hatte, wenngleich indirekt. Stattdessen begrüßte er die Entrüstung, die den Schmerz stets zu dämpfen schien.

Einen langen Moment musterten die beiden Männer einander kühl, ehe sie beide leicht nickten und dann den Blick abwandten.

Gräfin Arabella Berg seufzte traurig über die Kluft zwischen

Vater und Sohn, zu deren Überbrückung sie nichts beitragen konnte, und drückte die Hand ihres Sohnes. »Geh nur, Max.« Sie zeigte mit dem Kinn nach vorne, wo die junge Sängerin weiterhin neben dem Klavier stand und bereits von einer Schar Bewunderer umgeben war. »Du kommst noch zu spät.«

»Ich dachte, Mütter zeichnen sich in solchen Angelegenheiten durch selige Ahnungslosigkeit aus«, sagte Max und ein jungenhaftes Grinsen huschte über sein Gesicht.

Die Gräfin klopfte mit ihrem Fächer auf seinen Arm und scheuchte ihn davon. Während sie zusah, wie er mit unverhohlener Eile auf die Sängerin zuhielt, seufzte sie erneut. Ihr Blick wanderte zu der reizenden jungen Frau, die sie sofort sympathisch gefunden hatte, als sie vor dem Konzert kurz mit ihr geplaudert hatte. Vielleicht, dachte sie, vielleicht würde sie es schaffen, Max aus seinem Schuldbewusstsein und den Erinnerungen an seine verstorbene Frau zu lösen.

Felicity Allen lehnte sich an die Biegung des Pianofortes und ließ die Komplimente in drei verschiedenen Sprachen wie Fliegen an ihren Ohren vorbeisausen. Die Mischung aus Erschöpfung und erhebendem Glücksgefühl, die sie immer nach einem Liederabend verspürte, durchströmte sie wie Wein. Sie wusste, dass ihre Darbietung heute außergewöhnlich eindringlich gewesen war, wobei sie vielleicht auf eine Empfindung des Publikums reagiert hatte. Oder möglicherweise lag es einfach nur daran, dass sie endlich in Wien war. Endlich kurz davor stand, die Antworten auf die Rätsel zu finden, die ihr Leben schon seit so langer Zeit beherrschten. Ihre Lider senkten sich, als sie der Erschöpfung einen Moment lang nachgab.

»*Mes excuses, messieurs.*« Die sonore Stimme, die mit der unverkennbaren Schärfe von Stahl unterlegt war, schnitt durch das wohlerzogene Geplapper um sie herum wie ein heißes Messer durch Butter.

Felicitys Lider flogen auf und ihr Blick traf auf silbergraue Augen, die sie kühn erforschten. Sie verspürte einen innerlichen Ruck, der sie bestürzte und ihre Feinnervigkeit verstärkte, und eine eigentümliche Anspannung bildete sich in ihrer

Magengrube. Das war es, was sie gespürt hatte, als sie heute Abend gesungen hatte, erkannte sie. Diese silbernen Augen, die sie so gnadenlos durchbohrten, als wäre sie ein Schmetterling auf einem Brett.

Gefangen in der kühlen Selbstsicherheit dieses Blickes starrte sie in die grauen Augen. Aber da war noch mehr, bemerkte sie. Heiße Ströme flossen unter der Gelassenheit. Und dort lebte auch Schmerz.

Sie musste entkommen und zwang sich dazu, zu einem der Männer, die sie umgaben, zu wenden, doch bevor sie etwas sagen konnte, bot ihr der hochgewachsene Offizier seinen Arm an.

»Darf ich Sie jetzt zu Ihrem Garderobenzimmer begleiten, *mademoiselle*?« Trotz der höflichen Formulierung enthielt die Stimme eine Befehlsgewalt, die keinen Widerspruch duldete, und Felicity legte ihre Hand auf seinen Arm und gestattete, weggeführt zu werden.

Der Offizier sagte nichts, als sie über den Flur zu dem kleinen, aber luxuriös eingerichteten Zimmer gingen, das ihr zur Verfügung gestellt worden war. Mit jedem Schritt, den sie nahm, wuchs Felicitys Wut über die selbstherrliche Art, mit der er sie befehligt hatte – und auf sich selbst, weil sie nicht genug Kraft aufbringen konnte, um Widerstand zu leisten.

Als sie das Zimmer betraten, erhob sich Manon, Felicitys Gesellschafterin und Zofe, um sie zu begrüßen, und mehr als alles andere versetzte die Überraschung auf ihrem Gesicht Felicity in Tatbereitschaft. Sie zog ihre Hand so schnell vom Arm des Offiziers zurück, als hätte sie sich verbrannt, und wirbelte zu ihm herum.

»Was fällt Ihnen ein? Wie kommen Sie dazu, mich einfach von den Menschen wegzuzerren, mit denen ich mich gerade unterhalten habe?«

»Wegzerren? Dieses Wort scheint zumindest ein gewisses Maß an Gewalt vorauszusetzen.« Max lehnte sich gelassen an den Türrahmen. »Behaupten Sie wirklich, *mademoiselle*«, sagte er in perfektem Französisch, »dass ich Gewalt angewandt habe?«

Die Tatsache, dass dies der Wahrheit entsprach, schürte nur das Feuer von Felicitys Zorn. »Gewalt hin oder her, es bleibt die Tatsache bestehen, dass ich keinerlei Wunsch verspüre, meine Zeit in Ihrer Gesellschaft zu verbringen …« Sie ließ den Blick über sein Rangabzeichen streifen. »Oberstleutnant.«

»Ah, aber ich verspüre großes Verlangen, Zeit in Ihrer Gesellschaft zu verbringen.« Max' Lächeln war strahlend, erreichte aber nicht ganz seine Augen. »Schicken Sie Ihre Zofe hinaus. Ich würde gern mit Ihnen alleine sprechen.«

»Ich werde ganz gewiss nicht meine Zofe …«

»Angst?« Er sprach die höhnische Bemerkung leise aus und unterstrich sie mit spöttisch hochgezogenen, schwarzen Augenbrauen.

»Angst?«, wiederholte Felicity. Dann kniff sie die Augen zu smaragdgrünen Schlitzen zusammen, und ihre Nasenlöcher bebten vor Zorn. »Nein«, fauchte sie. Das Wort klang mehr wie ein Fluch als eine schlichte Verneinung. Ohne den Blick von ihm zu wenden, sprach sie ihre Zofe an. »Lass uns allein, Manon.«

Das Mädchen zögerte einen Moment, ehe es einen Knicks machte und das Zimmer verließ.

Die Tür schloss sich hinter Manon. Da sich Felicity außerhalb der Reichweite der seltsamen Anziehungskraft der Augen dieses Offiziers bringen musste, drehte sie sich zum Tisch um und schenkte sich eine Tasse Tee ein. Voller Wut auf sich selbst stellte sie fest, dass ihre Hände nicht ganz ruhig waren. An dem Tag, an dem sie das Schiff Richtung Europa bestiegen hatte, hatte sie sich geschworen, dass sie nie wieder Angst vor einem Mann haben würde, aber jetzt zitterten ihre Hände!

Sie rief sich ihre Ausbildung ins Gedächtnis und atmete einige Sekunden lang mit dem Zwerchfell. Nachdem sie sich selbst versichert hatte, dass die Angst verschwunden war, hob sie die hauchdünne Porzellantasse.

»Ich kenne Ihren Namen gar nicht«, sagte sie über ihre Schulter.

»Ich den Ihren auch nicht.« Max stieß sich vom Türrahmen ab und vollführte eine leichte Verbeugung. »Graf Maximilian Berg, zu Ihren Diensten.«

»Berg?« Felicity drehte sich zur Gänze um. »Sind Sie mit Graf und Gräfin Berg verwandt? Natürlich, wie hat mir das nur entgehen können?«, beantwortete sie ihre eigene Frage, bevor er etwas sagen konnte. »Sie haben das Gesicht der Gräfin und die

Augen des Grafs.« Verstimmt wegen der Intimität ihrer Worte verzog sie das Gesicht. »Es ist schade, dass Sie nicht auch ihre Manieren haben.«

Bei ihrer Unverschämtheit hoben sich Max' Brauen halb verärgert, halb amüsiert. »Und Ihr Name, *mademoiselle*?«

Felicity sah zu, wie er einen Schritt auf sie zumachte – und dann einen weiteren. Er bewegte sich mit der langsamen Eleganz eines Panthers, ungezähmt und gefährlich, und sie hielt sich an der Rückenlehne eines Stuhls fest, um nicht in Versuchung zu geraten, vor ihm zurückzuweichen. »Felicity Allen.«

»Sind Sie Engländerin?« Als Max bemerkte, dass ihre Knöchel weiß hervortraten, verlangsamte er seine Schritte.

»Amerikanerin.«

»Wie verschlägt es eine Amerikanerin nach Wien?« Sein Plauderton war leicht und unbekümmert.

»Das ist eine lange Geschichte.«

Max blieb eine Armeslänge von ihr entfernt stehen, und das Lächeln, das seinen Mund umspielte, wurde jetzt auch in seinen Augen widergespiegelt. »Ich habe die ganze Nacht Zeit.«

Die samtweiche, melodiöse Stimme war eine Einladung voller Provokation, und unwillkürlich musste Felicity gegen den heimtückischen Charme dieses Tonfalls ankämpfen.

»Bitte gehen Sie«, sagte sie aufbrausend. »Ich möchte nichts mit Ihnen zu tun haben.«

»Sind Sie sich da ganz sicher?« Max machte einen weiteren Schritt und umfasste ihr Kinn mit einer Hand. Er sah Angst in ihren Augen aufblitzen, ehe sie sie beherrschte und durch Verachtung ersetzte. Sie hielt ganz still in seinem Griff und sah ihm direkt in die Augen.

Sie hatte Mut, dachte er, während er mit dem Daumen ihre Wange streichelte. Gott, ihre Haut war weich. Plötzlich stieg das Bild von Marie, wie sie während einer ihrer seltenen Auseinandersetzungen vor ihm zurückzuckte, ungebeten und unabsichtlich in seinen Gedanken auf. Seine Hand auf Felicitys Kinn verkrampfte sich, als ob der Vergleich, der eine Kritik an Marie beinhaltete, ihre Schuld wäre.

Seine Finger verbrannten ihre Haut, und da sie die Berührung unterbrechen musste, hob Felicity ihre Hand und schlug seine beiseite.

»Ich habe Ihnen nicht die Erlaubnis erteilt, mich zu berühren.« Ihre Augen funkelten ihn an. »Noch habe ich die Absicht dazu.«

»Schade«, sagte er leise. »Ich möchte Sie aber berühren. Sehr sogar.« Wieder streckte er die Hand nach ihr aus.

»Nein.«

Erneut sah Max das sofort wieder unterdrückte Aufblitzen von Angst, und ein Schwall Zärtlichkeit unterband das Begehren, das sein Blut wärmte. »Jemand hat Sie verletzt.«

»Das geht Sie nichts an.« Rasch drehte sich Felicity um und kämpfte gegen die unerwartete Sanftheit an, die sie in seiner Stimme hörte. Wie konnte es eine solche Zärtlichkeit in einem Mann geben, der sich ihr genähert hatte, um sich sein Vergnügen für eine Nacht zu erkaufen, als wäre sie eine Hure? Die Rüstung, an der sie so hart gearbeitet hatte, begann, sich vor ihren Augen aufzulösen, und wie das Meer, das über eine ramponierte Ufermauer schwappte, strömten die alten, schmerzhaften Erinnerungen durch sie.

Max schloss die Lücke zwischen ihnen, berührte Felicity aber nicht. Er stand einfach nur stumm da und gewöhnte sie an seine Gegenwart, wie er es bei einem wilden, verängstigten Tier getan hätte. Als er auf die weiße Kurve ihrer Schulter blickte, die von ihrem Kleid entblößt wurde, sah er dort Zerbrechlichkeit und Anmut, und doch spürte er die Seelenstärke, die in ihrem zierlichen Körper beheimatet war. Ganz anders als … Wieder stieg das Bild auf, um ihn zu verfolgen, und seine Hände ballten sich zu Fäusten.

Dann umhüllte ihn ihr Duft – Jasmin und etwas Warmes, Süßes, das ihn sich danach sehnen ließ, ihre Haut zu kosten –, stieg ihm in die Nase und lenkte ihn ab. »Dreh dich um, Felicity«, murmelte er. »Bitte dreh dich um und sieh mich an.«

Felicity hätte einem Befehl, einer Aufforderung widerstanden. Aber sie konnte der Sehnsucht, die sie in Max' Stimme hörte, genauso wenig widerstehen, wie sie hätte aufhören können zu atmen. Langsam drehte sie sich wieder zu ihm um. Als sie in sein Gesicht sah, wusste sie, dass sie einen Fehler gemacht hatte.

In den silbernen Augen war jetzt Aufruhr zu erkennen, als ob er gegen Gespenster in sich kämpfte. In ihnen lag Begierde, heiß genug, um sie zu versengen, doch diese wurde von einer Zärtlichkeit im Zaum gehalten, die sie alarmierte. Wie sollte sie Zärtlichkeit widerstehen, wenn dies etwas war, was sie so lange entbehrt hatte?

Nun war sie nur noch eine Handbreit von ihm entfernt, und Max konnte die blassblauen Adern unter ihrer durchscheinenden Haut erkennen. Er konnte die Gefühlsverwirrung in ihren Augen schimmern sehen, die die Farbe eines tiefen, verzauberten Waldes angenommen hatten.

»Willst du mir glauben, wenn ich dir sage, dass ich dir nicht wehtun werde?«

Einen Moment lang konnte Felicity ihn nur anstarren. Wie oft hatte sie ihre Mutter sagen gehört, dass Männer nichts anderes konnten, als Frauen körperliches und seelisches Leid zuzufügen? Und wie oft hatte sie selbst blaue Flecken mit Puder kaschieren müssen, ehe sie auf die Bühne ging? Blaue Flecken, die Charles Foster ihr zugefügt hatte. Und wie lange würde sie die Spuren dieser Verletzungen auf ihrer Seele tragen? Warum sollte dieser Mann anders sein?

»Nein.« Sie schüttelte den Kopf. »Ich glaube Ihnen nicht.«

Langsam streckte Max die Hand aus und streichelte mit dem Daumen über ihren Hals, wo ein Pulsschlag flatterte. Felicity zuckte zusammen, doch bevor sie zurückweichen konnte, ließ er seine Hand in ihren Nacken gleiten und hielt sie fest, ohne jedoch Druck auszuüben. Mit der anderen Hand hob er ihr Kinn und senkte langsam, ganz langsam den Kopf.

Sein Mund streifte ihre Wange und wanderte dann zu ihrer Schläfe, nur um gleich darauf wieder nach unten zu gleiten. Mit der Zunge fuhr er ihr Ohrläppchen nach. Als er ihren Mund erreichte, waren ihre Sinne benebelt. Ruhig strichen seine Lippen über ihre, vor und zurück, vor und zurück. Als sie den Mund öffnete, um einen stockenden Atemzug entweichen zu lassen, nutzte er es aus, drang leicht ein und erkundete, ob er willkommen war.

Felicitys Mund schmeckte honigsüß, lockte ihn, und einen Moment lang vergaß er seine guten Absichten und vertiefte den

Kuss, während er die Hände in ihre goldenen Locken schob, um ihren Kopf festzuhalten. Der Schwall Erregung, der durch sein Blut rauschte, warnte ihn, und Max ließ seinen Mund wieder sanft werden und erlaubte sich nur, ein wenig von ihrer Süße zu kosten.

Als Max ihren Mund eroberte, verstand Felicity zum ersten Mal in ihrem Leben das Wort Verführung. Er zog sie an sich und da er sie dabei fast von den Füßen hob, suchte Felicity nach Halt und vergrub die Hände in seinem hellblauen Uniformrock. Sein berauschender Kuss machte sie ganz schwindelig, wie Wein, der stark und gleichzeitig süß war.

Flammen breiteten sich in ihr aus, und bestürzt stellte sie fest, dass sie seinen Kuss wollte, mehr von seinem Geschmack auf ihrer Zunge wollte. Doch selbst als das Gefühl, das sie nicht als Erregung erkannte, sie durchströmte, selbst als sie spürte, wie sie sich an ihn schmiegte, überfluteten sie erneut Erinnerungen. Sie begehrte gegen die Hingabe auf und kämpfte gegen das Entzücken, das begann, sie zu benebeln. Ihre Hände legten sich flach auf seine Brust und versuchten, ihn wegzustoßen.

Max wusste genau, in welchem Moment Felicity anfing, sich ihm zu widersetzen, so wie er auch genau wusste, in welchem Moment sie sich seinem Kuss hingegeben hatte. Er wollte von ihr ausgefüllt werden, wollte sie mit sich ausfüllen, doch er gab sie langsam frei, bis seine Hände nur noch ganz leicht auf ihren nackten Schultern ruhten.

»Glaubst du noch immer, dass ich dir wehtun werde?« Sein Flüstern schmeichelte, lockte. »Weißt du, es würde genauso sein.« Seine Finger zogen leichte, verführerische Kreise auf ihrer Haut. »Nur Vergnügen.«

Felicity hatte ihren Widerstand bereits wieder vergessen und hielt unter dem Charme seiner Stimme, der Anziehungskraft seiner Augen ganz still. Dann spürte sie, wie seine Finger unter die Spitze, die das Dekolleté ihres Kleides säumte, glitten und die Rundung ihrer Brüste nachzeichneten.

»Bleib heute Nacht bei mir und lass mich dich lieben.«

Die intime Berührung, das noch intimere Gemurmel riss Felicity aus der sinnlichen Benebelung. Die Erinnerungen an Schmerz und Erniedrigung, die sie längst vergraben glaubte, überfluteten sie erneut. Ihre Hände flogen hoch, um sich abzuschirmen, und sie wich zurück. Sie wäre geflohen, wenn ihr Möbel nicht den Weg versperrt hätten.

»Machen Sie, dass Sie wegkommen.« Ihre Stimme war kaum mehr als ein heiseres Flüstern, und sie verabscheute, dass sie so klang. »Raus hier, bevor ich um Hilfe rufe.«

Seine Sinne waren noch immer unscharf, sein Atem nahezu abgehackt, sein Körper pochte weiter mit Erregung, als Max auf die zierliche Frau hinabsah. Wut ersetzte die Angst, die sich in ihren Augen gezeigt hatte, und sein eigenes Temperament kochte hoch. Ihr Geschmack war noch immer auf seinen Lippen, ihr Duft in seiner Nase, verdammt noch mal, und er wollte sie trotz seiner Erinnerungen, trotz seiner Geister der Vergangenheit. Vielleicht sogar wegen ihnen.

Mit der Arroganz, die er von Generationen mächtiger Männer geerbt hatte, war sein erster Impuls, sich zu nehmen, was er begehrte. Wer glaubte sie, wer sie war, dachte er. Die Worte blitzten in seinem Kopf auf, selbst als er sich dafür verfluchte. Er wollte sie an sich ziehen, seinen Körper an ihren drücken, aber noch nie hatte er seine überlegene Kraft benutzt, um eine unwillige Frau zu besitzen.

Max richtete sich gerade, verbeugte sich und schlug leicht die Hacken zusammen. »Ihr gehorsamster Diener, *mademoiselle*. Ich wünsche Ihnen einen angenehmen Aufenthalt in Wien.«

Ruhig erwiderte Felicity seinen Blick und war sich nicht bewusst, dass sich die Nägel in ihre Handflächen gruben, als sie um Beherrschung kämpfte. Sie nahm seine Worte mit einem Nicken zur Kenntnis und wartete, bis seine Schritte im Flur verklungen waren, ehe sie sich die Schwäche erlaubte, die Augen zu schließen und die Tränen zuzulassen.

Kapitel 2

Der schmale Gang hinter der Bühne roch nach Staub, Theaterschminke und dem Schweiß, den Parfüms und der Aufregung der Menschenmenge, die sich davor drängte. Es war typisch für diese musikbegeisterte Stadt, dass sich das Publikum aus jeder Klasse der Wiener Gesellschaft zusammensetzte. Juwelenbehangene Gräfinnen und ihre Begleiter in farbenprächtigen kaiserlichen Uniformen oder teurer Abendkleidung, ältere bürgerliche Damen, die bescheidene Wolle trugen, Studenten mit ihren bunten Schirmmützen und fließenden Tüchern, junge Frauen, deren extravagante Kleider mehr Haut als guten Geschmack zeigten, phlegmatische Bürger in ihren schlichten Anzügen und enggebundenen Halstüchern – alle drängten sich aneinander und warteten darauf, den neuesten Publikumsliebling von Wien zu begrüßen.

»Unglaublich …«

»… habe noch nie so etwas gehört.«

»Diese Intensität …«

»Nicht einmal Jenny Lind war so …«

»Sie hat den Körper eines Kindes, aber mindestens die Hälfte der Männer Wiens verzehrt sich nach ihr.«

Diese letzte unwillig bewundernde Bemerkung von der Frau neben ihm entlockte Max ein freudloses Lächeln. Und er befand sich in dieser Hälfte, dachte er grollend, zu ehrlich, um sich aus dieser Schar auszunehmen.

Das letzte Mal, als er sich so zum Narren gemacht hatte, dachte er, war seine stürmische Affäre mit der Balletttänzerin Fanny Elssler vor Jahren gewesen. Aber zumindest hatte er damals die Ausrede gehabt, gerade erst achtzehn gewesen zu sein. Jetzt war er beinahe doppelt so alt, hatte sich aber nicht davon abbringen können, Felicity Allen die letzten zwei Wochen auf den Fersen zu bleiben, wobei er sich jeden Abend fragte, ob sie diesmal am Arm eines Liebhabers nach Hause gehen würde.

Seit jenem Abend im Haus seiner Eltern hatte er nicht mehr mit ihr gesprochen, und er war nicht gewillt, die wahren Gründe infrage zu stellen, warum er das nicht getan hatte. Es war, als wenn er genau wüsste, falls er das täte, würde er feststellen, dass sich mehr hinter seinem Interesse an Felicity Allen verbarg als nur der Wunsch, sie in sein Bett zu locken.

Plötzlich verstummten die Stimmen im Flur, sodass das einzige Geräusch das Knarren einer sich öffnenden Tür war. Ein leises Murmeln ging durch die Menge wie das Rauschen eines Windstoßes durch ein Weizenfeld. Ein Ausruf von »*brava diva*« zerriss die Stille und die Hölle brach los.

Max sah zu, wie Felicity sich durch die Menge kämpfte, die in ihrer Begeisterung fast bedrohlich anmutete. Jedes Mal, wenn eine Hand nach ihr griff, verkrampften sich seine Finger um den Griff seines Offiziersdegens. Aber er zwang sich dazu, an der Wand stillzustehen, während er den Drang unterdrückte, sich einen Weg durch die Menge zu bahnen, Felicity hochzuheben und an einen Ort zu tragen, wo sie nicht gestört wurden, bis er seinen Hunger nach ihrem Liebreiz gestillt hatte.

Obwohl das Lächeln nie ihre Lippen verließ, fragte sich Felicity, ob sie es unbeschadet durch die Menge schaffen würde. Ihre Arme waren so voller Gewächshausrosen, dass sie nur mit Mühe all die Umschläge halten konnte, die ihr in die Hand gedrückt wurden. In einem der Kuverts konnte sie sogar einen Schlüssel spüren. Nun, sie würde ihn einfach zurückgeben, genau wie sie all die anderen zurückgegeben hatte. Seit sie in Wien war, hatte sie eine ganze Sammlung von ihnen erhalten – von Schlüsseln für Hotelzimmer mit einer Einladung, dort die Nacht zu verbringen, bis zu Schlüsseln für ganze Häuser mit dem Angebot, dort ein immerwährendes Luxusleben zu führen.

Mit einem uneleganten, aber wirkungsvollen Schubs wurde sie den stämmigen Mann los, der den Ausgang blockierte, und mit einem Seufzer der Erleichterung stieß sie die Tür auf, die zur Straße führte. Sobald sie draußen war, erkannte sie, dass ihre Erleichterung verfrüht gewesen war. Trotz des Schnees, der diesen Dezember früh gefallen war, war die Menge draußen noch dichtgedrängter als hinter der Bühne, und binnen weniger Augenblicke war sie umringt und konnte keinen Schritt mehr tun.

»Lasst sie schnell durch, bevor sie sich verkühlt.«

Die Stimme von irgendwo hinter Felicity ertönte mit solcher Autorität, dass sich die Menge tatsächlich beinahe sofort zu teilen begann, und bald darauf saßen sie und Manon in ihrer Kutsche.

Die Bravorufe und der Applaus waren noch immer laut, als ihre Pferde ein langgezogenes, aufgeregtes Wiehern ausstießen, gefolgt von einem lautstarken Protest von Paddy, ihrem Kutscher. Felicity beugte sich aus dem Fenster und sah, dass ihre Bewunderer die beiden Schimmel ausgespannt hatten und sich daran machten, die Kutsche selbst zu ziehen. Lachend winkten sie mit ihren Hüten und Mützen und bei ihren Jubelrufen bildeten sich weiße Atemwolken in der Luft.

Sie wusste, dass dies eine Ehre war, die nicht vielen zuteilwurde. Schließlich war die letzte Sängerin, die auf diese Art gefeiert worden war, Jenny Lind gewesen, die schwedische Nachtigall. Gerührt von dieser beinahe kindlichen Bewunderung lächelte Felicity und winkte ihren Bewunderern zum Dank.

Ihr Blick schweifte über die Menge und kam auf einer hochgewachsenen Gestalt zu liegen, deren Silhouette sich vor der offenen Bühnentür abzeichnete. Sie hob den Kopf und sah in die grauen Augen von Maximilian von Berg, der den Blick nicht von ihr wandte.

Unwillkürlich legte sie sich die Hand auf die Brust, wo ihr Herz zu pochen begonnen hatte. Unfähig, sich abzuwenden, sah Felicity, wie Bergs Blick auf die Stelle fiel, wo ihre Hand lag, ehe er ihn wieder langsam, provokant auf ihr Gesicht richtete. Sein Mund verzog sich zu einem Lächeln, das so intim war, als wären sie Geliebte, und er neigte leicht den Kopf.

Verärgert spürte Felicity, wie Hitze in ihre Wangen strömte, doch noch immer konnte sie sich nicht abwenden – obwohl sie es wollte. Sie wollte keinen Mann in ihrem Leben. Warum fand sie diesen dann so faszinierend, so anziehend?

Max hielt unter Felicitys Blick ganz still, selbst als sein fiebriges Blut durch seine Adern pulsierte. Er sah die Überraschung in ihren Augen. Überraschung, die von dem Aufflackern von Angst gefolgt wurde, Angst, die er schon einmal bemerkt hatte. Aber sie blieb nicht bestehen, sondern wurde von aufflammender Wut ersetzt.

Gott, er wollte sie. Hatte er eine Frau je so sehr begehrt, fragte er sich. Selbst als das Fieber in seinem Blut ein bewusster Gedanke wurde, spürte er den vertrauten Stich von Schuldbewusstsein. Aber ihm wurde klar, dass es nicht nur ihr Körper war, nach dem er sich verzehrte. Er wollte wissen, was hinter diesen strahlenden grünen Augen vor sich ging. Er wollte sie beschützen vor was immer es war, das diese Angst in ihren Augen aufkommen ließ, wenn er ihr zu nahe kam. Dieses Aufflackern von Angst verstärkte stets sein schlechtes Gewissen. Und obwohl er sich selbst einen Narren und Schlimmeres schalt, als er den Kopf in einer angedeuteten Verbeugung senkte, konnte er sich nicht überwinden, sich abzuwenden.

Felicity bewegte sich selbstsicher durch den eleganten Salon, nahm Begrüßungen entgegen und blieb gelegentlich stehen, um einige Worte mit jemandem zu wechseln. Einbildung war nie eines ihrer Laster gewesen, doch sie verfügte über gerade genug Eitelkeit, um es zu genießen, eine Berühmtheit zu sein. Seit sie vor beinahe drei Jahren nach Europa gekommen war, war ihre Karriere aufgeblüht. Paris, Berlin, Rom, Mailand – sie war von Triumph zu Triumph gereist, hatte aber nie etwas wie die Bewunderung erlebt, die ihr in Wien von allen Seiten entgegengebracht wurde.

Sie erblickte flüchtig Graf Maximilian Berg auf der anderen Seite des Salons. Wo immer sie hinging, schien auch er zu sein, aber seit dem ersten Abend hatte er sich ihr nie wieder genähert. Jetzt, da sie ihr Gleichgewicht wiedergefunden hatte, hätte sie ihn mit Freuden abgekanzelt. Sie war sicher, dass er sie an jenem

Abend einfach auf dem falschen Fuß erwischt und deshalb aufgewühlt hatte.

Aber wenn sie ehrlich war, musste sie zugeben, dass er sie weiterhin jedes Mal, wenn sie ihn sah, in Aufruhr versetzte. Diesen Gedanken fand sie verstörend und verzog unmutig das Gesicht.

»Ich hoffe, dieser finstere Blick war nicht für mich bestimmt, Fräulein Allen.« Der ältere Herr strahlte Felicity an, ehe er sich tief über ihre Hand verbeugte. »Ich wollte Ihnen nur sagen, wie sehr ich Ihren Auftritt neulich genossen habe.«

»Das ist äußerst freundlich von Ihnen.« Felicitys Lächeln war echt, selbst als ihr Puls sich leicht beschleunigte. Das war der Mann, auf den sie schon den ganzen Abend gewartet hatte. »Dürfte ich ein wenig Ihrer Zeit in Anspruch nehmen, Hofrat Geyer?«, fragte sie. »Ich wollte mit Ihnen sprechen.«

»Mit mir?« Der alte Mann richtete den dunkelgrünen Rock eines österreichischen Staatsbeamten über einer Leibesfülle, die von einer lebenslangen Liebe für Schweinsbraten und Knödeln kündete. »Mit dem größten Vergnügen.« Geyer bot Felicity seinen Arm an und bedachte die Umstehenden mit einem triumphierenden Blick, als die beiden durch den Salon schlenderten.

Während sie geruhsam durch den Raum wanderten, plauderten sie miteinander. Die ständigen Begrüßungen und Verbeugungen der anderen Gäste ließen nur eine belanglose Unterhaltung zu. Als Hofrat Geyer entschieden hatte, dass ihn alle Anwesenden mit dem neuen Liebling Wiens gesehen hatten, entließ er Felicity auf einen Stuhl und ging los, um Erfrischungen zu holen. Sie breitete den weiten Rock ihres veilchenfarbenen Kleides aus und lehnte sich wartend zurück.

Binnen weniger Augenblicke erschien er wieder und überreichte Felicity ein Kristallschälchen mit Bowle, in der Gewächshauserdbeeren schwammen.

»Wie kann ich Ihnen zu Diensten sein, verehrtes Fräulein Allen?« Er schenkte Felicity ein Lächeln, das um einiges weniger väterlich war, als es hätte sein sollen.

Felicity nahm einen vorsichtigen Schluck von der Bowle, die stark nach dem Cognac, in dem die Erdbeeren mariniert worden waren, schmeckte. »Mir wurde gesagt, dass Sie das gesamte Kaiserreich wie Ihre Westentasche kennen.«

In dem oberflächlichen Bemühen um Bescheidenheit zuckte Geyer mit den Schultern, lächelte aber breit. »Es gehört zu meiner Arbeit, das Reich genau zu kennen. Ich diene dem Hause Habsburg bereits seit gut vierzig Jahren – zuerst unserem guten Kaiser Franz und jetzt Kaiser Ferdinand.«

»Wissen Sie, ich suche nach einem bestimmten Ort.« Felicitys Augen trübten sich, als sie sich an die verworrenen Worte ihres Vaters erinnerte. »Zumindest glaube ich, dass es ein Ort ist – vielleicht ein Dorf oder ein Anwesen.« Sie zuckte mit den Schultern. »Niemand scheint in der Lage zu sein, mir zu sagen, was oder wo es ist.«

Hofrat Geyer strich sich mit der Hand über die Brust und beugte sich ein wenig näher zu Felicity. »Falls es innerhalb der Grenzen des Habsburgerreichs liegt, bin ich ganz sicher, dass ich Ihnen helfen kann. Wie lautet der Name, Verehrteste?«

»Greifenklau.«

»Gr …« Geyers Stimme erstarb gurgelnd. »Was haben Sie gesagt?« Seine rosigen Wangen erbleichten und er richtete sich auf, als hätte er plötzlich einen Stock verschluckt. Sein Blick löste sich von Felicitys Gesicht und schweifte unruhig über den Salon. »Ich bedaure, dass ich Ihnen nicht helfen kann.« Seine Hand zitterte leicht, als er seine Tasse abstellte und sich erhob. »Sie täten gut daran, Ihre Suche sofort einzustellen.«

»Was ist los?« Felicity stand auf. »Warum benehmen sich alle so –«

»Bitte entschuldigen Sie mich, Fräulein Allen«, unterbrach Geyer sie. Er trat zurück, als hätte er Angst, sie würde versuchen, ihn aufzuhalten, verbeugte sich und eilte von dannen.

Nachdenklich sah Felicity ihm nach, wie er im nebenanliegenden Zimmer verschwand. Irgendetwas stimmte nicht. Jedes Mal, wenn sie den Namen Greifenklau erwähnte, reagierten die Leute seltsam. Selbst bei einem Kartographen, bei dem sie sich neulich Landkarten des Kaiserreichs angesehen hatte, hatte der Angestellte sie quasi aus dem Geschäft hinauskomplimentiert, als sie ihm gesagt hatte, wonach sie suchte.

Hinter ihr hörte sie ein leises Lachen.

»Was haben Sie zu dem armen, alten Geyer gesagt, dass er Hals über Kopf davongestürzt ist?«

Felicity wirbelte herum und sah direkt in Graf Maximilian Bergs Gesicht. Es verschlug ihr den Atem, als sie der Schönheit seines Gesichts und seines lässigen Lächelns gewahr wurde, und für einen verwirrenden Augenblick konnte sie ihn einfach nur anstarren. In dem Moment, als sie sich von dem Schock erholte, erzürnte sie ihre unbeherrschte Reaktion, und sie ging auf ihn los.

»Es ist eine verachtenswerte Gewohnheit, andere Leute auszuspionieren.«

»Ich habe Sie nur beobachtet.« Er machte eine Pause. »Und ich bin sicher, viele von den anderen Gästen ebenfalls.«

Unruhig ließ Felicity den Blick umherschweifen. Tatsächlich ruhten viele Augen auf ihr, aber gewiss nicht mehr als zu jedem anderen Zeitpunkt. Oder doch? Dennoch stimmte etwas definitiv nicht. Kälte breitete sich auf ihrem Rücken aus. Sie war sich nicht bewusst, dass sich der nervöse Schauer, der sie durchlief, in ihren Augen spiegelte, als sie sich Max wieder zuwandte.

»Ist etwas nicht in Ordnung?« Max fing das Aufblitzen von Nervosität in ihren Augen auf und umfasste Felicitys Ellenbogen leicht mit einer Hand.

Sie stand ganz still, während ihr Verstand sich bemühte, die sanfte Berührung und die besorgten Worte mit seiner anmaßenden Einladung in Einklang zu bringen, die er bei ihrer letzten Begegnung geäußert hatte.

»Nein«, presste sie hervor und wich aus. »Warum sollte etwas nicht in Ordnung sein?«

Max zog eine Schulter hoch. »Für jemanden mit Ihrem Beruf sind Sie abseits der Bühne eine bemerkenswert schlechte Schauspielerin. Einen Moment lang haben Sie wie ein Reh ausgesehen, das in den Gewehrlauf eines Jägers blickt.«

Felicity kniff die Augen zusammen. »Und das hat Sie zweifellos amüsiert.«

»Das ist eine unberechtigte Unterstellung.«

»Das glaube ich nicht.«

Er hob die Hände, drehte ihr die Handflächen in einer Ich-werde-nicht-mit-Ihnen-streiten-Geste zu und lächelte. »Trotzdem kann es gefährlich sein, solche Vermutungen anzustellen.«

»Ich habe nicht vor, Sie auf die Probe zu stellen.« Sie musterte ihn von Kopf bis Fuß. »Und ich brauche keinen Beweis, um mir eine persönliche Meinung zu bilden.«

»Ah, Sie haben sich ja bereits am ersten Abend eine Meinung über mich gebildet, nicht wahr?« Max' kühler Tonfall überdeckte seine Verdrossenheit – über sie und über sein eigenes taktloses Verhalten.

»So ist es.« Sie war zu stolz, um den Blick abzuwenden, doch Felicitys Finger verkrampften sich um die Kristalltasse, als sie sich gegen den Reiz der Schönheit dieses Mannes und seiner samtenen Stimme wappnete.

Max trat ein wenig näher, obwohl eine Stimme in seinem Kopf ihn warnend zum Rückzug mahnte. »Schade. Gibt es irgendeine Möglichkeit, wie ich Sie davon überzeugen kann, Ihre Meinung zu ändern?«

Er streckte die Hand aus, um mit einem Finger über ihren nackten Arm zu streicheln, da er herausfinden wollte, ob ihre nach Jasmin duftende Haut sich genauso sanft und einladend anfühlte, wie sie aussah. Doch seine Hand hielt mitten in der Bewegung inne. Welches Recht hatte er, fragte er sich, sie so anmaßend zu berühren, wie er doch nie eine Dame der Gesellschaft berühren würde.

»Fassen Sie mich nicht an.«

»Das habe ich nicht.«

»Aber Sie wollten es«, erwiderte sie scharf und blickte auf seine Hand, die noch immer zwischen ihnen schwebte.

»Das können Sie einem Mann kaum vorwerfen.« Sein Mund verzog sich zu einem verführerischen Lächeln. »Sie sind äußerst liebreizend.«

Eine Welle der Empörung stieg in Felicity hoch. Empörung, die von der Angst geschürt wurde, die sie offensichtlich noch nicht ganz besiegt hatte. »Können Sie mich nicht einfach in Ruhe lassen?« Sie drehte sich zu ihm um, sodass sie ihm voll ins Gesicht sah.

Als sie das ganze Ausmaß ihres Fehlers erkannte, wäre sie beinahe einen Schritt zurückgestolpert. Seine Augen waren nicht mehr das kühle Silber von vorhin, sondern gleißend, als ob Gluthitze das Metall geschmolzen hätte.

Sie hatte oft genug Verlangen in den Augen von Männern gesehen, um es zu erkennen. Zu erkennen und zu fürchten als die Bedrohung, die es darstellte. Und dennoch, selbst als aufgeregte Gedanken wie gejagte Tiere auf der Flucht durch ihren Kopf huschten, erschreckte sie das Verlangen in Maximilian von Bergs Augen nicht. Sie fühlte sich sogar seltsam sicher.

Ungebeten stieg als Reaktion eine Wärme in ihr auf. Einen unachtsamen Moment lang gab Felicity ihr nach, ließ sie durch ihr Blut strömen wie eine süße, parfümierte Essenz, die ihr in den Kopf stieg und ihre Sinne vernebelte.

Max beobachtete, wie sich ihre Augen veränderten. Die harte Brillanz von Smaragden, die ihre Wut untermalte, wurde weicher und verdunkelte sich zu einem verhangenen Waldesgrün. In ihnen lag eine unschuldige Sinnlichkeit, die ihn so viel stärker anlockte, als jede geübte Verführung es vermocht hätte. Erneut erhob sich das Bild von Marie wie ein stummes, vorwurfsvolles Gespenst, aber die Andeutung einer Einladung in Felicitys Augen verlieh ihm den Antrieb, es beiseitezuschieben. Später, sagte er sich. Er würde sich später mit seinem Schuldbewusstsein befassen.

»Warum kämpfst du dagegen an, Felicity?«, fragte er schmeichelnd. Er gab der Versuchung nach und strich mit dem Daumen über den Wellenrand ihres Handschuhs.

Felicity sah hinab zu seiner Hand, die sie kaum berührte, und nahm bestürzt wahr, dass ihre Knie weich geworden waren – aber nicht vor Angst. Stattdessen pochte eine glühende Hitze, die sie nicht erkannte, in ihrem Blut.

Aber Max erkannte sie und drehte sich leicht, sodass sein Körper Felicity vor neugierigen Blicken abschirmte. Sein Daumen glitt nach oben, um ihre Ellenbogenbeuge zu streicheln. Er war immer ein versierter und geduldiger Liebhaber gewesen, und doch, als er spürte, wie sich ihr Puls beschleunigte, stellte er verwundert fest, dass sein Atem in abgehackten Zügen kam und seine Erregung außer Kontrolle geriet, vielleicht angestachelt von dem erotischen Zauber, einer Verführung in einem Raum voll mit Wiens Hautevolee nachzugehen.

»Komm mit mir«, flüsterte er.

Sie taumelte ihm leicht entgegen und war ihm plötzlich so nahe, dass er ihren Atem auf seinem Hals fühlen konnte.

»Ist alles in Ordnung?« Max verstärkte ganz leicht den Griff seiner Finger auf ihrem Arm. »Hab keine Angst.«

Felicity spürte den Druck von Max' Fingern und genauso plötzlich, wie der Zauber sie in seinen Bann gezogen hatte, brachte der kaum erhöhte Druck seiner Finger sie zurück in die Wirklichkeit und all ihren Erinnerungen. Von sich selbst, von ihrer Reaktion entsetzt, schlug Felicity seine Hand weg.

Sie presste die Finger an die Tasse, die sie noch immer hielt, um zu verbergen, dass ihre Hände zitterten, und kniff die Augen zusammen. »Ich habe Ihnen gesagt, dass Sie mich nicht anfassen sollen.«

»Ich habe gedacht, dass Sie vielleicht Ihre Meinung geändert haben.« Er lächelte.

»Habe ich nicht.«

»Dann entschuldige ich mich.« Er verbeugte sich tief. »*À la prochaine, mademoiselle*«, wisperte er, während er sich aufrichtete. »Bis zum nächsten Mal.«

Durcheinandergebracht und verwirrt sah Felicity ihm nach, als er davonschritt.

Kapitel 3

Felicity wollte ihren Kopf frei bekommen und an gar nichts denken – nur für einen Augenblick. Nicht an die Sondervorstellung auf kaiserlichen Wunsch in der Hofburg, die in einigen Tagen stattfinden sollte. Nicht an die Tatsache, dass sie nicht den geringsten Fortschritt bei ihrer Suche nach Greifenklau erzielt hatte. Nicht an Maximilian von Berg.

Besonders nicht an Maximilian von Berg. Jedes Mal, wenn sein Bild in ihrem Bewusstsein hochstieg, erinnerte sie sich, wie sich seine Finger auf ihrer Haut angefühlt hatten. Sie hätte sich gerne eingeredet, dass das, was sie verspürt hatte, Abscheu gewesen war. Aber das Leben hatte sie gelehrt, dass es immer besser war, der ungeschminkten Wahrheit ins Auge zu sehen. Und trotz seines kühnen Blickes und seiner noch kühneren Anträge, die sie alarmierten, war die Wahrheit, dass seine gefährliche Schönheit und der Anflug von Traurigkeit in seinen silbernen Augen etwas tief in ihr berührten.

Felicity konzentrierte sich darauf, alle ihre Überlegungen loszulassen. Sie schloss die Augen und gab sich dem Vergnügen der Bürste hin, die sanft durch ihr Haar strich, und Manons leisem Summen eines ländlichen französischen Liedes.

Aber die Gedanken krochen genauso lautlos und heimtückisch zurück wie die Schlange, die in den Garten Eden eingedrungen war. Das Vergnügen löste sich auf und sie seufzte.

Sie ließ ihren Gedanken freien Lauf und fragte sich, wie

Maximilian von Berg auf eine Frage über Greifenklau reagiert hätte. Wäre er wie alle anderen in Panik geraten? Irgendwie konnte sie das nicht glauben.

Manon war damit fertig, die Korkenzieherlocken aus Felicitys langen, blonden Haaren zu bürsten und begann damit, ihr einen losen Zopf für die Nacht zu flechten.

»Möchtest du darüber reden?«

Felicity erwiderte den Blick ihrer Begleiterin im Spiegel. »Worüber?«

»Was immer dir Kummer bereitet.«

Felicity griff nach hinten und drückte Manons Hand. Es hatte sie immer erstaunt, wie das Mädchen stets zu wissen schien, was in ihrem Kopf vor sich ging. Andererseits hatten sie einander immer intuitiv verstanden – von dem Moment an, in dem Manon, die einst ein schmutziges Gassenkind gewesen war, versucht hatte, ihr auf einer Straße im kalten, verregneten Paris ein zerrupftes Bündel gestohlener Veilchen zu verkaufen.

»Ich komme einfach nicht weiter.« Felicity schlug mit ihrer kleinen Faust auf die Kommode, was die Döschen und Fläschchen aus feinstem böhmischen Kristall zum Klirren brachte. »Alles, was ich bis jetzt über dieses Greifenklau herausgefunden habe, ist, dass es, was auch immer es ist, existiert und dass es etwas Unheimliches an sich haben muss.« Geistesabwesend fädelte sie eine Haarnadel aus Schildpatt durch die Spitze des Klöppeldeckchens. »Warum sonst sollten alle so seltsam reagieren?«

»Was willst du jetzt unternehmen?«

»Meine Möglichkeiten sind mehr als beschränkt.« Sie gab dem Gewirr aus Spitze und Haarnadel, den sie fabriziert hatte, einen verärgerten Blick. »Besonders, da ich mehr als einmal gewarnt worden bin, keine weiteren Fragen über Greifenklau zu stellen.« Sie lachte plötzlich, als wollte sie damit den Warnungen trotzen. »Selbst der Hofmarschall, dieser alte Tatterich, hat es geschafft, seine kleine Drohung anzubringen, als er mir die Mitteilung überbracht hat, dass ich zu einer Sondervorstellung in der Hofburg zu erscheinen habe.«

Sie rümpfte ihre Nase und kniff dann die Augen zusammen, um Hofmarschall Hasenraths kurzsichtigen Blick nachzuahmen.

»Gnädiges Fräulein, sollten Sie nicht davon absehen, diese unziemlichen Nachforschungen über einen gewissen Ort anzustellen«, sie wackelte mit den Kopf und hielt einen imaginären Kneifer hoch, »dann wird es wenig Möglichkeiten geben, Ihre Sangeskünste in Wien vorzuführen, ganz egal, wie hübsch Ihre Stimme ist.«

Die beiden jungen Frauen kicherten, und Felicity klopfte auf die satinbezogene Bank neben ihr und rutschte zur Seite, um Platz für Manon zu machen.

»Aber ich nehme ihm das nicht übel. Wenn dein Lebenssinn darin besteht, der Aufseher über die Hofetikette zu sein, nehme ich an, dass du jede Gelegenheit wahrnimmst, dich ein wenig herrisch aufzuführen.« Sie ließ den alten Hasenrath mit einem Schulterzucken hinter sich. »Ich könnte einen der Spione engagieren, die hier an jeder Ecke zu lauern scheinen.« Ihr Gesicht wurde wieder ernst. »Ich bin sicher, dass sich jede Information für einen gewissen Preis beschaffen lässt.«

»Mach das nicht.« Energisch schüttelte Manon ihre dunklen Locken. »Es genügt schon, dass du bereits einen Spion auf den Fersen hast. Was wird erst geschehen, wenn du anfängst, Informanten anzuheuern?«

»Bist du so sicher, dass dieser Mann mir gefolgt ist, Manon?«

»Ja, ja, tausendmal ja.« Manon umklammerte Felicitys Hände. Alle ihre Instinkte, die sie in fast vierzehn Jahren in den Straßen und Gassen von Paris erworben hatte, warnten sie, dass Gefahr drohte. »Sei vorsichtig. Bitte.«

Felicity sah Manon in die Augen, die voller Kummer waren, und streichelte mit einer Hand sanft über die Wange des Mädchens. »Das werde ich sein, versprochen.« Und das würde sie auch, sagte sie sich. Wenn auch nur, um Manons Ergebenheit zumindest in diesem geringen Ausmaß zu belohnen. »Ich habe noch eine einzige weitere Möglichkeit. Erinnerst du dich an Herrn Landmann, den jungen Österreicher in Turin?«

»Wie könnte ich ihn vergessen. Er hat dir jeden Abend Margariten in die Garderobe gebracht.« Manons Wangen bekamen Grübchen. »Und dir das Herz zu Füßen gelegt.«

»Oh, du törichtes Mädchen«, protestierte Felicity. »Er hatte nur Heimweh und ist in meiner Nähe geblieben, weil ich Deutsch spreche und er wusste, dass wir als Nächstes nach Wien reisen.«

Manon gab einen unverbindlichen Laut von sich.

»Wie dem auch sei, ich habe ihm von Greifenklau erzählt. Ich denke, dass er den Namen vielleicht gekannt hat, denn er hat vorgeschlagen, dass ich mit einen gewissen Michael Severin sprechen soll. Er hat gesagt, dass dieser Mann möglicherweise in der Lage wäre, mir zu helfen.«

»Hast du schon versucht, ihn zu finden?«

»Es hat den Anschein, dass dieser Severin ein Journalist ist, der kein besonders gutes Einvernehmen mit Metternichs Geheimpolizei hat. Und Herr Landmanns Anweisungen waren so mysteriös, sogar mit einem Losungswort, dass ich entschieden hatte, es einfach sein zu lassen.« Sie zuckte mit den Schultern und runzelte die Stirn. »Jetzt sieht es aber so aus, als hätte ich keine andere Wahl.«

»Das gefällt mir nicht.« Manon rutschte näher an Felicity. »Musst du das wirklich tun?«

Felicity legte den Arm um die Schultern des Mädchens und lehnte den blonden Kopf an Manons dunklen. »Ja«, sagte sie leise. »Ich habe Versprechen einzuhalten.«

Von der Donau her pfiff ein eisiger Wind durch die schmale Gasse, die kaum mehr als ein Durchgang zwischen zwei Häusern war, und bauschte Felicitys dunklen Umhang. Sie zögerte vor dem schmutzigen Gebäude und fragte sich, ob dies überhaupt der richtige Ort sei. Es gab keine Laterne über dem Türbogen und durch die geschlossenen Fensterläden drang nicht einmal ein Lichtstreifen.

Plötzlich durchbrachen Schritte auf dem Kopfsteinpflaster die abendliche Stille. Angespannt wirbelte sie herum und sah einen Mann, der sich schwer auf einen Stock stützte, in die Gasse einbiegen. Sie schob ihre Hand unter ihren Umhang und ihre Finger schlossen sich um die beruhigende Härte des Knaufes eines kleinen, aber äußerst tödlichen Dolches, der an ihrer Taille hing. Doch der Mann, dessen Gesicht von einem breitkrempigen Hut beschattet war, ging an ihr vorbei und betrat das Haus.

Felicity schalt sich selbst, so schreckhaft gewesen zu sein, und lockerte den Griff ihrer Finger. Ihr Atem bildete Wölkchen unter ihrem undurchsichtigen Schleier, als sie vortrat und die schwere Holztür aufschob.

Der Hausflur war dunkel und stickig. Am Ende der Treppe flackerte eine einsame Kerze in einer Wandhalterung. Felicity stieg die Stufen hoch und ihr breiter Rock streifte dabei die Wand und das Geländer. Der enge Gang sah genauso aus, wie Herr Landmann ihn beschrieben hatte, aber die Heimlichkeit dieses ganzen Unternehmens, die durch die muffige Luft und Stille noch verstärkt wurde, ließ sie ihre Schritte verlangsamen.

Was, wenn der Mann, den sie aufsuchen wollte, ein Verbrecher war? Was, wenn das eine geschickte, von der Geheimpolizei aufgestellte Falle war? Was, wenn sie morgen feststellen musste, dass sie für das Vergnügen irgendeines Mannes verkauft worden war?

Felicity holte tief Luft und rief sich ins Gedächtnis, dass Herr Landmann ein vertrauenswürdiger, junger Mann mit ruhigen, ehrlichen Augen gewesen war. Es gab absolut keinen Grund, eine Falle zu befürchten. Was das verkauft werden anging, nun ja, schließlich hatte sie sich schon einmal zuvor verkauft.

Sie trat zur Tür und zog rasch am Glockenstrang.

Wenige Sekunden nach dem gedämpften Geräusch der Klingel öffnete ein Junge die Tür und verbeugte sich mit ernster Miene. »Guten Abend. Wie kann ich Ihnen helfen?«

Felicity kramte in ihrem Gedächtnis nach den genauen Worten, die Landmann ihr anvertraut hatte. »Mir wurde gesagt, dass Sie elf Bilder zu verkaufen haben.«

Der Junge winkte sie herein und zeigte auf einen Stuhl. »Bitte warten Sie hier.«

Er verschwand im Zimmer nebenan und Felicity hörte Stimmengemurmel.

Als er wieder auftauchte, schloss er die Tür mit Bedacht hinter sich und verbeugte sich erneut. »Darf ich fragen, wer Sie geschickt hat?«

»Herr Landmann«, sagte Felicity. Irgendwie ließen das höfliche Verhalten des Jungen und seine ruhigen Fragen die ganze Situation beinahe gewöhnlich erscheinen. Sie begann, sich sicher zu fühlen, und schlug den Schleier über ihre Haube. »Ich habe ihn vor einigen Monaten in Turin kennengelernt.«

Als der Junge zurückkehrte, blieb er an der offenen Tür stehen. »Bitte.«

Ein großer Mann stand mit dem Rücken zu ihr vor einem Sekretär und kramte in den Fächern herum. Einen Moment lang kamen Felicity seine breiten Schultern vertraut vor. Sie verwarf den Gedanken und trat einen Schritt vor.

»Sind Sie Michael Severin?«, fragte Felicity. Ihr Deutsch war von dem österreichischen Akzent geprägt, den sie von ihrem Vater gelernt hatte.

Der Mann fuhr so schnell herum, dass er sich mit einer Hand auf der Rückenlehne eines Stuhls abstützen musste.

Das konnte unmöglich wahr sein, dachte Felicity, als sie in sein Gesicht starrte. Sie musste sich irren. Einen Moment lang schloss sie die Augen. Doch als sie erneut die Lider aufschlug, stand sie noch immer Maximilian von Berg gegenüber.

»Sie!« Seine Stimme schnalzte wie eine Peitsche durch das kleine Zimmer. »Was machen Sie hier?«

Felicity musste zweimal schlucken, ehe sie ihre Stimme wiederfand. »Ich glaube, ich könnte Ihnen die gleiche Frage stellen«, sagte sie und wechselte automatisch in das Französische, mit dem er sie angesprochen hatte.

Mit den geschmeidigen, gleitenden Schritten einer Raubkatze auf der Pirsch kam er näher. »Beantworten Sie meine Frage!«

Felicity sah zu Max' Gesicht hoch, die schwarzen Augenbrauen grimmige Striche, der wunderschöne Mund dünn vor Wut, und spürte, wie ihr eigenes Temperament zu brodeln begann. »Das werde ich nicht. Wo ist dieser Michael Severin?«, verlangte sie zu wissen.

Max bemühte all seine beträchtliche Selbstbeherrschung, um eine Handbreit vor ihr stehen zu bleiben. Beinahe hatte er vergessen, wem er gegenüberstand. Er hatte zu viel getan und geopfert, zu lange gearbeitet, um jetzt zuzulassen, dass diese Frau alles ruinierte. Seine Hände öffneten und schlossen sich an seinen Seiten. Aber wie konnte er sie zum Schweigen bringen, sofern er sie nicht umbrachte? Im gleichen Moment, als er den Gedanken fasste, wusste er auch, dass es eine rein rhetorische Frage war.

Selbst wenn er sich hätte überwinden können, im Namen seiner Sache einen kaltblütigen Mord zu begehen, wusste er, dass er Felicity Allen niemals wehtun könnte. Sein Zorn verließ ihn so plötzlich, als hätte es ihn nie gegeben.

»Möchten Sie sich setzen?«, fragte er und deutete auf zwei abgenutzte Lederarmstühle. »Ich werde Ihnen alles erklären.«

Felicity war auf einen weiteren verbalen Angriff vorbereitet und eine scharfe Erwiderung lag ihr bereits auf der Zunge. Aber Maximilian von Bergs ruhige Worte brachten sie wirksamer als alles andere zum Schweigen. Sie neigte zustimmend den Kopf und wandte sich zum Stuhl um.

Bei der Bewegung schwang ihr weiter Rock herum und warf einen Stock um, der an einem Schrank lehnte. Als sie sich bückte, um ihn aufzuheben, wurde ihr klar, dass der Mann, der sie auf der Straße überholt und sich mit dem hinkenden Gang und einem breitkrempigen Hut getarnt hatte, niemand anderer als Maximilian von Berg gewesen war. Zum zweiten Mal an diesem Abend stellte sie die Klugheit ihrer Entscheidung infrage, hierhergekommen zu sein.

Max ging zu einem Schrank und kehrte mit einer Flasche Sherry und zwei schlichten Gläsern zurück. »Ich weiß nicht, wie es Ihnen geht«, sagte er, als er ihr ein Glas halb voll mit dem bernsteinfarbenen Wein überreichte, »aber ich könnte ein wenig Courage gebrauchen.«

Überrascht von dem reumütigen Tonfall, der nichts von dem angeborenen Hochmut enthielt, den er normalerweise zur Schau stellte, sah Felicity zu ihm. Sie verspürte einen paradoxen Schwall Sympathie für ihn. Unaufmerksam griff sie nach dem Glas und ihre Finger streiften seine. Sie zuckte zurück, aber nicht, ehe sie das verräterische Kribbeln wahrnahm, das über ihre Haut lief.

Max erkannte dieses Empfinden in ihren Augen, das auch seines widerspiegelte, und zu einem anderen Zeitpunkt hätte er sich vielleicht ein zufriedenes Lächeln oder eine scherzhafte Bemerkung erlaubt. Aber jetzt musste er sich um andere Dinge kümmern als um die Linderung eines Verlangens, das ihn so viele Nächte wachgehalten hatte.

Er nahm einen langen Schluck Wein, lehnte sich zurück und versuchte, einen klaren Kopf zu bekommen. Er konnte ihr ein paar Einzelheiten verraten, das wusste er. Ein wenig Wahrheit, ein wenig Dichtung. Genug, um plausibel zu sein und ihre Neugier zu befriedigen. Doch plötzlich war die Versuchung, sein Geheimnis dieser Frau anzuvertrauen, unwiderstehlich. Er hatte die Heimlichtuerei so sehr satt. Er hatte es so sehr satt, dass die Leute ihn als Aide-de-camp von Erzherzog Albrecht ansahen, der geschworen hatte, die Tyrannei zu verteidigen. Ihre klaren grünen Augen enthielten eine Empfindsamkeit, die ihn dazu brachte, alles zu riskieren und ihr die Wahrheit zu sagen.

»Ich bin Michael Severin.« Bei dem überraschten Laut, den sie von sich gab, lächelte er kurz. »Ich habe diesen Namen jahrelang für gewisse heimliche Aktivitäten benutzt.«

»Revolutionäre Aktivitäten?«

»Wenn Sie es so nennen wollen.«

»Ich verstehe nicht.« Felicity zog die Augenbrauen zusammen. »Sie haben den Ruf, einer der loyalsten Offiziere der kaiserlichen Armee zu sein. Sie sind sogar der stellvertretende Kommandant der Wiener Garnison.«

»Eine nützliche Fiktion.« Max zuckte mit den Schultern. »Ich möchte Sie nicht mit den Einzelheiten langweilen. Kurz gesagt studierte ich Medizin an der Universität und machte dort Bekanntschaft mit einer Gruppe von Männern, die etwas Besseres für Österreich wollten.« Er breitete beide Hände aus. »Sie wollten grundlegende Menschenrechte für sich und ihre Kinder. Sie wollten soziale Gerechtigkeit. Und sie wussten, dass sie sich diese Sachen selbst holen mussten, denn die Habsburger und Metternich würden ihnen nichts davon geben.« Er nahm sein Glas in die Hand, trank aber nicht. »Doch sie standen mit leeren Händen da. Sie hatten wenig Geld, wenig Zugang zu Informationen.« Er zuckte mit den Schultern. »Durch den Zufall meiner Geburt konnte ich ihnen ein wenig von beidem geben.«

Felicity bemühte sich zu begreifen, was er gesagt hatte. Konnte diesem Aristokraten, der versucht hatte, sie mit solch versierter Verführung in sein Bett zu bekommen, die Menschheit tatsächlich genug bedeuten, um sein Leben einem höheren Ziel zu widmen?

»Anfangs benutzte ich den Namen Severin, um Artikel in Untergrundzeitungen zu unterzeichnen.« Max lächelte leicht, als er sich an seinen jugendlichen Eifer erinnerte. »Später entwickelte er sich zu einer richtigen Persönlichkeit, um sowohl die Menschen, mit denen ich arbeite, als auch mich selbst zu schützen.«

»Warum erzählen Sie mir all das?«, fragte Felicity mit misstrauischem Blick. »Sie kennen mich nicht. Ich könnte Sie doch mit Leichtigkeit verraten.«

»Da haben Sie recht. Ich kenne Sie nicht.« Max' Mundwinkel hoben sich in der Andeutung eines Lächelns. »Aber ich weiß, dass Sie mich nicht verraten werden.«

»Woher wollen Sie das wissen?«, begehrte sie auf. »Sind Sie so überheblich zu glauben, dass ich Sie so unwiderstehlich finde?«

»Ich hätte mein Doppelleben all diese Jahre nicht überlebt, ohne ein ziemlich guter Menschenkenner zu werden.« Er beugte sich vor. »Sie mögen Maximilian von Berg verachten, aber Sie würden Michael Severin nicht verraten.«

Sein prüfender Blick und seine scharfsinnigen Worte bereiteten Felicity Unbehagen, und sie erhob sich und ging im Zimmer auf und ab. Sie war nicht erfreut von diesem neuen Wissen. Von diesem neuen Bild von ihm, das Respekt verlangte. Verdammt noch mal, es war schon schwer genug, der eindrucksvollen Kombination seiner Schönheit und seines Charmes zu widerstehen. Wie sollte sie das weiter zustande bringen, wenn sie ihn jetzt auch noch zu mögen begann? Sie fühlte sich in eine Ecke gedrängt. Nach einem tiefen Atemzug begann sie, sich aus dieser Ecke zu lösen.

»Und was ist mit dem lässigen Aristokraten, der völlig bedenkenlos junge Frauen in sein Bett zieht? Ist das auch Teil Ihrer Tarnung?«

»Was genau machen Sie mir zum Vorwurf?« Max sprach ruhig, als er aufstand. »Die Tatsache meiner Geburt?« Langsam kam er auf sie zu. »Die Tatsache, dass meine Stellung eine Teilnahme an Veranstaltungen und Feierlichkeiten, soziale Verpflichtungen und sonst nicht viel mehr erfordert? Oder die Tatsache, dass ich Sie lieben will?« Bei den letzten Worten wurde seine Stimme ganz weich. »Ich war nicht sehr subtil, nicht wahr?«, fuhr er fort. Mit einem reumütigen Lächeln hob er ihre behandschuhte Hand. »Würden Sie gern eine Entschuldigung hören?«

Felicity riss ihre Hand weg und wich mit einem Kopfschütteln zurück – ihr Verstand, all ihre Sinne in Aufruhr.

»Was, wenn ich Ihnen trotzdem eine gäbe?« Erneut überbrückte er die Entfernung zwischen ihnen.

»Nein.« Sie presste das Wort heraus, als er nahe genug kam, dass sie die Wärme seines Körpers spüren konnte, und das sinnliche Chaos in ihr verwandelte sich in nervöses Unbehagen. Als sie zurücktrat, verfing sich ihr Absatz im Saum ihres Umhanges und ließ sie nach hinten stolpern.

Doch bevor sie fallen konnte, war Max da, ergriff ihre Arme und stellte sie wieder aufrecht hin. Felicity spürte, wie sich seine Finger in ihre Arme gruben. Sie wusste, dass er nur versuchte, sie vor einem Sturz zu bewahren. Sie *wusste* es. Aber alles, woran sie denken konnte, waren Charles Fosters Hände, die sie derb genug anfassten, um blaue Flecken zu hinterlassen. Plötzlich war die Erinnerung an den Geruch von saurem Schweiß und Whisky so stark und so wirklichkeitsnah, dass sich ihr der Magen umdrehte.

Als Max ihrer aufgerissenen und erschrocken blickenden Augen gewahr wurde, wich er zurück und behielt nur seine Fingerspitzen auf ihrem Arm, um sie zu stützen. Er begriff, dass es hier um mehr ging als eine vergangene Kränkung.

»Es tut mir leid.« Seine Augen spiegelten sein Lächeln wider. »Es hat den Anschein, dass Sie trotzdem Ihre Entschuldigung bekommen.«

Felicity richtete den Blick auf ihn und konzentrierte sich darauf, einen Atemzug nach dem anderen zu machen. Die Sanftmut in seinen Augen schien auch deren Farbe zu dem friedvollen Grau eines Taubenflügels zu dämpfen. Sie fand diese Sanftmut gefährlich anziehend und schloss die Augen.

»Es geht mir gut, danke.«

Es ging ihr nicht gut, dachte Max, aber das war nicht der richtige Moment, um nachzuhaken. Er ließ die Hände sinken und trat zur Seite.

Um Felicity die Zeit zu geben, die sie brauchte, um sich zu sammeln, drehte er sich zum Schreibtisch um und blätterte durch einige Unterlagen. Als er hörte, wie sie sich bewegte, wandte er sich erneut zu ihr um.

»Möchten Sie mir erzählen, warum Sie Michael Severin aufgesucht haben?«

Mit einem Seufzen setzte sich Felicity wieder. »Das ist eine lange Geschichte.« Ihr Blick flog zu ihm, als sie sich daran erinnerte, dass sie ihm diese Worte schon einmal gesagt hatte. Und sie erinnerte sich nur zu gut, was seine Antwort darauf gewesen war. Seine Miene verriet ihr, dass auch er sich erinnerte.

»Erzählen Sie nur«, sagte er leise. »Ich höre zu.«

Sie bedachte seine veränderte Ausdrucksweise mit einem leichten Nicken und begann zu sprechen: »Ich habe nie den tatsächlichen Namen meines Vaters gekannt. Er hat nie über sein Leben, bevor er nach Amerika gekommen war, gesprochen außer der Aussage, dass er der jüngere Sohn einer österreichischen Adelsfamilie war. Und er hat darauf bestanden, mir Deutsch beizubringen.« Die Traurigkeit darüber, dass er ihr so wenig von seiner Vergangenheit erzählt hatte, spiegelte sich in ihren Augen wider. »Meine Mutter war Carlotta Viviani. Die Leute in Paris erinnern sich noch immer an ihre Auftritte als Sängerin.« Felicity sah Max direkt in die Augen. »Unser Glück hing vom Kartentisch ab. Wir haben entweder von feinstem Porzellan gegessen oder gar nicht.«

Max gab einen leisen Laut des Mitgefühls von sich, doch sie hob das Kinn eine Spur und wies die Anteilnahme zurück.

»Es war nicht so schlimm, wie Sie glauben. Wir sind viel gereist. Ich kenne ganz Amerika. Das ist meine Heimat.« Sie erwähnte nicht, dass sie nie ein wirkliches Zuhause oder Freunde gehabt hatte. Mit nervösen Fingern zupfte sie an ihrem Rock. »Mein Vater neigte dazu, mehr zu … trinken, als gut für ihn war.« Ein abgehackter Atemzug löste sich von ihren Lippen, als sie das Gefühl unterdrückte, sich illoyal zu verhalten. »In der Nacht vor meinem achtzehnten Geburtstag stürzte er die Treppe hinunter.« Felicity hob den Blick. »Er brach sich das Rückgrat.«

In den nüchternen Worten lag so viel Schmerz, dass Max zusammenzuckte. »Ist er daran gestorben?«

»Nicht sofort. Tagelang lag er in einem Delirium ausgelöst

durch Schmerzen und Opium. Ich saß an seinem Bett und … hörte zu.«

Felicity nahm ihr Glas und trank einen Schluck Wein. So lange hatte sie sich nicht erlaubt, sich zu erinnern, sich wirklich zu erinnern. Sie war erstaunt, dass der Schmerz und das Gefühl der Hilflosigkeit, die sie damals gequält hatten, noch immer so stark waren.

»Er redete viel, aber es war so zusammenhanglos, so verwirrend.« Den Blick auf die Vergangenheit gerichtet, bemerkte Felicity nicht, dass Max seine Hand auf ihre gelegt hatte. »Er sprach die ganze Zeit von einem Ort namens Greifenklau. Wieder und wieder bezeichnete er sich selbst als Kain, weil das Blut seines Bruders an seinen Händen klebte. Und er hat oft nach einer Frau namens Lulu gerufen.«

Sie erschauerte und plötzlich wurde ihr bewusst, dass ihre Finger mit Max' verschränkt waren. Sie wusste, dass sie ihre Hand lösen sollte, aber seine Wärme, die ihren Handschuh durchdrang, war beruhigend. Und ihr war so kalt.

»Zum Ende hin war er einige Zeit lang bei klarem Verstand. Er ließ mich versprechen, dass ich diese Frau namens Lulu finden und ihr sagen würde, dass er sie geliebt hat.« Ihre Finger verkrampften sich um Max' und ihre Stimme wurde vor Verzweiflung lauter. »Aber er hat mir nie ihren vollen Namen genannt.«

Ihre Augen glänzten mit unvergossenen Tränen, ihre Lippen waren schmal geworden durch Müdigkeit und erinnertem Schmerz und sie war so blass, dass Max sich beherrschen musste, um nicht die Arme um sie zu legen.

»Sind Sie direkt nach dem Tod Ihres Vaters nach Europa gekommen?«

Felicity schüttelte den Kopf. »Nein, ich …« Ihre Augen verdüsterten sich, und sie bemerkte nicht, dass sich ihre Finger wieder anspannten. »Ich musste mich um meine Mutter kümmern.«

Eine neue Welle erinnerten Schmerzes verdunkelte ihre Augen. Gegen welche Gespenster kämpfte sie wohl an, fragte sich Max. Doch dann redete sie weiter.

»Ich kam erst nach Europa, nachdem sie gestorben war. Seit

ich in Österreich bin, habe ich nach diesem Ort namens Greifenklau gesucht, aber nichts gefunden. Doch jedes Mal, wenn ich danach frage, geraten die Leute in Panik. Ich wurde sogar gewarnt, dass es meiner Karriere schaden würde, wenn ich weiter danach frage.« Sie sprach rasch, nahezu atemlos, da sie mit der Erzählung fertig werden wollte. Felicity zog ihre Hände aus Max' leichtem Griff, verschränkte sie in ihrem Schoß und holte tief Luft. »Können Sie mir helfen?«

Max hätte viel darum gegeben, ohne Vorbehalte Ja sagen zu können. »Vielleicht. Ich hoffe es.«

Felicity kniff die Augen zusammen und wich zurück.

»Es wäre einfach, wenn ich der einzige Betroffene wäre. Doch so, wie die Dinge liegen …« Er breitete die Hände aus und zuckte mit den Schultern.

Sie nickte ruckartig und blickte auf ihre Hände, und ihr wurde bewusst, dass ihr seine beruhigende Berührung fehlte.

Max streckte die Hand aus und hob sanft ihr Kinn an. »Glauben Sie mir, wenn ich Ihnen sage, dass ich alles in meiner Macht Stehende tun werde?«

Felicity sah die Kenntnis und das Bedauern in seinen Augen. »Sie wissen, was und wo Greifenklau ist«, flüsterte sie. »Nicht wahr?«

»Bitte. Keine weiteren Fragen.« Max' Daumen streifte ihre Unterlippe. »Im Moment müssen Sie mir einfach glauben, dass ich Ihnen soweit helfen werde, wie ich nur kann.«

Felicity riss ihren Kopf zurück, um sich von seiner betörenden Berührung zu lösen. Wie konnte er es wagen, sie mit seinen schmeichelnden Worten, seinem mühelosen Charme zu vertrösten? Dieser Mann lebte ein Leben des Truges. Wie konnte sie ihm glauben? Doch dann fing sie erneut seinen Blick auf. Sie konnte all die Emotionen lesen, die sie während der vergangenen Stunde gesehen hatte – das Mitgefühl, das Bedauern. Sie konnte das Verlangen sehen, das begann, die Augen zu geschmolzenem Silber zu erwärmen. Doch es lag keine Heuchelei in ihnen. Keine Täuschung.

»Ich glaube Ihnen.« Sie machte eine Pause zwischen den Wörtern, als wäre es schwierig für sie, sie über die Lippen zu bringen, und das stimmte auch.

Mit einem Nicken erkannte Max an, was es sie gekostet hatte, ihr Misstrauen abzulegen. »Danke. Ich werde Sie aufsuchen, wenn ich Ihnen mehr sagen kann.«

»Ich verlasse mich darauf.«

Max bemerkte, wie sie erneut das Kinn hob, als wollte sie ihn herausfordern. Nicht zum ersten Mal an diesem Abend verspürte er Bewunderung für diese zierliche Frau. Sie mochte so aussehen, als ob der kleinste Windhauch sie umwerfen könnte, aber sie verfügte über mehr Standhaftigkeit als die meisten Männer, die er kannte. Sein Mund begann, sich in einem Lächeln zu entspannen, als plötzlich Maries Bild auftauchte – ihr Gesicht nass von Tränen, ihre Augen voller Vorwürfe.

Felicity wappnete sich für den mächtigen Charme seines Lächelns, als dieses mittendrin erstarrte und zu einer Grimasse wurde. Da sie unsicher war, wie sie es interpretieren sollte, murmelte sie eine Verabschiedung, zog ihren Schleier herunter und flüchtete aus der Wohnung.

Kapitel 4

Felicity war von Natur aus nicht mit Geduld gesegnet, aber das Leben hatte sie gnadenlos gelehrt, womit die Natur sie nicht ausgestattet hatte. Trotzdem waren ihre Hände ganz ruhelos, während sie wartete.

»Seien Sie um vierzehn Uhr bereit. B.« Allein die Erinnerung an die herrische Wortwahl von Maximilian von Bergs Nachricht reichte aus, um ihre Wut wieder zum Kochen zu bringen. Selbst als sie sich ins Gedächtnis rief, dass sie es war, die ihn um Hilfe gebeten hatte, spürte sie, wie sich Verärgerung als angespannter Knoten zwischen ihren Schulterblättern einnistete.

Doch als sie das Klopfen an der Tür im Erdgeschoss hörte, war es nicht nur aufbrausendes Temperament oder Ungeduld, die Felicity so schnell in den Flur laufen ließen, dass sie vergaß, dass sie ihn hatte warten lassen wollen. Erst die Treppe ließ sie ihre Schritte zu einem würdevolleren Tempo verlangsamen.

Max hörte nur mit halbem Ohr zu, was das Dienstmädchen sagte, das ihm die Tür geöffnet hatte, sondern wandte sich der Treppe zu. Die letzten fünf Tage, seit ihrem Treffen in dem kleinen, düsteren Haus unweit der Donau, hatte er sich von ihr ferngehalten. Plötzlich konnte er es gar nicht mehr erwarten, ihr in die Augen zu sehen, sie zu berühren, und eilte auf die Treppe zu.

Nach einem kaum merklichen Zögern legte Felicity ihre Hand auf seinen angebotenen Arm.

»Sie sind bereit.«

»Eine Nachricht, die wie eine Anordnung des Kaisers verfasst ist, macht einer Sterblichen den Ungehorsam schwer.« Felicitys Tonfall war nonchalant, doch ihre Augenbrauen hoben sich in einem hochmütigen Bogen.

Seine angeborene Fähigkeit, über sich selbst zu lachen, zauberte ein Lächeln auf Max' Mund, das jede verbliebene Spur von Grandezza tilgte. »Soll ich mich wieder entschuldigen?«

Felicity wurde von dem Strahlen seines Lächelns betört und machte einen Schritt zurück. »Werden wir …«

Bevor sie ihre Frage beenden konnte, legten sich seine Finger auf ihre Lippen. »Wir werden eine kurze Fahrt in meiner Kutsche unternehmen, Mademoiselle Allen. Und dann«, sein Lächeln wurde eine Spur schelmisch, »dann werden wir einfach abwarten müssen, nicht wahr?«

Ohne den Blick von ihr zu nehmen, winkte Max nach Felicitys Umhang und legte ihn ihr um die Schultern. Mit finsterer Miene stieß Manon ihn mit dem Ellenbogen zu Seite und machte sich an den Husarenverschlüssen zu schaffen.

»Hast du den Dolch?«, flüsterte sie. »Bitte, bitte sei vorsichtig.«

Felicity nickte und tätschelte Manons Wange, ehe sie sich Max zuwandte.

Sein Grinsen war ansteckend jungenhaft, als sich die Kutsche in Bewegung setzte. »Ihre Zofe scheint mich nicht zu mögen«, sagte er leichthin. »Gibt es dafür einen Grund?«

»Manon vertraut Männern nicht.« Felicity bedachte ihn mit einem kühlen Blick. »Aber das tue ich auch nicht.«

»Das ist mir bereits aufgefallen.« Max rieb sich die Wange, während sein Blick über seine rote Uniformhose zu den Spitzen seiner auf Hochglanz polierten, schwarzen Stiefel wanderte. »Es ist schade, dass ich Ihre vorgefasste Meinung über Männer bestärken muss.« Zögernd sah er ihr in die Augen. »Ich habe keine Wahl, als Sie heute zu kompromittieren.«

Felicity unterdrückte das Aufwallen von Panik, das sie durchlief, und ihre rechte Hand schob sich unauffällig unter ihren Umhang. »Was meinen Sie damit?«

»Gegen mein besseres Wissen bringe ich Sie dorthin, wo Sie hinwollten.«

»Nach …« Felicity erinnerte sich, wie er sie vorhin unterbrochen hatte, und senkte die Stimme. »Nach Greifenklau?«

Max nickte. »Wir sind hier drin sicher, aber ich möchte nicht, dass Sie den Namen erwähnen, wo neugierige Ohren zuhören könnten.«

»Aber es war nur Manon«, protestierte Felicity.

»Vertrauen Sie ihr?«

»Mit meinem Leben.«

Max zog eine schwarze Braue hoch. »Und Ihren anderen Dienstboten?«

»Meine Köchin und mein Kutscher sind schon lange Zeit bei mir angestellt.« Felicity wurde wütend. »Die einzige Bedienstete, die ich angestellt habe, ist das Dienstmädchen, das die Tür aufgemacht hat.«

»Entlassen Sie sie«, hörte Max sich sagen. »Ich werde Ihnen jemanden schicken, dem Sie vertrauen können.«

»Ich weigere mich, mich von Ihnen so herumkommandieren zu lassen.«

»Haben Sie eine Ahnung, wie viele Kammerzofen in Wien Polizeiinformantinnen sind?«, fauchte er.

Auch wenn Felicitys Temperament bei seiner hochmütigen Art überschäumte, erinnerte sie sich doch daran, dass sie neulich ihre Schreibtischschubladen unversperrt vorgefunden hatte. »Einverstanden.« Noch ehe er eine Bemerkung über ihre rasche Einwilligung machen konnte, redete sie weiter. »Was hat es damit auf sich, mich zu kompromittieren?«

»Wenn Sie einen Blick nach hinten werfen, werden Sie bemerken, dass uns ein Fiaker folgt. Ich habe nur eine zuverlässige Möglichkeit, diese Leute abzuschütteln.« Max holte tief Luft. »Wien verfügt noch aus der Zeit der frühen Christen über ein Labyrinth an Katakomben unter den Straßen. Das Haus, das ich bewohne, hat Zugang zu einem solchen Durchlass, der zu einer anderen Straße führt, wo eine geschlossene Kutsche uns erwartet. Wir betreten mein Haus, verlassen es durch den Durchlass und kehren auf die gleiche Art zurück.« Er verbarg seine Aversion gegenüber seinem eigenen Arrangement hinter einem gleichgültigen Schulterzucken. »Für jeden Beobachter wird es so aussehen, als hätten wir einige Stunden in meiner Wohnung verbracht.«

Felicitys Magen verkrampfte sich. »Und jeder wird annehmen, dass ich Ihre Mätresse bin.«

Max nickte stumm. Ihn plagte ein schlechtes Gewissen, aber das hatte er erwartet. Was er nicht erwartet hatte, war die Genugtuung, die er bei der Erkenntnis verspürte, dass er sein Territorium absteckte. Nach dem heutigen Tag würde sie, zumindest in den Augen der Wiener Gesellschaft, seine Geliebte sein.

Felicity wandte sich ab und sah nach draußen auf die Häuser, die verschwommen an ihnen vorbeizogen. Warum tat es so weh, dass sie als die Mätresse eines Mannes betrachtet werden würde, wo sie doch Schlimmeres gewesen war? Und warum fragte sich ihr eigensinniger Verstand, wie es wohl wäre, sein Gesicht vor Leidenschaft verzerrt und nach der Erfüllung entspannt zu sehen? Bei dem Gedanken lief ein leichter Schauer über ihre Haut.

Als sie sich wieder gefasst hatte, wandte sie sich erneut Max zu. »Das ist nicht von Belang. Ich werde nicht lange in Wien sein.« Sie zuckte mit den Schultern. »Und abgesehen davon, wird das nicht von einer Frau erwartet, die sich ihren Lebensunterhalt auf der Bühne verdient? Für die meisten Leute ist die Bühne nur einen Schritt von der Straße entfernt.« Ihr Blick war kühl, als sie ihm in die Augen sah. »Das ist doch so, oder?«

»Ich habe Ihnen schon einmal gesagt, dass Sie keine Vermutungen anstellen sollen!« Eine unvernünftige Wut durchschoss ihn, als er nach ihrer Hand griff.

»Stört es Sie, die Wahrheit zu hören?« Trotz ihrer forschen Worte musste Felicity aufkeimende Panik verdrängen. Seine Finger lagen um ihr Handgelenk, aber sie hatte das Gefühl, als hätte er sie um ihre Kehle gelegt. Ihre Atmung beschleunigte sich, als wäre sie gelaufen.

Max lockerte seinen Griff. Voller Entsetzen bemerkte er, dass seine Finger rote Flecken direkt über ihrem Handschuh hinterlassen hatten. »Es tut mir leid.« Er lehnte sich zurück und spürte, wie ihm Schweiß über den Rücken lief. »Bitte vergeben Sie mir mein flegelhaftes Verhalten.«

Bevor Felicity antworten konnte, hielt die Kutsche, und der Kutscher sprach sie durch die schmale Luke an. »Wir sind angekommen, Eure Erlaucht.«

In aller Eile wurde Felicity durch Maximilian von Bergs Residenz geführt, was ihr nur einen flüchtigen Eindruck von der spartanischen Eleganz erlaubte, wo sie dekadenten Luxus erwartet hatte.

Die wenigen Minuten, die es dauerte, bis sie das Haus durchquert und den Durchgang hinter sich gebracht hatten, vergingen zu schnell, als dass sich ihre Atmung oder ihre chaotischen Gedanken beruhigt hätten. Jedes Mal, wenn sie mit diesem Mann zusammentraf, hatte sie das Gefühl, als ob sie auf den Kopf gestellt worden wäre und all die Gefühle, die Ängste, die sie schon lange für tot gehalten hatte, wurden aus ihrem Versteck aufgescheucht. Wie ein Nest voll grauenhafter Schlangen lagen sie da und bedrohten ihre Selbstbeherrschung. Bei dem Bild bebten ihre Schultern leicht.

Max sah sie schaudern und unterdrückte seinen ersten Impuls, ihr eine tröstende Hand zu reichen. Stumm verfluchte er sich, als er an die Spuren, die er auf ihrer Haut hinterlassen hatte, dachte. Es war, als ob allein ihre Gegenwart ihn aller Grenzen der Vernunft beraubte. Noch nie zuvor hatte er eine Frau so grob berührt, dass er Spuren hinterlassen hatte. Was war es an dieser bestimmten Frau, das ihn so provozierte und reizte, obwohl das Bedürfnis, sie zu beschützen, genauso stark war?

Mühsam gewann Felicity ihre Selbstbeherrschung zurück. Sie brauchte etwas von diesem Mann, dachte sie, und er würde es ihr geben. Nach dem heutigen Tage musste sie nie wieder mit ihm allein sein. Sie würde doch um Gottes willen in der Lage sein, eine Stunde in seiner Gesellschaft zu verbringen, ohne seinen Zorn noch seine Leidenschaft zu entfachen.

»Warum ist jemand uns gefolgt?«, fragte sie. Ihre ruhige Stimme verriet nichts von dem Aufruhr in ihr. »Wer soll überwacht werden – Sie oder ich?«

»Wir beide«, antwortete Max. »Sie, weil Sie nach Greifenklau gefragt haben. Ich …« Er zuckte mit den Schultern und lachte humorlos. »Metternichs Spitzel beobachten mich, seit ich vor mehr als dreizehn Jahren das erste Mal nach Wien gekommen bin.« Er lehnte sich in die Ecke der Kutsche zurück, da er etwas Distanz zwischen sich und Felicity bringen musste. »Wissen Sie, seit über dreißig Jahren hegt er einen Groll gegen meine Eltern, und ihm würde nichts besser gefallen, als dieses Ressentiment durch mich beizulegen. Im Laufe der Jahre ist der Verdacht in ihm entstanden, dass ich etwas mit Michael Severin zu tun habe, aber bis jetzt war ich in der Lage, ihm stets einen Schritt voraus zu bleiben.«

»Was würde passieren, wenn er …« Felicity machte eine Pause.

»Wenn er mich auf frischer Tat ertappt?« Max zog einen Mundwinkel in einem schiefen Lächeln hoch. »Ich nehme an, dann fände ich mich in einem Verfahren wegen Hochverrats wieder und müsste am Ende einem Erschießungskommando oder der Henkerschlinge gegenübertreten.«

Felicity war hin- und hergerissen zwischen widerwilliger Bewunderung und Verärgerung wegen seiner augenscheinlich fehlenden Besorgnis. »Sie sind äußerst nonchalant.«

Max setzte sich so schnell auf, dass sie sich alarmiert an die Lederpolster der Kutsche drückte.

»Nein, Felicity, ich bin ganz und gar nicht nonchalant. Wissen Sie, wie es ist zu wissen, dass Ihr Leben und das Leben vieler anderer an einem unbesonnenen Wort, einem arglosen Blick hängen kann? Wissen Sie, wie es ist, wenn man niemandem trauen kann, jeden verdächtigt? Wissen Sie, wie es ist, ein Leben zu führen, das Sie verachten?« Er umfasste ihr Kinn. »Wissen Sie das?«

»Nicht ganz auf die Art, die Sie meinen, aber ja, ich weiß, wie das ist.« Sie nahm einen langen Atemzug.

Max sah, wie ihre Augen vor Schmerz dunkel und trüb wurden. Seine Finger öffneten sich und glitten über ihre Wange. »Was ist passiert, Felicity?«

Sie begann, den Kopf zu schütteln, doch die Art und Weise, wie seine Hand über ihr Gesicht strich, war zu verführerisch, also hielt sie wieder still. »Das ist Vergangenheit.«

»Nein. Es lebt noch immer in Ihnen.« Er spürte den

strafenden Stich von Schuldbewusstsein und wie zum Trotz zeichnete sein Daumen ihren Mund nach. »Ich weiß es. Auch ich lebe seit langer Zeit mit Erinnerungen und Geistern.«

Felicity bemerkte die Sanftheit und den Kummer in seinen Augen und spürte, wie sich als Reaktion darauf Wärme in ihr ausbreitete. »Hören Sie auf damit.« Sie versuchte, sich von ihm zu lösen, konnte es aber nicht.

»Womit soll ich aufhören?« Seine Finger strichen über ihr Gesicht.

»Hören Sie auf, mich so zu berühren.«

»Wie hätten Sie denn gerne, dass ich Sie berühre? Wie zuvor, als ich Spuren auf Ihrer Haut hinterlassen habe?« Mit großer Anstrengung nahm Max seine Hand weg und ließ sie auf seinen Oberschenkel fallen. Er war gewillt zu warten, redete er sich ein.

Für einen Moment tat es Felicity leid, dass sie die Wärme seiner Hand auf ihrem Gesicht nicht mehr spürte, aber sie ignorierte es. »Wie weit ist es noch?«

Max gestattete ihr, seiner Frage auszuweichen. Für den Augenblick. »Wir sind fast da.«

Als sich die Kutschentür öffnete und Felicity ausstieg, schaute sie sich neugierig um. Doch alles, was sie sah, waren Felder, die jetzt unter der dünnen Decke des ersten Schneefalls lagen, und sanfte Hügel mit Weingärten.

»Wo …?«

Max zeigte auf eine verwitterte Doppeltür an einem Hang. »Für neugierige Augen ist das einfach nur ein Keller, den die Winzer benutzen, um Wein zu lagern. Für uns ist es der Einlass zu einem weiteren Durchgang, den wir benutzen müssen.«

Lautlos schwang die Tür auf, und Max überreichte Felicity eine kleine Laterne und bedeutete ihr, hineinzugehen.

»In ungefähr zwei Stunden«, sagte er zum Kutscher und versperrte die Tür hinter ihnen.

Felicity verdrängte die Angst, die beim Geräusch des sich drehenden Schlüssels in ihr aufwallte, und sah sich im Keller um. Er war größer, als sie erwartet hatte. Riesige Fässer standen an den Wänden und ein nicht unangenehmer, feuchter Geruch stieg vom Lehmboden aus, der von dem Aroma fermentierender Trauben überlagert wurde.

»Sie werden Ihre Unterröcke ausziehen müssen«, sagte Max ganz sachlich. »Der Durchgang ist sehr niedrig und eng. Bei seiner Errichtung wurde die gängige Damenmode nicht bedacht.« Selbst im trüben Licht sah er, wie sich Felicitys Augen weiteten. »Haben Sie Angst vor engen Räumen?«

Felicity hatte eine deutliche und verstörende Kindheitserinnerung daran, sich in einem Labyrinth aus Tunneln in einer Höhle verirrt zu haben. »Ich schätze sie nicht besonders, aber ich komme schon zurecht.«

Max nickte kurz, erfreut von ihrer Beherztheit. »Dort hinten ist Platz.« Er zeigte auf einen Stapel Holzkisten.

Während sich Felicity aus ihren Unterröcken schälte, rollte Max ein Fass zur Seite, hinter dem eine kleine Tür lag.

»Warum haben Sie mir nicht gesagt, dass ich einfachere Kleidung anziehen soll?«, erkundigte sich Felicity, als sie hinter den Kisten hervortrat.

Max warf ihr einen Blick über die Schulter zu. »Diese Wortwahl wäre ein wenig … ungewöhnlich für eine Einladung zu einem Stelldichein. Was, wenn jemand die Nachricht gesehen hätte?« Er drehte sich zur Gänze zu ihr um. »Abgesehen davon hätte unser Wachhund es für seltsam gehalten, wenn der Publikumsliebling von Wien wie ein Ladenmädchen gekleidet ausgeht.«

»Wenn ich es recht bedenke, war die gesamte Wortwahl Ihrer Nachricht kaum angemessen für eine Einladung zu einem Stelldichein«, fauchte Felicity und warf ihm einen gereizten Blick zu, insgeheim erleichtert, dass er sie wieder irritierte.

Max lachte leise. »Lassen Sie mich vorangehen.«

Bis ein alter Diener ihnen endlich durch eine Falltür in eine Art Vorratskammer geholfen hatte, war Felicity so enerviert, dass sie spürte, wie Schweiß zwischen ihren Brüsten tropfte.

Max bemerkte ihre Blässe und den Glanz von Schweiß auf ihrer Stirn. Er hatte ihr versprochen, dass er ihr nicht wehtun würde, dachte er verbittert, und dennoch hatte es den Anschein, als ob er sie ständig irgendwie verletzte. Rasch wandte er sich ab, ehe er in Versuchung geriet, sein Mitgefühl auszudrücken, und legte eine Hand auf den Arm des Dieners. »Wir kommen allein zurecht, Leopold. Ist er in der Bibliothek?«

»Ja, Eure Erlaucht.« Der alte Mann verbeugte sich.

»Kommen Sie.«

Felicity folgte Max durch ein Zimmer nach dem anderen. Alle waren mit unauffälligem, geschmackvollem Luxus eingerichtet, und nirgends war jemand zu sehen. Abgesehen von der nahezu unheimlichen Stille, stimmte noch etwas anderes nicht. Plötzlich erkannte Felicity, was es war. Die Zimmer waren durch Kronleuchter und Kandelaber hell beleuchtet, was die Tatsache verschleierte, dass alle Fenster von undurchsichtigem, schwarzen Tuch bedeckt waren, das keinerlei Tageslicht ins Haus durchließ.

Bevor sie nach dem Grund dafür fragen konnte, hatten sie ein großes, mit Büchern gesäumtes Zimmer betreten, das noch heller als die anderen beleuchtet zu sein schien. Auf den ersten Blick wirkte es ebenfalls leer. Doch dann ertönte ein Geräusch am gegenüberliegenden Ende.

Felicity drehte sich um und sah eine Gestalt in einem Stuhl sitzen, der mit Rädern ausgestattet war. Langsam rollte der Stuhl auf sie zu, in dem ein alter Mann saß, der von Alter und Krankheit gezeichnet war. Das Einzige, was an ihm noch lebendig wirkte, waren seine Augen. Der Stuhl blieb direkt vor ihr stehen.

»Guten Tag, meine Liebe.« Die Stimme des alten Mannes war überraschend kräftig. »Willkommen auf Greifenklau.«

Kapitel 5

»Max hat mir erzählt, dass Sie schon lange Zeit nach Greifenklau suchen.«

Felicity nickte. Jetzt, da sie endlich hier war, an dem Ort, nach dem sie schon so lange gesucht hatte, schien sie nicht in der Lage zu sein, einen sinnvollen Satz von sich zu geben.

Der alte Mann erkannte ihre Verwirrung und lächelte. »Lassen Sie sich nur Zeit, meine Liebe, und sehen Sie sich um«, lud er sie ein und gestikulierte mit einer Hand, deren Knöchel geschwollen und missgestaltet waren.

Felicity fühlte sich wie betäubt und trat einige Schritte zur Seite. Sie war dem alten Mann, wer immer er war, dankbar, dass er ihr Zeit gab, ihre Fassung wiederzufinden. Sie bemerkte weder den Blick noch die Worte, die die beiden Männer austauschten.

Sie ging im Zimmer herum und griff gelegentlich nach einem Buch oder einem Ziergegenstand. Die mit hellgrauem und altrosa Seidenmoiré überzogenen Möbel, die bis zur Decke reichenden Kachelöfen mit ihren fröhlichen blau-weißen Delfter Kacheln, die Vorhänge aus sonnengelbem Samt, welche die abgedunkelten Fenster verbargen, verliehen dem Zimmer trotz seiner Größe Gemütlichkeit. Es war ein Raum, in dem man zufrieden sein konnte.

Sie blieb an einem großen Schreibtisch stehen, um ein Paar Briefbeschwerer aus Malachit zu bewundern, und ihr Blick fiel auf eine ovale Miniatur in einem mit Perlmutt verzierten

Silberrahmen. Ihr war nicht bewusst, dass sie einen Laut von sich gab, als sie das Porträt in die Hand nahm. Die leisen Stimmen am anderen Ende des Raumes verstummten, doch sie bemerkte die plötzliche Stille gar nicht. Mit einem Finger strich sie über die glatte Oberfläche aus Ölfarben, ehe ihre Hand zurückzuckte, als wäre sie einer Hitzequelle zu nahe gekommen.

Es war ein junges Gesicht, viel jünger, als sie sich erinnerte. Um den Mund gab es keine verbitterten Falten. Keine Tränensäcke unter den Augen. Da war Stolz und eine Zufriedenheit, die sie nie gesehen hatte. Sie war aber sicher, dass es ihr Vater war.

Sie hielt das Porträt mit beiden Händen fest und ging zurück zu den beiden Männern, die sie schweigend beobachteten. Das Herz hämmerte in ihrem Brustkorb, als sie neben dem Rollstuhl in die Knie ging und dem alten Mann die Miniatur entgegenhielt.

»Das ist mein Vater«, flüsterte sie.

Einen langen Moment musterte der alte Mann ihr Gesicht. Dann, als ob er etwas entdeckt hätte, das ihn zufriedenstellte, nickte er. »Rollen Sie mich dorthin«, sagte er und zeigte die Richtung mit seinen Augen an.

Das Porträt noch immer in den Händen, erhob sich Felicity. Sie ergriff den Rücken des Stuhls und manövrierte ihn zu der gegenüberliegenden Wand, wo ein hoher, schmaler Spiegel zwischen den Bücherregalen angebracht worden war. Schweigend starrten sie auf ihre Spiegelbilder, ehe sich zwei Paar Augen bewegten und im Spiegel trafen – zwei Paar Augen, welche die gleiche smaragdgrüne Farbe aufwiesen.

Felicity hatte keine Ahnung, wie lang sie dort stand und in das Spiegelbild ihrer eigenen Augen starrte. Sie rührte sich nicht, während ihre Gedanken wild durch ihren Kopf rasten.

»Wer sind Sie?« Ihre Stimme war kaum zu hören.

»Graf Anton Allendorf. Der Bruder deines Vaters.«

»Oh, Gott.« Felicity erinnerte sich an die Worte ihres Vaters, legte sich eine Hand auf den Mund, um ein Schluchzen zu ersticken, und fuhr herum. »Aber wie – warum – hat es denn einen dritten Bruder gegeben?«

Sie konnte Max' Hände auf ihren Schultern spüren, die sie

auf einen Stuhl drückten. Dann drehte er den Rollstuhl um, damit sie dem alten Mann wieder ins Gesicht sehen konnte.

»Nein, es gab immer nur uns beide. Ich war zehn Jahre älter als dein Vater und fühlte mich verpflichtet, die liberalen Ansichten zunichtezumachen, die er von den Feldzügen in Frankreich zurückgebracht hatte.« Seine Stimme war ruhig, aber ein Muskel in seiner Wange zuckte wild. »Eines Tages gerieten wir heftig aneinander und ich … wurde verletzt. Als ich zwei Tage später zu mir gekommen bin, war er verschwunden. Nach allem, was Max mir erzählt hat, hat es den Anschein, dass er glaubte, mich getötet zu haben.«

Felicity nickte.

»Es war alles umsonst.« Graf Allendorf schloss die Augen. »Wenn er geblieben wäre, hätten wir Freunde werden können.« Sein Mund bewegte sich, ehe er die Augen öffnete und fortfuhr. »Nachdem er fort war, habe ich mich für seine Ideen interessiert.« Er hob eine Schulter in einem ungelenken Achselzucken. »Vielleicht, weil ich an diesen Stuhl gefesselt war.«

Ein leiser, wortloser Laut des Mitgefühls entkam Felicity, und sie streckte ihre kleine, perfekte Hand aus, um sie auf die deformierte ihres Onkels zu legen.

»Wie es scheint, zu sehr interessiert, denn mit der Zeit hat es mich zu einem Gefangenen in meinem eigenen Haus gemacht.«

»Ich verstehe nicht.« Felicitys Augen waren voller Fragen.

»Meine Aktivitäten wurden – gerade so – toleriert, solange Kaiser Franz noch am Leben war. Weißt du, ich stand hoch in seiner Gunst, denn mein Körper hatte einst die Kugel eines Attentäters abgefangen, die für ihn bestimmt war.« Er hob eine knochige Schulter in der Andeutung eines Achselzuckens. »Als er tot war, stand niemand mehr – und ganz gewiss nicht der arme, verwirrte Kaiser Ferdinand – Metternichs Wünschen im Weg. Seit über zwölf Jahren bin ich ein Gefangener in diesem Haus.«

»Ist das der Grund, warum die Fenster verhüllt sind?«

»Ja und nein. Das Haus wird ständig von Metternichs Lakaien bewacht, aber zu meinem Glück nur von außen.« Graf Allendorfs Augen funkelten, als erzählte er einen guten Witz. »Es war unsere Idee, die Fenster von innen zu verhängen, als mein lieber Freund Max den Tunnel hatte graben lassen, durch den ihr gekommen seid. Auf diese Art bin ich weiter ein Teil der Revolution, die kommen wird.«

Felicity verspürte das Aufsteigen eines irrationalen Schuldbewusstseins. *Ihr* Vater hatte diesen Mann verkrüppelt. *Ihr* Vater hatte seinen Freiheitsentzug verursacht, ganz egal wie indirekt. »Wissen die Leute, dass Sie … hier sind?« Sie konnte sich nicht überwinden, das Wort »Gefangener« zu benutzen.

»Sag doch Onkel Anton zu mir, mein liebes Kind. Und natürlich wissen alle, dass ich hier bin.« Das Kinn des Grafen hob sich leicht. »Man sperrt einen Allendorf – selbst wenn es nur Hausarrest ist – nicht ein, ohne dass es der Allgemeinheit bekannt wird.«

»Sind deshalb jedes Mal, wenn ich Greifenklau erwähnt habe, alle davongestürzt, als hätte ich die Pest?« Ihr Blick huschte zu Max' Gesicht.

»Leute wurden schon für weniger verhaftet.« Max' Miene war grimmig.

»Aber jetzt bist du hier.« Die Falten, die Jahre des Kummers in Graf Allendorfs Gesicht gegraben hatten, wurden weicher, als er Felicity ansah. »Und ich kann in dem Wissen ins Grab gehen, dass es eine Allendorf geben wird, wenn ich nicht mehr hier bin. Und wenn ich hinzufügen darf, eine ganz reizende.« Der alte Mann sah zu Max hoch, der neben ihm stand. »Würdest du dem armen, alten Leopold ein paar Schritte ersparen und uns etwas Champagner bringen, Max? Ich denke, es gibt dazu reichlich Anlass.«

Max drückte leicht die Schulter seines Mentors. »Natürlich.«

»Jetzt hast du gefunden, wonach du gesucht hast.« Der Graf lächelte Felicity an, als sich die Tür hinter Max schloss.

»Nicht ganz.« Unfreiwillig verkrampften sich Felicitys Hände auf denen des alten Mannes, als sie sich an die drängenden Worte ihres Vaters erinnerte und das Versprechen, das sie gegeben hatte. »Kennst du eine Frau namens Lulu? Mein Vater hat auf dem Totenbett nach einer Frau namens Lulu gerufen.«

Er schüttelte den Kopf. »Ich war jahrelang Botschafter am russischen Hof und habe wenig Zeit in Wien verbracht. Ich wusste nahezu nichts über die Bekanntschaften deines Vaters.«

Weitere Fragen lagen Felicity auf der Zunge, doch dann kehrte Max mit dem Champagner zurück und sie schwieg.

»Sag mir, meine Liebe«, Graf Allendorf gab sein noch immer halbvolles Glas Max in die Hand, »war mein Bruder wenigstens glücklich? Hatte er ein gutes Leben?«

Um sich selbst Zeit zu geben, stellte Felicity ihr Champagnerglas übertrieben umständlich ab. »Ich kann nicht sagen, ob er glücklich war, denn sein Schuldbewusstsein lastete schwer auf ihm«, sagte sie langsam. »Aber wir hatten ein gutes Leben.« Sie sah ihrem Onkel direkt in die Augen und legte ihre Hände auf seine, als sie die Lüge aussprach. »Er hat sich immer um uns gekümmert.«

»Das freut mich.« Der alte Mann senkte seine pergamentenen Lider, um die Tränen zu verbergen, die seine Augen füllten. »Würdest du mich entschuldigen?«, fragte er nach einem Moment. »Ich bin sehr müde.«

Max wollte ihm helfen, doch der alte Graf winkte ihn weg und rollte sich selbst langsam aus dem Zimmer.

»Das war sehr tapfer und gütig«, sagte Max leise, als sich die Tür schloss.

Felicity schüttelte den Kopf und vergrub das Gesicht in ihren Händen. »Wie könnte ich weniger tun?« sagte sie mit tränenerstickter Stimme. »Mein Vater hat ihn verkrüppelt. Wäre mein Vater nicht gewesen, würde er sein Leben nicht in einem Haus«, sie nahm einen stockenden Atemzug, »in einem Haus verbringen, in dem es kein Sonnenlicht gibt.«

Mit zwei Schritten erreichte Max sie und zog sie zu sich hoch. Er konnte ihren Schmerz, ihr Schuldbewusstsein spüren, als wären es seine eigenen. »Tun Sie sich das nicht an.« Er schüttelte sie leicht. »Es ist nicht Ihre Schuld. Haben Sie mich verstanden?«

»Lassen Sie mich los!« Felicity hob die Hände zwischen ihnen und drückte sie gegen seine Brust. »Ich will Ihr Mitleid nicht!«

»Es ist kein Mitleid, das ich Ihnen schenken möchte, verdammt noch mal!« Das Verlangen, das er für Felicity empfand und das ihm wochenlang zugesetzt hatte, vermischte sich mit der Anspannung der letzten Stunden und explodierte in ihm. Seine Hände auf ihren Schultern verkrampften sich. »Ich habe nur versucht, ein wenig Einfühlungsvermögen zu zeigen.«

Sein Griff auf ihren Schultern ließ in ihr alle Alarmglocken schrillen. Ihr Blick flog zu ihm hoch und traf auf Augen, die vor Zorn glühten. Dann veränderte sich subtil, ganz subtil etwas. Die Hände auf ihren Schultern wurden leichter und begannen, sie beruhigend zu streicheln. Der Zorn schien aus ihm zu schwinden, doch der Ausdruck seiner Augen wurde nicht sanfter. Nein, die Hitze fing an, sich erneut aufzubauen, doch dieses Mal anders und gefährlicher.

»Lassen Sie mich los«, wiederholte sie und war entsetzt, wie weich, wie fügsam ihre Stimme klang.

Max schüttelte den Kopf und beherrschte gnadenlos seine eigenen Neigungen. Sie einfach so zu halten, reichte aus, um sein Blut in Wallung zu versetzen, aber er wusste, dass es nach dem emotionalen Aufruhr, den sie gerade durchgemacht hatte, nicht Leidenschaft war, was sie brauchte.

»Wie lange ist es her, dass Sie sich erlaubt haben zu weinen, Felicity? Wirklich zu weinen.«

Er sah die erschrockene Erkenntnis in ihren Augen.

»Haben Sie das je getan?«

Stumm schüttelte sie den Kopf. Das Leben ihrer Mutter mit all seinen Demütigungen war auch ohne die Bürde von Kindertränen schwer genug gewesen. Und danach … danach war sie zu zerbrechlich gewesen, zu erschöpft, zu beschämt, um sich den Luxus von Tränen zu erlauben, die ihr gewiss die letzte Kraft geraubt hätten.

Sie spürte, wie er ihre Schultern losließ und sie fühlte sofort, als sei ihr etwas Unentbehrliches abhandengekommen. Doch noch bevor sie ergründen konnte, warum sie etwas bedauerte, das sie überhaupt nicht wollte, berührte er sie erneut. Seine Hände umfassten zärtlich ihren Kopf.

»Lass sie los, Felicity«, forderte er sie sanft auf. »Lass all diese Tränen in dir los.«

Sie starrte zu ihm hoch, verwirrt von der Sanftheit in seinen Augen, in seiner Berührung. Noch nie hatte sie jemand auf diese Art berührt. Sie spürte die Tränen wie Feuer in ihren Augen brennen, doch sie kämpfte dagegen an. Sie würden sie schwach machen, ermahnte sie sich verzweifelt. Und das konnte sie sich nicht leisten. Sie hatte aus erster Hand erfahren, was Schwäche mit Menschen anstellte.

»Es ist schon gut«, sagte Max. Seine Daumen strichen über ihre Wangen. »Wenn es vorbei ist, wirst du noch immer stark und mutig sein.«

Vielleicht waren es seine Finger, die federleicht ihre Haut streichelten. Vielleicht waren es seine Worte, die ihren Gedanken so ähnelten. Plötzlich füllten sich ihre Augen und die Tränen liefen über ihre Wangen, dass sie nichts weiter tun konnte, als überwältigt, schweigend dazustehen.

Max spürte, wie seine eigenen schmerzhaften Erinnerungen zum Leben erwachten, als er Felicitys Tränen sah. Hatte er selbst getan, was er ihr zum Vorwurf machte? Hatte er all den Schmerz, all das Schuldbewusstsein in geheime Winkel seines Herzens gedrängt, wo sie wachsen und gären konnten? Vielleicht war auch für ihn die Zeit gekommen, die ganze alte Last loszulassen. Er spürte, wie der Druck in ihm nachzulassen begann. Vielleicht war es Zeit, dass alte Wunden heilten.

Sie begann zu zittern und beinahe ohne Vorwarnung zu schluchzen – ein Schluchzen, das schrecklich in seiner Intensität war. Max zog sie an sich und hob sie hoch, ihre zierliche Gestalt nahezu schwerelos in seinen Armen. Er ließ sich auf einen Stuhl fallen und hielt Felicity fest, als der Sturm losbrach.

Die Zeit verlangsamte sich und stand dann still, während er sie an sich drückte. Das einzige Geräusch, das er hörte, war ihr Schluchzen. Der einzige Geruch, den er wahrnahm, war ihr Jasminduft. Seine Hand streichelte als stummer Trost über ihr weiches, blondes Haar. Schlagartig bestand seine Welt nur aus dieser einen, zierlichen Frau in seinen Armen. Max schloss die Augen.

Ganz benommen von den ein ganzes Leben lang zurückgehaltenen Tränen, die jetzt aus ihr strömten, kapitulierte Felicity. Bebend von dem Sturm, der in ihr tobte, war ihr nicht bewusst, wie fest Max sie hielt. Ihr war auch nicht bewusst, wie stark diese Intimität sie an ihn band.

Dann wurde das Gefühl von Erleichterung langsam stärker. Das Schluchzen wurde schwächer, die Tränen tropften nur mehr vereinzelt. Das erste Geräusch, dessen sie gewahr wurde, war der gleichmäßige Herzschlag von Max neben ihrem Ohr. Die erste Empfindung war sein Atem, der sanft ihr Haar zerzauste.

Er erkannte genau den Moment, in dem ihr wahrhaftig klar wurde, wo sie war, was geschehen war. Er spürte, wie sie sich anspannte und sich dann nervös bewegte.

»Bleib noch eine Weile und komm zur Ruhe«, flüsterte Max, doch seine Arme lockerten ihren Griff.

Seine Stimme beruhigte sie, und aus irgendeinem Grund, den sie in diesem Moment nicht näher betrachtete, ließ sie sich erneut an seine Brust sinken und von seinem Herzschlag trösten. Erst viele Minuten später regte sich Felicity und nahm den Kopf nach hinten, damit sie ihm in die Augen sehen konnte.

»Ich fürchte, ich habe mich ziemlich zum Narren gemacht.« Ihr Versuch eines Lächelns war wie eine tapfere Sonne, die versuchte, durch geballte Gewitterwolken zu dringen. Max gab einen verneinenden Laut von sich, und das Lächeln wurde stärker. »Aber es fühlt sich wunderbar an.« Ein Seufzer der Erleichterung entkam ihren Lippen. »Als ob ein Sack Steine von meinen Schultern gefallen wäre.«

Langsam wurde sich Felicity vollends ihrer Situation bewusst, und damit kehrte auch Unruhe zurück. Es kam ihr in den Sinn, auf welch intime Art sie sich an Max' harten Körper schmiegte. Es kam ihr in den Sinn, dass er sie völlig wehrlos und verletzlich gesehen hatte, was noch niemand vor ihm getan hatte. Es kam ihr in den Sinn, dass sie Angst vor ihm haben sollte. Es kam ihr in den Sinn, dass sie keine Angst verspürte. Und das fand sie beunruhigender als alles andere.

»Das freut mich.«

Seine Stimme und sein wunderschönes Lächeln flossen wie Honig über sie und erstickten all die Instinkte des Selbstschutzes, die sie so lange geschärft hatte. Felicity sah zu, wie er näher kam, wie er den Kopf senkte, und dachte nicht daran zu flüchten.

Sein Atem huschte über ihren Mund. Dann, nur für den Bruchteil eines Augenblicks, streiften seine Lippen ihre, die Berührung so leicht wie der Flügel eines Schmetterlings, der eine Blume streifte. Felicity öffnete den Mund, ohne sich dessen überhaupt bewusst zu sein.

Wieder dieser eine flüchtige Moment des Kontakts. Und

wieder. Und wieder. Felicity schloss die Augen. Ihre Sinne begannen zu verschwimmen, ihr Verstand wurde umwölkt, jede federleichte Berührung betäubte sie wie ein süßer, schwerer Wein.

Ihre Finger spreizten sich auf seiner Brust, ihr Körper wurde anschmiegsam. Ihre Augen öffneten sich flatternd und fanden ihren Horizont begrenzt von silbernen Augen, die voller Wärme schimmerten. Wärme, auf die sie ihr ganzes Leben gewartet hatte. Ein leises Seufzen – der Lust, der Überraschung, der Einladung – entkam ihr.

Jeder Muskel, jede Sehne in Max' Körper war angespannt mit dem Bedürfnis nach Beherrschung. Er spürte die Hitze, die durch sein Blut rauschte, die Oberfläche seiner Haut streifte und ihn verführte, den Kuss zu vertiefen, den zarten, perfekten Körper mit den Händen nachzuformen. Doch sein Kuss blieb leicht und seine Hände still.

Mehr als ihr Geschmack oder ihr Duft war es dieses leise Seufzen, das seine Selbstbeherrschung strapazierte, die er nur mit Mühe aufrechterhielt. Zudem die Erkenntnis, wie viel Macht er in diesem Moment über sie hatte. Wenn er nachsetzte – nur ein wenig –, hätte er sie haben können, bevor sie dem Netz aus Lust entkam, das er um sie wob, genauso leicht, genauso sicher wie eine Spinne ihr Netz um ein ahnungsloses Opfer spinnt.

War es nicht das, was er wollte, fragte Max sich selbst, während sein Mund seinen Zauber wirkte. Sie zu nehmen, sich in ihr zu versenken, bis sie beide in höchster Lust miteinander verschmolzen. Doch selbst als er sich das Bedürfnis eingestand, das in ihm pulsierte, selbst als sich dieses Bedürfnis zu einem deutlich körperlichen Schmerz anstaute, wusste er, dass es nicht Macht über Felicity war, was er wollte.

Er wollte sie. Oh, ja, er konnte sich nicht daran erinnern, eine Frau je so sehr begehrt zu haben. Doch er wollte, dass sie die Reise mit ihm in vollem Bewusstsein antrat und nicht, wenn ihre Wachsamkeit vergessen war und sie zugelassen hatte, von seinem Ansturm auf ihre Sinne geschwächt zu werden.

Max zog sich zurück. Er schimpfte sich töricht, als er den Kopf gegen die Rückenlehne des Stuhls sinken ließ und in dem vergeblichen Versuch, sein erhitztes Blut abzukühlen, tief einatmete.

Felicity erwachte so plötzlich aus dem sinnlichen Nebel, dass sie einen Moment lang völlig orientierungslos war. Alles strömte auf sie ein in einem Wirbel aus Eindrücken, Erinnerungen, Empfindungen. Als sie die Erkenntnis ereilte, wie kurz davor sie gestanden hatte, eine willige Teilnehmerin ihrer eigenen Verführung zu werden, begann sie, sich zu wehren.

Ersticktes Verlangen, Frustration über die Beschränkungen, die er sich selbst auferlegt hatte, und ein Aufblitzen des stets präsenten Schuldbewusstseins ließen zornige Worte auf Max' Zunge entstehen, doch sie lösten sich wieder auf bei dem kurzen Aufflackern von Angst in Felicitys Augen, ehe sie es bändigte. Er erhob sich und drückte sie ein wenig unsanfter, als er hätte können, zurück auf den Stuhl.

»Diesmal werde ich mich nicht entschuldigen.« Obwohl seine Stimme leise war, war die Erregung darin hörbar.

Auch wenn Felicity sich noch immer gegen die Nachwirkungen des sinnlichen Vergnügens wehrte, das sie gerade erlebt hatte, kehrte ihr Kampfgeist zurück. »Das erwarte ich auch nicht von Ihnen.« Ihre Stimme war weiterhin sanft, enthielt aber eine gewisse Schärfe. »Schließlich haben Sie einen Moment der Schwäche ausgenutzt.«

Das nahezu schmerzhafte Verlangen, das ihn weiter plagte, und die Erinnerung daran, wie sehr er es hatte zügeln müssen, fachte sein Temperament an. »Ja, so wird das wohl sein.« Sein Ton war täuschend mild, täuschend liebenswürdig. »Fühlen Sie sich noch immer schwach?«

»Nein!« Wut ließ Felicitys Augen erneut wie Smaragde glitzern.

»Gut.«

Bevor sie wusste, wie ihr geschah, hatte er sie so mühelos hochgehoben, als wäre sie ein Kind, und ihren Mund erobert.

Von der Sanftheit, die er ihr noch vor wenigen Augenblicken entgegengebracht hatte, war nichts mehr vorhanden. Nein, da war die Leidenschaft, die er so eisern beherrscht hatte.

Felicity spürte, wie Angst in ihr hochstieg. Aber es war eine seltsame Angst, die nichts mit ihren Erinnerungen zu tun hatte, sondern nur mit diesem Mann, der Gefühle in ihr erweckte, die in ihrer Unbarmherzigkeit furchteinflößend waren.

Seine Zunge füllte ihren Mund, sein Geschmack breitete sich in ihrem ganzen Wesen aus, und ohne, dass ihr bewusst war, was sie tat, hob sie die Hände, um sie in der rauen Seide seines schwarzen Haars zu vergraben.

So schnell, wie er gekommen war, war der Wahnsinn vorüber. Max wich zurück und einen Moment lang starrten sie einander an, während ihr Atem weiterhin mit der verbliebenen Leidenschaft in den Mund des anderen strömte.

Nach und nach lockerten seine Arme ihren Griff, nicht genug, um ihr zu erlauben, auch nur eine Handbreit zurückzuweichen, aber genug, damit sie an seinem erregten Körper hinuntergleiten konnte, Zentimeter um quälenden Zentimeter.

Felicity drehte sich der Kopf, und als ihre Füße den Boden erreichten, wirbelte sie weg von ihm. Er versuchte nicht, sie festzuhalten. Sie sagte sich, dass sie das auch gar nicht von ihm wollte. Mit aufgewühlten Sinnen und Gedanken strich sie sich mit beiden Händen übers Gesicht. So viele Emotionen lagen in ihr im Widerstreit, dass sie einen Moment lang der Desorientierung nachgab.

Da war die Wut. Auf ihn, weil er seinen Vorteil ausgenutzt hatte. Auf sich selbst, weil sie ihm diesen Vorteil überhaupt gewährt hatte.

Da war die Angst. Nicht die eindeutige Angst vor dem männlichen Tier, das ihr zu nahe kam. Das wäre einfach gewesen. Schließlich hatte sie jahrelang Tag für Tag mit dieser Angst gelebt. Die Furcht, die ihr jetzt über den Rücken lief, war vage, ohne Fokus, und das war viel bedrohlicher. Hatte sie Angst vor ihm? Oder hatte sie Angst vor sich selbst und ihren unbeherrschten Reaktionen, die aus ihr hervorströmen könnten, als wäre sie eine Art Büchse der Pandora?

Und dann waren da die Empfindungen. Einen Augenblick lang schloss sie die Augen. Empfindungen, die sie noch nie erlebt hatte. Empfindungen, die ihren Körper pulsieren ließen. Empfindungen, die sie nicht benennen konnte.

Felicity fühlte sich in die Ecke gedrängt und verzweifelt suchte sie nach einer Möglichkeit, sich daraus freizukämpfen. Da das Leben sie gelehrt hatte, was für eine hervorragende Waffe Wut war, war es die Emotion, auf die sie jetzt ihr Augenmerk richtete.

»Legen Sie nie wieder Hand an mich!«

Max hatte gesehen, wie sie sich freigekämpft hatte, und er wusste, was dieser Kampf sie gekostet hatte. Aus diesem Grund sagte er nichts. Er wandte sich ab, nahm ihre Gläser und stellte sie auf das Tablett.

»Haben Sie gehört, was ich gesagt habe?« Felicity hob die Stimme.

Einen Augenblick lang war das einzige Geräusch im Zimmer ihr beider Atem und das Klirren von Kristall. Dann wandte sich Max wieder langsam zu ihr um.

»Ja, ich habe gehört, was Sie gesagt haben.«

Da sie nicht erkannte, wie stark die vergangene Stunde ihm zugesetzt hatte, entfachte sein sanfter, anscheinend gleichgültiger Tonfall ihre Wut nur noch mehr, und sie öffnete den Mund, um ihn erneut zurechtzuweisen.

»Sagen Sie nichts, Felicity.« Die Aufregung der letzten halben Stunde hatte ihm alle Kraft geraubt, und er gestattete sich, kurz die Augen zu schließen. »Bitte. Sagen Sie einfach nichts.«

Ihre Augen weiteten sich, als sie ihn anstarrte und gegen ihren Willen auf die Bitte in seinem Blick, auf seine erschöpft gesenkten Schultern reagierte. Verdammt, dachte sie zornig, gerade als er es ihr leicht gemacht hatte, ihn zu verabscheuen, schaffte er es erneut, sie wieder an die Angel zu bekommen.

Über welche Macht verfügte er, um sie anzulocken, fragte sie sich. Warum fühlte sie sich zu ihm hingezogen? Mit ruckartigen Bewegungen nahm sie ihren Umhang und ihre Handschuhe. Nein, dachte sie, das bildete sie sich nur ein, eine Selbsttäuschung, der sie in einem unachtsamen Moment erlegen war. Sie klammerte sich an dieser Lüge, denn sie konnte nicht anders.

Kapitel 6

Auf dem Weg zurück in die Stadt schwiegen sie. Jeder in seinen eigenen Gedanken gefangen, versuchten sie, ein Gebinde zu entwirren, das binnen weniger Stunden zu einem hoffnungslosen Durcheinander geworden war.

Es war so einfach gewesen, dachte Felicity nicht ganz wahrheitsgetreu. Er war nur ein weiterer Mann gewesen, der sie wollte. Nur ein weiterer Mann, den sie verachtete. Aber jetzt hatte er sie ganz verletzlich gesehen. Er hatte ihr Trost gespendet. Er hatte sie geküsst. Und sie stellte fest, dass sie jetzt mehr wollte.

Es war so einfach gewesen, dachte Max nicht ganz wahrheitsgetreu. Sie war nur eine weitere Frau gewesen, die er wollte. Vielleicht ein wenig mehr als alle anderen. Jetzt hatte er die schützende Hülle aufgebrochen, die sie um sich errichtet hatte. Er hatte ihre Tränen gesehen. Er hatte auf ihren Lippen die Leidenschaft geschmeckt, die er erweckt hatte. Auf seltsame Art fühlte er sich jetzt für sie verantwortlich. Und er stellte fest, dass er nicht den Wunsch verspürte, sich dieser Verantwortung zu entziehen.

Max wollte sie von der Kutsche zu ihrer Tür bringen, doch Felicity blieb stehen und sah zu ihm hoch. »Machen Sie sich keine Umstände.«

»Doch«, sagte er und erwiderte ruhig ihren Blick. »Wenn auch nur für die Augen derer, die uns beobachten.«

Felicity unterließ es, über ihre Schulter zu blicken. Als sie

Max' Haus verlassen hatten, hatte sie bereits den Mann bemerkt, der am Sattel seines Pferdes hantierte. Sie hatte gesehen, wie er sie von unter der Krempe seines Hutes beobachtete.

Kaum waren sie in den Flur getreten, als Manon auch schon herbeigelaufen kam. Ein Blick auf ihre Herrin reichte, um die geschwollenen Augen zu sehen, den verkniffenen Zug um ihren Mund, und sie attackierte Max mit der Wildheit einer Tigerin, die ihr Junges beschützt. »Was haben Sie ihr angetan?« Sie schlang die Arme um Felicity. »*Allez-vous-en.* Gehen Sie weg von ihr«, rief sie. »Barbar! Ungeheuer!«

»Es ist schon gut, Manon.« Felicity drückte die Hand des Mädchens. »Er hat nichts falsch gemacht. Es ist nicht seine Schuld.«

»Aber du hast geweint.« Manon warf Max einen weiteren anklagenden Blick zu.

»Ja, *chérie*.« Felicity befand sich in der absurden Situation, Max verteidigen zu müssen. »Aber nicht wegen etwas, was er getan hat. Später. Ich werde dir alles später erzählen.«

»Ich werde Kaffee in den Salon bringen.« Gescholten, aber nicht überzeugt warf Manon Max einen weiteren giftigen Blick zu, ehe sie Felicitys Umhang nahm und davoneilte.

»Leisten Sie mir Gesellschaft?« Sie bedauerte die Worte, noch bevor sie ihren Mund verlassen hatten.

»Danke.«

Felicity führte ihn in den kleinen Salon. Sie nahm auf einem zierlichen Sofa gegenüber von ihm Platz und sah ihm endlich in die Augen, in denen ein Anflug von Amüsement schimmerte. Einen Moment lang flammte ihr Zorn wieder auf, bevor ihr Sinn für das Lächerliche in den Vordergrund trat.

Sie lehnte sich zurück und lachte leise und reumütig. »Was für ein Spaßvogel doch das Leben ist. Ganz egal, was man tut, es findet einen Weg, einen kleinzukriegen und wie einen Narren aussehen zu lassen.«

»Aber Sie sehen nicht wie eine Närrin aus, Felicity«, sagte Max, sein Blick wieder ernst. »Oder falls doch, dann nur in Ihren eigenen Augen.«

»Aber Sie –«

Max schüttelte den Kopf. »Ich habe nicht über Sie gelacht,

sondern mit Ihnen.« Er lächelte. »Oder werden Sie mir sagen, dass Sie es nicht amüsant finden, dass Sie sich bemüßigt gefühlt haben, mich vor Ihrer Zofe zu verteidigen?«

Felicity biss sich auf die Innenseite ihrer Lippe, um ein Lächeln zu unterdrücken, und war gleichzeitig pikiert, wie leicht er sie durchschaut hatte. »Mir wäre es recht, Sie würden damit aufhören.«

»Womit aufhören?«

»Aufhören, mich wie ein offenes Buch zu lesen und …« Sie sprang auf und begann, hin und her zu laufen.

»Und?«, hakte er nach, erstaunt, dass sie nach allem, was sie heute durchgemacht hatte, noch immer über so viel nervöse Energie verfügte.

»Aufhören, mich dazu zu verleiten, Sie zu mögen.« Sie wirbelte zu ihm herum. »Ich will Sie nicht mögen.«

»Verraten Sie mir, warum?«

»Nein!« Das eine Wort war nahezu ein Ausruf der Panik. »Nein«, wiederholte sie ruhiger und strich mit beiden Händen über ihren schwarz-grau gestreiften Rock. »Sie haben mir bereits genug Geheimnisse entlockt.«

Und ich werde auch dieses aus dir herausholen, versprach sich Max stumm.

Manon brachte Kaffee und als Felicity den nervösen Blick ihrer Zofe bemerkte, zwang sie sich dazu, sich wieder zu setzen.

»Haben Sie schon viel von der Stadt gesehen, seit Sie hier sind?«, fragte Max, als er seine noch halbvolle Tasse hinstellte.

Felicity schüttelte den Kopf und kniff bei seinem verdächtig zwanglosen Tonfall die Augen zusammen.

»Darf ich Sie dann übermorgen abholen, um eine kleine Stadtrundfahrt zu machen? Ich kenne mich in Wien bestens aus.«

»Mich übermorgen abholen, um eine kleine Stadtrundfahrt zu machen?«, wiederholte Felicity langsam. »Was fällt Ihnen ein?« Mit einem bedrohlichen Klicken setzte sie ihre Kaffeetasse ab.

Die Fältchen um Max' Augen vertieften sich. »Es ist ein zivilisierter, altehrwürdiger Brauch.« Seine Mundwinkel hoben sich und er beugte sich näher zu ihr. »Ich glaube, die übliche Bezeichnung ist ›einer Dame den Hof machen‹.«

Felicity starrte ihn ungläubig an. »Das kann nicht Ihr Ernst sein.«

»Wie Sie wissen, ist ein Großteil meines Lebens durch Lügen entstellt.« Er richtete sich gerade. »Es gehört nicht zu meinen Gewohnheiten, diese auch auf mein Privatleben zu übertragen.«

»Unterstehen Sie sich«, flüsterte Felicity, entsetzt, dass eine dahingesagte Beleidigung so wehtun konnte. »Als ich nur Felicity Allen war, war ich gerade gut genug, um Unterhaltung für eine Nacht zu bieten.« Sie schluckte den Kloß hinunter, der sich in ihrer Kehle bildete. »Jetzt, da Sie wissen, dass mein Vater ein Graf Allendorf war, bin ich ganz plötzlich würdig, dass man mir den Hof macht.«

Einen Moment lang starrte Max sie an, unfähig, ihre Reaktion zu verstehen. Seine Gefühle hatten sich so subtil und doch so sanft, so gründlich geändert, dass der Gedanke, dass sie ihn noch immer als den Mann ansehen könnte, der eine arrogante, so dahingesagte Einladung ausgesprochen hatte, für eine Nacht sein Bett zu teilen, ihm gar nicht in den Sinn gekommen war.

»Sie verstehen nicht …«, begann er.

»Oh, ich verstehe ganz genau.« Sie erwiderte seinen Blick, doch die Arroganz, die sie in seinen Augen erwartet hatte, war nicht da. Stattdessen lag in ihnen etwas Anziehendes, etwas Verführerisches, etwas Gefährliches. Sie senkte den Blick, erhob sich ruckartig und ging zum Fenster. »Ich möchte, dass Sie gehen.«

Langsam ging Max zu ihr. Sie war angespannt, und als er bemerkte, wie sich ihre Schultern in Erwartung seiner Berührung weiter verkrampften, verschränkte er die Hände hinter dem Rücken.

»Ich habe mich bereits einmal für diesen Abend entschuldigt. Ich werde es nicht noch einmal tun.« Seine Stimme wurde weicher. »Und ich werde mich auch nicht dafür entschuldigen, Sie zu begehren.« Er beugte sich vor, sodass sein Atem ihr Ohrläppchen streifte. »Oder möchten Sie, dass ich Sie anlüge?«

Ihre Blicke trafen sich im Fensterglas. Langsam, ganz langsam senkte er den Kopf und gab ihr damit mehr als genug Zeit, ihn wegzustoßen oder sich außerhalb seiner Reichweite zu begeben.

Felicity sah, wie Max sich vorbeugte. Sie wusste, dass sie sich bewegen sollte. Ihr Verstand wusste das, aber jeder andere Teil von ihr schien wie angewurzelt zu sein. Also hielt sie ganz still und wartete auf die Berührung seiner Lippen.

Sein Mund streifte ihre Wange und wanderte nach unten. Fasziniert beobachtete sie, wie sich sein dunkler Kopf bewegte. Sie spürte, wie ihr Blut schneller zu rauschen begann, und ihre Lider wurden schwer und senkten sich. Ohne, dass es ihr bewusst war, wandte sie sich ihm in Erwartung seines Kusses leicht zu.

»Bald, Felicity. Sehr bald«, flüsterte er an ihrem Mund.

Bevor sie die Augen öffnen konnte, eilte er aus dem Zimmer.

Felicity wusste nicht, wie sie es geschafft hatte, aber es war ihr gelungen, ihre Stimme während der ganzen Sondervorstellung in der Hofburg kunstvoll zu führen. Ihr unkontrolliertes Weinen am Vortag hatte ihre Stimmbänder angestrengt, und der emotionale Aufruhr hatte hohen Tribut von ihren Nerven gefordert. Jetzt ließ Erleichterung ihre Knie weich werden, als der alte Hofmarschall sie entlang der Reihe der Honoratioren führte, um sie vorzustellen.

Da sie daran gewöhnt war, Neugier und Mutmaßungen in den Augen der Menschen zu sehen, hatte sie gelernt, darauf wenig Aufmerksamkeit aufzuwenden. Doch als sie sich einem älteren, adretten Mann näherte, der sich schwer auf seinen Stock stützte, war sie überrascht von der arglistigen Spekulation in seinen Augen.

»Seine Durchlaucht, Kanzler Fürst Clemens Metternich«, verkündete Hofmarschall Hasenrath.

Feindseligkeit blitzte in ihren Augen auf, bevor sie sie kaschieren konnte. Schnell ließ sie sich in dem vorgeschriebenen Hofknicks sinken, wodurch ihr entging, dass Metternich die Augen zusammenkniff.

Er hatte in Betracht gezogen, sie anzusprechen, als er heute Morgen die Berichte gelesen hatte. Denn wer wäre besser dafür geeignet, um Maximilian von Berg auszuspionieren, als seine Mätresse? Aber die Abneigung in ihren Augen warnte ihn deutlich, dass seine Bemühungen vergeblich sein würden. Seine geäderte und mit Altersflecken übersäte Hand verkrampfte sich auf dem Elfenbeinknauf seines Stockes. Es war wahrlich ärgerlich, dachte er, dass die Berg-Männer solche Loyalität in ihren Frauen inspirierten.

Metternich sah ihr nach, wie sie Knicks um Knicks die Reihe abschritt. Warum kam ihm dieses Profil vertraut vor, fragte er sich. Und diese Augen. Wo hatte er sie zuvor gesehen? Er merkte sich die Beobachtung und lächelte. Er würde sich schon daran erinnern. Das gelang ihm immer.

Leise seufzte Felicity, als Gräfin Langenheim, eine füllige Dame mittleren Alters, mit ihren schier endlosen Erinnerungen an andere Sondervorstellungen in der Hofburg fortfuhr. Sie versuchte Interesse zu heucheln, während sie den Blick diskret durch den Raum schweifen ließ, der mit verschnörkelten, vergoldeten Barockleisten verziert war.

In ihrer Nähe standen zwei junge Frauen, ihre Köpfe zusammengesteckt, die sich angeregt unterhielten.

»Ich sage dir, Doro, sie sieht genauso aus wie Bergs Frau, nur dass sie einen helleren Teint und blonde Haare hat.«

Felicity versteifte sich und versuchte, nicht zu lauschen, aber das geübte Gehör einer Sängerin nahm trotzdem jedes Wort wahr.

»Oh, bitte, Elise, du musst blind sein. Das Einzige, was sie gemeinsam haben, ist ihre Größe. Du hast sie singen gehört. Diese Frau ist ein Vulkan. Arme Marie von Berg. So ein furchtsames Lämmchen. Ich habe mich immer gefragt, was Maximilian in ihr gesehen hat.« Ihr Lachen war sinnlich und kokett. »Andererseits ist der Geschmack von Männern manchmal schwer nachzuvollziehen.«

Felicity spürte, wie plötzlich ihr Atem entwich, als hätte sie einen Schlag in die Magengrube erhalten. Doch noch während sie sich streng beherrschte, damit ihr Gesicht nichts verriet, begann ihr Herz zu rasen. Das hatte nichts zu bedeuten, redete sie sich verzweifelt ein. Es gab absolut keinen Grund, warum die Tatsache, dass er verheiratet war, ihr etwas bedeuten sollte. Sie hatte von ihm Informationen gebraucht, er hatte sie ihr zur

Verfügung gestellt, und jetzt musste sie nie wieder mit ihm sprechen.

Sie spürte, wie sich ihre Lippen bewegten, als sie etwas zur Gräfin sagte. Oh, Gott, fragte sie sich, ihre tapferen Gedanken von gerade eben vergessen, wenn er keine Rolle für sie spielte, warum fühlte sie sich dann so verloren, so verraten.

»Ich bitte um Entschuldigung für die Unterbrechung, verehrte Gräfin Langenheim.«

Die tiefe, raue Stimme brachte Felicity zurück in den hellen Saal.

»Ich würde gern mit Mademoiselle Allen unter vier Augen sprechen.«

»Natürlich, Kaiserliche Hoheit.« Die Gräfin vollführte einen überraschend gewandten Knicks und zog sich zurück.

Mithilfe der Disziplin, die ihr schon so lange zugutekam, zwang sich Felicity zu einem Lächeln, als sie vor dem Mann einen Knicks machte.

»Kaiserliche Hoheit.« Ihr geschultes Gedächtnis reagierte sofort und sie erkannte, dass es Erzherzog Albrecht war, ein Cousin von Kaiser Ferdinand, der sie aufgesucht hatte.

»Ihr Auftritt hat mir gefallen«, sagte der Erzherzog, als sich Felicity wieder aufrichtete, »aber ich würde es bevorzugen, Sie …« Er machte eine Pause und seine vollen Habsburger Lippen verzogen sich zu einem lüsternen Lächeln. »… privat zu hören. An welchem Tag wäre es Ihnen genehm, mich zu empfangen?« Sein Tonfall ließ keinen Zweifel daran, dass die Bitte nur dem Wortlaut nach respektvoll war.

Noch ehe Felicity einen Gedanken bilden, ein Wort sagen konnte, spürte sie, wie eine Hand ihren Ellenbogen umfasste.

»Ich bedaure, Kaiserliche Hoheit informieren zu müssen«, ertönte Maximilian von Bergs samtige Stimme an ihrer anderen Seite, »dass Mademoiselle Allens Zeit bereits vergeben ist.«

Ihre Ohren begannen mit der Wut zu summen, die in ihr aufstieg. Wie konnte er so impertinent sein, sie so offen für sich zu beanspruchen, dachte sie und erinnerte sich an die Unterhaltung, die sie belauscht hatte. Hatte er gar kein Schamgefühl? Als sie den Mund öffnete, um ihn zurechtzuweisen, wurde sie durch seine

Finger, die warnend ihren Arm drückten, zum Schweigen gebracht.

Erzherzog Albrechts ausgeprägtes Habsburger Gesicht wurde verdrießlich, als er seinen Untergebenen und die zierliche Frau neben ihm musterte. Aber als Mann von Welt lächelte er und zuckte mit den Schultern. »Ihr Losglück, nicht wahr, Berg?« Er schlug Max leicht auf die Schulter. »Genießen Sie Ihre Eroberung.« Ohne einen weiteren Blick auf Felicity nickte er Max zu und wandte sich ab.

Max spürte eher, wie Felicity Atem holte, als dass er es hörte. Rasch, ehe sie etwas sagen konnte, beugte er sich zu ihrem Ohr hinunter. »Sie können später alles zu mir sagen, was Ihnen beliebt. Aber jetzt schweigen Sie.« Erneut hörte er ihren Atem zischen. »Bitte.« Er richtete sich auf und lächelte auf sie hinab, als hätte er ihr gerade ein aufreizendes Kompliment ins Ohr geflüstert.

Was für ein hinterlistiger Schurke, schäumte sie. Wie kam er dazu, sie mit seinem Charme zu betören, wenn er verheiratet war? Verzweifelt klammerte sie sich an die Wut, um das Gefühl von Verlust zu verdrängen.

»Jetzt lächeln Sie und tun so, als würden Sie meine Gesellschaft genießen.«

Felicity holte tief Luft und bedachte Max – obwohl es ihr schwerfiel – mit ihrem strahlendsten Lächeln. »Ich werde Ihre Gesellschaft genießen, wenn die Hölle zufriert. Sie sind ein Übeltäter, ein skrupelloser …«

Flüchtig berührte er ihre Wange mit seinen Fingern. »Ich habe verstanden. Aber jetzt sollten wir einen Waffenstillstand schließen. Einverstanden?« Ohne auf eine Antwort zu warten, umfasste er ihren Ellenbogen und führte sie auf die andere Seite des Zimmers.

So schnell wie möglich wies Max einen Diener an, Felicitys Umhang zu bringen und seine Kutsche kommen zu lassen.

»Nein«, unterbrach Felicity ihn. »Meine Kutsche.«

»Nun gut.« Max schickte den Diener mit einem Nicken los. »Aus einem bestimmten Grund?«

»Paddy würde sich Sorgen machen.«

Max lächelte.

»Hören Sie auf, so zu grinsen«, zischte sie. »Paddy arbeitet für mich seit …« Mit einem leisen Aufkeuchen hielt sie inne, entsetzt von dem, was sie beinahe enthüllt hätte. »Seit langer Zeit. Er kümmert sich schon seit langer Zeit um mich.«

Ein weiteres Geheimnis, das er zu entdecken beabsichtigte, dachte Max. »Ich habe übrigens überhaupt nicht gegrinst«, sagte er. »Ich habe nur gedacht, dass Ihre Dienstboten sich anscheinend genauso ungeniert einmischen, wie die meiner Mutter.«

Als wären sie dazu übereingekommen, sagte keiner von ihnen ein Wort auf der kurzen Fahrt zu dem kleinen Haus, das Felicity gemietet hatte – sowohl wegen seiner hellen blau-grünen Fassade als auch wegen seiner gemütlichen Größe und praktischen Lage.

Manon empfing sie an der Tür, umschwärmte Felicity und warf Max böse Blicke zu.

»Bringst du mir Tee mit Honig, *chérie*? Und Wein für den Grafen.«

»Du solltest ins Bett gehen«, sagte sie unerbittlich.

»Bald.« Felicity tätschelte Manons Hand und ging Max in den Salon voraus.

Sobald sich die Tür hinter ihnen geschlossen hatte, wandte sie sich zu ihm um. »Was haben Sie sich dabei nur gedacht? Mussten Sie vor dem gesamten Hofstaat Ihren Anspruch auf mich deutlich machen?«

»Ja – aus gutem Grund.« Mit fahrigen Bewegungen zog er seine Handschuhe aus und schlug damit in seine offene Handfläche. »Und ich war nicht wegen des Hofstaats besorgt, sondern wegen Erzherzog Albrecht. Was haben Sie denn gedacht, was er vorhat?«, wollte er wissen. »Mit Ihnen Tee trinken?«

»Wovon reden Sie da?«

»Er hat davon gesprochen, Sie ins Bett zu bekommen, verdammt noch mal.« Max ballte die Fäuste, damit er Felicity nicht schüttelte. »Wenn Sie zugelassen hätten, dass er hierherkommt, hätten Sie es mit einem liebestollen Erzherzog zu tun gehabt.« Er trat näher zu ihr. »Und ich bezweifle, dass er sich von der Angst hätte zügeln lassen, die jedes Mal in Ihren Augen aufblitzt, wenn Ihnen ein Mann zu nahe kommt.« Er kniff die

Augen zusammen. »Ganz im Gegenteil, das hätte ihn womöglich erst recht erregt.«

Als er die Worte aussprach, sah er eben diese Angst in ihren Augen aufflackern, ehe sie sie niederkämpfte, und er wirbelte herum und fluchte stumm, seine Nerven zum Zerreißen gespannt. Gott, dachte er und fuhr sich mit einer Hand durchs Haar, jahrelang hatte er in ständiger Gefahr gelebt und war trotzdem in der Lage gewesen, nachts zu schlafen. Und jetzt löste diese kleine Frau eine solche Rastlosigkeit in ihm aus, dass sich seine Nerven wie zu fest gespannte Saiten eines Streichinstruments anfühlten.

Manon kam mit ihren Getränken, doch keiner von ihnen beachtete sie.

Langsam sickerten Max' Worte ein, und Felicity griff nach einem Stuhl, um sich darauf zu stützen. Was für eine Närrin sie doch gewesen war, schalt sie sich selbst. Sie war so von der Unterhaltung verstört gewesen, die sie belauscht hatte, dass ihr die volle Bedeutung der Worte des Erzherzogs gar nicht gedämmert war. Und jetzt musste sie diesem Mann, der so voller Täuschung steckte, auch noch dankbar sein. Aber sie hatte noch mehr Munition.

»Warum haben Sie mir nicht gesagt, dass Sie verheiratet sind?« Herausfordernd hob sie das Kinn.

»Was haben Sie gesagt?« Langsam drehte sich Max zu ihr um.

»Sie haben eine Frau.« Als sie die Worte aussprach, stockte Felicity entsetzt der Atem bei dem Schmerz, der in Max' Augen aufwallte.

»Ich hatte eine Frau«, sagte er tonlos. »Sie ist seit drei Jahren tot.«

»Es tut mir leid. Ich –«

»Warum sollten Sie nicht die ganze Geschichte hören.« Seine Augen hatten die Farbe von regennassem Schiefer angenommen. »Wenigstens haben Sie dann wirklich einen Grund, mich zu verachten.«

Bei dem Schmerz und den Selbstvorwürfen, die seine Augen verdüsterten, verknotete sich Felicitys Magen. »Sie müssen nicht …«

Er hörte ihre Worte nicht oder ignorierte sie, denn er fuhr fort. »Sie erwartete unser erstes Kind. Sie fühlte sich unwohl und kränklich, aber ich war mitten in einem Komplott und es passte mir gut, sie an meine Eltern abzuschieben.« Seine Knöchel wurden weiß auf der Rückenlehne des Stuhls. »Sie flehte mich an, sie nicht allein zu lassen. Ich kann noch immer ihre Augen sehen, ihre Stimme hören, als sie mich anbettelte.«

Er starrte an Felicity vorbei, und sie wusste, dass er gerade sah, was er beschrieb.

»Sie starb bei der Geburt.« Seine Augen gewannen an Fokus und er richtete den Blick auf Felicity. »Man sagte mir, dass sie am Ende nach mir rief. Sie rief, aber ich war nicht da.« Er ging zum Tisch und schenkte sich ein Glas Wein aus der Karaffe ein, die Manon gebracht hatte, trank aber nicht davon. »Ich war nie da. Ich konnte ihr nie geben, was sie brauchte.«

Seine Stimme war ausdruckslos und hart und doch durchdrang Trauer jedes Wort. Plötzlich verließ Felicity alle Feindseligkeit. Sie war noch nie in der Lage gewesen, einem leidenden Wesen zu widerstehen – eine Taube mit einem gebrochenen Flügel, ein verwaistes Kätzchen, die heimatlosen Menschen, die ihr Leben bevölkerten. Mitgefühl wallte in ihrem Herzen auf, als sie sich ihm nahte.

»Sie taten, was Sie tun mussten.« Ihre Hand verharrte einen Moment lang und legte sich dann auf seinen Arm. »Was Sie tun konnten.«

»Aber es war nicht genug.« Max sah sie an. In ihren Augen war Wärme, Zärtlichkeit, und er wollte so sehr danach greifen. Aber Schuldbewusstsein und seine Erinnerungen ließen seine Hand stillhalten. »Es war nicht genug.«

»Das ist es nie«, sagte sie und das Echo ihrer eigenen Gespenster tauchte in ihren Augen auf. »Man tut, was man kann.«

Einen langen, stummen Moment sahen sie einander an. Dann nickte Max einmal und hob das Glas an seine Lippen. »Warum haben Sie gedacht, dass ich verheiratet bin?«

Scham stieg in Felicity hoch und ließ ihr Gesicht glühen, obwohl sie wusste, dass es nicht ihre Schuld war, dass sie den falschen Schluss gezogen hatte.

»Ich habe ein Gespräch mitangehört. Sie haben – es hat so geklungen, als ob Ihre Frau noch am Leben wäre.« Mit ihren

Augen flehte Felicity Max an, keine weiteren Fragen zu stellen. Wie konnte sie ihm erzählen, was diese Frauen gesagt hatten?

Max stellte sein Glas ab, bedauerte es aber im gleichen Moment. Jetzt waren seine Hände frei, um sie nach Felicity auszustrecken. Wie konnte er jetzt nach ihr greifen, wo seine Erinnerungen ihn überfluteten und anklagten?

»Ich versuche, es nicht zu tun, aber etwas in mir vergleicht Sie ständig mit Marie.« Er ließ einen stockenden Atemzug entweichen, als er das Geständnis laut aussprach. »Der Vergleich lässt sie in keinem guten Licht dastehen, und das macht das Schuldbewusstsein noch schlimmer.« Er presste seine Lippen zusammen und wandte sich ab, um ins Feuer zu starren. »Sie sind stark, Felicity, was Marie nicht war. Sie hatte das Wesen und den Körper eines Kindes, und ich habe sie wie eines behandelt. Sie hingegen«, er blickte über seine Schulter, »Sie haben etwas Schreckliches erlebt, das gelegentlich Angst in Ihren Augen aufsteigen lässt, und trotzdem behalten Sie die Oberhand.« Er drehte sich zu ihr um. »Und Sie führen einen Mann mit einer Sinnlichkeit in Versuchung, die Ihnen gar nicht bewusst ist.«

Bei seinen Worten spürte Felicity, wie Hitze ihre Wangen flutete.

»Ich habe mit Marie ein Kind gezeugt. Ein Kind, das sie umgebracht hat. Ich hatte wohl eine vage Zuneigung für sie, aber ich habe sie nie wirklich geliebt – oder begehrt.«

Seine Stimme war leise und rau geworden, und Felicity spürte, wie sich eine Sehnsucht in ihr entfaltete.

»Nicht, wie ich dich von Anfang an begehrt habe.« Sein Blick wanderte über ihr Gesicht. »Du berührst etwas tief in mir, Felicity.«

Seine Stimme war so verführerisch, dass Felicity sich beinahe vergaß, beinahe die Hand nach ihm ausstreckte. Beinahe.

»Ich kann dir nicht geben, was du willst, Max.«

Sie war völlig unvorbereitet auf das strahlende Lächeln, das plötzlich sein Gesicht erhellte.

»Das ist das erste Mal, dass du meinen Namen gesagt hast. Das ist ein Anfang.« Er gestattete sich nur, kurz mit den Fingern über ihre Wange zu streifen. »Gute Nacht.«

Kapitel 7

»Ich danke Ihnen für die Gnade dieser Audienz, Kaiserliche Hoheit.« Kanzler Fürst Metternich verbeugte sich tief.

Erzherzog Albrechts Nicken enthielt nur eine Spur Herablassung. »Worum geht es, Metternich? Haben Sie ein Anliegen?«

Metternich verschränkte die Hände auf dem Knauf seines Stockes. »Nein, Kaiserliche Hoheit. Ich wollte Ihnen nur von einigen Beobachtungen berichten.« Seine tonlose Stimme, seine ausdruckslosen Augen verbargen gut, welchen Verdruss es ihm bereitete, dass er so weit gekommen war, nun um die Hilfe eines Mannes ersuchen zu müssen, der ein halbes Jahrhundert jünger war als er.

Mit einer nachlässigen Geste bedeutete Erzherzog Albrecht dem alten Mann fortzufahren.

»Ich frage mich schon seit Langem, ob es Zufall ist, dass sich die amerikanische Sängerin, Felicity Allen, in Wien niedergelassen zu haben scheint. Kaiserliche Hoheit haben sie vielleicht schon bemerkt?«, fragte Metternich höflich.

»So ist es.« Albrecht warf ihm unter seinen schweren Lidern einen prüfenden Blick zu und fragte sich, wie viel der alte Fuchs bemerkt hatte.

Metternich entging nicht das Aufflammen von Begierde in Albrechts hervorquellenden Augen. »Kaiserliche Hoheit sind vielleicht zu jung, um sich zu erinnern, aber sie weist eine bemerkenswerte Ähnlichkeit zu den Allendorfs auf. Einer der Brüder hat Österreich vor Jahren verlassen, und man munkelte, dass er nach Amerika gegangen war. Der Name, unter dem sie auftritt, würde das nahelegen.« Er schnaubte. »Eine amerikanische Verballhornung von Allendorf. Abgesehen davon wurde mir gesagt, dass sie wiederholt nach Greifenklau gefragt hat.« Die dünnen Lippen des Kanzlers verzogen sich zu einem kalten Lächeln. »Allerdings hat es den Anschein, dass die Leute zu verängstigt oder vorsichtig sind, um ihr irgendwelche Informationen mitzuteilen.« Erneut lächelte er. »Genau, wie es sein sollte.«

»Was macht es schon, falls sie mit ihnen verwandt ist?«, fragte der Erzherzog gereizt. Er hatte wenig Geduld mit Metternichs alten Fehden.

»Wie Sie wissen, steht Graf Anton Allendorf seit zwölf Jahren wegen subversiven Verhaltens unter Hausarrest. Was, wenn sie von verschiedenen Querulanten auf irgendeine Art benutzt wird? Vielleicht, um den alten Mann zu befreien? Für diese Leute ist er noch immer eine Leitfigur.«

»Oh, bitte, Metternich. Ist das nicht ein wenig weit hergeholt?« Albrecht zupfte an den Ärmeln seines Uniformrocks. »Haben Sie einen Beweis dafür?«

»Wie gesagt, Kaiserliche Hoheit, berichte ich Ihnen einfach was ich wahrgenommen habe.« Aufmerksam beobachtete er Erzherzog Albrecht mit seinen verschleierten Augen. »Sie ist Graf Maximilian Bergs Mätresse.« Er machte eine Pause und bemerkte befriedigt, dass ein Muskel in der Wange des Erzherzogs zuckte. »Falls sie eine Allendorf ist, falls sie irgendwie mit denjenigen zu tun hat, die Aufruhr in diesem Land schüren, ist das Boudoir vielleicht nicht die einzige Verbindung zwischen den beiden.«

»Das ist absurd.« Albrecht warf die Hände in die Luft. »Bergs Verhalten war stets tadellos.« Er kniff die Augen zusammen. »Oder haben Sie einen gegenteiligen Beweis?«

»Nein, Kaiserliche Hoheit, keinen Beweis per se. Aber wenn Sie mir die Bemerkung gestatten, ich diene dem Hause Habsburg seit beinahe fünfzig Jahren und verfüge über umfangreiche Erfahrung. Ich kann mich des Eindrucks nicht erwehren, dass Graf Berg nicht ganz das ist, was er vorgibt zu sein.«

»Aber Sie müssen etwas wissen, um ihn zu verdächtigen.«

Metternich zuckte nur mit den Schultern, da er wenig mehr als seine Instinkte und seinen Groll gegen Maximilian von Bergs Vater vorweisen konnte. Die mageren Informationsfetzen, die ihm zur Verfügung standen, waren zu unerheblich, um von Bedeutung zu sein. Sofern ihm nicht ein unglaublicher Glücksfall in die Hände spielte, würde es noch eine lange Zeit dauern, ehe er über ausreichend Beweise verfügte, um Maximilian von Berg einen Strick daraus zu drehen.

Und Zeit war etwas, das er nicht hatte. Die gleichen Instinkte, die ihn Berg verdächtigen ließen, sagten ihm, dass seine Zeit ablief, und er konnte es sich nicht länger leisten, bei den Mitteln, die er benutzte, um Bergs Verderben herbeizuführen, wählerisch zu sein.

»Sehen Sie ihn sich nur an, Kaiserliche Hoheit«, sagte Metternich leise. »Und die Frau. Erlauben Sie mir, Ihnen zu erläutern, was ich im Laufe eines langen Lebens gelernt habe.« Er beugte sich vor, als wollte er ein Geheimnis verraten. »Man sieht sehr viel, wenn man weiß, was man zu finden wünscht.«

Albrecht entließ ihn mit einem abgelenkten Nicken, und Metternich verbeugte sich und ging rückwärts zur Tür, zufrieden mit seinem Tagwerk. Er hatte den nachdenklichen Ausdruck in den Augen des Erzherzogs gesehen und wusste, dass er die Saat des Misstrauens gestreut hatte.

»Kaiserliche Hoheit …«

Erzherzog Albrecht winkte ungeduldig in die Richtung seines Kammerherrn. Er musste über das, was Metternich ihm erzählt hatte, nachdenken, ehe sich neue Eindrücke hinzugesellten.

Langsam schritt er die Länge seines Arbeitszimmers mit den schweren spanischen Möbeln ab. Auf seine schwerfällige, methodische Art und Weise wiederholte er in Gedanken, was Metternich ihm gesagt hatte, bis er sicher war, dass er es sich gut merken würde. Dann überdachte er genauso methodisch alles, was er über Maximilian von Berg wusste.

Er hatte widerstrebenden Respekt für seinen Untergebenen, beeinträchtigt durch die Tatsache, dass er wusste, dass der Zufall ihrer Geburt der einzige Grund war, warum nicht Berg die Befehlsgewalt hatte.

Berg hatte Medizin an der Universität studiert, sinnierte er. Ungewöhnlich für einen Aristokraten. Vielleicht wusste Metternich von einer jugendlichen Indiskretion. Aber seit Berg beschlossen hatte, die Offizierslaufbahn einzuschlagen, hatte Albrecht nicht einmal von einem leisen Verdacht gehört, der dessen Ruf als loyalen und gehorsamen Offizier befleckt haben könnte. Er blieb stehen, um auf den weitläufigen Platz vor der Hofburg zu blicken, wo gerade der Wachwechsel stattfand. Dennoch, Metternich war ein verschlagener, alter Fuchs, der ein halbes Jahrhundert lang den Großteil Europas überlistet hatte.

Albrecht verschränkte die Finger mit der Handfläche nach außen und lehnte sich an die Rückenlehne eines Stuhls. Es würde ihm sehr missfallen, falls einer seiner Untergebenen in verräterischen Aktivitäten involviert wäre, dachte er. Es würde nicht schaden, Berg im Auge zu behalten, nur für den unwahrscheinlichen Fall, dass Metternich recht hatte. Und wenn das der Fall war, nun – bei dem Gedanken lächelte Albrecht –, dann würde die Zeit der reizenden Mademoiselle Allen nicht länger vergeben sein.

Erzherzog Albrecht zog am Glockenband, um seinen Kammerherrn zu rufen, und schlenderte zum Fenster. Ja, dachte er, während er langsam die Handflächen aneinanderrieb, er würde Berg mit Argusaugen beobachten.

»Wo fahren wir hin?«, fragte Felicity.

Max lachte. »Lehn dich zurück und lass dich überraschen.«

»Nun gut.«

Max beugte sich vor, nahm ihre behandschuhte Hand und streifte mit den Lippen über ihre Finger. Seine Augen lächelten sie über ihren Knöcheln an, und einen Moment lang belohnte er sich selbst, indem er die schmale Hand noch ein wenig länger festhielt. Sie spannte sich nicht an und zog ihre Hand nicht zurück. Zufrieden legte er sie ihr wieder in den Schoß, wo sie zuvor gewesen war.

Felicity lehnte sich an die Polster aus weichem marokkanischen Leder zurück. Binnen weniger Monate hatte sich so viel verändert. Sie fragte sich, wann es angefangen hatte. An dem Tag in Greifenklau, als er sie umarmt hatte, während sie weinte? An dem Tag, an dem er ihr seinen eigenen Quell des Kummers gezeigt hatte? Vielleicht war es zu Weihnachten gewesen, als er, statt ihr kostbare, aber bedeutungslose Bijouterie zu schenken, ihr eine mit Äpfeln, Lebkuchen und Kerzen geschmückte Tanne gebracht hatte.

Max schien nicht länger der leidenschaftliche Mann zu sein, der darauf brannte, ihr Geliebter zu werden. Er stellte keine Forderungen, sondern bot ihr stattdessen eine unkomplizierte Freundschaft. Selbst als sie sich an seine häufige Gesellschaft gewöhnte, überraschte es sie trotzdem, dass sie ihm tatsächlich vertraute. Nichtsdestotrotz fragte sie sich, was hinter den Augen vor sich ging, die so ruhig waren, denn sie erinnerte sich an das stürmische Verlangen, das sie darin gesehen hatte.

Und dann war da noch die verstörende Anziehungskraft, die er so mühelos auf sie auszuüben schien. In manchen Nächten, wenn die Wahrheit so nahe an der Oberfläche lag, fragte sich Felicity, wie es gewesen wäre, hätte sie der Versuchung nachgeben und annehmen können, was er ihr bot.

Mit einem leisen Rascheln öffnete sich eine Schachtel, und der zauberhafte Frühlingsduft von Veilchen füllte die Kutsche. Mit einem Lächeln griff Felicity nach einer kandierten Blüte und steckte sie sich in den Mund. Sie kaute sie langsam, wartete darauf, dass der leicht parfümierte Geschmack auf ihrer Zunge erblühte und schloss die Augen, entzückt von dem Genuss.

Max sah zu, wie Felicity das Zuckerwerk mit einer Sinnlichkeit genoss, die unschuldig und in ihrer Intensität dennoch äußerst erotisch war, und spürte, wie ihn diese simple Beobachtung in den Strudel seiner Leidenschaft zog. Schnell wandte er den Blick ab und fragte sich, wie lange er noch in der Lage sein würde, weiter dieses schreckliche Spiel zu spielen.

Wie lange würde er es noch schaffen, sich mit einer flüchtigen Berührung hier, dem Hauch eines Kusses da zu begnügen? Wie lange würde er es noch schaffen, so zu tun, als wäre er mit der Rolle eines aufmerksamen Bekannten ohne Forderungen zufrieden? Wann würde der Tag kommen, an dem seine Selbstbeherrschung ihn verließ und er das noch immer zerbrechliche Vertrauen zerstörte, das er so sorgfältig aufgebaut hatte? Würde Felicity es als doppeltes Spiel betrachten, dass er ganz bewusst sein Verlangen für sie verborgen und so getan hatte, als sei er völlig zufrieden, ihr einfach ein guter Freund zu sein?

Mit einem Ruck kam die Kutsche zu stehen, und als Max sie draußen auf dem Boden absetzte, hörte Felicity den süßen Klang von Musik im Dreivierteltakt. Sie lachte vor Freude und hob das Gesicht zu den großen Schneeflocken, die gemächlich vom dunklen Himmel nach unten schwebten.

Das protzige Schild über der großen Tür sagte ihr, dass Max sie zu dem legendären Tanzlokal, »Zum Sperl« gebracht hatte, wo Nacht für Nacht Johann Strauß die Menge mit seinen Walzern bezauberte, bei denen sich einem der Kopf drehte und alle Sinne angeregt wurden.

Der Saal war überhitzt mit einem Meer von Lichtern und aneinandergedrängten Körpern. Die Tanzfläche war riesig, und die farbenprächtige, bunt zusammengewürfelte Menge, die sich zu den Strauß-Melodien drehte, verlieh dem Saal das Aussehen eines Kaleidoskops, bei dem Farben und Lichter mit der Musik verschmolzen.

Es war der Höhepunkt des Faschings, des Karnevals vor der Fastenzeit, aus dem die Wiener mit ihrem feinen Gespür für die Annehmlichkeiten des Lebens eine monatelange Aneinanderreihung an Bällen und Festen gemacht hatten, und das Tanzlokal war noch überfüllter als sonst. Das Orchester auf dem in der Mitte des Saals aufragenden Podest spielten Walzer um Walzer, während die Tänzer darum herumwirbelten.

Felicity grinste, als sie einige der Tänzer erkannte. Da war die füllige Gräfin Langenheim, die sie von ihrer Sondervorstellung in der Hofburg kannte – mit rotem Gesicht und einer schief sitzenden Maske versuchte sie verzweifelt, mit ihrem viel jüngeren Partner mitzuhalten. Nicht weit entfernt war die junge Schneiderin, die in Madame Schoberlechners Salon die Maße für Felicitys neuestes Kleid genommen hatte. Sie sah zu Max hoch und verpasste knapp einen Blick auf das Dienstmädchen, das sie entlassen hatte und das mit wachsamen Augen an ihr vorbeitanzte.

»Das muss der egalitärste Ort in Wien sein.« Felicity formte mit den Händen einen Trichter vor dem Mund, damit Max sie hören konnte.

Max nickte. »M-hm. Die Wiener waren immer schon Verfechter der Gleichheit, wenn es ums Vergnügen geht.« Seine Augen funkelten schelmisch. »Nur, dass sich Gräfin Langenheim verpflichtet fühlen mag, ihrem Beichtvater von dem Abend zu berichten.«

Der Rhythmus des Walzers ging wie süßer, schwerer Wein in Felicitys Blut über. Ihre Füße begannen, den Dreivierteltakt zu klopfen, und plötzlich konnte sie es nicht erwarten, sich im Gleichklang der Musik zu bewegen. Sie konnte Max nicht geben, was er von ihr wollte, dachte sie plötzlich, aber sie konnte ihm das hier geben.

Sie drehte sich zu ihm um. »Tanzt du jetzt mit mir?«

Max sah auf sie hinab. Ihre smaragdgrünen Augen leuchteten mit einer sanften Wärme, welche Edelsteine nie haben könnten, und einen Moment lang stockte ihm der Atem.

Er liebte sie. In diesem Moment wurde ihm das plötzlich bewusst. Es war so einfach und so kompliziert. All diese Monate hatte er sich eingeredet, dass alles, was er fühlte, Begierde und Zuneigung war. Aber es war mehr. Viel mehr.

Er öffnete die Arme, und ohne zu zögern ließ sich Felicity umfangen.

»Hast du auch nur ein einziges Wort von dem gehört, was gesagt wurde?«

Max zwang seine Gedanken zurück zu dem stickigen, kleinen Zimmer und wandte sich der Gruppe Männer zu, die um den zerkratzten Tisch saßen. Mit einem leisen Seufzen fuhr er sich mit beiden Händen durchs Haar. »Mehr oder weniger.«

»Mehr oder weniger?« Ein bärtiger, drahtiger Mann mit den weichen Händen eines Träumers und den glühenden Augen eines Fanatikers sprang auf. »Bist du verrückt? Wir sind nur noch einen Schritt von dem entfernt, worauf wir seit Jahren hinarbeiten, und du hast mehr oder weniger gehört, was gesagt wurde?«

Die anderen Männer hörten schweigend zu. Das Licht der einzigen Kerze erzeugte flackernde Schatten auf ihren Gesichtern

– alle jung, alle aufmerksam und fixiert auf die momentane Angelegenheit. Sie mochten der Aussage ihres Mitverschwörers zustimmen, aber nur Adolf Fischhofs langjährige Freundschaft mit Graf Berg erlaubte ihm, seine Meinung so offen kundzutun.

»In Paris sind die Leute bereits auf die Straße gegangen. Die Revolution hat begonnen! Noch ein oder zwei Tage, und König Louis Philippe wird Geschichte sein und Frankreich eine Republik!« Fischhof schlug zur Betonung mit seinen schlanken Händen auf den Tisch. »1789 waren wir Österreicher zu begriffsstutzig und zu jämmerlich, um dem Beispiel der Franzosen zu folgen. Verdammt noch mal, lassen wir uns 1848 wieder übertrumpfen?«

Fischhof sah seine Mitverschwörer mit flammendem Blick an. »Die neue Sitzung der Ständeversammlung steht bevor. Könnte es eine bessere Gelegenheit für uns geben zu handeln?« Fischhof deutete mit einer geballten Faust auf Max. »Und du hörst mehr oder weniger zu? Falls wir losziehen, um eine Petition bei der Ständeversammlung einzureichen, setzen wir alle unser Leben aufs Spiel.«

Ein Funken Feuer trat in Max' Augen, doch als er sprach, war seine Stimme ruhig. »Was ich die letzten acht Jahre getan habe.«

Er sah, wie sich Bedauern in den Augen seines Freundes regte und sein Zorn verrauchte. »Red nur weiter … was immer du sagen wolltest.« Max deutete mit dem Kinn auf den kleinen Kreis Männer. »Ich verspreche zuzuhören.« Die Fältchen um seine Augen wurden tiefer. »Mehr oder weniger.«

Die Männer wandten sich wieder ihrer Diskussion zu, ihre Stimmen leise, ihre Worte mit Dringlichkeit unterlegt. Max hörte zu, wie er schon die ganze Zeit mit einem Teil seiner Aufmerksamkeit zugehört hatte, während der Rest seines Verstandes dorthin zurückkehrte, wo er vor Fischhofs Ausbruch gewesen war.

Wie kam es, dass er in diesem stickigen Zimmer, das, wie er wusste, nach feuchter Wolle und Stiefelleder roch, jedes Mal, wenn er Luft holte, den Duft von Jasmin wahrnehmen konnte? Wie kam es, dass er, wann immer seine Finger über das rissige Leder des Stuhls strichen, an Felicitys Haut dachte, welche sich wie eine sonnengereifte Marille anfühlte? Wie kam es, dass selbst in dieser Krisenstimmung sein Verstand so sehr mit ihr beschäftigt war, dass alles andere verblasste?

Es hatte den Anschein, als stünde der Moment, auf den sie alle gewartet und hingearbeitet hatten, kurz bevor. Doch er stellte fest, dass der Mittelpunkt seines Lebens nicht länger unter den Idealen zu finden war, denen er sein Leben so lange gewidmet hatte.

Wochen waren verstrichen und zu Monaten geworden. Das ungestüme Verlangen, das er vom ersten Augenblick an für Felicity empfunden hatte, war nicht verschwunden, sondern durch so viele Nuancen an Emotion bereichert worden, dass er feststellte, dass sie zu so einem grundlegenden Bestandteil seines Lebens geworden war, dass er nicht länger unterscheiden konnte, wo er aufhörte und sie begann.

Wäre es anders, fragte sich Max, wenn sie ihm erlaubt hätte, ihr Bett zu teilen? Wäre die Faszination verblasst, sobald das Verlangen befriedigt war? Nein. Die Antwort war so klar wie ein Glockenschlag. Es hätte keinen Unterschied gemacht. Außer, dass er zu unvorsichtig mit ihr umgegangen wäre, da er all ihre Geheimnisse, all ihren vergrabenen Schmerz nicht kannte. Er kannte sie noch immer nicht, dachte er. Aber eines Tages würde sie ihm ihr Leben anvertrauen, und er würde sie dafür immer rückhaltlos lieben und hegen.

Mit einem Seufzen beugte er sich vor, um aufmerksam ihren Plänen zuzuhören.

»Fahr nach Hause, Paddy.« Felicity winkte ihrem Kutscher zu. »Es ist so ein schöner Nachmittag, dass ich lieber zu Fuß gehe.«

»Das gefällt mir nich'«, brummte Paddy. »Bei diesem ganzen Gerede von Revolution sollten Sie nicht allein auf de' Straße sein.« Er warf ihr einen Blick zu. »Außerdem zieht mir die Franzfrau das Fell über die Ohren, wenn ich allein nach Haus komm'.«

Felicity unterdrückte ein Grinsen bei dem Bild, von dem sie wusste, dass es auf Tatsachen beruhte. »Sag Manon, dass ich ein Nein nicht akzeptiert habe.«

Paddy warf seiner Herrin wieder einen missmutigen Blick zu und schnalzte noch immer grummelnd den Pferden zu.

Sie erlaubte sich selten, impulsiv zu handeln, sinnierte Felicity, als sie der Kutsche nachsah, die um die Ecke verschwand. Aber es hatte den Anschein, als hätte ihre unbesonnene Ader, die sie sonst so unterdrückte, die Oberhand gewonnen. Sie wusste, dass es ein wenig zu spät für Zweifel war, aber sie brauchte einige Momente allein, um sich an die Vorstellung zu gewöhnen, was sie gerade getan hatte.

Erst vor wenigen Minuten hatte sie einen Vertrag unterschrieben, der sie bis zum Ende der Saison in Wien halten würde.

Es waren nur mehr etwas über drei Monate bis Juni, rechtfertigte sie sich, da sie die Nervosität beschwichtigen musste, die plötzlich an die Oberfläche trat. Es war ein lukratives Angebot gewesen. Der Direktor der Kaiserlichen Oper würde ihr eine solch exorbitante Summe bezahlen, dass sie es sich gar nicht leisten konnte abzulehnen. Abgesehen davon wollte sie etwas mehr Zeit mit ihrem Onkel verbringen, bevor sie weiterreiste. Und sie brauchte mehr Zeit, um nach der Frau namens Lulu zu suchen.

Das alles waren gute Gründe, um noch ein wenig länger in Wien zu bleiben, redete sie sich ein und versperrte sich dabei dem wichtigsten aller Gründe.

Bewusst verlangsamte sie ihren aufgeregten Schritt zu einem gemäßigteren Tempo und stieg die Stufen zu der Promenade hoch, welche die Wiener auf der alten Stadtmauer angelegt hatten, die jahrhundertelang Türken und Magyaren ferngehalten hatte.

»Blumen, Lavendel. Lavendel hab i' da.«

Der Singsang einer Blumenverkäuferin drang Felicity ans Ohr, und sie wandte sich ihr zu.

»Kommen's, Fräulein«, lockte die alte Frau. »Kaufen's mir was ab.«

Obwohl die Dämmerung bald einsetzen würde, war der Eimer neben der ärmlich gekleideten, alten Frau noch immer voller Sträußchen mit Schneeglöckchen. Und die große, flache Schachtel, die an einer Schnur um ihren Hals hing, war gefüllt mit getrockneten Rosenblättern und Lavendelblüten, die mühevoll in kleine Leinensäckchen eingenäht worden waren.

Felicity erinnerte sich daran, als sie während einer besonders armen Zeit ihrer Kindheit Streichhölzer und Schnürsenkel verkauft hatte, und zog eine Handvoll Münzen aus ihrem Pompadour. Sie nahm so viele Sträuße Schneeglöckchen in die Hand, wie sie tragen konnte, obwohl sie lieber die mit Kreuzstich verzierten Duftsäckchen gehabt hätte. Aber diese würden im Gegensatz zu den frischen Blumen noch länger halten, dachte sie, als sie weiterspazierte.

Der breite, gesandete Pfad auf der Promenade war voller Menschen, aber heute war es nicht nur die elegante Gesellschaft, die sich eingefunden hatte, um zu sehen und gesehen zu werden, um zu tratschen und zu flirten. Die buntgestrichenen Bänke, die üblicherweise von tändelnden Pärchen belegt waren, standen leer. Weder die Gräfinnen noch die Verkäuferinnen schienen zu einem Stelldichein in einer abgeschiedenen Ecke des Festungswalls zu eilen. Und selbst die Terrasse des Café Corti, die an einem für diese Jahreszeit uncharakteristisch warmen Tag hätte voll sein müssen, war verlassen.

Stattdessen versammelten sich die Leute in kleinen Gruppen mitten auf der Promenade und redeten gestikulierend miteinander. Selbst ohne zu hören, was sie sagten – denn trotz ihrer Aufregung achteten sie darauf, leise zu sprechen –, wusste Felicity, dass das Gesprächsthema die Revolution in Paris war.

Hatte sie deshalb nicht von Max gehört, fragte sie sich. Was machte er gerade? Planten er und seine radikalen Freunde ihre eigene Revolution? War er in Gefahr? Oh, Gott, plötzlich blieb sie mitten auf dem Weg stehen. Was, wenn sein Doppelleben entdeckt worden war? Was, wenn er verhaftet worden war?

Sie presste die Hände an die Brust, als die verstörenden Neuigkeiten und die alarmierende Spekulation über Max, die diese auslösten, ihr Herz wie eine Trommel schlagen ließen. Max. Ganz plötzlich brach ein geheimer Damm in ihr, und die Erkenntnis strömte herein, überflutete sie wie ein wilder, gefährlicher Fluss, der über die Ufer trat. Sie spürte, wie ihr Herz aufging wie eine Blume, die sich der Sonne öffnete.

Liebe. Zum ersten Mal gab sie die Gefühle zu, denen

gegenüber sie sich so nachdrücklich verschlossen hatte. Freude und Entsetzen vermischten sich und ließen ihren Puls rasen.

Halb rennend bahnte sie sich einen Weg durch die Menge und ließ eine Spur von verwelkenden Schneeglöckchen hinter sich.

Kapitel 8

Max zog eine wohlgeformte Augenbraue hoch, als er den kleinen Vorraum von Felicitys Haus betrat. Hinter Manon, die ihm die Tür geöffnet hatte, standen Paddy Callahan, Felicitys Kutscher, und ihre Köchin, Hannah, eine große, dünne Frau, die er nur vom Sehen her kannte.

Einen Moment lang standen sie schweigend vor ihm, dann versetzte Manon Paddy einen schnellen Stoß in die Rippen, und er räusperte sich und begann zu sprechen.

»Wir hab'n uns gefragt, ob wir Sie kurz sprechen könnten, Sir.« Er hakte einen Finger in seinen Hemdkragen und zog daran, um den Druck auf seinen Adamsapfel zu verringern. Wenigstens sprach der Graf Englisch, dachte er, allen Heiligen sei Dank. Es wäre schlimmer gewesen, wenn er in dieser fremdländischen Sprache vor sich hätte hinstottern müssen, von der er ein paar Brocken hatte lernen müssen, nur weil diese Franzfrau, von der Miss Felicity so viel hielt, sich weigerte, Englisch zu lernen.

Max beäugte sein Willkommenskomitee mit etwas, das Erheiterung glich, während er seine Handschuhe auszog. »Ich schlage vor, dass wir in den Salon gehen. Ich pflege Geschäfte nicht im Flur abzuhalten.«

Verwirrt von seiner raschen Zustimmung folgten ihm die drei schweigend. Max lächelte und bedeutete ihnen, fortzufahren. Unter der lockeren Herrschaft seiner Mutter dachten sich die Dienstboten der Bergs nichts dabei, sich in die Angelegenheiten ihrer Herrschaften zu mischen. Er hatte oft beobachtet, dass Felicity ihren Haushalt auf die gleiche Art führte.

»Wir hab'n uns gefragt – das heißt, wir wollten wissen, ähm …« Paddys dicker Hals wurde von einer Röte überzogen.

Max seufzte und beschloss, es ihnen leicht zu machen. »Ihr wollt wissen, was meine Absichten betreffend Miss Felicity sind.«

Paddy ließ einen Atemzug entweichen. »Ja, Sir.«

»Meine Absichten sind, ihr zu geben, was immer sie von mir will«, sagte Max nicht ganz wahrheitsgemäß. Er wollte ihr noch viel mehr geben und eines Tages, auf irgendeine Art und Weise, würde sie es akzeptieren, schwor er sich selbst.

»Entschuldig'n Sie meine Worte, Sir, aber Miss Felicity und ich, wir kennen uns schon lange.« Paddys Augen- und Mundwinkel sanken, was ihm das Aussehen eines traurigen Clowns verlieh. »Und ich konnt' nicht immer so auf sie aufpass'n, wie ich hätt' sollen. Deshalb sprech' ich jetzt so mit Ihnen.« Er zerknüllte die Mütze in seinen rauen Händen. »Ich darf nicht zulassen, dass ihr noch einmal wer wehtut.«

»Wer hat ihr wehgetan, Paddy?«, fragte Max leise. »Kannst du mir das sagen?«

»Da werd'n Sie Miss Felicity fragen müssen, Sir.« Paddy machte einen Schritt zurück. »Diese Geschichte muss sie selbst erzählen.«

Schlitternd machte Felicity vor ihrem Haus Halt, als sie die Kutsche mit dem Bergschen Wappen sah. Noch bevor sie sich wieder in Bewegung setzen konnte, lief ihr Manon entgegen.

»Er wartet auf dich.« Während sie ihre Herrin ins Haus begleitete, überlegte sie, ob sie ihr sagen sollte, was sie und Paddy und Hannah getan hatten, doch bevor sie sich zu einer Entscheidung durchringen konnte, hatte Felicity ihr Umhang und Haube in die Hand gedrückt und lief in den Salon.

Felicity lehnte sich an die Tür und hielt ganz still. Sie spürte die Hitze auf ihrem Gesicht und ihr Brustkorb hob und senkte sich schwer mit unregelmäßigen Atemzügen.

Als Max hörte, wie die Tür aufging und sich wieder schloss, wandte er sich vom Fenster ab. Er hatte sich gesagt, dass er ihr den nötigen Raum gewähren würde, doch Besorgnis verdrängte alle Vernunft. Mit zwei langen Schritten erreichte er sie und nahm ihre Hände in seine.

»Stimmt etwas nicht?«

Sie schüttelte den Kopf, da sie nicht in der Lage war, etwas zu sagen. Wie sollte sie weiter mit ihm reden wie zuvor, jetzt, da sie wusste, dass sie ihn liebte?

Max behielt weiterhin ihre Hände in den seinen und studierte ihr Gesicht. Da war etwas in ihren Augen. Etwas, das er dort noch nie gesehen hatte. Bevor er deuten konnte, was er sah, senkte sie den Blick auf ihre verschränkten Hände. Als sie ihm wieder ins Gesicht sah, war das seltsame Licht in ihren Augen verschwunden.

»Ich habe mir Sorgen gemacht.«

»Ach, wirklich?« Max verbarg die Freude, die er empfand, und beugte sich hinunter, um einen Kuss auf Felicitys Wange zu hauchen.

»Alle sind so aufgeregt über die Revolution in Paris.« Sie zuckte mit den Schultern. »Da habe ich gedacht, dass ihr vielleicht eure eigene plant.« Als Max nichts sagte, drückte Felicity seine Hände. »Ich verstehe. Keine Antwort ist auch eine Antwort.«

Vorsicht war zu tief in ihm verwurzelt, um so eine verfängliche Bemerkung hörbar zu machen, selbst vor ihr. Max ging zur Kommode und schenkte sich ein Glas Sherry ein. Als er Felicitys Schritte hinter sich hörte, stellte er den Wein ab, ohne ihn angerührt zu haben. In Erwartung von Vorwürfen, Ermahnungen, vielleicht sogar Tränen drehte er sich um.

»Versprichst du mir, vorsichtig zu sein? So vorsichtig, wie du sein kannst?«

Max sah in ihre klaren grünen Augen. Was für ein Narr war er gewesen. Von Felicity würde es keine Vorwürfe, keine Tränen geben. Zu gut verstand sie sein Bedürfnis, zu tun, was er tun musste.

»Ich verspreche es.«

Manon kam mit einem Tablett herein und füllte winzige Tassen mit Goldrand mit starkem, süßen Kaffee, der auf türkische Art zubereitet war. Beide wandten sich von dem bewegenden

Moment ab und tranken schweigend den Kaffee. Als Felicitys Tasse leer war, griff Max mit dem Wunsch, sie abzulenken, über den Tisch und drehte sie um.

»Was machst du da?« Sie schenkte ihm einen verwirrten Blick.

»Ich weissage dir die Zukunft.« Er lachte leise. »Warum glaubst du, ist türkischer Kaffee so in Mode? Wenn du die Tasse umdrehst und den Kaffeesatz herunterlaufen und trocknen lässt, wird dir das Muster einen Blick in die Zukunft gewähren.«

»Und das glaubst du wirklich?« Felicity zog die Augenbrauen hoch.

»Es ist töricht.« Er lächelte und schüttelte den Kopf, doch sein Lächeln fiel in sich zusammen, als er sich daran erinnerte, wie die Uhr in seinem Zimmer in genau dem Moment stehengeblieben war, als Marie eine Drei-Tage-Reise entfernt gestorben war. »Aber manchmal geschehen seltsame Dinge.« Er wartete darauf, dass sich sein Schuldbewusstsein meldete, was es bei jedem Bild von Marie tat, das in ihm aufstieg. Bildete er sich das nur ein oder waren die schneidenden Selbstvorwürfe zu sanftem Bedauern verblasst – wie die strahlenden Farben eines Blumenstraußes verblassten, wenn er im leuchtenden Sonnenlicht getrocknet wurde?

Ohne es zu wollen, war Felicity fasziniert. Sie hob die Tasse auf und drehte sie wieder um. Ihr erster Gedanke war eine Katze. Eine Katze, die sich auf den Hinterbeinen aufrichtete. Etwas stupste ihre Erinnerung an. Sie kniff die Augen zusammen, als sie versuchte, sich zu erinnern.

»Darf ich?«

Aufgeschreckt sah sie hoch und schüttelte ruckartig den Kopf. Wieder studierte sie das Bild. Plötzlich verkrampfen sich ihre Finger auf dem dünnen Porzellan. Ihr wurde klar, dass sie diese Katze vor kaum einer halben Stunde gesehen hatte. Nur war es keine Katze. Es war der sich aufbäumende Panther auf dem Berg'schen Familienwappen.

Max griff nach der Tasse und nahm sie ihr aus den plötzlich kraftlosen Fingern. Im Gegensatz zu Felicity erkannte er das Bild auf den ersten Blick. Langsam stellte er die Tasse ab und bemerkte, dass seine Hand nicht ganz ruhig war.

»Es hat den Anschein, dass das Familienwappen der Bergs

einen Platz in deiner Zukunft hat. Ich versuche schon seit Monaten, dich davon zu überzeugen.« Mit äußerster Disziplin ließ er seine Stimme leicht und amüsiert klingen. »Vielleicht glaubst du mir jetzt.«

Mit aufgerissenen, fassungslosen Augen starrte sie weiterhin die Tasse an.

»Du scheinst von dieser Vorstellung wenig begeistert zu sein.«

Felicity erschauerte und verbarg die Bewegung ihrer Schultern mit einem Achselzucken. Dann hob sie die Hände in einer geringschätzigen Geste und lachte - ein Laut wie Glas, das zu zerbrechen drohte. »Was für ein dummes, amüsantes Spielchen.«

Plötzlich verlor Max die Beherrschung, die er schon so lange mühsam bewahrte, und seine Hand schoss vor, um Felicitys Handgelenk zu packen. »Nein! Nenn es, wie du willst. Ein Spielchen. Vielleicht Zufall. Aber das ändert nichts an der Wahrheit.«

»Und was ist die Wahrheit?« Felicitys Flüstern war kaum zu hören.

»Dass das Berg'sche Familienwappen einen Platz in deiner Zukunft hat.«

»Worüber redest du, Max? Was ist los mit dir?«

Ihre Stimme hatte den unerträglich geduldigen Tonfall eines Erwachsenen angenommen, der sich mit einem überreizten, störrischen Kind befasste, und das ließ bei Max das Fass überlaufen.

Jetzt, da seine Beherrschung am Ende war, brodelten die Gefühle, die er so lange unterdrückt hatte, in ihm, und kämpften sich an die Oberfläche. Binnen eines Atemzuges waren sie alle da – die Wut, das Verlangen, die Ungeduld – so konzentriert, so intensiv, dass er sie schmecken konnte. Für einen Bruchteil einer Sekunde wurde sein Griff um ihr Handgelenk fester. Und was ist mit der Liebe, fragte eine Stimme in ihm. Und was ist mit der Fürsorge, die er ihr schenken wollte?

Seine Finger lockerten sich und er begann, ihr Handgelenk zu streicheln, das er vorhin gepackt hatte. »Ich habe mir selbst versprochen, dass ich warten würde, bis du bereit bist.« Seine Stimme war sanft und reumütig. »Bis du zu mir kommst.« Er hob die andere Hand und strich mit dem Fingerrücken federleicht über ihre Wange. »Es sieht so aus, als würde ich wortbrüchig werden.«

Seine Augen waren vor Sehnsucht, vor Zärtlichkeit rauchgrau geworden, und Felicity verschloss die Augen vor ihnen, da sie fühlte, wie ihr Widerstand erlahmte.

»Ich habe kein Recht zu tun, was ich gerade tue. Zu sagen, was ich gerade sage.« Er ließ ihre Hand los, da er plötzlich Angst hatte, er würde seine überlegene Kraft wieder gegen sie einsetzen. »Du weißt besser als fast jeder andere, wie mein Leben aussieht. Wie voller Lügen es ist. Wie nah ich ständig an einem Prozess wegen Hochverrats bin. Du weißt, dass ich Versprechen einhalten muss – Versprechen an mich selbst und an andere. Da du weißt, an welcher Sache mein Leben gebunden ist, wärst du verrückt, dein Leben an meines zu binden.« Er nahm einen tiefen, zitternden Atemzug. »Dennoch ist es das, worum ich dich bitte.«

Das Geständnis, das sie vor kaum einer Stunde vor sich selbst abgelegt hatte, lag noch immer nahe an der Oberfläche. Sie hatte keine Zeit gehabt, es zu verscharren, es abzuriegeln. Felicity fühlte, wie ihre Liebe für Max, ihre Sehnsucht nach menschlicher Wärme und Zuneigung in ihr hochstiegen. Es gab nichts, was sie ihm nicht geben würde, wenn sie es könnte, dachte sie. Aber in ihrem Inneren würde sie immer verkrüppelt sein. Sie würde immer die Narben mit sich tragen, welche Erniedrigung auf ihr hinterlassen hatte, und er verdiente eine Frau, die heil war.

»Oh, Max.« Bedauern stieg in ihr auf und wurde in ihren Augen widergespiegelt. »Wenn ich könnte, würde ich dir gehören, solange du mich willst, egal ob für eine Nacht oder ein Jahr, aber ich kann nicht.«

»Eine Nacht oder ein Jahr?« Er sprang auf und zog sie mit sich hoch. »Wovon redest du da?«

Felicity verstand nicht und schüttelte den Kopf. »Hast du mich nicht gerade gebeten, deine Mätresse zu werden?« Sie brachte fast ein Lächeln zustande. »Vielleicht ein wenig romantischer als beim letzten Mal.«

»Meine Mätresse? Nein, verdammt noch mal«, rief er. »Ich liebe dich. Ich habe dich gebeten, meine Frau zu werden.« Seine Stimme schallte in seinen Ohren. *Oh, Gott*, dachte er, *ich sage zum ersten Mal, dass ich sie liebe, und schreie sie dabei an. Ich schreie!*

Felicity starrte ihn an. Ganz gewiss hatten sie ihre Sinne verlassen und sie hatte ihn missverstanden. Oder falls nicht, dann war es er, der verrückt geworden war.

Max' Hände wanderten zärtlich von ihren Schultern ihren Hals hoch, bis sie ihr Gesicht umfassten. »Ich liebe dich, Felicity.« Sein Mund hauchte einen Kuss auf ihre Schläfe. »Ich liebe dich.«

Mit unendlicher Behutsamkeit bewegte er seinen Mund über ihr Gesicht. Er küsste ihre geschlossenen Lider. Langsam zeichnete er die Kurve ihrer Wange mit den Lippen nach. Kostete die zarte Haut unter ihrem Kinn.

Felicity hob die Hände, um ihn wegzustoßen, doch stattdessen spreizten sich ihre Finger auf seiner Brust und nahmen seinen schnellen Herzschlag auf. Der Rhythmus drang durch ihre Haut, bis der gleiche Takt auch in ihrem Blut pulsierte. Ihr Verstand wurde vernebelt, bis sie nicht mehr wusste, warum sie nicht nehmen konnte, was er ihr anbot. Sie schmiegte sich an ihn und öffnete einladend die Lippen, noch bevor er ihren Mund erreichte.

Sanft kostete er sie und nippte an ihrer Süße. Er hörte ein leises Stöhnen und erkannte voller Überraschung, dass er es gewesen war, der den Laut von sich gegeben hatte. Hatte er je so sehr geliebt? Jemanden so sehr begehrt? Sie zog ihn in sich hinein, verzauberte ihn, verführte ihn. Er spürte, wie ihre Hände nach oben glitten, um sich in seinem Haar zu vergraben, und mit einem Laut des Triumphes oder vielleicht auch der Kapitulation eroberte er ihren Mund.

Max' Geschmack erfüllte sie. Wie kam es, dass sie es so lange ohne diesen Geschmack ausgehalten hatte? Ihr Verstand war von seiner Essenz betäubt, und sie schwebte in einer sinnlichen Welt, die neu und aufregend war.

Max war verzweifelt um Selbstbeherrschung bemüht und behielt die Hände auf ihrem Gesicht. Aber ihr Mund lockte und schenkte und verlangte, und er war doch nur ein Mann. Unfähig zu widerstehen, glitten seine Hände nach unten, und er machte einen halben Schritt zurück, um ihnen Zugang zu gewähren.

In dem Augenblick, in dem seine Hände ihre Brüste berührten, wusste er, dass etwas nicht stimmte, noch bevor sie sich unter seiner Berührung versteifte.

Felicity wirbelte von ihm weg und tastete blind nach einem Möbelstück, um daran Halt zu finden. Ihr Körper pochte noch immer mit den Gefühlen, die er erweckt hatte, aber die alten Erinnerungen lagen wie eine eisige Spur auf ihrem Rückgrat.

»Felicity?« Max trat näher zu ihr.

»Bitte«, flüsterte sie mit rauer Stimme, »fass mich nicht an. Bitte.«

Um ihr mehr Raum zu geben, ging Max zum Fenster und sah hinaus. Sein Körper glühte noch immer vor Verlangen, aber sein Verstand war benommen.

Als sie sich bewegen konnte, stolperte Felicity zum Tisch und griff mit zitternden Händen nach einem Glas Wasser. Das Wasser spritzte über den Rand, machte ihre Hände nass und hinterließ einen dunklen Fleck auf dem blassblauen Tischtuch. Die kühle Flüssigkeit auf ihrer Haut schien ein wenig Vernunft zurückkehren zu lassen, und ihre Hände wurden ruhiger.

»Ich denke, ich schulde dir jetzt den Rest der Geschichte.«

Max kam näher, aber langsam, vorsichtig, da er Angst hatte, sie zu bedrängen, sie zu erschrecken. »Du schuldest mir gar nichts, Felicity.«

Sie hob den Blick und sah ihn eine lange Zeit stumm an. »Ich schulde dir das.«

Sie holte tief Luft, um fortzufahren, stellte aber fest, dass sie der Mut verließ. Wie sollte sie dieses Grauen, diesen Schmutz in Worte fassen? Wie sollte sie darauf warten, dass sich die Liebe in seinen Augen in Abscheu verwandelte? Aber sie wusste, dass sie es tun musste. Sie richtete den Blick starr auf die Messingknöpfe auf seinem hellblauen Uniformrock und begann zu sprechen.

»Als mein Vater starb, hatten wir gerade noch genug Geld, um die Miete für eine Woche zu bezahlen. Meine Mutter hatte ihre Stimme schon vor Langem verloren, aber sie hatte mich ausgebildet, also wurde meine Stimme unsere einzige Einkommensquelle.«

Sie sprach jetzt ganz ruhig, als würde sie einfach eine Geschichte über jemand anderen erzählen.

»Auftritte waren zwar selten, aber wir hätten es wahrscheinlich geschafft, wenn sie nicht krank geworden wäre.« Sie begann, die Finger zu verschränken und wieder zu lösen. »Sie hatte meinen Vater geliebt. Er zeigte ihr wenig Fürsorge und keinen Respekt, aber sie liebte ihn. Als er starb … gab sie einfach auf. Sie fing an, Dinge zu vergessen. Sie spazierte los und vergaß unsere Adresse. Nach einer Weile begann sie, ihren eigenen Namen zu vergessen. Wenn ich nicht bei ihr sein konnte, musste ich jemanden bezahlen, um auf sie aufzupassen. Uns ging das Geld aus. Ich lieh mir etwas. Dann war auch das zu Ende und ich lieh mir mehr.«

Max konnte den verschleierten Ausdruck von Verzweiflung in Felicitys Augen nicht ertragen, und er streckte die Hand nach ihr aus, wollte ihr sagen, sich nicht länger zu quälen, aufzuhören, sie beide zu quälen. Aber sie schüttelte nur den Kopf und fuhr fort.

»Schließlich musste ich mir die Niederlage eingestehen. Eine reisende Operntruppe war gerade in der Stadt. Die Leute waren gewillt, mich zu engagieren, doch als der Direktor erkannte, dass er für die Pflege meiner Mutter aufkommen müsste, veränderten sich seine Bedingungen.« Felicity zwang sich, Max in die Augen zu sehen. »Er war noch immer gewillt, mich zu engagieren, aber abgesehen vom Singen würde es zu meinen Pflichten gehören, seine Mätresse zu sein.«

Felicitys Worte trafen Max wie eine Faust in den Magen. Er wusste, dass es nichts gab, was er sagen konnte, also griff er stumm nach ihrer Hand.

»Ich hatte mir geschworen, dass ich so schnell wie möglich weggehen würde. Jedes Mal, wenn ich für uns Pläne machte, um wegzugehen, stieß meiner Mutter etwas zu – sie wurde krank oder hatte einen Unfall, sie wurde gewalttätig. Ich konnte sie nicht mitnehmen und ich konnte sie nicht zurücklassen. Ich bin fast drei Jahre lang bei ihm geblieben.«

Mit Überraschung sah sie auf ihre verschränkten Hände. Warum berührte er sie? War er nicht abgestoßen von dem, was sie ihm gerade erzählt hatte?

»Auf seine Art war Charles Foster wohlwollend mir gegenüber. Er bezahlte die Schulden, die ich gemacht hatte, er kümmerte sich um meine Mutter, er gab mir Essen und Kleidung. Manchmal war er …« sie machte eine Pause, »… grob.« Sie schluckte den Schmerz in ihrer Kehle hinunter. »Verstehst du jetzt, warum ich dir nichts sein kann? Nicht deine Mätresse und ganz gewiss nicht deine Frau.«

Der Schrecken ihrer Erinnerungen wurde in ihren Augen offenbart. »Felicity«, begann er.

»Nein.« Sie hob eine Hand, um ihn zu unterbrechen.

Sie war darauf gefasst gewesen, dass er Abscheu zeigte, sich zurückzog. Sie war nicht auf dieses ruhige, schlichte Mitgefühl vorbereitet gewesen. Tränen stiegen ihr in die Augen und sie kämpfte sie zurück.

»Du würdest dir eine verkrüppelte Seele aufhalsen. Begreifst du das nicht?« Die Worte strömten immer schneller aus ihrem Mund. »Ich kann dich küssen, weil Foster nie meinen Mund berührt hat. Ich kann deine Hand halten, weil er nie meine gehalten hat. Aber wenn du mich so berührst wie vorhin, kehren all die Erinnerungen zurück.«

Sie riss die Hände aus seinem leichten Griff und presste sie gegen ihr Gesicht.

»Oh, Gott, ich kann noch immer fühlen, wie mich sein Körper in die Matratze drückt. Ich weiß noch, wie ich gedacht habe, dass ich jeden Moment ersticke. Ich weiß noch, wie ich gehofft habe, ich würde es.« Sie sank auf das Sofa und begann zu schluchzen – ein entsetzliches Schluchzen ohne Tränen, das kaum noch menschlich klang.

In seinem ganzen Leben hatte er sich noch nie so unzulänglich gefühlt, dachte Max, als sich der Schock über das, was Felicity enthüllt hatte, in ihm ausbreitete. Hilflos und voller düsterem Zorn wegen dem, was Felicity hatte ertragen müssen, setzte er sich neben sie und sah zu, wie sie in ihre Hände schluchzte. Würde sie zurückzucken, falls er sie berührte? Sie umarmte? Das Verlangen, ihr etwas zu geben, irgendetwas, das den Schmerz dieser Erinnerungen erträglicher machen konnte, brachte ihn dazu, sie ganz sanft an sich zu ziehen, bis ihr Kopf an seiner Brust lag.

Er hielt sie, bemühte sich, dass seine Berührung ganz leicht blieb, und schenkte ihr stummen Trost. Er konnte die Vergangenheit nicht ändern, dachte er. Er konnte den Schmerz, der ihr zugefügt worden war, nicht ungeschehen machen. Aber er schwor sich, alles in seiner Macht Stehende zu unternehmen, um sie so glücklich zu machen, dass eines Tages auch die schlimmsten Erinnerungen verblassen würden.

Als Felicity sich regte, ließ er sie los aus Angst, sie erneut zu erschrecken. Sie sah ihn verwirrt an, als ob sie unsicher wäre, was gerade mit ihr geschehen war.

»Ich möchte, dass du jetzt gehst, Max. Bitte.«

Er sah die Verzweiflung in ihren Augen und wusste, dass dies nicht der richtige Zeitpunkt war, um mit ihr zu argumentieren.

»In Ordnung.« Er machte eine Pause. »Aber ich komme wieder, Felicity.«

»Nein!« Sie ballte die Hände zu Fäusten. »Das darfst du nicht.« Sie hob die Stimme und schüttelte den Kopf. »Ich will das nicht.«

Gott, dachte er, wie sehr er sie umarmen wollte. Er wollte ihr wieder und wieder sagen, dass er sie liebte. Aber Max hatte Angst, ihre hart erkämpfte Selbstbeherrschung zu zerstören, also erhob er sich und trat einen Schritt zurück. Doch sie sah so klein, so zerbrechlich, so einsam aus, dass er in die Knie ging und wartete, bis sie ihm in die Augen sah.

»Nichts hat sich verändert, Felicity. Nichts, was du mir gesagt hast, hat etwas an der Tatsache geändert, dass ich dich liebe.« Ein letztes Mal widerstand er dem Drang, sie zu berühren, und erhob sich erneut. »Denk daran.«

»Es sieht so aus, als wäre die Revolution auch nach Wien gekommen.« Manon klang mehr aufgeregt als ängstlich.

»Das denke ich auch«, sagte Felicity und versuchte, den dumpfen Schmerz zu ignorieren, der sich in ihrer Magengrube ausgebreitet hatte.

Den ganzen Morgen hatte sie am Fenster gestanden und der Menge auf der Straße zugesehen, die zum Landhaus strömte, dem Sitz der Ständeversammlung, das nur einige Häuserreihen entfernt war. Würde auch Max dort sein, fragte sie sich. Als Befehlshaber der Wiener Garnison war es seine Pflicht die Delegierten vor der Revolution zu beschützen, die er selbst geplant hatte.

»Gott, bitte beschütze ihn.« Aus dem Augenwinkel sah sie,

dass Manon sich nach ihr umdrehte, und erkannte, dass sie laut gesprochen hatte.

Wenn sie sich nur nicht geweigert hätte, dachte sie, Max wiederzusehen seit dem Tag vor zwei Wochen, als sie ihm das letzte ihrer Geheimnisse anvertraut hatte. War er deswegen genauso abgelenkt wie sie? Falls ja, schalt sie sich, dann hatte sie sein Leben in noch größere Gefahr gebracht.

Studenten mit ihren bunten Schirmmützen und Halstüchern, die in der Märzbrise flatterten, marschierten vorbei und sangen dabei die Marseillaise. Eine bunt zusammengewürfelte Bande Straßenkinder, die ihre Schritte nachahmte, folgte ihnen. Arbeiter mit ihren Stoffmützen, die sich paarweise oder zu dritt eingehakt hatten, stapften nebeneinander die Straße entlang. Gediegene Bürger schlenderten in Zylinder und sorgfältig geknoteten Halstüchern vorbei, als hätten sie nichts Wichtigeres vor als eine Tasse Kaffee und Kuchen am späten Morgen. Es war eine nahezu friedliche Szene, dachte sie, als ob die Wiener Bevölkerung beschlossen hätte, sich einen Tag frei zu nehmen und in den Straßen zu feiern.

Felicity widersetzte sich Manons Bemühungen, sie vom Fenster wegzulocken, und blieb auch noch dort stehen, als die Menge sich verlaufen hatte und nur noch wenige Leute unterwegs waren.

Es war früher Nachmittag, als sie die Schüsse hörte.

Kapitel 9

Max hörte die Menge lange, bevor er sie sah. Zuerst konnte er Stimmen unterscheiden, die Sprüche oder Flüche oder Aufmunterungen schrien, selbst Gelächter war gelegentlich dabei. Dann schienen sich alle Geräusche zu einem tiefen Tosen zu vereinen, als ein Menschenmeer in den Hof strömte.

Seine einzige Bewegung bestand darin, sein Pferd zu beruhigen, als die Menge sich näherte, aber sie ignorierte ihn und die Kompanie bewaffneter Männer, die hinter ihm auf der Rampe Stellung bezogen hatte. Erzherzog Albrecht hatte ihm Befehle gegeben, die so genau waren, wie sie in so einer Situation sein konnten – einer friedlichen Delegation würde erlaubt werden, vor die Ständeversammlung zu treten. Sollte die Menge sich wild gebärden, sollte ohne Verzögerung die Ordnung wiederhergestellt werden, egal – das Wort war betont worden – durch welche Maßnahmen.

Während er zusah, löste sich eine kleine Gruppe von der Menge und hielt auf das Landhaus zu. Die Männer marschierten forschen Schrittes, zuversichtlich, und das konnten sie auch, da sie wussten, dass Oberstleutnant Graf Berg die Wache kommandierte.

Die Menge sah ebenfalls zu. Besorgnis verwandelte sich in Befriedigung, als die Männer das Gebäude betraten, und Befriedigung verwandelte sich rasch in Anmaßung, als freche Schlagworte zu zirkulieren begannen.

Die Minuten krochen vorüber. Eine halbe Stunde. Eine ganze Stunde. Dann wurde ein Flügelfenster im ersten Stock aufgestoßen, eine Scheibe schlug gegen die Mauer des Gebäudes und ließ Glasscherben auf die Zuschauer darunter regnen.

»Sie haben sich geweigert«, rief das jüngste Mitglied der Delegation nach unten und seine Stimme überschlug sich vor Wut. Er schüttelte die Hand auf seiner Schulter ab, die ihn zurückzuhalten versuchte, und fuhr fort. »Alles, worum wir gebeten haben, war, dass sie unsere Petition an Kaiser Ferdinand weiterreichen. Die Petition, die um eine Verfassung und Metternichs Rücktritt ersucht.« Er ballte beide Hände zu Fäusten und hob sie. »Werden wir hier wie Schafe herumstehen und das zulassen?«

Zustimmende Rufe, Drohungen, Flüche erhoben sich. Obwohl die dichtgedrängte Menschenmenge Bewegung hätte unmöglich machen sollen, begannen die Leute, hin und her zu rücken, bis sie einer Welle ähnelten, die gegen den grauen Stein des Landhauses schlug.

Einer nach dem anderen tauchten die Delegierten wieder auf. Einige hoben die Stimme, um mit der Menge zu reden, aber der Lärm war so laut geworden, dass eine einzelne Stimme kaum eine Möglichkeit hatte, sich Gehör zu verschaffen.

Plötzlich bog ein Reiter in den Hof, eskortiert von fünf Grenadieren, deren hohe Bärenfellmützen ernst nickten. Für den Moment eingeschüchtert, wich die Menge zurück und machte Platz für sie. Nach und nach verstummten die Drohungen und stattdessen ertönten vereinzelte Hochrufe, als Erzherzog Albrecht erkannt wurde. Die Gruppe ritt durch die Menge und wendete ihre Pferde, als sie den Fuß der Rampe erreichten, um sich erneut der Menge zu stellen.

»Spart euch eure Hochrufe!«, rief Albrecht, der hochrot im Gesicht war. »Spart euch eure Hochrufe und geht nach Hause!«

Ein Augenblick der Stille begrüßte seine Worte, gefolgt von einem zornigen Flüstern, das an Lautstärke gewann, bis das Geräusch im ganzen Hof widerzuhallen schien. Ein Gehstock flog über die Köpfe der Menge und landete neben dem Pferd des Erzherzogs.

. . .

Als ob das ein Signal gewesen wäre, war die Luft plötzlich von Geschossen erfüllt – Teile von Brettern, Axtgriffe, Pflastersteine, Hüte. Ein Stein streifte Max' Wange und hinterließ eine blutige Schramme, aber er spürte es nicht. Verzweifelt sah er zum Eingang des Gebäudes, wo die Delegierten noch immer standen. Die meisten von ihnen versuchten, die Menge irgendwie zu bändigen. Aber der Punkt, an dem es kein Zurück mehr gab, war überschritten worden.

»Berg!«, schrie Erzherzog Albrecht. »Feuern Sie auf diese Kanaille!«

Max hörte die Worte des Erzherzogs, doch sein Blick schweifte über die Menge und nahm Bilder der Hoffnung und Verzweiflung wahr, die er nie vergessen würde. Er sah Fischhof, seinen ältesten Freund, noch immer auf den Stufen und andere, mit denen er in dunklen Zimmern Vertraulichkeiten und Träume ausgetauscht hatte. Er sah einen Mann in zerrissener Kleidung, der in ohnmächtigem Zorn einen Arm hob. Ein Arm, der am Handgelenk endete. Nur wenige Schritte entfernt sah er eine dünne, blasse, junge Frau mit einem Kind auf der Hüfte, die Augen vor Angst aufgerissen.

Konnte er das, fragte er sich verzweifelt. Konnte er mit dieser schrecklichen Maskerade weitermachen und den Befehl erteilen, das Blut von Unschuldigen zu vergießen? Noch während er sich die Frage stellte, kannte er schon die Antwort. Plötzlich war das Bedürfnis, sich offen zu erklären, endlich im Tageslicht für das zu kämpfen, woran er glaubte, zu mächtig, um es noch länger zu leugnen. Er drehte sich im Sattel zu seinen Männern um.

»Nicht schießen!« Seine Stimme übertönte selbst den Tumult der Menge.

»Feuer, verdammt noch mal!« Albrecht hoher Schrei grenzte an Hysterie. »Feuer, habe ich gesagt!«

Verwirrt griffen einige Männer nach den Gewehren, trotz Max' Befehl, aber ihre Hände verharrten, als sich seine Stimme erneut erhob und ihnen befahl, nicht zu schießen.

»Seid ihr alle wahnsinnig geworden?« Albrechts hervortretende blaue Augen schienen aus den Augenhöhlen zu quellen. »Verhaftet ihn!« Er stieß den Grenadier, der ihm am nächsten war, nach vorne. »Ergreift sofort den Verräter!«

Max wusste, dass er die momentane Verwirrung ausnutzen und einfach flüchten sollte. Aber er wusste auch, wie gering seine Chancen waren. Und falls er zu Boden gestreckt werden sollte, dann würde es nicht durch eine Kugel in den Rücken sein.

Gerade als sich seine Hand um den Griff seines Degens schloss, packte einer der Grenadiere seinen Arm. Max konnte sich nicht länger im Sattel halten und glitt seitlich vom Pferd hinunter, schaffte es dabei aber, den Grenadier mit sich zu Boden zu ziehen.

Es gab einen weiteren nahezu unverständlichen Befehl von Albrecht und binnen Sekunden stiegen auch alle anderen Grenadiere ab.

Aus dem Augenwinkel sah Max, wie ein Grenadier auf ihn zielte. Er drehte sich um, zog den Degen aus der Scheide und hob ihn in einer flüssigen Bewegung vor dem Mann.

»Nein!«, kreischte Albrecht. »Ich will ihn lebend.« Sein Fuß traf die Schulter des Grenadiers in dem Augenblick, in dem der Mann den Abzug drückte, was die Kugel gen Himmel schickte.

Max hörte die Menge nicht länger. In seinem Kopf herrschte die völlige Stille tiefster Konzentration. Sein Degen schlug nach links und rechts. Er spürte sein Handgelenk nachgeben, als Stahl auf Fleisch traf. Einmal. Zweimal. Zwei Grenadiere, deren hohe Bärenfellmützen beinahe komisch auf und ab hüpften, griffen ihn an, ihre Bajonette glitzerten in einem verlorenen Strahl der schwachen Sonne.

Selbst als seine Degenspitze einen Mann aufhielt, preschte der andere vor. Max spürte den Aufprall, als sich der Stahl des Bajonetts in seine Schulter grub, einmal und dann ein weiteres Mal. Doch er bekam kaum mit, dass er verwundet war, und kämpfte weiter. Erst als ihn die Kraft im rechten Arm verließ, sickerte wirklich ein, dass er getroffen worden war.

Ein weiteres Mal hob Max den Degen, doch noch bevor er den Angriff vollenden konnte, schnitt Stahl durch Stoff, Fleisch und Knochen, und seine Waffe fiel klappernd auf das Pflaster.

Er sah, wie das Stahl des Bajonetts, das bereits mit seinem Blut befleckt war, näherkam. Es schien auf ihn zuzuschweben und zielte auf seinen Bauch. Mit letzter Kraft bewegte er sich zur Seite. Er spürte keinen Schmerz, als der Stahl widerstandslos in seine Seite schnitt, aber der Hieb brachte ihn ins Schwanken.

Ein Schleier schien sich vor seine Augen zu legen und ließ seine Umgebung im Nebel versinken. Gesichter und Gestalten verschwammen ineinander, ihre Umrisse vage. Plötzlich löste sich der Boden unter seinen Füßen auf und er hob eine Hand, um sich den Schleier von den Augen zu streifen.

Gesichter, so viele Gesichter, dachte er, und aufgrund von Schock und Blutverlust begannen seine Gedanken zu wandern. Er hörte Schüsse und fragte sich, warum er keinen Schmerz spürte. Langsam schloss er die Augen und sein Körper erschlaffte.

»Wachen Sie auf! Sie müssen uns helfen.«

Der Tonfall der Stimme in Max' Ohr war drängend, aber er konnte die Worte nicht verstehen.

»Bitte.«

Er spürte, wie Hände ihn schüttelten, und protestierte mit einem leisen Stöhnen. Schmerz weckte ihn endgültig, und er schaffte es, die Lider eine Spur zu heben. Erneut Gesichter. Aber wie viele? Vier? Sechs? Er blinzelte und schaffte es, seine Augen für einen Moment auf die Gesichter zu richten. Nur zwei Gesichter, entschied er, und da er seine Kraft erschöpft hatte, senkten sich seine Lider erneut.

»Nein! Sie müssen wach bleiben!«

Wieder schüttelten sie ihn, und er versuchte, die Hände zu heben, um sie abzuwehren, aber sie schienen am Boden festzukleben. Wo war er, fragte er sich benommen. Nach und nach begann er, sich zu erinnern. Der Schießbefehl. Seine Weigerung. Die Grenadiere mit ihren glänzenden Bajonetten, die auf ihn zukamen. Der Gedanke, dass nur wenige Minuten ausgereicht hatten, um aus seinem Leben ein Trümmerfeld zu machen, durchzog seinen Geist.

Vorsichtig bewegte er die Finger. Stein. Kalt und feucht. War er im Gefängnis? Er zwang sich, die Augen zu öffnen, und sah einen bewölkten Himmel über sich, der von Dächern umrahmt wurde. Erneut rieb er mit den Fingern über dem Boden. Pflastersteine. Er lag auf Pflastersteinen. Sein Verstand war ganz benommen vor Schmerz und Blutverlust, aber langsam fügten sich die Bruchstücke seiner Erinnerung zusammen.

Es war, als ob seine Augenlider aus Blei wären, aber er schaffte es, sie offenzuhalten. Die zwei Gesichter waren keine Soldaten, erkannte er. Es waren besorgte, junge Gesichter, denen ihre roten Studentenschirmmützen in die Stirn gerutscht waren. Dann war er noch immer in Freiheit? Hoffnung durchströmte ihn und verlieh ihm die Kraft, seine Hände zu bewegen.

»Können Sie mich verstehen?«, fragte eines der Gesichter.

Max brachte ein Nicken zustande.

»Wir müssen Sie hier rausschaffen.« Der junge Mann schob den Arm unter Max' Schultern. »Hans hier kennt sich in den alten Katakomben aus. Wir werden Sie dort verstecken, bis wir uns etwas überlegt haben.«

Allein diese leichte Bewegung sandte Schmerz durch ihn, Welle um Welle, aber gleichzeitig schärfte sie auch sein Bewusstsein. Die Katakomben! Erneut flammte Hoffnung auf. Wenn sie ihn zu den Katakomben schaffen konnten, gab es möglicherweise einen Durchgang zu seinem Haus. Dann würden sich seine Leute um ihn kümmern.

Aber wer würde sich um Felicity kümmern? Der Gedanke rastete ein wie eine Falle, die zuschnappte. Wenn er tot oder auf der Flucht war, wer würde sie dann vor Erzherzog Albrecht beschützen? Und Albrecht würde ihr jetzt gewiss nachstellen, selbst wenn es nur darum ging, seine perversen Rachegelüste zu befriedigen.

Ein seltsames Geräusch drang in seinen Schädel und unterbrach den Gedankengang. Er schaffte es, den Kopf zur Seite zu drehen, und sah dessen Ursache – Leute, die an der Gasse vorbeitrampelten, in der er lag. Ihre Stiefel, Schuhe und Holzpantoffel klapperten dröhnend auf dem Pflaster.

»W-was ist passiert?«, presste er hervor.

»Wir wissen es nicht. Es hat eine Schießerei gegeben.«

Max schloss die Augen. Also war alles umsonst gewesen, dachte er. Er hatte es trotz allem nicht geschafft zu verhindern, dass Unschuldige abgeschlachtet wurden.

Als die beiden ihn hochhoben, riss er vor Schmerz die Augen auf und knirschte mit den Zähnen, als sie sich bemühten, ihn aufrecht hinzustellen. Mit mehr Eile als Vorsicht zerrten sie ihn um die Ecke und auf die Straße. Sie hielten sich an die

Hausmauern gedrückt in dem Versuch, der von panischer Angst ergriffenen Menge auszuweichen, die noch immer aus der Richtung des Landhauses floh.

Max sah nach unten, wo das Blau seines Uniformrocks unter den Blutflecken nahezu unkenntlich war. Und die klebrige Wärme, die sich über seine ganze rechte Seite verteilte, sagte ihm, dass die Blutung noch nicht aufgehört hatte. Seine Zeit lief ab, überlegte er mit nahezu sachlicher Nüchternheit. Ein wenig mehr Blut, und er würde das Bewusstsein verlieren. Noch ein wenig mehr, und er würde tot sein.

Aber er wollte nicht sterben! Hätte er über die Kraft verfügt, hätte er die Worte hinausgeschrien. Er wollte leben und mit Felicity alt werden. Entschlossen konzentrierte er sich auf das Blut, das seinen Körper entlangfloss, als ob er damit allein den Blutverlust aufhalten könnte.

»Stopp! Was macht ihr da mit ihm?«

Max' geschundener Körper protestierte, als seine Gefährten ruckartig zum Stehen kamen.

»Aus dem Weg, alter Mann!« Der Student namens Hans stieß den Mann grob beiseite, doch dieser sprang wieder heran wie ein kleiner, gedrungener Stier.

Max bemühte sich, auf den Beinen zu bleiben, und starrte verständnislos den rundlichen Mann an, der einen der Studenten am Revers gepackt hatte und ihn schüttelte.

Ohne sein Opfer loszulassen, sah der kleine Mann zu Max. »Was ist passiert, Sir? Kann ich Ihnen helfen?«, sagte er auf Englisch.

Max schüttelte den Kopf, da seine Sicht wieder zu verschwimmen begann. »Paddy?«

»Ja, Sir. Miss Felicity hat die Schüsse gehört. Die einzige Möglichkeit, sie zu überreden, im Haus zu bleiben, war, selbst auf die Straße zu gehen.«

»Wir müssen uns beeilen«, sagte Hans drängend. »Wer ist dieser Mann? Kann man ihm trauen?« Sein Arm um Max' Schultern drückte fester zu. »Kann diese Frau, von der er redet, Sie vielleicht verstecken?«

»Nein!« Max riss die Augen auf. »Nein, haltet sie daraus.« Erschöpft holte er Luft. »Das sind Freunde, Paddy.« Seine Knie begannen, weich zu werden. »Beschütz Felicity.« Alles um ihn geriet plötzlich außer Kontrolle. »Sag ihr, dass ich –« Seine Augen schlossen sich und er erschlaffte.

»Kannst du uns helfen?«, fragte Hans in akzentbehaftetem Englisch.

Paddy nickte, legte die Arme um Max' Beine und hob ihn mit überraschender Leichtigkeit hoch. »Sagt mir wohin, Jungs.«

Alle drei Männer rangen um Luft, als sie in einen engen Hinterhof stolperten.

Schnell stieß Hans eine Tür mit der Schulter auf. »Vorsicht, Stufen«, keuchte er. »Neun.«

Wie blinde Männer zählten sie sich den Weg über die feuchten, rutschigen Stufen hinunter in die Dunkelheit.

»Legt ihn nieder. Muss die Tür suchen.« Die Hände flach an die Mauer gelegt, begann Hans, die Ziegelsteine zu zählen, aber Paddy zog ihn zurück.

»Er braucht Hilfe. Wird nicht viel Sinn haben, ihn zu verstecken, wenn er verblutet.«

»Sie werden bald nach ihm suchen. Wenn wir ihn nicht verstecken, wird er in einem Habsburger Gefängnis verbluten.«

Paddy grunzte zustimmend und trat zurück.

Zeit war kostbar, und sobald Hans den Eingang gefunden hatte, knieten sich die drei hin und kratzten die Erde zwischen den Ziegeln mit ihren Händen weg. Sie fanden die verborgenen Griffe, hoben den Stein beiseite und eine überraschend frische Brise wehte in den modrigen Keller.

Als Max auf dem Boden im Durchgang lag, wandte sich Hans seinem Begleiter zu. »Ludwig, bleib bei ihm.«

»Im Finsteren?« Anscheinend hatte die Heldenrolle an Reiz verloren. »Warum nicht der Alte? Haben wir nicht schon genug getan?«

»Nur Mut, Ludwig. Der Alte hat eine andere Aufgabe. Ich komme sobald wie möglich zurück.« Hans drückte Ludwigs Hand und zog Paddy hinter sich die flachen Stufen hoch.

Nachdem sie den Stein wieder in den Durchlass gestellt hatten, beugte sich Hans zu Paddy. »Hör zu. Ich versuche, Hilfe zu holen, aber ich weiß nicht …« Er zuckte mit den Schultern. »Vielleicht kannst du ihn im Haus dieser Frau verstecken.«

»Aber –«

»Nein«, unterbrach Hans Paddy. »Wer immer zuerst Hilfe findet, kommt zurück, um ihn zu holen. Merk dir, von der untersten Stufe zwanzig Ziegelsteine nach unten. Hast du verstanden?«

Paddy nickte.

»Hast du verstanden?«

Paddy erkannte, dass die Dunkelheit seine Geste verschluckt hatte, und wiederholte seine Bestätigung laut.

»Gut. Gib mir fünf Minuten, damit wir nicht zusammen gesehen werden.« Hans schlug Paddy auf die Schulter. »Viel Glück.« Er fühlte sich gut und mutig und wichtig, als er zwei Stufen auf einmal dem Licht entgegenlief.

Paddy lehnte sich an die feuchte, kalte Wand und wischte sich mit dem Ärmel den Schweiß vom Gesicht. Was sollte er jetzt tun, fragte er sich. Wie konnte er Miss Felicity in Gefahr bringen, indem er ihr diesen Mann brachte, der am Verbluten war? Er konnte sie anlügen und ihr sagen, dass seine Suche nicht erfolgreich gewesen war, aber was, wenn sie herausfand, dass er gelogen hatte? Was, wenn der Graf starb? Er hatte den sanften Ausdruck in Miss Felicitys Augen gesehen, wann immer sie ihn ansah. Vielleicht war das der Mann, der sie vergessen lassen könnte. Vergessen, was er – bei der Erinnerung füllten sich Paddys Augen mit Tränen – nicht geschafft hatte, zu verhindern.

Seine Grübeleien wurden von einem Geräusch im Hof unterbrochen. Instinktiv wich er vom Fuß der Treppe zurück, bis sein Rücken gegen eine Wand stieß – fest genug, dass seine Kiefer beim Aufprall knackten.

»Halt.« Der Ruf hallte zwischen den Häusern wider. Er hörte und verstand den Befehl, aber die Bedeutung der anderen Worte war ihm nicht geläufig. Seine Hände wurden feucht, als ihm bewusst wurde, dass eine der Stimmen Hans gehörte. Plötzlich wurde die Tür aufgerissen und Licht ergoss sich über die Treppe.

»Wer da?«

Paddy presste sich an die Wand und schloss die Augen. Seine Lippen bewegten sich lautlos, während er ein Ave Maria betete.

Eine Gestalt schritt ein paar Stufen hinunter, spähte in die Dunkelheit und rief erneut. Paddy hielt den Atem an. Der Mann brummte etwas und ging die Treppe wieder hoch.

Noch immer an die Wand gedrückt, hörte Paddy das Geräusch einer Kette und wusste, dass Maximilian von Bergs Leben in seinen Händen lag.

Nachdem Paddy das Haus verlassen hatte, war Felicity zum Fenster zurückgekehrt. Sie hatte beobachtet, wie er sich seinen Weg durch den flüchtenden Mob bahnte. Jetzt wartete sie auf seine Rückkehr, ihre Knöchel ganz weiß auf dem Fenstersims. Ihr gelassenes, regloses Verhalten war eine Täuschung, denn in ihr war nichts ruhig. In ihrem Kopf war ein Schlachtfeld aus Bildern, aus Selbstvorwürfen, denn mit dem unfehlbaren Instinkt einer verliebten Frau wusste sie, dass Max etwas Schreckliches zugestoßen war.

Die Menge hatte sich bereits ein wenig verlaufen, als sie Paddy entdeckte. Mit einem Schrei eilte sie zur Tür und bemerkte gar nicht die Reiter, die nur wenige Häuser entfernt waren.

»Oh, Gott, Paddy! Bist du verletzt?« Als Felicity das Blut auf seinem Mantel entdeckte, packte sie seine schwieligen Hände. »Ich hätte dich nie gehen lassen sollen.«

»Nicht verletzt.« Sein Atem kam rasselnd. »Hab ihn gefunden, Miss Felicity.« Er nahm einen weiteren keuchenden Atemzug. »Er ist verwundet.«

»Schlimm?« Felicitys Hände verkrampften sich. »Wo ist er?«

»Zwei Jungs hab'n ihm geholfen und er ist jetzt versteckt.« Langsam begann sich Paddys Atmung zu beruhigen. »Aber einer von ihnen wurde verhaftet. Der Graf kann jetzt nirgendwo hin.«

»Gott, lass mich nachdenken!« Felicity wirbelte herum und begann, hin und her zu laufen. Sie wusste, dass sie niemanden um Hilfe bitten konnte. Irgendwie würden sie es alleine schaffen müssen.

»Fräulein?«

»Ja, Resi?« Ihre Stimme war scharf. »Was ist?«

»Vielleicht kann ich helfen. Können Sie ihn fragen, wo genau der Graf versteckt ist?«

Felicity sah die junge Kammerzofe, die Max ihr geschickt hatte, mit neuer Hoffnung an. »Wo ist er, Paddy? Ganz genau.«

Gerade als Paddy den Mund öffnete, um es zu erklären, läutete die Türglocke. Alle erstarrten und blickten zur Tür, als wäre sie etwas Lebendiges und Gefährliches. Die Tür wurde aufgestoßen und Erzherzog Albrecht trat in das erstarrte Tableau, gefolgt von einigen Grenadieren.

»Komme ich ungelegen?«, erkundigte er sich mit scheinbarer Höflichkeit. Er kniff die Augen zusammen, als er die Szene betrachtete.

Felicity atmete tief aus dem Bauch heraus und ließ sich in einem Knicks sinken, dankbar für die kurze Verschnaufpause. Sie erinnerte sich, wie Max ihr einmal gesagt hatte, dass sie abseits der Bühne eine schlechte Schauspielerin war, und betete, dass sie diesmal seine Worte Lügen strafen konnte.

»Ich fürchte, wir sind alle ein wenig aus der Fassung, Kaiserliche Hoheit«, sagte sie, als sie sich erhob. »Es war ein verstörender Tag.«

»Ich hoffe, für Sie persönlich nicht zu verstörend.« Albrecht trat vor und bedeutete seinen Grenadieren zu bleiben, wo sie waren.

»Nur vorübergehend.« Selbst als sie lächelnd mit den Schultern zuckte und auf Paddy zeigte, rasten Felicitys Gedanken. Wenn sie nur wüsste, was tatsächlich geschehen war. Dann wäre sie vielleicht für diese Unterhaltung besser vorbereitet gewesen. »Darf ich Ihnen eine Erfrischung anbieten?«

»Vielleicht später.« Albrecht zog seine Handschuhe aus und trommelte mit ihnen auf seine Handfläche, während er die Dienstboten musterte, die sich in einem schützenden Halbkreis um Felicity gestellt hatten. Sein Blick blieb an Paddy und seiner blutbefleckten Kleidung hängen.

»Ihr Diener scheint wirklich eine verstörende Begegnung gehabt zu haben.«

»So ist es, Kaiserliche Hoheit. Er ging nach draußen, um herauszufinden, was los ist. Anscheinend hat er jemandem geholfen, der verwundet wurde.«

»Wer?« Die Frage hallte durch den Raum wie ein Schuss.

»Ich habe ehrlich keine Ahnung, Kaiserliche Hoheit.« Felicity spürte, wie das Herz gegen ihre Rippen schlug, doch ihre Brauen hoben sich über Augen, von denen sie betete, dass sie vor Gleichgültigkeit kühl wirkten. »Darf ich fragen, was vor sich geht? Ich bin nicht daran gewöhnt, dass mein Haus von Soldaten besetzt wird.«

»Berg!« Albrechts blaue Augen quollen zornig hervor. »Ich suche nach Berg.«

»Berg?« Verzweifelt hoffte Felicity, dass dieses eine Mal ihre Gefühle nicht in ihren Augen zu sehen sein würden. »Dann fürchte ich, dass Kaiserliche Hoheit zur falschen Adresse gekommen ist. Ich habe Graf Berg seit mindestens zwei Wochen nicht gesehen«, sagte sie wahrheitsgetreu.

»Erwarten Sie, dass ich das glaube?«, stieß Albrecht hervor. »Ganz Wien weiß, dass Sie seine Mätresse sind!«

Felicity stieg Hitze ins Gesicht und sie spürte einen Schwall Hass auf den Erzherzog, weil sie sich bei seinen Worten wie ein billiges Flittchen fühlte.

»Dann wäre ganz Wien falsch informiert, Kaiserliche Hoheit. Wie ich bereits gesagt habe, ich habe Graf Berg seit gute zwei Wochen nicht mehr gesehen.« Sie gestattete sich ein schmales, kühles Lächeln. »Sie können fragen, wer auch immer den Mann bezahlt, der seine Tage gegenüber meiner Haustür verbringt, bereit, mir jederzeit zu folgen. Vielleicht Ihr Polizeichef, Graf Sedlnitzky. Vielleicht«, Verachtung blitzte in ihren Augen auf, »Fürst Metternich.«

Einen Moment lang betrachtete Erzherzog Albrecht sie abschätzig in überraschtem Schweigen. An jenem Abend in der Hofburg hatte er sie für eine dumme Gans gehalten und sie dennoch begehrt. Seine Zunge strich über seine fleischigen Lippen. Jetzt, da er sah, dass sie über Witz und Esprit verfügte, wollte er sie noch mehr.

»Dann werden Sie nichts dagegen haben, wenn meine Männer Ihr Haus durchsuchen.« Er lächelte plötzlich und deutete eine Verbeugung an. »Zu Ihrem eigenen Schutz natürlich. Nur um sicherzugehen, dass Berg es nicht doch irgendwie geschafft hat, sich hier einzuschleichen und zu verstecken.«

Felicitys Mund verzog sich zu ihrem ersten richtigen Lächeln an diesem Tag, und sie hob einladend eine Hand. »Nur zu.«

Als die Männer vorrückten, bemühte sie sich, keine Erleichterung auf ihrem Gesicht zu zeigen. Irgendwie würde sie Max herschaffen. Ihre Finger verknoteten sich, während ein fiebriger Gedanke den nächsten jagte. Falls sie jetzt das Haus durchsuchten, würden sie vielleicht später nicht wiederkommen.

Max öffnete die Augen in völliger Dunkelheit. War er noch am Leben? Während die Frage durch seinen vernebelten Kopf schwebte, antwortete der Schmerz, der sich zu einem pochenden Ziehen abgeschwächt hatte, darauf. Er bewegte sich auf den kalten, feuchten Steinen, und der Schmerz erwachte erneut zum Leben. Das schneidende Stechen ließ ihn weiter aus dem Nebel seiner Gedanken auftauchen, und da er etwas spüren musste, egal was, bewegte sich Max erneut.

»Sind Sie wach?«

Die körperlose, zitternde Stimme kam von irgendwo zu seiner Linken.

»Ja.« Er strich sich mit der Zunge über trockene Lippen. »Wer sind Sie?«

»I-ich heiße L-Ludwig Willner. Mein Freund, Hans, und ich haben Ihnen von der Straße geholfen. Er i-ist losgegangen, um H-Hilfe zu holen.«

»Danke.« Max erinnerte sich an die beiden jungen Gesichter. Er hörte, wie die Zähne des Jungen klapperten, und hob eine Hand in seine Richtung, da er ihn trösten wollte, doch das letzte bisschen Kraft schien ihn zu verlassen, und seine Hand fiel wie ein lebloses Objekt zurück auf den kalten Stein.

Ein Kaleidoskop fing an, sich vor seinen Augen zu drehen. Diese gefährliche, schwindlig machende Schwäche floss durch seine Adern, als er spürte, wie der verräterisch warme, klebrige Blutstrom an seiner rechten Seite erneut begann.

Er würde sterben. Die schreckliche Gewissheit breitete sich in ihm aus, während sich sein Blut unter ihm sammelte. Er hatte einmal gesehen, wie jemand verblutet war, dachte er, und erinnerte sich daran, wie er hilflos danebengestanden hatte, als das Blut des Mannes aus ihm geflossen war. Und Marie war verblutet. Das hatte man ihm erzählt. Verblutet wegen des

Kindes, das er gezeugt hatte. Vielleicht war das seine Strafe, weil er sie nicht genug geliebt hatte. Nicht genug um sie getrauert hatte. Vielleicht war das seine Strafe, weil seine Liebe für Felicity die Erinnerung an Marie so gründlich verdrängt hatte, dass er sich nicht einmal genau daran erinnern konnte, wie sie ausgesehen hatte.

Die Dunkelheit umschloss ihn, doch er kämpfte dagegen an. Verzweifelt beschwor er Felicitys Bild vor seinem inneren Auge, um sich die Kraft zu verleihen, weiterzukämpfen. Eine lange Zeit stand das strahlende Bild neben ihm und hielt die Nacht zurück. Doch dann spürte er, wie er den Halt verlor. Er griff nach dem Bild und streifte ein letztes Mal mit den Fingern über ihr Gesicht. Als er in die Dunkelheit glitt, lächelte er.

Kapitel 10

Felicity hätte nicht sagen können, wie viel Zeit vergangen war. Die Standuhr im Salon zählte die Sekunden, die sich zu Minuten sammelten. Und die Minuten schienen sich zu Stunden auszudehnen, die vorbeikrochen und nur von der Angst gemessen wurden, die in ihr wuchs.

Sie verharrte regungslos, als sie hörte, wie die Tür zum Hof knarrte. Einen langen Moment verharrte sie mitten im Salon, unfähig, sich zu rühren. Dann lief sie los.

Als sie die Küche erreichte, hoben sie Max von einem riesigen, rechteckigen Weidenkorb. Ein Schrei stieg in ihrer Kehle auf, als sie seine blutgetränkte Uniform sah. Konnte er so viel Blut verloren haben und noch immer am Leben sein? Sie kniete sich neben ihn auf den Boden und tastete mit zitternden Fingern nach seinem Puls. Er war schwach und unregelmäßig, aber vorhanden.

Noch während sich ihre Augen mit Tränen der Erleichterung füllten, stand sie auf und begann Befehle zu erteilen. Binnen Minuten hatten Paddy und der junge Ludwig Max nach oben getragen, ihn ausgezogen und in Felicitys Bett gelegt.

Ihr stockte der Atem, als sie Max' Verletzungen sah. Er hatte vier oder fünf Schnittwunden auf seinem Oberkörper und Schwertarm. Die zwei schlimmsten – auf seiner Schulter und seiner Seite – bluteten stark.

»Sie sind mit Bajonetten auf ihn losgegangen«, flüsterte

Ludwig neben ihr. »Ich versuche, einen Arzt aufzutreiben.« Er wandte sich rasch ab und lief aus dem Zimmer.

»Paddy?« Felicity wandte den Blick nicht von Max ab. »Wenn wir auf einen Arzt warten, wird er verbluten.« Das kostbare Rot befleckte bereits die weißen Laken.

»Es wird nicht viel nützen, ihn mit Nadel und Faden zusammenzuflicken«, murmelte Paddy. Er war in zu vielen Spelunken gewesen, hatte zu viele Messerstechereien gesehen. »Wir müssen die Wunden ausbrennen. Das ist das Einzige, was die Blutung noch stillen kann.«

Felicity spürte, wie sich die Anspannung in ihr zu einem riesigen, grauenerregenden Knoten in ihrem Magen zusammenzog. Sie hielt den Blick weiterhin auf Max gerichtet, als könnte ihn allein das am Leben erhalten, als sie sagte: »Schür das Feuer im Ofen und bring mir ein Messer aus der Küche.« Sie schluckte. »Und etwas, um ihn zu fesseln. Wir werden es nicht schaffen, ihn festzuhalten.«

»Das wollen Sie doch nicht wirklich selbst tun, Miss F…«

Sie bedachte ihn mit einem wilden Blick. »Geh.«

All ihr Mut, all ihre Entschlossenheit lagen in diesem einen Wort, und Paddy eilte aus dem Zimmer, um zu tun wie geheißen.

Während Paddy Max ans Bett band, kauerte Felicity vor dem Herd und tauchte das breite Messer in die blauumrandeten Flammen. Gnadenlos verscheuchte sie alle Gedanken bis auf die Vorgehensweise der grausamen Aufgabe, die vor ihr lag. Sie musste vergessen, dass es Max war, der dort lag, sagte sie sich unbarmherzig. Falls sie daran dachte, wäre sie nie fähig zu tun, was getan werden musste.

Das Knistern des Feuers und Atemgeräusche erfüllten das Zimmer. Max' schwache, flache Atemzüge. Paddys Schnaufen, als er sich mit den Seilen abmühte. Felicitys gleichmäßiger Atem, den sie durch reine Willenskraft beherrschte.

»Bist du fertig?«

»Ja, Miss Felicity«, keuchte Paddy. »Vielleicht sollte ich …«

»Halt ihn fest.«

Felicitys Hände waren ruhig, als sie sich dem Bett näherte. Für den Bruchteil eines Augenblicks schweifte ihr Blick zu Max' Gesicht und geriet ins Stocken, doch als sie das viele Blut sah, das noch immer aus ihm strömte, trat sie näher und drückte den glühend heißen Stahl auf das zerfetzte Fleisch von Max' Schulter.

Schmerz schoss durch Max' Unterbewusstsein, und sein Körper bäumte sich auf und wehrte sich gegen die Seile. Also hatten sie ihn doch erwischt. Dieser Gedanke drang durch den Schmerz. Er wollte aufschreien, aber er beherrschte sich, da er ihnen nicht die Befriedigung verschaffen wollte, ihn zum Schreien zu bringen. Der Schmerz ließ ein ganz klein wenig nach. Er lag still und versuchte, die Augen zu öffnen, da er seinen Folterknechten ins Gesicht sehen und ihnen trotzen wollte.

Er spürte die Hitze einen Sekundenbruchteil, bevor der Schmerz ihn erneut traf. Er trieb auf einer Welle der Agonie, und als sie hinabstürzte, riss sie ihn mit sich in eine rettende Besinnungslosigkeit.

Schweiß strömte über Felicitys Gesicht, als sie das Messer von Max' Seite nahm. Obwohl ihr der schreckliche Geruch von verbranntem Fleisch in die Nase stieg, beugte sie sich nieder und untersuchte seine Schulter und die Seite seines Oberkörpers. Das Fleisch war rot und runzelig, aber es floss kein Blut mehr. Oh, Gott sei Dank, dachte sie, das Blut floss nicht mehr.

Plötzlich begannen ihre Hände zu zittern, ihre Finger öffneten sich und das Messer fiel klappernd auf den Boden. Einen Moment lang stand sie einfach nur da, während ihr ganzer Körper zu beben begann. In dem Bemühen um Beherrschung machte sie einen tiefen Atemzug und ihre Lunge füllte sich mit dem grauenhaften Geruch. Sie schlug sich die Hände auf den Mund, lief los und erreichte nur knapp die Waschschüssel hinter dem Paravent, bevor sie zu würgen begann.

Als Felicity wieder zum Bett ging, hielt sie das feuchte Handtuch, das sie benutzt hatte, um sich das Gesicht abzuwischen, noch immer in der Hand. Max lag so still, war so bleich, dass sie einen Augenblick lang dachte, sie hätte ihn durch die Schmerzen umgebracht, die sie ihm zugefügt hatte. Ihre

Gedanken mussten sich auf ihrem Gesicht widergespiegelt haben, denn Paddy streckte ungelenk die Hand aus und berührte ihren Ellenbogen.

»Er schläft jetzt. Ich hab ihn so gut verbund'n, wie ich konnte.«

»Danke, Paddy.«

Sie setzte sich auf die Bettkante und sah auf Max hinab. Liebe und Dankbarkeit blühten in ihrem Herzen auf. Selbst wenn er nie ihr gehören konnte, würde er zumindest leben. Seine Haut war ganz weiß, und der Schmerz schien seine Gesichtszüge noch markanter gemacht zu haben und hatte schärfere Kanten hinzugefügt, sodass er aussah, als hätte ihn die Hand eines Künstlers aus weißem Carrara-Marmor gemeißelt. Felicity wollte ihn berühren und hatte doch Angst davor. Ihre Hände vergruben sich im Handtuch, das sie noch immer hielt. Als der Arzt kam, saß sie noch immer so auf dem Bett.

Mit schnellen, sparsamen Bewegungen nähte er die kleineren Wunden und wechselte die Verbände, die Paddy angelegt hatte.

Als er fertig war, wischte sich der Arzt die Hände ab und sah sie an. »Wissen Sie, Sie haben ihm das Leben gerettet«, sagte er sachlich. »Wenn Sie gewartet hätten, wäre er noch vor meiner Ankunft verblutet.« Einen Moment lang maß er sie schweigend. »Nicht viele Frauen hätten den Mut gehabt, das zu tun, was Sie getan haben. Oder die Nerven dafür.«

»Man tut, was man muss.« Aufgrund der Anspannung der letzten Stunden war ihre Stimme heiser und rau.

»Wenn er Glück hat, bleibt er noch eine Weile bewusstlos. Ich lasse Ihnen etwas Laudanum für später hier, wenn er aufwacht.« Er stand auf. »Er wird es brauchen.« Schnell packte er seine Tasche zusammen. »Ich habe dort drüben Salbe und Verbände hingelegt.« Er zeigte auf die Kommode. »Falls er Fieber bekommt, halten Sie ihn kühl und versuchen Sie, ihm Flüssigkeit einzuflößen – Brühe, Tee, egal was. Es kann sein, dass ich nicht noch einmal kommen kann.«

Felicity starrte den Arzt an, lauschte seiner sanften, ruhigen Stimme, die Anweisungen erteilte, und spürte, wie Panik in ihr hochstieg. Er konnte nicht ihr allein die Pflege von Max überlassen, dachte sie bestürzt. Alle Menschen, die sie je gepflegt hatte, waren gestorben. Und es war zu wichtig, dass Max am Leben blieb.

Der Arzt richtete sich gerade und musterte sie mit seinen gelassenen hellbraunen Augen. Als er leicht ihre Schulter berührte, lächelte er zum ersten Mal. »Keine Sorge, Sie schaffen das schon. Sie sind stark und er auch.« Er verbeugte sich. »Auf Wiedersehen, gnädiges Fräulein.«

Keine vierundzwanzig Stunden später glühte Max vor Fieber. Felicity verließ nie seine Seite, wusch ihn mit kühlem Wasser und träufelte mühsam mit einem Teelöffel Flüssigkeiten in seinen Mund. Als Manon und Paddy versuchten, sie dazu zu bringen, sich hinzulegen, winkte sie sie nur weg.

Es war die dunkelste Stunde der Nacht, als er zu phantasieren begann. Felicity wurde aus einem erschöpften Nickerchen gerissen, als seine abgehackten Worte die Stille durchbrachen.

»Nicht schießen – tut mir leid – ich hab's versucht.« Er wälzte sich im Bett herum.

»Sch, Liebster. Versuch zu schlafen.« Sie hatte Angst, dass seine Wunden wieder aufreißen würden, versuchte, ihn zu beruhigen, und streichelte seine trockene, heiße Haut. »Es ist alles gut.«

»Felicity?« Max öffnete die Augen, als ob er auf ihre Stimme reagierte, doch der Ausdruck in ihnen blieb leer. »Oh, Gott, Felicity – Liebste.«

Ihre Augen füllten sich mit Tränen und sie konnte spüren, wie er sich unter ihren Fingern anspannte.

»Nein, nein, geh weg, Marie. Kann dir nicht geben, was du …« Er warf sich von einer Seite auf die andere, versteifte sich dann und hielt still. »Philipp. Vergib …« Der Rest seiner Worte war unverständliches Gemurmel.

Der Fieberwahn quälte ihn weiter. Manchmal erkannte Felicity einen Namen oder ein Wort. Sie konnte nichts weiter tun, als ihre Kraft darauf zu verwenden, ihn so still wie möglich zu halten. Doch er blieb ruhelos.

Seine Haut wurde heißer, bis sie ihre Finger zu verbrennen schien. Ihre Verzweiflung stieg, und der gleiche Geschmack von Hilflosigkeit, den sie am Totenbett ihres Vaters wahrgenommen hatte, lag bitter auf ihrer Zunge.

Max sagte weiterhin hin und wieder etwas, doch seine Stimme wurde leiser, als ob er aus weiter Ferne sprechen würde. Felicity war am Ende ihrer Weisheit, aber entschlossen, ihn nicht gehen zu lassen. Sie umfasste sein Gesicht mit ihren kleinen Händen und beugte sich zu ihm.

»Ich lasse dich nicht sterben, Max. Kannst du mich hören?« Sie drückte den Mund auf seine trockenen, durch das Fieber rissige, spröde Lippen, als könnte sie all die Energie, über die sie noch verfügte, in seinen Körper übertragen. »Du wirst leben und gesund werden«, flüsterte sie eindringlich. »Du wirst wieder stark sein.«

Sie redete weiter, ohne zu wissen, was sie da wirklich sagte. Sie flüsterte von ihrer Liebe zu ihm. All die Liebe, von der sie es nicht gewagt hatte, sie sich einzugestehen. Sie verfluchte ihn. Sie betete zu ihm oder zu Gott oder zu ihrer eigenen Kraft.

Es gab keinen Raum für Gedanken oder Zweifel oder Fragen, während ihre Hände seine heiße, pergamentene Haut streichelten. Ohne über ihre Worte nachzudenken, flüsterte sie durch die dunkelsten Stunden der Nacht. Ihre Handflächen kribbelten, als sie ihre eigene Kraft durch schiere Willensstärke in seinen Körper hineinfluten lassen wollte.

Als sie Feuchtigkeit unter ihren Fingern spürte, dachte sie, es seien ihre Tränen, die auf seine Haut getropft waren. Als sie erkannte, dass die Nässe, die sie spürte, ein dünner Schweißfilm auf seiner Haut war, der bedeutete, dass sein Fieber fast überstanden war, hielten ihre Hände still.

Regungslos betrachtete sie ihn, bis sie sicher war, dass es keine Illusion war. Dann legte sie den Kopf neben seinem auf das Kissen und weinte.

Felicity war gerade damit fertig geworden, Max zu waschen und mit Paddys und Manons Hilfe die Laken zu wechseln, als sie ein Geräusch hörte. Sie drehte sich schnell zum Bett um und hielt den Atem an. Max ächzte und Schmerz huschte über sein Gesicht.

Hin- und hergerissen zwischen dem Wunsch, ihn wach zu sehen, und dem Wissen, dass Bewusstsein ihm schreckliche Schmerzen bringen würde, verharrte sie an der Bettkante und wartete. Ihre Knöchel wurden weiß, als seine Augenlider zu zucken begannen. Als sie sich hoben, presste sie die Nägel in ihre Handflächen.

»Felicity?« Max rollte den Kopf auf dem Kissen von einer Seite zur anderen, als wollte er ihn frei bekommen, und zuckte zusammen, als auch seine Schulter in Bewegung geriet.

»Ja.« Leicht legte sie ihm ihre Hände auf die Brust, um ihn dazu zu bringen, stillzuhalten. »Du wirst wieder gesund.«

»Wieso bin ich hier?« Das Sprechen bereitete ihm Mühe, seine Stimme klang rostig, seine Zunge fühlte sich schwer und belegt an.

Felicity schob eine Hand unter seinen Kopf und hielt ihm einen Becher Wasser an die Lippen. »Später«, sagte sie beruhigend. »Später ist Zeit genug, um all deine Fragen zu beantworten.«

Durstig trank er, und als sie seinen Kopf zurück auf Kissen sinken ließ, schloss er die Augen. Sein ganzer Körper tat weh, aber der Schmerz schien sich auf seine rechte Seite zu konzentrieren. Er versuchte, sich zu erinnern, aber in seinem Kopf herrschte ein Durcheinander aus verwirrenden Bruchstücken. Erzherzog Albrechts vor Wut verzerrtes Gesicht. Die Bajonette. Kalte, feuchte Pflastersteine. Ein dunkler Tunnel. Dann glühende Schürhaken auf seiner Haut. Allein bei der Erinnerung hob sich sein Körper von der Matratze.

Er zerbrach sich den Kopf und versuchte, sich zu erinnern, welche Fragen sie ihm gestellt hatten. Versuchte, sich zu erinnern, ob er sich oder andere verraten hatte. Hatten sie ihn deshalb gehen lassen? Gedanken, Eindrücke, Erinnerungen blitzten in seinem Kopf auf. Plötzlich krallten sich seine Finger in die Laken, als ihm die schrecklichste aller Möglichkeiten einfiel – dass sich Felicity im Tausch für seine Freiheit Albrecht hingegeben hatte.

»Warum haben sie mich gehen lassen?« Seine Augen, die noch immer mit dem letzten Rest Fieber glänzten, verdunkelten sich vor Schmerz und Verwirrung und etwas, das Entsetzen glich. Seine rechte Hand lag nutzlos an seiner Seite, aber er befreite seine linke von unter der Decke und packte ihre Hand. »Warum?«

Felicity ignorierte die seltsame Frage, da sie sie für ein Überbleibsel des Fiebers hielt, das weiterhin seinen Verstand verwirrte. »Wenn du mir versprichst, stillzuliegen«, sie legte ihre freie Hand auf seine und streichelte sie sanft, »erzähle ich dir, was ich von den Geschehnissen weiß.«

Schnell und mit so wenig Worten wie möglich berichtete sie, was sich zugetragen hatte, nachdem die Menge ihn aus dem Innenhof und damit außerhalb von Albrechts Reichweite getragen hatte. Wie die beiden Studenten ihn in den Katakomben versteckt hatten. Wie Resi entdeckt hatte, dass der Gang, in dem er lag, zu einem in der Nähe gelegenen Haus führte. Wie sie ihn, in einem Korb versteckt, hergetragen haben. Da sie ihn nicht beunruhigen wollte, erzählte sie ihm weder, dass er beinahe verblutet wäre, noch, wie sie die Blutungen gestillt hatte.

Max schüttelte den Kopf. »Aber sie haben mich doch gefangen genommen«, beharrte er und bewegte sich wieder ruhelos. »Sie haben mich befragt. Und ich weiß nicht, was ich ihnen erzählt habe. Oder wie ich freigekommen bin.«

»Das muss ein Fiebertraum gewesen sein.« Sanft legte Felicity ihm eine Hand auf die stoppelige Wange.

»Nein.« Max wurde rastlos, da er seine schlimmsten Ängste dadurch bestätigt sah, dass Felicity darauf bestand, dass es ein Traum gewesen war. »Sie haben glühende Schürhaken benutzt, um mir die Antworten zu entreißen«, die Erinnerung an den Schmerz verschleierte seine Augen, »und ich weiß nicht, was ich ihnen erzählt habe.«

Felicity erstarrte, als hätte er sie geschlagen, und zog ihre Hand von seiner Wange zurück. »Du wurdest nicht gefangen genommen. Als sie dich hierhergebracht haben, warst du am Verbluten.« Ihre Stimme war flach und tonlos. »Wir mussten die Wunden mit einem heißen Messer ausbrennen, um die Blutung zu stillen.« Sie schluckte gegen die Übelkeit, die bei der Erinnerung in ihr aufstieg, hielt den Blick aber weiter auf ihn gerichtet. »Ich habe es selbst getan.«

Max starrte sie an, entsetzt von dem, was sie hatte tun müssen, entsetzt von dem, was er gesagt hatte.

Felicity war nicht länger in der Lage, das Grauen in seinen Augen zu ertragen. Sie erhob sich, wandte sich ab und verschlang die Finger. »Es tut mir leid. Ich hätte es nie getan, wenn es eine andere Möglichkeit gegeben hätte.«

»Oh, Gott, Felicity.« Max mühte sich in eine halbaufrechte Position und kämpfte gegen den Schmerz, der sich in Wellen ausbreitete und die Welt vor seinen Augen schwarz werden ließ. »Ich wollte dich nicht verletzen.« Er stöhnte fast mehr aus Reue als aus Schmerz.

Bei dem Laut wirbelte Felicity herum und war sofort wieder an seiner Seite. Mit sanften Händen drückte sie ihn auf die Matratze zurück. Ihre Blicke trafen sich, und diesmal verstand sie sehr wohl, was in seinen Augen zu lesen war.

»Du ruinierst meine ganze Arbeit, wenn du nicht ruhig liegen bleibst.« Ihr Lächeln war zittrig, als sie ihm das schwarze Haar aus der Stirn strich.

Ungelenk wegen seiner verletzten rechten Seite nahm Max ihre Hand in seine linke und hob sie an seinen Mund. »Danke.« Seine Augen schlossen sich vor Erschöpfung. »Felicity.«

»Ich bin hier.«

»Deine Eltern haben dir den perfekten Namen gegeben.« Seine Lippen hoben sich in der Andeutung eines Lächelns. »Du machst alle, die dich lieben, glücklich.« Dann versank er in Schlaf.

Felicity erwachte zu gedämpftem Gemurmel. Sie sprang aus dem Bett und ihr Herz hämmerte vor Besorgnis, doch als sie erkannte, dass die Stimmen Manon und Max gehörten, legte sie sich wieder hin und entspannte sich. Doch bald trieb sie Nervosität erneut aus dem Bett. Hatte Manon ihm Laudanum gegen die Schmerzen gegeben? Hatte sie seine Verbände gewechselt? War sein Fieber vollständig abgeklungen?

Schnell zog sie sich an und flocht sich einen neuen Zopf, wobei sie versuchte, nicht allzu genau in den Spiegel zu sehen. Obwohl sie zum ersten Mal seit drei Nächten gut geschlafen hatte, waren ihre Augen von großen, dunklen Ringen umschattet.

Ihre Hand lag bereits auf die Türklinke, als sie innehielt und die Stirn an den Türrahmen sinken ließ. Jetzt, da Max wach war, wie sollte sie mit seiner Anwesenheit zurechtkommen?

Schau, dass alles leicht und zwanglos bleibt, ermahnte sie sich. Berühre ihn nicht mehr als nötig. Hilf ihm, gesund zu werden, damit er fortgehen kann und nicht länger deine

Gemütsruhe bedroht. Sie nahm einen tiefen Atemzug und öffnete die Tür.

Max lag aufgestützt auf mehreren Kissen und betrachtete finster Manon, die ihn aus einer Schüssel fütterte. Seine Augen leuchteten auf, als er Felicity sah, verdüsterten sich aber sofort wieder. »Du siehst müde aus. Du solltest dich ausruhen.«

»Auch dir einen guten Morgen«, sagte sie mit einer gespielten Fröhlichkeit. Sie ließ den Blick über ihn schweifen und bemerkte, dass sein Gesicht zwar einen Hauch Farbe aufwies, aber die Schmerzfalten um seinen Mund tiefer geworden waren. »Hast du ihm etwas Laudanum gegeben?« Felicity sah Manon an.

»Sie hat es versucht«, murmelte Max und warf Felicity einen trotzigen Blick zu. »Ich habe bereits mehrere Tage verloren und will nicht, dass mir eine Droge den Verstand vernebelt, wenn ich klaren Kopfes sein muss.«

»Wie es dir beliebt.« Felicity wandte ihm den Rücken zu und biss sich auf die Lippe. »Wer weiß, vielleicht wirst du sogar schneller gesund, wenn dich jede Bewegung genau daran erinnert, wo deine Wunden noch heilen müssen.«

Manon erforschte Max' Gesicht, als dieser Felicitys Rücken anstarrte. Erforschte die Emotionen, die sie darin sah. Er war zu schwach, um etwas vorzutäuschen, entschied sie, stellte die Schüssel ab und verließ still das Zimmer.

Bei dem leisen Geräusch der sich schließenden Tür zuckte Felicity zusammen. Sie wollte nicht mit ihm alleine sein, dachte sie verstört. Sie war noch nicht so weit, mit ihm alleine sein zu können.

»Stimmt etwas nicht, Felicity?«

Ja, wollte sie kreischen. *Du bist hier in meinem Bett, blass, aber oh so wunderschön, und ich will dich berühren und lieben, aber ich kann nicht.* Sie zuckte mit den Schultern und wandte sich ab, um an ihren Ärmeln herumzuzupfen, damit sie ihn nicht ansehen musste. »Was meinst du denn?«

»Sag du es mir. Du bist diejenige, die mir nicht in die Augen sehen will.«

Genau, wie er beabsichtigt hatte, huschte ihr Blick zu ihm, und obwohl er lächelte, war es ohne Genugtuung.

»Nichts hat sich in den letzten Wochen geändert«, sagte sie rasch. »Ich möchte, dass du das verstehst.«

»Nichts, außer dass du mir in der Zwischenzeit das Leben gerettet hast. Du weißt, was das bedeutet?«

»Was?«, wollte sie trotzig wissen.

»Es ist ein alter Volksglaube. Wenn du jemandem das Leben rettest, bist du«, er senkte die Stimme, »für den Rest seines Lebens dafür verantwortlich.«

»Ich möchte nicht dafür verantwortlich sein. Ich kann nicht.« Sie kam näher und ließ sich auf eine Stuhlkante sinken, die Hände ganz fest verschränkt, damit sie ihn nicht damit berührte. »Hast du nichts von dem verstanden, was ich dir gesagt habe, Max?«

Max sah ihr wunderschönes, erschöpftes Gesicht an, und Liebe stieg in ihm hoch und überschwemmte ihn. *Ich versteh dich besser, als du glaubst.* Er schloss die Augen.

»Ich bin müde«, sagte er nicht ganz gelogen. »Bleibst du bei mir, während ich schlafe?«

»Ja.« Sie seufzte leise, als das schlichte Bedürfnis, bei ihm zu sein, ihren Widerstand besiegte. »Ich bleibe bei dir.«

Er hatte das erste Scharmützel gewonnen, dachte Max, als er eindöste. Jetzt musste er nur noch den Krieg gewinnen.

Kapitel 11

Er träumte wieder und war von wirbelnden Bildern umgeben. Ein Meer aus Gesichtern voller Hoffnung und Verzweiflung. Der Lärm der Menge, Albrechts halb hysterische Schreie und die Stimme seines eigenen Gewissens. Dann sah er nur noch die glänzenden Bajonette, die auf ihn zukamen, und wie sein Blut rot vom Stahl tropfte.

»Sch. Du hast nur geträumt.«

Max öffnete die Augen. Felicitys Gesicht war nur wenige Zentimeter vor ihm, ihre Augen nicht länger kühl und distanziert, sondern warm und besorgt. Sein Atem kam noch immer schwer, als er sie anstarrte.

Der Traum war so lebendig gewesen und hatte ihn unbarmherzig an das erinnert, was geschehen war. Ihn daran erinnert, dass er jetzt ein Flüchtling war, den im Falle seiner Festnahme wegen Hochverrats der Galgen erwartete. Wie hatte er so selbstsüchtig sein können, fragte er sich. Wie hatte er auch nur einen Augenblick lang akzeptieren können, hierzubleiben, in Felicitys Haus, in ihrem Bett, und sie mit jedem weiteren Moment in Gefahr zu bringen?

Er vergaß seine verletzte Schulter und griff mit seiner rechten Hand nach ihr. Eine Welle des Schmerzes überrollte ihn, und er ließ sich zurücksinken.

»Schick mir Resi.« Er keuchte zwischen den Worten. »Ich muss so schnell wie möglich eine andere Unterkunft finden.«

»Eine andere Unterkunft?« Felicity sah ihn an, als hätte er den Verstand verloren.

»Ja.« Er bemühte sich, sich wieder aufzusetzen, verlor aber den Kampf. »Ich kann nicht hierbleiben. Je länger ich bleibe, in desto größerer Gefahr bist du. Albrecht wird nicht eher ruhen, bis er mich gefunden hat, und dann –«

Felicity legte Max ihre Hand auf die Brust und ließ sie dort liegen, um sicherzugehen, dass er nicht wieder versuchen würde, sich aufzusetzen. »Du musst hierbleiben«, sagte sie sanft. »Du kannst nirgendwo anders hin.«

»Was –«

»Hör mir zu. Albrecht stellt auf der Suche nach dir die Stadt auf den Kopf. Resi hat eine Botschaft erhalten, dass niemand dich aufnehmen kann.«

Schweigend nahm Max die Neuigkeiten auf. Dann hoben sich seine Augenbrauen, was seinem Gesicht einen sardonischen Zug verlieh. »Ah, der Preis des Versagens.«

»Aber du hast nicht versagt«, protestierte Felicity.

»Du bist immer schnell darin, die Besiegten zu verteidigen, nicht wahr?« Sein Lächeln verspottete sie sanft. »Ich habe mich jetzt offenbar zu deiner Sammlung an Entwurzelten dazugesellt.«

»Du bist weder ein Heiliger, Max«, sagte sie hitzig, »noch ein Wundertäter.« Sie dachte an die anderen Wunder, die er hatte vollbringen wollen. »Du bist ein Mann. Nur ein Mann.«

»Stimmt, nur ein Mann. Ein Mann, der sein Bestes gibt. Sein Bestes, das nie gut genug zu sein scheint«, erwiderte er und dachte an all die anderen Male, an denen sein Bestes nicht ausgereicht hatte. Mit einem Kopfschütteln vertrieb er das Selbstmitleid, das ihn zu erfassen drohte. »Und was, wenn Albrecht beschließt, dein Haus auf den Kopf zu stellen?«, wollte er wissen. »Was dann?«

»Das hat er bereits getan.« Obwohl ihre Hand fest auf Max' Brust lag, um zu verhindern, dass er sich aufrichtete, spreizte sie instinktiv die Finger, um ihn zu beruhigen. »Zwei Stunden, bevor sie dich hergebracht haben.«

»Und was, wenn er wiederkommt?«

»Ich habe einen Plan.« Rasch wandte sie den Blick von ihm ab.

»Hättest du die Güte, ihn mir mitzuteilen?« Seine leicht

dahingesagten Worte täuschten über die Angst um ihre Sicherheit hinweg, die ihn heiß und schnell durchlief.

Felicity erhob sich, nicht gewillt, ihm nähere Erklärungen zu liefern. »Man sollte nie Improvisationen im Voraus besprechen. Ein alter Theater-Aberglaube«, wich sie mit brüchiger Stimme aus. »Das ist alles, was du wissen musst.« Sie zog die Schublade des Nachtkästchens heraus und zeigte auf eine Perücke mit kinnlangen, blonden Locken. »Falls du etwas Verdächtiges hörst, setzt du die Perücke auf, drehst den Rücken zur Tür und tust so, als würdest du schlafen. Ich kümmere mich um alles andere.«

»Glaubst du ernsthaft, dass es funktioniert, mir einfach eine blonde Perücke aufzusetzen?«

»Falls Albrecht selbst hier ist, dann ja. Er ist eitel genug.«

»Und wenn du nicht zu Hause bist?«

»Ich werde zu Hause sein.«

»Also abgesehen von allem anderen fessle ich dich auch noch vierundzwanzig Stunden am Tag an dieses Haus.« Er zog die Augenbrauen zusammen. »Was ist mit deinem Vertrag mit der Oper? Und deinen anderen Engagements?«

Sie zuckte mit den Schultern. »Ich habe vorübergehend meine Stimme verloren.« Sie verzog das Gesicht. »Halb Wien hat deswegen Trauer angelegt.«

»Felicity, warum machst du das?«, fragte er und wartete mit angehaltenem Atem auf ihre Antwort.

»Weil ich …« All die verrückten Liebesworte, die sie ihm zugeflüstert hatte, während er sich in seinem Fieberwahn herumgewälzt hatte, bahnten sich einen Weg an die Oberfläche. Erbarmungslos unterdrückte sie sie wieder, da sie wusste, dass sie kein Recht hatte, sie auszusprechen. Jemals. »Weil ich dich am Leben erhalten will«, sagte sie schließlich, erleichtert, dass sie ihm zwar nicht die ganze Wahrheit sagen konnte, aber auch nicht lügen musste.

Sie konnte nicht länger bleiben, ihm in die Augen sehen und nicht das aussprechen, was sie im Herzen fühlte, also ging sie zur Tür. Dort fühlte sie sich bei der Entfernung, die zwischen ihnen lag, wieder sicher, und drehte sich zu ihm um.

»Falls du deinen Männern den Schießbefehl gegeben hättest, hätte es ein Massaker gegeben. Die wenigen armseligen

Grenadiere sind schmählich gescheitert. Es hat nur fünf Tote gegeben.« Ihre Augen wurden wärmer. »Also siehst du? Du hast doch nicht versagt.«

Jetzt, da Felicity sicher sein konnte, dass Max auf dem Weg der Besserung war, überließ sie Manon und Hannah einen Teil seiner Pflege. Dennoch war die Zeit, die sie mit ihm verbrachte, kostbar für sie. Manchmal konnte sie den Schmerz kaum ertragen, aber sie liebte es, lange, ruhige Stunden mit ihm zu verbringen, mit ihm zu reden, ihm zuzuhören oder ihm einfach beim Schlafen zuzusehen, ohne anzuerkennen oder sich auch nur bewusst zu sein, wie eng, wie unwiderruflich diese vertraute Nähe sie an ihn band.

Ihre Lippen verzogen sich zu einem Lächeln, und als sie von ihrer Näharbeit aufblickte, stellte sie fest, dass er sie ansah. »Ich dachte, du schläfst.«

»Hast du es deshalb gewagt, mich anzusehen?«

Sie senkte den Blick auf ihre Hände, wissend, wie wahr seine Worte waren.

Ihre Hände wieder mit der Näharbeit beschäftigt, suchte sie hastig nach einem Gesprächsstoff, damit sie das Thema, worüber sie nicht zu sprechen wagte, umschiffen konnte. »Ich wollte dich etwas fragen«, sagte Felicity. »Wer ist Philipp?«

Sie spürte Max' sofortige Anspannung so deutlich, dass sie ihn unvermittelt ansah. Seine vollen Lippen waren schmal geworden, seine Augen kühler.

»Warum?«

»Du hast den Namen erwähnt, als du Fieber hattest.«

»Was habe ich gesagt?« Sein Tonfall war angestrengt, unbehaglich.

Felicity hielt seine Reaktion für seltsam und verkrampfte die Finger um den Stoff, den sie hielt. »Ich … es war nicht ganz klar.« Sie zögerte. »Es hatte den Anschein, als würdest du ihn um Verzeihung bitten wollen.«

Max wollte den Blick abwenden. Er wollte nicht sehen, wie die Wärme, die Besorgnis in Felicitys Augen der Verachtung wichen. Doch er sah ihr weiterhin unverwandt in die Augen, als er antwortete. »Philipp ist mein Sohn.«

»Dein Sohn?«

»Ja, das Kind, bei dessen Geburt Marie gestorben ist.«

»Ist er auch gestorben?«

»Nein. Er ist drei Jahre alt.« Er schluckte. »Er lebt bei meinen Eltern.«

»Und warum brauchst du seine Vergebung?«, fragte Felicity sanft. Als sie die Qual in Max' Augen sah, begann sie zu verstehen, noch bevor er etwas sagte.

»Weil ich ihn nicht berühren kann. Ich kann ihn nicht einmal anschauen.« Er betrachtete Felicity, aber die sanfte Besorgnis war noch immer da. »Ich kann ihn nicht ansehen, weil er Maries Augen hat.«

Sie verspürte Max' Schmerz so deutlich, als sei der Schmerz ihr eigener.

»Keine Vorwürfe?«, fragte er, seine Stimme scharf.

Felicity legte ihre Näharbeit beiseite und setzte sich auf die Bettkante. Sie wusste, wie gefährlich es war, ihn zu berühren, aber sie ignorierte es und legte ihre Hand gegen seine Wange, weil sie ihm etwas von dem Schmerz nehmen, es für ihn leichter machen wollte. »Du machst dir genug Vorwürfe für uns beide.«

Max hatte Felicitys Angst davor gespürt, ihn zu berühren, von ihm berührt zu werden, und hatte diese Angst respektiert, aber in diesem Augenblick war sein Bedürfnis nach ihr so tiefgreifend, so lebensnotwendig, dass er von Sehnsucht überwältigt wurde. Blind tastete er nach ihr und zog sie zu sich hinunter. Er spürte, wie sie sich versteifte und ihre Hände auf seine Brust stützte, aber er brauchte sie zu sehr, um sie loszulassen.

»Bitte. Ich brauche dich.« Ihm entwich ein stockender Atemzug. »Ich brauche dich so sehr. Lass mich dich nur für eine Weile halten.« Nach und nach floss die Spannung aus ihr, als sie sich beruhigte und weich und anschmiegsam auf ihm lag.

»Ich liebe dich.« Die Worte strömten aus seiner Seele, so leicht, so notwendig wie seine Atemzüge.

Sie gab einen Laut des Protests von sich und hob den Kopf, der auf seiner unverletzten Schulter gelegen hatte, doch er drückte sie wieder sanft nach unten.

»Das hat sich nicht geändert, Felicity. Und das wird es auch nicht.« Er umfasste ihren Nacken. »Glaubst du mir?« Sie gab keine Antwort, und er lächelte reumütig. »Nein, natürlich tust du das nicht. Aber du wirst es. Eines Tages wirst du mir glauben.« Seine Finger verwoben sich mit dem feinen Haar in ihrem Nacken, und er wandte ihr das Gesicht zu, damit er es in ihrem Duft vergraben konnte.

Aber er hatte sie so lange nicht berührt und wurde gierig. Seine Finger streichelten die empfindliche Haut ihres Halses. Seine Lippen wanderten von ihrer Wange zu ihrem Ohr. Seine Zungenspitze strich am Ohrläppchen entlang.

Felicity spürte, wie Max' Mund sündhafte Dinge mit ihrem Ohr anstellte, und selbst als ihr Verstand sie warnte zu fliehen, drehte sie den Kopf, um ihm besseren Zugang zu gewähren. Nur für eine kleine Weile, feilschte sie mit sich selbst. Damit sie noch eine süße Erinnerung hatte, wenn sie wieder allein war.

»Gib mir deinen Mund.« Sein Flüstern strömte über ihre Haut, eine Liebkosung, eine Einladung.

Ihr Verstand sagte Nein, doch ihr Kopf drehte sich zur Seite und bot ihm, was er wollte.

Sie verharrten Mund an Mund, doch noch immer nahm er ihn nicht in Besitz.

»Mach die Augen auf, Felicity.« Seine Lippen streiften in einem verführerischen Hinweis auf das Bevorstehende über ihre. »Ich will, dass du mich ansiehst, wenn ich dich küsse.«

Ihre Augen öffneten sich und Grün traf auf Grau. Er zog sie an sich oder vielleicht war es auch sie, die sich diesen einen Zentimeter bewegte, der sie noch trennte.

Seine Lippen strichen fragend über ihre. Ihr leises Seufzen gab ausreichend Antwort. Langsam, geruhsam, fuhr er mit der Zungenspitze ihre Lippen nach.

»Öffne dich für mich, Felicity«, lockte er. »Lass mich hinein.«

Das seidige, verführerische Flüstern huschte über ihren Mund, und ein lustvoller Schauer durchlief sie und endete als Ziehen tief in ihrem Schoß. Ihr Mund öffnete sich und er glitt hinein.

Er schmeckte. Er lud ein. Er neckte. Er führte sie in Versuchung. Als ihre Zunge anfing, sich an seiner zu bewegen, provozierte er sie, aber sanft, und wob ein magisches Netz um sie.

Obwohl Verlangen durch sein Blut strömte, zügelte sich Max erbarmungslos. Selbst als sich sein Körper anspannte, blieb die Hand auf ihrem Hals leicht. Seine Zunge reizte sie mit süßer Qual, wurde aber nicht leidenschaftlich. Wie lange konnte er hungrig bleiben, bevor das Bedürfnis nach letztendlicher Erlösung zum Zwang wurde? Doch selbst als sich die Frage in seinen Gedanken bildete, wusste er, dass er unendlich warten würde, um diese Erlösung mit Felicity gemeinsam zu erleben.

Es war letztendlich Felicity, die ruhelos und hungrig wurde durch Empfindungen, die sie nicht benennen konnte. Sie rückte zur Seite, sodass sie einander noch weiter in die Arme sinken konnten. Ihre Lippen wurden noch hitziger. Ihre Atmung beschleunigte sich. Ihre Zungen verwoben sich miteinander und ließen den Gipfel aller Wonnen erahnen.

Ein Laut, nicht unähnlich dem Stöhnen eines gequälten Tieres, riss Felicity aus ihrer sinnlichen Trance, und ihr wurde bewusst, dass er ihrer eigenen Kehle entstammte. Ihr wurde bewusst, wie sehr sie ihre Absichten verraten hatte, und sie begann, sich aufzurichten.

»Bleib.« Max ließ die Hand auf Felicitys Nacken liegen, aber ganz leicht, ohne sie festzuhalten. »Bleib.« Das Flüstern war kaum mehr als ein Atemzug auf ihren Lippen.

Eine Minute, eine einzige, dachte Felicity, als sie ihm in die Augen sah. Was konnte eine weitere Minute schon schaden, wenn sie bereits ihr Herz verloren hatte? Aber die Minuten verstrichen, und weiterhin lag sie da und war nicht in der Lage, dieses sanfte Vergnügen aufzugeben.

Als sie schläfrig die Augen schloss, spürte Max einen Schwall Triumph. Wenn sie ihm genug vertraute, um sich zu erlauben, an seiner Seite in den Schlaf zu finden, dann würde sie ihm eines Tages, eines fernen Tages genug vertrauen, um sich selbst die äußerste Verwundbarkeit zu erlauben, ihn zu lieben, versprach er sich. Er musste einfach daran glauben.

Felicitys Finger machten kleine Falten in den Stoff ihres flaschengrünen Kleides, während sie Resis atemlosem Bericht lauschte.

»Erzherzog Albrecht sucht noch immer unseren Grafen. Er bietet jedem, der ihm Informationen liefert, die zu seiner Festnahme führen, fünftausend Kronen.« Sie nahm einen tiefen Atemzug, ehe sie fortfuhr. »Das ist ein stattliches Vermögen. Mein Onkel hat gesagt, dass es nur eine Frage der Zeit ist, bis jemand der Versuchung erliegt.«

Obwohl Felicity wusste, dass dies einfache Logik war, riss sie bei Resis Worten den Kopf hoch.

»Er hat mir den Namen eines Mannes genannt, der Ihnen helfen kann.« Das Mädchen senkte die Stimme. »Es wird einiges an Geld kosten, aber er kann Papiere fälschen. Papiere, die unseren Grafen aus der Stadt bringen.« Ihre Stimme wurde noch leiser, bis sie ein kaum vernehmbares Flüstern war. »Aber er darf nicht in der Nähe Wiens bleiben, sagt mein Onkel. Er muss so weit wie möglich wegkommen.«

Felicity erhob sich, ging zum Fenster und sah auf die Straße hinaus, wo ein eisiger Märzwind an der Kleidung von Passanten riss. Selbst ohne Resis Neuigkeiten hatte sie gewusst, dass ihre Zeit mit Max dem Ende zuging.

Er war auf dem Weg der Besserung, auch wenn er für den Rest seines Lebens schreckliche Narben mit sich tragen würde. Jeden Tag wurden seine Schmerzen weniger. Jeden Tag konnte sie spüren, wie die Rastlosigkeit in ihm wuchs, weil er in einem kleinen Zimmer eingesperrt war. Jeden Tag konnte sie zusehen, wie er kräftiger wurde, und wusste, dass jeder Tag sie näher an den endgültigen Abschied brachte.

Und es wäre ein endgültiger Abschied. Lange bevor sie Resis Worte gehört hatte, war ihr klar geworden, dass Max irgendwo weit entfernt von Wien untertauchen oder ins Exil gehen musste. Und in jenen dunklen Stunden zwischen Wachen und Schlafen hatte sie der Gedanke gequält, dass sie sich weit entfernt vom intrigenreichen Wien vielleicht zusammen ein Leben hätten aufbauen können, wenn sie eine andere Frau gewesen wäre.

Sie ging zu der hohen verglasten Kredenz, sperrte eine kleine Schublade mit einem Schlüssel aus ihrer Tasche auf und holte einen Lederbeutel prall mit Münzen heraus.

»Geh zu diesem Mann, Resi, und lass von ihm ein solches Reisedokument für uns anfertigen.«

Das Mädchen machte einen Knicks und wandte sich um, um zu gehen, doch Felicity hielt es zurück und schrieb einige weitere Informationen für den Fälscher auf.

»Es muss für einen älteren Mann sein«, sagte sie. »Wir werden dafür sorgen, dass der Graf so wenig wie möglich wie er selbst aussieht.«

Binnen zwei Tagen war das Dokument hinter einem losen Ziegelstein in der Küche versteckt. Felicity wusste, dass sie Max davon berichten musste und seine Abreise nicht länger hinauszögern durfte. Also stieg sie die Treppe zu ihrem Schlafzimmer hoch.

Obwohl seine Gedanken weit weg gewesen waren, war Max sofort in Alarmbereitschaft, als sich die Tür öffnete. Ein Blick auf die dunklen Ringe unter Felicitys Augen ließ ihn sich auf dem Kissen aufrichten, und er kämpfte gegen das Verlangen, die Hand nach ihr auszustrecken, an. Stattdessen rückte er zur Seite, um Platz für sie auf der Bettkante zu machen, musste dann aber zusehen, wie sie den Stuhl neben dem Bett weit genug zurückzog, dass einer von ihnen hätte aufstehen müssen, um den anderen zu berühren.

»Was ist los, Felicity?«

Sie ließ sich auf der Stuhlkante nieder. »Nichts Neues. Zumindest nichts, das nicht schon längst los ist.« Sie wollte so sehr sich einfach gehen lassen und weinen, aber durch ihre eiserne Disziplin klang ihre Stimme fest und ruhig. »Albrecht hat eine beträchtliche Belohnung auf Informationen ausgesetzt, die zu deiner Festnahme führen. Überall in der Stadt gibt es Steckbriefe und Handzettel.« Sie zupfte an dem Taschentuch, das sie in ihrer Hand zerknüllt hatte. »Resis Onkel regt dringend an, dass du Wien verlässt, ehe jemand der Versuchung erliegt.«

»Jetzt reicht's.« Max stützte sich mit seinem linken Arm auf und begann, die Beine aus dem Bett zu schwingen. »Ich habe dich lange genug in Gefahr gebracht. Ich muss gehen. Sofort.«

»In deinem Nachthemd?« Die Andeutung eines Lächelns umspielte Felicitys Mund.

»Dann beschaff mir anständige Kleidung, verdammt noch

mal.« Besorgnis ließ seine Stimme scharf werden. »Ich schwöre, ich spaziere hier eher wie Gott mich schuf hinaus, bevor ich es zulasse, dass du verhaftet wirst, weil du einen Verräter beherbergst!«

»Das würde ein hübsches Bild abgeben.« Felicitys Temperament entzündete sich, und sie war froh darüber in der Hoffnung, dass es ihr zumindest eine kurze Atempause von dem Schmerz verschaffen würde, der sie stets begleitete. »Vielleicht solltest du kurz aufhören, so ehrenhaft zu sein, und dir einfach anhören, was ich zu sagen habe.«

Max gab nach und bedeutete ihr fortzufahren.

»Ich bin gekommen, um dir zu sagen, dass ich Papiere besorgt habe, die es dir ermöglichen werden, die Stadt zu verlassen.« Sie sprach rasch, da sie das, was zu sagen war, schnell hinter sich bringen musste. »Sie sind auf den fünfundfünfzigjährigen Jacques Monceau ausgestellt, ursprünglich aus Paris, zuletzt in der Schweiz wohnhaft.« Max öffnete den Mund, um zu protestieren, aber sie brachte ihn mit einer ruckartigen Geste zum Schweigen.

»Keine Sorge. Ich werde dich schminken, sodass du so unkenntlich bist, dass dich nicht einmal deine eigene Mutter erkennen würde. Sobald du entschieden hast, wo du hinwillst, helfe ich dir dabei, Wien zu verlassen.« Jetzt, da alles gesagt war, spürte Felicity, wie sie die Kraft zu verlassen begann, doch sie bekämpfte die Schwäche, richtete sich gerade und stand auf.

»Ich nehme an, ich werde für die nächste Zeit nach Hause zurückkehren müssen.« Er runzelte die Stirn. »Und du?«, fragte er leise.

»Was ist mit mir?«

»Bleibst du in Wien?«

»Ja.« Sie blickte auf ihre Hände und fragte sich, wie es wohl wäre, ein Zuhause zu haben, in das sie zurückkehren konnte. »Bis mein Vertrag erfüllt ist.«

»Tu das nicht, Felicity.« Max wollte sich erheben, ließ sich aber wieder auf die Kissen sinken, als Felicity einen Schritt zurückwich. »Bitte. Wenn du das tust, wird Albrecht einen Weg finden, dich zu nehmen, selbst wenn es nur deshalb ist, weil er glaubt, dass du und ich Geliebte waren.« Die Worte strömten in einem drängenden Redeschwall aus ihm.

»Bittest du mich, dich zu begleiten?«

»Es gibt wenig, was ich dir anbieten kann, aber ich werde dich mit meinem Leben beschützen.«

»Max –«

Sie zuckten beide zusammen, als Manons Stimme über die Treppe zu ihnen drang. »Madame ruht sich aus und darf nicht gestört werden.«

Die gebrummte Antwort war nicht zu verstehen, aber sie hatten keinerlei Mühe, die befehlende Stimme zu identifizieren, die sich einen Moment später erhob.

»Durchsucht das Erdgeschoss und den Keller. Jede Ecke und jeden Winkel. Ich gehe nach oben.«

»Die Perücke«, raunte Felicity und zerrte an dem Spitzentuch um ihren Hals. »Tu genau das, was ich dir sage.«

Aber Max saß reglos da, den Blick starr auf sie gerichtet, während ihre Finger über die Knöpfe auf der Vorderseite ihres Kleides flogen.

»Mach schon, verdammt noch mal«, flüsterte sie drängend. »Los.«

Als sie erkannte, dass ihr die Zeit davonlief, riss sie das Kleid auf und die Knöpfe flogen wie getrocknete Erbsen durchs Zimmer. Mit hektischen Bewegungen zog sie Chemise und Unterwäsche aus und schlüpfte, nur mit Strümpfen bekleidet, unter die Decke, wo sie sich Rücken an Rücken zu Max legte.

Die Absätze von Militärstiefeln hallten scharf auf dem Holzboden im Flur wider.

Felicity spürte, wie sich Max leicht hinter ihr bewegte. »Halt still.« Sie unterstrich ihr kaum hörbares Flüstern mit einem nach hinten gerichteten Tritt.

Das Geräusch der Absätze hörte auf. Felicity holte tief Luft und machte sich bereit, die Vorstellung ihres Lebens zu liefern.

Die Tür wurde mit solcher Gewalt aufgestoßen, dass sie einen Polstersessel umwarf, der ihr im Weg stand. Felicity legte sich den Handrücken an die Stirn.

»Geh weg, Manon«, klagte sie. »Ich habe dir gesagt, dass du

mich nicht stören sollst.« Sie spähte zwischen ihren Fingern hindurch.

»Oh«, quietschte sie, kämpfte sich auf einen Ellenbogen hoch und zog die mit Lochstickerei umsäumte Überdecke an ihre Brüste. »*Mon Dieu*, ich entschuldige mich dafür, Kaiserliche Hoheit in so einem Aufzug zu begrüßen.« Sie erstickte ein Kichern mit ihren Fingern und erlaubte der Decke, gefährlich weit nach unten zu rutschen. »Ich fürchte, Kaiserliche Hoheit haben mich in einem peinlichen Augenblick erwischt.«

Albrecht ließ seinen blassblauen Blick durch den Raum schweifen und bemerkte am Rande die verstreuten Kleidungsstücke. Dann betrat er das Zimmer und machte sich nicht die Mühe, die Tür hinter sich zu schließen.

Felicity folgte seinem Blick und betete, dass er nicht bemerkte, dass die einzigen Kleidungsstücke, die herumlagen, ihre waren.

»Ich entschuldige mich, dass ich nicht aufstehe, Kaiserliche Hoheit«, sagte sie in einem theatralischen Flüstern, um ihn abzulenken. »Ich fürchte, ich trage momentan nur Schamesröte und meine Strümpfe.« Sie steckte eine Zehe unter der Decke hervor.

»Wo ist Berg?« Die Stimme des Erzherzogs war tief und bedrohlich.

Felicity riss die Augen auf. »Wie ich Eurer Kaiserlichen Hoheit bereits gesagt habe, ist der Graf seit Wochen *passé*.«

»Das gibt's nicht, dass Sie nicht wissen, wo er ist, verdammt noch mal«, fauchte er, seine Fassung dahin. »Ich habe jedes Rattenloch in der Stadt durchwühlen lassen und kann ihn nirgends finden.« Albrecht trat vor.

Felicity spürte, wie sich Max an ihrem Rücken anspannte, und in einer stummen Bitte an ihn, stillzuhalten, legte sie ihre Fußsohle an sein Bein. Sie stützte sich höher auf den Kissen auf, um Albrecht die Sicht zu verstellen, und legte einen Finger an die Lippen.

»Bitte, Kaiserliche Hoheit, ich flehe Sie an, nicht so laut. Das Goldlöckchen hier braucht seine Ruhe.« Sie schenkte Albrecht ein leichtes, verschwörerisches Lächeln.

»Ich sehe, Sie haben keine Zeit damit verschwendet, einen Ersatz für Berg zu finden.« Er öffnete den Mund, um den Namen ihres neuen Liebhabers zu verlangen, schloss ihn aber sofort wieder. Schließlich war er ein Habsburger, mit Jahrhunderten von königlichem Blut in seinen Adern. Eine solche Frage war unter seiner Würde.

Schwere Schritte erklangen auf der Treppe, und zwei Grenadiere tauchten hinter Albrecht auf.

»Wir haben nichts gefunden, Eure Kaiserliche Hoheit. Nur die Dienerschaft.«

Felicity bemerkte, wie sich die Blicke der Männer kurz auf sie richteten, ehe sie sich abwandten und die Augen erneut den leeren Ausdruck von willenlosen Maschinen annahmen, die blind Befehle befolgten.

»Durchsucht die anderen Zimmer in diesem Stockwerk und den Dachboden«, fauchte Albrecht und schlug ihnen die Tür vor der Nase zu.

Er wandte sich wieder Felicity zu, lehnte sich an die Tür und verschränkte die Arme.

»Bevor diese verdammte Rebellion Fürst Metternich ins Exil geschickt hat, hat er mir einige interessante Informationen weitergegeben.«

»Ach ja?« Felicity hielt ihre Stimme leicht, obwohl sie spürte, wie sich ihre Kehle zusammenzog.

»Er scheint zu glauben, dass Sie eine Allendorf sind. Anscheinend ist einer der Brüder losgezogen, um sein Glück in Amerika zu machen.« Er schnaubte verächtlich. »Ein Land bevölkert von religiösen Fanatikern und geflohenen Verbrechern. Und die Allendorfs waren immer dafür berüchtigt, mit dem Pöbel zu sympathisieren.« Er stach mit einem Finger in ihre Richtung. »Also werden Sie verstehen, *mademoiselle*, dass Sie höchst verdächtig sind.«

Felicity lachte und ignorierte den eisigen Schauer, der ihr über den Rücken lief.

»Hören Sie auf«, bellte Albrecht. »Wie können Sie es wagen? Ich habe gesagt, hören Sie auf.«

Felicity legte sich die Finger an den Mund. »Es tut mir leid, Kaiserliche Hoheit.« Ein erneutes Lachen entkam ihr. »Ich entschuldige mich. Wirklich. Aber ich denke nicht, dass ich auf einer Bühne singen würde, wenn ich eine Allendorf wäre.«

»Aber Metternich hat gesagt, dass Sie sich nach Greifenklau erkundigt haben.« Albrechts Tonfall war plötzlich eher verdrießlich als wütend. »Und er hat gesagt, Sie haben die Allendorf-Augen. Und Ihr Name klingt so ähnlich.«

Felicitys Gedanken rasten, doch sie lachte leise und schüttelte den Kopf. »Fürst Metternich ist ein alter Mann, nicht wahr? Offen gesagt, Kaiserliche Hoheit, war mein Vater einst ein Stalljunge in Greifenklau und hat in Amerika den Namen Allen angenommen, um sich immer daran zu erinnern, wie weit er gekommen ist. Was die Augen angeht«, sie zuckte mit einer nackten, weißen Schulter, »falls es wirklich Allendorf-Augen sind, dann hat sich ein Allendorf vielleicht meine Großmutter ins Bett geholt.«

»Sie sind ein schlaues, kleines Luder.« Albrecht kniff die Augen zusammen. »Vielleicht haben Sie gedacht, Sie könnten von den Allendorfs ein wenig Geld für ein lange zurückliegendes Schäferstündchen verlangen.«

Erneut zuckte Felicity mit den Schultern, zufrieden, dass er sie für eine Erpresserin hielt. »Man tut, was man kann. Ich kann es mir nicht erlauben, auf eine günstige Gelegenheit zu verzichten.«

»Eine kluge Einstellung.« Albrecht richtete sich gerade, und sein voller Mund verzog sich zu einem bösen Lächeln.« Wir werden uns bald wiedersehen, meine Liebe. Ich habe festgestellt, dass ich Sie noch immer haben will, allerdings nicht, wenn Sie noch immer nass mit dem Samen eines anderen Mannes sind. Ich vertraue darauf, dass Sie sich dann daran erinnern werden, dass Sie sich es tatsächlich nicht erlauben können, auf eine günstige Gelegenheit zu verzichten.« Er hob die Hand zu einem spöttischen Salut. »*A bientôt.*« Er drehte sich um, verließ das Zimmer und machte sich nicht die Mühe, die Tür hinter sich zu schließen.

Kapitel 12

Felicity wagte kaum zu atmen, während das Geräusch von Albrechts Stiefeln im Flur, dann die Treppe hinunter immer schwächer wurde. Sie hörte, wie die Haustür ins Schloss fiel, und lag noch immer aufgestützt auf einen Ellenbogen wie eine Statue da. Ihre einzige Bewegung bestand darin, ihren Fuß als stumme Warnung an Max' Bein zu drücken.

Noch immer lag sie reglos im Bett, als Manon in der Tür auftauchte.

»Sie sind weg.«

»Alle?« Jetzt, da die Gefahr vorüber war, begannen Felicitys Hände zu zittern. Sie hasste dieses Zeichen von Schwäche und vergrub die Finger in der Decke.

»Ja.« Manon nickte bestätigend. »Soll ich dir beim Anziehen helfen?«

Plötzlich wurde sich Felicity eindringlich der Wärme von Max' Körper bewusst. Eindringlich bewusst, dass sein Nachthemd hochgerutscht war und sein straffes muskulöses Gesäß ihre Oberschenkel streifte. Als eine warme Welle von Empfindungen sie durchflutete, waren ihre zitternden Hände vergessen.

»Nein, danke. Ich komme schon allein zurecht.«

War dieser tiefe, kehlige Klang wirklich ihre Stimme, fragte sie sich, als sich die Tür hinter Manon schloss. Was war diese seltsame Hitze, die ihren Körper durchdrang? Warum waren all ihre Sinne plötzlich so erhöht, so geschärft? Warum konnten ihre

Finger jeden Faden der Stickerei auf der Decke ausmachen, die sie noch immer so fest hielt? Warum konnte sie jede Nuance von Max' Atmung wahrnehmen? Warum war sie sich seines Duftes so bewusst, als ob ihr Gesicht an seine nackte Haut gepresst wäre?

Ein Gewirr aus Gedanken und Empfindungen überflutete sie, und sie gab ein leises Geräusch von sich, das zwischen einem Stöhnen und einem Seufzen angesiedelt war.

»Ist alles in Ordnung, Felicity?« Max riss sich die Perücke vom Kopf. Er ignorierte die Proteste seines Körpers, setzte sich auf und wandte sich ihr zu. Seine Bewegung schob die Laken weg und entblößte die geschmeidige, anmutige Kurve ihres Rückens. Begierde traf ihn wie eine Faust in die Magengrube, doch die Hand, mit der er ihre Schulter umfasste, war leicht und sanft. »Ist alles in Ordnung?«, wiederholte er.

»Ja. Nein.« Der Arm, auf den sie sich so lange aufgestützt hatte, gab nach, und sie ließ sich aufs Kissen sinken.

Max beobachtete, wie sich die glatte Haut ihres Rückens mit den schnellen Atemzügen bewegte. Der Griff ihrer Finger am Rand der Bettdecke hatte nachgelassen, sodass der Stoff weit genug hinunterrutschte, um die Wölbung ihrer Brüste zu enthüllen. Hitze stieg in ihm auf, und er musste sich anstrengen, um die Hand auf ihrer Schulter ruhig zu halten.

»Max?«

»Ja, Liebes?«

»Ich fühle mich so seltsam.« Sie versuchte, gleichmäßig zu atmen, aber die kurzen, flachen Atemzüge ließen sich nicht beherrschen. »Mein Herz rast und ich habe das Gefühl, als hätte ich zu viel Wein getrunken.«

»Das sind nur die Nachwirkungen der Anspannung, der Aufregung«, beruhigte er sie und streichelte mit dem Daumen ihre Schulter. »Ich entschuldige mich dafür, jemals deine Schauspielkünste abseits der Bühne angezweifelt zu haben.«

Sie verspürte das ganz merkwürdige Verlangen, mit den Fingern über ihre eigene Haut zu gleiten, dachte Felicity. Und sie wollte damit auch über Max' Haut gleiten. »Ich spüre«, sie drehte sich auf den Rücken und sah zu ihm hoch, »meinen Körper.«

Max sah ihr in die Augen, die groß und rund waren, die schwarzen Pupillen nur noch von einem schmalen Band Grün umgeben. Erregung. Ihm wurde klar, dass sie erregt war. Und sie hatte keine Ahnung, was sie da spürte. Sein eigenes Verlangen stieg weiter an und forderte seine Beherrschung heraus. Er nahm die Hand von ihrer Schulter.

»Ich denke, ich sollte mich hinlegen.«

Felicity setzte sich sofort auf, ihr rasendes Herz, ihr unregelmäßiger Atem, ihr pulsierender Körper vergessen. »Hast du Schmerzen?« Sie legte die Hände flach auf seine Brust, und prompt rutschte die Bettdecke zu ihrer Taille hinunter. »Brauchst du Laudanum? Etwas anderes?«

Max ächzte leise und schloss die Augen, um nicht Felicitys kleine, perfekte Brüste ansehen zu müssen. »Felicity, bitte. Vor einer Weile hast du so zutreffend gesagt, dass ich nur ein Mann bin.« Er öffnete die Augen und richtete den Blick entschlossen auf ihr Gesicht. »Und im Moment ist mir meine Männlichkeit besonders bewusst.«

Sie starrte ihn an, während ihr benommener Verstand endlich die richtigen Schlüsse zog. Röte überzog ihr Gesicht und ihren Hals, als sie aus dem Bett sprang und ins Ankleidezimmer floh.

Felicity hätte es bevorzugt, sich auf ihrem improvisierten Bett zusammenzurollen und die Decke über den Kopf zu ziehen, doch sobald sie wieder angezogen war, kehrte sie ins Schlafzimmer zurück. Mit rotem Kopf begann sie, eine Entschuldigung, cine Erklärung zu stottern, aber Max schüttelte den Kopf.

»Es gibt andere Dinge, über die wir jetzt reden müssen.« Er griff nach ihrer Hand und küsste ihre Finger. »Verstehst du, warum du Wien zusammen mit mir verlassen musst? Albrecht wird keine Zeit verlieren und bald wiederkommen.«

Felicity erkannte, dass er recht hatte, und nickte betrübt. Wie sollte sie es nur aushalten, länger mit Max zusammenzubleiben, wenn sie bereits jetzt am Ende ihrer Kraft war?

»Wo bist du zu Hause?«

»Auf der Osterburg in der Oststeiermark. Ich habe keine andere Wahl, als dorthin zu gehen, bis ich wieder bei Kräften bin.« Sein Mund verzog sich zu einem bitteren Lächeln. »Mein Vater wird wenig erfreut sein, mich zu sehen, aber wie sagt man so schön? Du bist dort zu Hause, wo man dich aufnehmen muss, wenn du vor der Tür stehst.«

Felicity erinnerte sich an das strenge, hagere Gesicht des älteren Grafen Berg, an seinen kühlen Blick, aber auch daran, wie seine Züge weicher und seine Augen wärmer geworden waren, wann immer er seine Frau angesehen hatte. Bevor sie eine weitere Frage stellen konnte, fuhr Max fort.

»Je eher wir aufbrechen, desto besser. Wir sollten deine Kutsche nehmen, aber wir müssen mit leichtem Gepäck reisen – und schnell.« Er verzichtete auf die Warnung, dass Albrecht ihnen nachjagen könnte, sobald ihm klar war, dass Felicity Wien verlassen hatte. »Was ist mit deinen Papieren?«

»Ich werde sie heute Nachmittag von der Polizeikommandantur holen«, sagte Felicity.

»Wie …?«

»Ein Beutel voller Münzen wird Diskretion garantieren – zumindest bis wir unterwegs sind. Manon und ich werden alles vorbereiten, damit wir morgen bei Tagesanbruch aufbrechen können.«

In dieser Nacht schliefen weder Felicity noch Manon. Sie arbeiteten durch und bereiteten kleine Bündel mit allem Notwendigen für die Reise vor, die unauffällig und schnell in die Kutsche verladen werden konnten.

Wenigstens hatte sich ihr dringlichstes Problem von selbst gelöst, dachte Felicity, als sie gegen Morgen die Bandagen aufrollte, die sie brauchen würden, um Max' Verbände zu wechseln. Albrecht war anscheinend zufrieden, dass sie wirklich nicht länger an Maximilian von Berg interessiert war, also hatte er oder wer immer sie hatte überwachen lassen, den Mann abgezogen, der vor ihrem Haus auf Posten gestanden hatte.

Kurz vor der Morgendämmerung ging sie nach oben, um Max zu wecken, aber er war nicht nur bereits wach, sondern sogar schon teilweise angekleidet mit den Sachen, die sie ihm am Abend zuvor herausgelegt hatte.

»Was hast du eigentlich vor?«, schimpfte sie mit ihm. »Deine Wunden aufreißen, noch bevor wir unterwegs sind?«

»Ich wollte mich nur anziehen«, murmelte er, während sich Röte auf seinen Wangenknochen ausbreitete. »Ich habe es satt, hilflos zu sein.«

»Es ist ein wenig spät für Schamhaftigkeit, nicht wahr?«, sagte Felicity scharf und schlug seine Hände von der Hose weg, mit der er sich abgemüht hatte. Sie ging in die Knie und hielt sie ihm so hin, dass er leichter hineinsteigen konnte.

»Was gestern angeht, Felicity –«

»Ich möchte über gestern nicht reden.« Ihr Tonfall war barsch. »Falls wir im Morgengrauen aufbrechen wollen, haben wir keine Zeit zu verlieren. Ich muss dich noch in einen alten Mann verwandeln.«

Max wollte unbedingt mit ihr reden, sie beruhigen, aber er sah, wie sich Bestürzung und Verlegenheit und Wut in ihren Augen verquickten, und beugte sich ihren Wünschen und der Notwendigkeit. Aber nur für den Augenblick, schwor er sich. Nur für den Augenblick.

Die Sonne war erst ein Schimmer am Horizont, als sich ihre Kutsche klappernd dem Stadttor näherte.

Wie Felicity ihn angewiesen hatte, saß Max zusammengesunken in einer Ecke, seine verletzte Seite auf einen Stapel Kissen gestützt, und tat so, als würde er schlafen.

Das Kinn trotzig erhoben, hatte sie ihm ihren Plan erläutert. Schon im Vorhinein bedachte sie ihn mit einem geharnischten Blick, da sie voll und ganz auf seine Widerrede eingestellt war und nicht die Absicht hatte, auch nur einen Zentimeter nachzugeben. Er hatte sie aber überrascht, indem er kein einziges Wort des Widerspruchs äußerte. Er war kein Narr, hatte er ihr gesagt, und hatte bereits ein äußerst eindrucksvolles Beispiel ihrer Planung erlebt. Abgesehen davon war er gewillt, ihren Theater-Instinkten zu vertrauen.

Nichtsdestotrotz waren seine Nerven gespannt wie Violinsaiten, als sie sich der Stadtgrenze näherten. Vorsichtig hob er die Lider gerade genug, um sich einen Überblick über die Situation zu verschaffen.

»Halt. Guten Morgen.« Die Stimme der Wache war scharf, aber nicht unfreundlich.

Felicity sctzte ihr strahlendstes Lächeln auf, beugte sich aus dem Fenster und blockierte den Blick der Wache in die Kutsche. »Guten Morgen.« Bei dem Klang ihrer rauchigen, geflüsterten Stimme hätte Max beinahe vor Überraschung den Kopf gehoben.

Sie hielt die Reisedokumente aus dem Fenster und wartete, während die Wache sie gründlich überprüfte.

Als der Mann ihren Namen erkannte, sah er zu ihr auf. »Verliert Wien Sie, Fräulein Allen?«

»Nicht für lange«, hauchte Felicity. »Ich habe so viel gesungen, dass meine Stimmbänder kapituliert zu haben scheinen. Monsieur Monceau hier ist ein Stimmpädagoge. Er ist ein Quälgeist und besteht darauf, dass ich für meine Genesung die Höhenluft auf dem Semmering brauche.« Theatralisch verdrehte sie die Augen. Falls jemand dort nach ihnen suchte, würden sie die falsche Richtung einschlagen.

Die Wache nickte und kehrte ins Häuschen zurück. Felicity hörte das beruhigende Geräusch eines Stempels, und als der Mann zurückkam, streckte sie die Hand hinaus. Als er die Papiere in seiner Hand behielt, statt sie ihr zu geben, setzte Felicity weiter ein Lächeln auf, auch wenn ihr Herz zu hämmern begann.

»Ich muss mich entschuldigen, Fräulein Allen, aber wir haben Befehl, jede Kutsche zu durchsuchen, die Wien verlässt.« Unglücklich breitete er die Hände aus und seine Hängebäckchen wurden noch deutlicher. »Sie müssen verstehen, dass es eine schwierige Zeit ist.«

»Natürlich. Ich verstehe vollkommen.« Felicity wich in die Kutsche zurück und öffnete die Tür. Als die Wache näherkam, schenkte sie ihm einen flehentlichen Blick und legte einen Finger an die Lippen. »Aber bitte leise, ich möchte Monsieur Monceau nicht noch mürrischer machen, als er ohnehin schon ist.«

Die Wache lächelte und warf nur einen flüchtigen Blick ins Innere der Kutsche. Der Mann legte die Papiere Felicity in den Schoß, trat zurück und hob die Hand zu einem Salut. »Gute Reise und kommen Sie bald wieder.« Er schloss die Kutschentür und salutierte erneut.

Paddy schnalzte den Pferden zu, und mit einem Ruck setzte sich die Kutsche in Bewegung. Felicity winkte und ließ sich zurücksinken. Jetzt, da ihre Vorstellung vorbei war, waren ihre

Hände unstet, und sie beschäftigte sie damit, an ihrer Reisedecke herumzuzupfen.

Max war ihre Verfassung deutlich bewusst, und um Felicity abzulenken, ignorierte er den Schmerz, der bei jedem Ruckeln und Zuckeln der Kutsche durch ihn vibrierte, und hielt sie beständig in eine Unterhaltung verwickelt. Als sie die noch nackten Weingärten auf den sanften Hügeln westlich von der pannonischen Tiefebene, die sich nach Ungarn erstreckte, erreichten, war er befriedigt zu sehen, dass sie sich ausreichend beruhigt hatte, um einzuschlafen.

Sie reisten, so schnell es die Straße, durch das Frühlingstauwetter ganz schlammig und zerfurcht, erlaubte, und blieben nur stehen, um die Pferde zu wechseln und zu essen. Sie engagierten sogar einen jungen Mann, der bei einem der Ställe herumgelungert hatte, um Paddy regelmäßig auf dem Kutschbock abzulösen, da sie entschieden, dass es weniger gefährlich war, einem Mann zu vertrauen, als eine Stunde länger als nötig auf der Straße zu sein.

Max spielte weiter die Rolle des geistreichen, amüsanten Reisegefährten. Sein Vorrat an erheiternden Geschichten und Spielen schien unerschöpflich zu sein, selbst als der Schmerz, den die Rüttelei der Kutsche verursachte, Falten um seinen Mund grub.

Am zweiten Tag ihrer Reise hielten sie in einer Dorfschenke, da Felicity sich weigerte, es noch länger hinauszuschieben, Max' Verbände zu wechseln.

Der leise Laut der Bestürzung war draußen, bevor sie ihn zurückhalten konnte. »Du blutest ja.«

»Ich weiß.« Max schloss die Augen und gab dem vorübergehenden Komfort der harten Pritsche nach, auf der er lag. »Ich habe es gespürt, als es heute früh angefangen hat.«

Felicity holte Luft, um mit ihm zu schimpfen, doch als Max die Augen öffnete und sie ansah, konnte sie nur leise den Atem entweichen lassen. Alles, was er fühlte, lag im klaren Grau seiner Augen. Da war Schmerz. Und Bedauern, weil er ihr Sorge bereitete. Und die Liebe, über die sie nicht nachzudenken wagte. Sie wandte den Blick ab.

»Wir müssen hierbleiben, damit du dich ausruhen kannst. Wenn du wieder zu bluten anfängst …« Felicity erbleichte, als sie sich daran erinnerte, wie Max' Blut, ganz hellrot, auf das Weiß ihrer Laken geströmt war.

»Wir können nicht bleiben.« Ein kühler Schauer lief Max über den Rücken.

»Aber –«

Jeden Augenblick, den sie auf der Straße verbrachten, war Felicity in Gefahr. Wegen ihm. Da er wusste, dass sie jede Gefahr für sich einfach abtun würde, sagte Max: »Ich werde erst sicher sein, wenn ich mich hinter den Mauern der Osterburg befinde. Auf der Straße zu sein, ist viel gefährlicher für meine Gesundheit als eine kleine Blutung.« Sein Tonfall war schroff. »Binde den Verband einfach ein wenig fester.«

Das flache Land von Ungarn mit seinen Weingärten, Obstgärten und gepflügten Feldern ging in die sanften Hügel und Täler der Oststeiermark über. Die widerstandsfähigen, hellgelben, knopfgroßen Blüten des Huflattichs säumten die Straße, und dahinter waren die Wiesen bereits mit Grün durchsetzt. Graue, pelzige Palmkätzchen blühten und die Hänge auf der Südseite waren mit gelben Primeln übersät.

Doch weder Felicity noch Max hatten Augen für die liebliche Landschaft. Schon vor einiger Zeit hatte Max seine amüsanten Geschichten aufgegeben, denn er brauchte all seine Kraft, um nicht jedes Mal aufzuschreien, wenn das Schaukeln der Kutsche an seinem verletzten, geschundenen Körper zerrte. Und Felicity spürte seinen Schmerz so deutlich, als wäre er ihr eigener.

Plötzlich verdunkelte ein Schatten das Kutschenfenster. Max verfluchte seine fehlende Wachsamkeit und tastete hektisch nach der Waffe, die an seiner Seite verborgen war. Als sich seine Hand um den Knauf der Pistole schloss, hörte er die Stimme.

»Max? Bist du das? Verdammt noch mal, sag deinem verfluchten Kutscher, dass er anhalten soll!«

Felicity verstand die geschrienen Worte draußen nicht und sah voller Schrecken zu, wie Max die Pistole fallen ließ, den Stock in die Hand nahm, dreimal schnell hintereinander auf die vordere Wand der Kutsche klopfte und Paddy damit signalisierte anzuhalten. Was machte er da? Warum gab er so einfach auf?

Schnell beugte sie sich hinunter, packte die Pistole und richtete sich in dem Augenblick wieder auf ihrem Sitz auf, als die Kutsche zu stehen kam. Ihre Hände waren eiskalt, zitterten aber nicht, als sie mit der Waffe direkt auf die Mitte der Tür zielte.

Die Tür wurde aufgerissen und füllte sich mit einer großen, schlanken Gestalt in schlammbefleckter Kleidung. »Max? Was zum Teufel?« Der Blick des jungen Mannes schweifte von der älteren männlichen Gestalt zu der Frau, die eine Pistole hielt, die direkt auf seine Brust zielte.

»Ich bitte um Vergebung.« Er hob beide Hände und begann sich abzuwenden.

»Theo.« Max' Stimme war ganz brüchig vor Schmerz und Erschöpfung.

Der junge Mann wirbelte herum, als er Max' Stimme hörte und mit einem Sprung war er in der Kutsche und landete zwischen Manon und Hannah. »Max! Also bist du es *doch*.« Er beugte sich vor, um Max in eine unbefangene Umarmung zu ziehen. Dann richtete er den Blick auf Felicity, die die Pistole eine Spur gesenkt hatte, aber weiterhin bereithielt.

»Ich will Ihnen nichts tun, *mademoiselle*. Erlauben Sie mir, mich vorzustellen. Ich bin Theodore von Berg, und das«, er zeigte auf Max, »ist mein Bruder.«

»Bruder?« Felicity spürte, wie ihre Finger erschlafften, schaffte es aber, die Pistole in ihren Schoß zu legen, ohne sie fallen zu lassen. »Ich hätte Sie fast erschossen«, flüsterte sie.

Erst da sah Max Felicity an und bemerkte, dass sie die Pistole hielt, die er beiseite geworfen hatte. Er sammelte seine letzten Kräfte, beugte sich vor und nahm die Pistole mit einer Hand, während er seine andere auf ihre legte. »Es tut mir leid, Liebes, ich hätte es gleich erklären sollen.«

Theo von Berg blickte von seinem Bruder, den er unter der Verkleidung eines alten Mannes gerade erst zu erkennen begann, zu der zierlichen, blassen Frau, deren Hände sein Bruder so sanft berührte, und brach in ein Lächeln aus.

»Was machst du hier?«, fragte Max den jüngeren Mann.

»*Maman* hat die Kutsche gesehen und mich geschickt. Sie beobachtet die Straße mit einem Fernrohr, seit wir die Nachricht erhalten haben, dass Erzherzog Albrechts Grenadiere dich zerlegt haben.« Trotz seiner despektierlichen Ausdrucksweise verdunkelten sich seine blaugrauen Augen vor Sorge. »Geht es dir gut?«

»Ja. Dank Felicity.« Sein Daumen strich über Felicitys Fingerknöchel. »Theo, darf ich dir Fräulein Felicity Allen vorstellen? Ich habe ihr mein Leben zu verdanken.«

Theos Augen wurden groß. »Also sind Sie das. Als *maman* aus Wien zurückgekehrt ist, hat sie gesagt, dass du endlich eine Frau kennengelernt hast, bei der deine Augen wieder leuchten. Sie hat gesagt, dass du vielleicht jetzt Marie in Frieden ruh–« Er unterbrach sich abrupt, und Farbe strömte in seine Wangen und ließ ihn ganz jung aussehen. »Verzeih mir. Mein Mundwerk ist wieder mit mir durchgegangen.«

»Ist schon gut.« Max streckte die Hand aus, um seinem Bruder liebevoll das Haar zu zausen, und schenkte ihm ein Lächeln. »Ich wäre enttäuscht gewesen, wenn du dich geändert hättest.«

Felicity beobachtete die beiden Männer – ihre zwanglose Vertrautheit, die tiefe Zuneigung zwischen ihnen, die sogar für eine Fremde zu sehen war – und spürte einen Stich Neid. Das war etwas, das sie nie gekannt hatte. Etwas, von dem sie nie ein Teil sein konnte.

»Ich reite voraus und sage allen, dass *maman* recht hatte.« Theo sprang aus der Kutsche und die Hufe seines Pferdes donnerten über die schlammige Straße, noch bevor sie Paddy das Signal zur Weiterfahrt geben konnten.

Kapitel 13

»Felicity? Setzt du dich zu mir?« Jetzt, da sie sich der Osterburg näherten, war Max plötzlich nervös, wie sich Felicity inmitten seiner unbändigen Familie fühlen würde.

Fügsam rutschte sie näher zu Max, sah ihn aber nicht an. Felicity wusste, dass sie sich freuen sollte, dass er zu Menschen heimkehrte, die ihn liebten. Dass er endlich sicher und von mehr als ihren eigenen schwachen Möglichkeiten beschützt sein würde. Doch statt Freude konnte sie spüren, wie sich das Herz in ihrer Brust zusammenzog. Bald würde er von seiner Familie umgeben sein, und er würde sie nicht länger brauchen, dachte sie. Vielleicht würde ihm ihre Anwesenheit peinlich sein. Sie fühlte sich elend und niederträchtig, als sie aus dem Fenster starrte.

»Meine Familie ist laut und temperamentvoll, und mit Ausnahme meines Vaters reden alle sehr viel, aber sie beißen nicht.«

Als Felicity sich Max zuwandte, lächelte er sie liebevoll an. Sie zwang den Hauch eines Lächelns auf ihre Lippen und nickte.

»Ehrlich.« Max erkannte, dass er sie nicht mit Worten überzeugen konnte, also beschloss er, es mit Taten zu versuchen. Er legte seinen unverletzten Arm um sie und begann, in beruhigenden Kreisen über ihren Rücken zu streichen.

Ihr Beschützerinstinkt erwachte und Felicity lehnte sich zurück, um Max' Hand zwischen ihrem Rücken und den Lederpolstern einzuklemmen. »Du solltest dich nicht bewegen.«

Max lächelte, glücklich, dass sie seiner Berührung nicht ausgewichen war. Er war auch erfreut, dass er sie abgelenkt hatte, zumindest für einen Augenblick.

»Ich werde bald genug Zeit haben, mich auszuruhen. Zweifellos wird *maman* mich binnen drei Minuten ins Bett stecken und mir irgendeinen ekelhaften Arzneitrank aufdrängen.« Er lachte. »Die Frau verfügt über ein furchteinflößendes Maß an Energie. Wie *papa* so gerne sagt, sie hätte einen vorzüglichen General abgegeben. Hilfst du mir dabei, wenigstens einen Teil meiner Verkleidung loszuwerden?« Grinsend zupfte er an seinem falschen Schnurrbart. »Ich denke, ich habe genug von Monsieur Monceau.«

Bald rollte die Kutsche durch ein hübsches, weiß getünchtes Dorf, das am Fuß eines Hügels lag, auf dem eine Burg aufragte. Unwillkürlich wurde Felicity neugierig und beugte sich vor, um die Umgebung besser zu erkunden. Die Mauern der Burg waren hoch und imposant, aber sie wirkte überhaupt nicht bedrohlich wie so manche andere, an denen sie auf dem Weg hierher vorbeigekommen waren. Stattdessen wirkte die hellbraune Farbe der Steine im Frühlingssonnenlicht golden und einladend.

In dem Augenblick, in dem die Kutsche klappernd durch das große Tor fuhr und im geräumigen Hof stehen blieb, brach die Hölle los.

Felicity bemühte sich, nicht helfend hinzugreifen, als Max mühselig aus der Kutsche stieg, seine Beine offensichtlich ein wenig wackelig. Aber es gab jetzt genug Hände, um ihm zu helfen, dachte sie, während sie ihn beobachtete, als er von Familienmitgliedern und Dienstboten umringt wurde, die gleichzeitig alle zu lachen und zu weinen und in drei verschiedenen Sprachen zu reden schienen.

Sie erkannte Gräfin Berg und Theo. Ein großes, junges Mädchen, das eine erstaunliche Ähnlichkeit mit der Gräfin aufwies, schlang die Arme um Max' Hals. Ein Mädchen mit einem kecken Gesicht und Haar wie gesponnenes Gold küsste ihn auf beide Wangen. Eine dürre Frau mit rotem Haar knickste und dann umarmte auch sie Max. Nur der ältere Graf Berg stand abseits und beobachtete die Szene, das hagere Gesicht verkrampft, der Mund verzogen, als hätte er Schmerzen. Als er näherkam, traten die Frauen und Theo zurück, um ihn durchzulassen.

Beide Männer waren groß genug, um sich gerade in die Augen schauen zu können, und maßen einander stumm für einen langen, angespannten Moment.

»Willkommen zu Hause, mein Sohn«, sagte der weißhaarige Graf. »Kannst du mir verzeihen?« Er streckte seinem Sohn die Hand entgegen. »Ich hätte es besser wissen sollen, als zu glauben, dass du Metternich und seinen Lakaien aus Überzeugung dienst.«

Max sah den Selbstvorwurf in den Augen seines Vaters, die seinen eigenen so ähnlich waren. Er ignorierte die ausgestreckte Hand, sondern schloss die Lücke zwischen ihnen und legte seinen unverletzten Arm um die Schultern seines Vaters.

»Es ist gut, zu Hause zu sein, *papa.*« Er trat einen Schritt zurück, hielt aber weiter die Hand auf der Schulter des älteren Mannes und lächelte in die Augen seines Vaters. »Wirklich zu Hause.«

Der alte Graf Berg lächelte ein wenig zittrig und streckte die Hand nach seiner Frau aus. »Offenbar verzeiht er genauso leicht wie du, meine Liebe«, sagte er, als er sie an sich zog, und sie tauschten einen Blick aus, der von vielen Erinnerungen kündete.

Max konnte spüren, wie seine Knie weich wurden, aber er richtete sich auf, drehte sich um und hielt Felicity seine Hand hin. Als sie neben ihm stand, wandte er sich wieder seiner Familie zu.

»Das ist Felicity Allen. Sie hat mir das Leben gerettet.« Er sah auf sie hinab und wünschte sich, er könnte mehr sagen, wusste aber, dass er das nicht durfte. Noch nicht.

Ehe Felicity wusste, wie ihr geschah, umringte sie die gesamte Familie, und ihr drehte sich der Kopf vor Umarmungen, Küssen, Dankesworten und Fragen. Als sie ein Zupfen an ihrem Rock spürte, achtete sie nicht darauf, da sie glaubte, jemand wäre ihr auf den Saum des Kleides getreten. Als sie es erneut verspürte, sah sie nach unten und entdeckte das Kind.

Der kleine Junge hatte Max' Mund und die riesigen, seelenvollen, dunkelbraunen Augen eines Welpen. Als sich ihre Blicke trafen, lächelte er und hielt seine mit Babyspeck gepolsterten Arme hoch.

»Ich bin Philipp«, verkündete er.

Felicity beugte sich hinunter und hob ihn hoch. »Ich weiß.« Sie konnte nicht widerstehen und drückte ihm einen Kuss unters Ohr.

Als sie sich zu Max drehte, das Kind noch immer in ihren Armen, war das plötzliche Schweigen um sie herum ohrenbetäubend.

»Max«, sagte sie leise. »Willst du deinen Sohn begrüßen?«

Max sah in das Gesicht seines Sohnes, dessen Mund jetzt ernst war, obwohl Spuren von diesem wunderbar offenen Lächeln, das er Felicity geschenkt hatte, weiterhin in seinen Augen zu sehen waren. Oh, Gott, dachte er, würde der Junge ihm je vergeben, dass er ihn jahrelang weggeschoben hatte. Würde er sich selbst je vergeben?

Zögernd, da er nicht sicher war, ob er willkommen war, streckte er die Arme aus. Als der Junge ihm entgegenkam und das Gesicht an seinem Hals vergrub, stolperte Max unter dem Ansturm des kleinen, festen Körpers.

»Sei vorsichtig, Philipp«, warnte Felicity, die Arme noch immer um die Beine des Jungen gelegt, damit er nicht zu viel Druck auf Max' verwundete Seite ausübte. Doch als sie die Qual und Freude auf Max' Gesicht sah, ließ sie los und erlaubte ihm, das volle Gewicht seines Sohnes zu tragen.

Freudentränen glänzten in ihren Augen, als sie zurücktrat und erneut von Gräfin Berg in die Arme geschlossen wurde.

»Wissen Sie, Sie haben ein Wunder bewirkt«, flüsterte die Gräfin.

Felicity schüttelte den Kopf und schluckte. »Er sollte sich ausruhen«, wisperte sie zurück. »Seine Wunden haben wieder zu bluten begonnen.«

Die Gräfin nickte, bedeutete ihrem Mann und jüngeren Sohn, ihr zu folgen, und scheuchte Max und Philipp in Richtung Burg.

Einen Moment lang war Felicity hin- und hergerissen zwischen Erleichterung, dass sich Max bald ausruhen würde, und einem Schwall Panik, dass sie jetzt allein unter Fremden war. Doch dann schüttelte sie den Kopf und ermahnte sich, nicht töricht zu sein. Schließlich war sie schon eine lange Zeit unter Fremden gewesen, und die Zukunft hielt noch mehr davon für sie bereit.

Noch bevor sie diesen Gedanken bis zum Ende verfolgt hatte, hakte sich das Mädchen, das wie eine jüngere Ausgabe der Gräfin aussah, bei ihr ein.

»Ich bin Beatrix, Max' Schwester. Keiner hat es für nötig befunden, uns einander vorzustellen, aber meine Familie hatte schon immer grässliche Manieren.« Das Lächeln, mit dem sie Felicity bedachte, war strahlend und sorgenfrei. So konnte nur jemand lächeln, der nie Grund gehabt hatte, die perfekte Harmonie des Lebens in Zweifel zu ziehen, dachte Felicity. Sie zog das goldhaarige Mädchen näher an sich. »Das ist Ariane de Valmont, eine Cousine aus Frankreich, die zu Besuch ist. *Papa* bringt ihr bei, wie man ein Anwesen verwaltet, und ich bringe ihr alle Kartenspiele in meinem Repertoire bei.« Lachend ging sie weiter und zog Felicity mit sich. »Kommen Sie mit, ich zeige Ihnen Ihr Zimmer.«

Als Felicity mit ihrem Bad fertig war, entdeckte sie, dass Kleider für jede Gelegenheit, Reitkostüme, Negligés und Nachthemden auf jeder verfügbaren Oberfläche im Zimmer ausgebreitet waren.

»Ich habe Ihnen einige Sachen gebracht, die leicht geändert werden können. Das hier können Sie sofort tragen«, sagte Beatrix und hielt ein fliederfarbenes Musselinkleid hoch. »Es gehörte mir, bevor ich letztes Jahr meine Kurven entwickelte, und wir drei haben den Saum hochgesteckt, während Sie im Bad waren.«

»Danke. Das ist sehr freundlich von Ihnen.« Felicity wusste nicht, was sie zu so viel offenherziger Großzügigkeit sagen sollte.

»Oh, bitte.« Beatrix winkte mit einer Hand. »Meine Garderobe ist viel umfangreicher, als sie für ein Mädchen vom Land sein sollte. Abgesehen davon bin ich Ihnen wirklich dankbar, dass Sie Max nach Hause gebracht haben.« Sie ging zu Felicity und griff nach ihren Händen. »Außerdem habe ich mir schon immer eine Schwester gewünscht.« Ihre Augen funkelten. »Sie haben keine Ahnung, was für eine Mühsal es sein kann, das einzige Mädchen mit zwei älteren Brüdern zu sein.«

Trotz ihrer Erschöpfung und Sorge um Max lächelte Felicity, unfähig, der Überschwänglichkeit des jungen Mädchens zu widerstehen.

»Ich werde dafür sorgen, dass Sie hier so glücklich sind, dass Sie nie wieder fortgehen wollen.«

Gerade als Beatrix Felicity zum Bett zog, um die dort ausgebreiteten Kleider durchzusehen, öffnete sich die Tür und Gräfin Berg trat ein.

Felicity war zu nervös, um wohlerzogene Zurückhaltung zu zeigen, und lief eilig zu ihr. »Wie geht es ihm? Wie schlimm ist die Blutung? Er hat doch nicht wieder Fieber bekommen, oder?«

»Er wird wieder ganz gesund. Er braucht nur Ruhe.« Mit der gleichen Geste wie ihre Tochter nahm die Gräfin Felicitys Hände in ihre. »Er hat mir erzählt, was Sie für ihn getan haben.« Die saphirfarbenen Augen der älteren Frau füllten sich mit Tränen. »Wie kann ich Ihnen je danken?«

»Dafür gibt es keinen Grund.«

»Dafür gibt es jeden Grund.« Die Gräfin wischte sich in einer nahezu kindlichen Geste mit den Handrücken die Tränen weg. »Ich weiß, dass Sie erschöpft sein müssen, aber würden Sie nach ihm sehen, bevor Sie sich ausruhen? Ich glaube nicht, dass er schlafen wird, ehe er Sie gesehen hat.«

»Natürlich.« Felicity nickte, überrascht von Gräfin Bergs nüchterner Akzeptanz von ihrer Rolle im Leben ihres Sohnes und ihrer Anwesenheit hier.

»Komm mit, Bea. Du auch, Ariane.« Die Gräfin verdrehte die Augen, während sie auf die beiden Mädchen deutete. »Wenn ich die beiden hier lasse, werden sie Ihnen die Ohren vollsingen, bis ihnen die Luft ausgeht.«

Felicity zog sich schnell an und Manon flocht ihre noch immer feuchten Haare zu einem dicken Zopf. Dann führte die große, rothaarige Frau, die sich als Poldi vorgestellt hatte, sie einen langen Flur hinunter, bis sie vor einer Eichentür stehen blieben.

»Das sind die Räumlichkeiten, die der junge Graf als Kind hatte«, sagte Poldi. »Als Gräfin Marie noch lebte, wohnten sie auf der anderen Seite der Burg.«

Rasch machte Poldi einen Knicks und verschwand eine Treppe hinunter. Felicity sah ihr nach, verwundert, warum die Frau es für nötig erachtet hatte, ihr genau diese Information mitzuteilen.

Als sie vor Max' Tür stand, stellte sie fest, dass ihre Hände feucht waren. Es war einfach gewesen, als Max in ihrem Schlafzimmer gelegen hatte. Nein, verbesserte sie sich, es war nie einfach gewesen. Aber zumindest hatte sie nicht dieses seltsame Zögern verspürt, als ob sie nicht hierher gehörte. Als ob sie dabei wäre, etwas Verbotenes zu tun.

Sie klopfte an der Tür und trat ein, ohne auf eine Antwort zu warten. Selbst ohne Poldis Erklärung hätte sie sofort gesehen, dass dies noch immer das Zimmer eines kleinen Jungen war. Ein Schaukelpferd, die Farben verblasst und abgeblättert, stand am Erkerfenster. Einige Bogen und ein Köcher mit Pfeilen lehnten an einer Wand. In einer Ecke standen abgetragene Reitstiefel, als wären es nur wenige Tage statt Jahre her, seit er dieses Zimmer benutzt hatte. Ein Gemälde von Max als Jugendlicher, die Arme um zwei kleinere Jungen gelegt, hing neben der Tür.

Sie würde gern eine Stunde in diesem Zimmer verbringen, dachte sie, um den Jungen genauso gut kennenzulernen, wie sie den Mann kannte. Sie fuhr die Initialen nach, die Max in den Tisch geschnitzt hatte und die er mit dem 21. Juli 1825 datiert hatte. Ihr Blick huschte wieder zu dem Gemälde, und sie fragte sich, warum sie das Gefühl hatte, dass es etwas mit dem Datum zu tun hatte.

»Felicity?«

Sie zuckte zusammen, als wäre sie dabei erwischt worden, etwas anzuschauen, das sie nichts anging. Schnell wischte sie sich die Hände am Kleid ab und ging ins Schlafzimmer.

Max lag in einem Himmelbett, seine große Hand mit der kleinen seines Sohnes verschränkt, der im Schneidersitz neben ihm saß. Beide bedachten sie mit einem identischen, einladenden Lächeln, als sie näherkam.

Wenn Felicity nicht bereits in Max verliebt gewesen wäre, hätte dieses Bild ihr Herz geöffnet. »Unterbreche ich gerade euer Männergespräch?«, fragte sie, ohne Max anzusehen, ihre Stimme leicht und oberflächlich.

Max sah zu, wie sie einen Stuhl knapp außerhalb seiner Reichweite hinstellte, und fluchte stumm. Davor hatte er Angst gehabt. Dass sie sich, sobald sie auf der Osterburg waren, wieder von ihm zurückziehen würde. Aber war das nicht der rote Faden, der sich nun durch ihre Beziehung zog, dachte er. Er machte einen Schritt nach vorne und sie zwei zurück.

»Ja, aber wir haben nichts dagegen, nicht wahr, Philipp?« Max drückte die kleine, von entzückenden Grübchen gezierte Hand seines Sohnes.

Energisch schüttelte der Junge den Kopf und sah Felicity an, seine Augen plötzlich ernst. »*Papa* hat *grandmère* erzählt, dass er ohne Ihre Hilfe gestorben wäre. *Je vous remercie, mademoiselle.*«

Das perfekte Französisch des Jungen und seine formelle Ausdrucksweise lockten ein Lächeln auf Felicitys Lippen. Sie beugte sich vor und strich mit den Fingerspitzen über seine Wange. »Gern geschehen, Philipp.« Verführt von seiner zarten, rosigen Haut, berührte sie ihn erneut. »Ich glaube, du solltest mich Felicity nennen.«

Der Junge nickte glücklich, und sie lehnte sich zurück auf dem Stuhl und erwiderte endlich Max' Blick. »Wie fühlst du dich?«

»Ungefähr so kräftig wie ein Neugeborener, aber das wird vorübergehen.« Er musterte ihr Gesicht. »Und du?«

Felicity nickte. »Deine Familie ist äußerst großzügig.«

»Hat Bea dich schon in Beschlag genommen? Sie wollte immer eine Schwester haben.«

»Das hat sie gesagt.«

Max setzte an, um seiner Verstimmung über ihr steifes Gespräch Ausdruck zu verleihen, hielt sich aber im letzten Moment zurück. Sie brauchte Zeit. Und er hatte sich versprochen, dass er ihr so viel Zeit geben würde, wie sie brauchte.

»Dein Vater muss sich jetzt ausruhen, Philipp. Soll ich dich zu *grandmère* bringen?« Felicity hielt dem Jungen ihre Hand hin.

Philipp sah von seinem Vater zu Felicity und wieder zurück zu seinem Vater. Er wollte seinen neugefundenen Vater nicht verlassen, aber er wollte auch nicht die hübsche blonde Dame enttäuschen, die ihm seinen *papa* zurückgebracht hatte. »Einverstanden.« Er ließ die Hand seines Vaters los und kletterte aus dem Bett, doch statt sich davon zu entfernen, grub er die Ellenbogen in die Matratze und sah zwischen den beiden Erwachsenen hin und her. »Wenn ich krank bin, gibt mir *grandmère* immer einen Kuss, damit es mir besser geht.« Er grub die kleinen

Zähne in die Unterlippe, während er Max durch seine langen, schwarzen Wimpern ansah. »Funktioniert das auch für große Menschen?«

Max versuchte nicht, die Tränen zu bekämpfen, die ihm in die Augen traten. »Ja, Philipp. Das funktioniert besonders gut für große Menschen.«

Die Junge stützte sich mit dem Ellenbogen auf und drückte seinem Vater einen Kuss auf die Wange, der mehr enthusiastisch als elegant war. Ungeschickt umfasste Max den Hals seines Sohnes und drückte das Gesicht an Philips Wange. Der Junge roch nach Sonnenschein und den Karamellbonbons, die seine Mutter in Dresdener Schüsseln überall in ihren Gemächern aufbewahrte.

Als er Philipp losließ, rutschte der Junge zurück auf den Boden, und Felicity nahm ihn auf ihre Arme. Offensichtlich entschied Philipp, dass er auf eine Goldgrube gestoßen war, denn der Blick, den er Felicity zuwarf, konnte nur als verschlagen bezeichnet werden. »Geben Sie *papa* auch einen Kuss, damit es ihm besser geht?«

Felicity schenkte dem Kind auf ihrem Arm einen Blick aus zusammengekniffenen Augen. Er hatte den fatalen Charme seines Vaters, dachte sie. Mit diesem Lächeln und diesen schmachtenden Augen würde er ein wahrer Charmeur werden. Sie sah auf Max hinab. Trotz seiner Blässe, trotz der Falten, die Wochen des Schmerzes in sein Gesicht gegraben hatten, sah er wirklich fröhlich aus, und ganz plötzlich konnte sie ihm nicht länger ausweichen. Und sie stellte fest, dass sie das auch gar nicht wollte.

Den Jungen noch immer auf dem Arm, beugte sie sich hinunter und streifte mit den Lippen über Max' Wange. Als sie sich wieder aufrichten wollte, nahm er sie am Zopf, der ihr über die Schulter gefallen war, und lenkte ihren Mund zu seinem.

Mit beiden Armen um Philipp hatte Felicity keine Wahl, als ihm sein kleines Spiel zu erlauben.

Max schloss die Augen, als er seinen Mund über ihren streifen ließ und ihn die Wonne übermannte. Allein ihr Geschmack, ihr Duft reichten aus, damit sich ihm der Kopf drehte. Er fuhr mit der Zungenspitze über ihre Unterlippe, und mit einem Seufzen öffnete sie die Lippen. Sein Körper spannte sich an, als ihr Atem über seinen Mund strich. Er brauchte so dringend mehr, und weil er wusste, dass er es sich nicht nehmen konnte, lockerte sich sein Griff um ihren Zopf.

Felicity stockte der Atem, als sie Max' Zunge auf ihrem Mund spürte. Alle Gedanken flohen aus ihrem Kopf, als sie die Augen schloss und stillhielt – und wartete. Aber er vertiefte den Kuss nicht. Plötzlich bemerkte sie, dass er sie nicht länger festhielt. Bemerkte, wie leicht er sie alles hatte vergessen lassen – selbst das Kind in ihren Armen.

Sie richtete sich auf, gefangen zwischen der Wärme, die seine Berührung erzeugt hatte, und Verärgerung, dass er so mühelos ihren Schwachpunkt finden konnte. Dennoch waren ihre Augen weich, als sie auf ihn hinabblickte.

»Schlaf jetzt.« Schnell, ehe sie noch mehr sagen konnte, drehte sich Felicity um und ging zur Tür.

»Felicity.«

Sie blieb stehen, und ein Schauer perlte über ihre Haut. Wie konnte allein der Klang ihres Namens sie wie eine Liebkosung berühren? Sie wandte sich zu Max um.

»Felicity, *je t'*…« Er brach ab, da er sich erinnerte, dass Philips Französisch genauso fließend war wie sein Deutsch. »Ich liebe dich«, sagte er auf Englisch.

Bei seinen Worten schoss Schmerz durch sie. Sie schüttelte den Kopf und rannte nahezu aus dem Zimmer.

Im Flur lehnte sie sich einen Augenblick an die Tür und versuchte, sich aus dem Strudel an verwirrenden Gefühlen freizukämpfen.

Philipp warf ihr einen ernsten Blick zu. »War das Englisch, was *papa* zu Ihnen gesagt hat?« Sie nickte. Der Junge machte ein finsteres Gesicht. »Alle reden immer Englisch, wenn sie nicht wollen, dass ich weiß, was sie sagen.« Er streckte sein kleines Kinn vor. »Ich werde Englisch lernen«, sagte er. »Bald.«

Felicity biss sich auf die Innenseite der Lippe, um ein Lächeln zu unterdrücken. »Ein gutes Vorhaben.« Sie strich das schwarze Haar zurück, das dem Jungen in die Stirn fiel. »Zeigst du mir jetzt, in welches Zimmer du gehörst?«

Philipp leitete sie, bis sie vor einer schweren Eichentür standen, die der zu Max' Zimmer ähnelte. »Hier wohnt *grandmère*.

Und *grandpère*«, fügte er hinzu.

Felicity klopfte und wartete, bis sie die melodiöse Stimme der Gräfin hörte.

Gräfin Berg saß an einem Sekretär, der mit feinsten Intarsien verziert war, während der Graf in einem Sessel in ihrer unmittelbaren Reichweite Platz genommen hatte.

Philipp wand sich aus Felicitys Armen und lief zu seiner Großmutter. »Ich glaube, *papa* mag mich«, verkündete er.

Die Gräfin strich mit den Fingern durch das Haar ihres Enkels. »Das freut mich.«

»Er mag auch Mademoiselle Felicity.«

»Ja, ich weiß.« Mit einem Lächeln sah die Gräfin zu Felicity hoch.

Obwohl im Blick der Gräfin keinerlei Tadel lag, fühlte sich Felicity unwohl. »Ich denke, ich sollte mich jetzt ausruhen. Vielen Dank für alles. Sie alle waren außerordentlich liebenswürdig.«

»Bitte. Wir sind es, die zu danken haben.«

Mit einem schnellen Nicken verließ Felicity das Zimmer.

Philipp zog am Ärmel seiner Großmutter. »Was bedeutet«, er runzelte die Stirn, als er versuchte, sich an die genauen Worte zu erinnern, »‚Ai laff ju'?« Beim überraschten Blick seiner Großmutter ergänzte er: »Das ist Englisch.«

Über dem Kopf des Jungen erwiderte sie den Blick ihres Mannes. »Es bedeutet ‚Ich liebe dich'«, erklärte sie. »Wo hast du das gehört?«

»*Papa* hat es zu Mademoiselle Felicity gesagt.« Er lächelte. »Siehst du, ich habe gewusst, dass er sie mag.« Er kletterte zu seiner Großmutter auf den Schoß. Ein Seitenblick auf sie sagte ihm, dass sie seinen Großvater ansah, und er griff nach einem Karamellbonbon.

»Du siehst erfreut aus, meine Liebe.«

Philipp verzog das Gesicht, als er die englischen Worte hörte.

»Sie hat Mut, und sie liebt ihn, obwohl sie es nicht will.« Sie schüttelte den Kopf. »Eine tiefe Traurigkeit liegt in ihren Augen. Max wird sich anstrengen müssen, um sie zu vertreiben.« Ihr Blick wurde schelmisch. »Ich denke, ich kenne jemanden, der auch ein bisschen so war.«

Der Graf lächelte reumütig und beugte sich vor, um mit den

Fingern über die Wange seiner Frau zu streicheln. »Aber da er dein Sohn ist, hege ich keinen Zweifel, dass er dies zustande bringen wird.«

Die saphirblauen Augen der Gräfin funkelten, als sie die Berührung ihres Mannes erwiderte. »Ja, ich denke, das wird er.«

Kapitel 14

Felicity lehnte sich an das breite Fenstersims und sah auf die vom Mond beleuchtete Landschaft hinaus. Sie war jetzt seit fast fünf Tagen auf der Osterburg, und abgesehen von diesem einen kurzen Besuch hatte sie sich für fünf elende, leere Tage von Max ferngehalten.

Ich liebe dich. Ich liebe dich. Ich liebe dich. Sie hob die Hände, presste sie auf ihre Ohren und versuchte so, den Widerhall der Worte verstummen zu lassen. Irgendwie war es jetzt schlimmer als beim ersten Mal, als er sie angeschrien hatte, dass er sie liebte und wollte, dass sie seine Frau wurde. Damals hatte sie sich selbst überzeugt, dass einfach nur Besitzgier und Verlangen aus ihm gesprochen hatten. Vielleicht hatten die französischen Worte, die weder seine noch ihre Muttersprache waren, es ihr leichter gemacht, das zu glauben.

Aber diesmal hat kein Zorn seine Worte angefacht, und es gab nur ein kaum spürbares Kribbeln von Begierde als Anreiz. Es war ein so süßer, intimer Augenblick mit dem Kind zwischen ihnen gewesen, und obwohl sie wusste, dass er wegen Philipp weder Französisch noch Deutsch benutzt hatte, schien die englische Sprache den Worten irgendwie mehr Bedeutung zu verleihen.

Abrupt stieß sich Felicity vom Fenster ab. Fünf schreckliche Tage lang war sie von ihm ferngeblieben und hatte sich nur auf das verlassen, was seine Mutter und seine Schwester ihr berichteten. Sie würde bei ihm jetzt hereinschauen, sagte sie sich.

Nur einen Augenblick lang. Nur, damit sie wusste, dass er sich wirklich erholte.

Sie nahm die Kerze mit sich und ging lautlos durch das Ankleidezimmer, in dem Manon schlief. Sie ging rasch den Flur hinunter, ihre nackten Füße geräuschlos auf dem kalten Steinboden.

Max stand am Fenster und starrte hinaus auf die Landschaft, die der Vollmond mit Silber überzog. Was für ein Narr war er gewesen, schalt er sich. Warum hatte er nicht noch ein wenig länger warten können? Aber dieser Kuss, dem nur eine Ahnung Leidenschaft anhaftete, und der Augenblick von nahezu familiärer Intimität mit Philipp zwischen ihnen hatten irgendwie das Bedürfnis, die Worte auszusprechen, so sehr geschürt, dass er sie genauso wenig unterdrücken konnte, wie er aufhören hätte können zu atmen. Jetzt, mit diesen drei kurzen Worten, hatte er die hauchdünne, vorsichtige Beziehung zerstört, die sie während der Wochen aufgebaut hatten, in denen sie ihn umsorgte.

Aber er wusste nicht einmal, was sie für ihn empfand. Der Gedanke traf ihn schlagartig. Liebte sie ihn mit der gleichen Tiefe, der gleichen Intensität, wie er sie liebte? Oder erlaubten ihre furchtbaren Erinnerungen ihr nicht die Gnade einer solchen Liebe? Nein. Er schüttelte den Kopf, als er sich an alles erinnerte, was sie für ihn getan hatte. Sich an das Flackern in ihren Augen erinnerte, wenn er sie küsste. Sie musste ihn lieben. Jede andere Möglichkeit war einfach zu schrecklich, um sie auch nur in Betracht zu ziehen.

Morgen würde er aufstehen, schwor er sich, als er zum Bett ging, und die Osterburg war nicht groß genug, dass Felicity sich vor ihm verstecken konnte.

Max hatte gerade die Augen geschlossen, als er das leise Klicken der Tür hörte. Automatisch spannte sich sein Körper an, obwohl sein Verstand wusste, dass keinesfalls irgendjemand, der ihm schaden wollte, in die Osterburg gelangen konnte. Er hob die Lider eine Spur und wartete.

Er nahm ein flüsterleises Geräusch wahr, als jemand durchs Ankleidezimmer ging. Er sah ein weißes Schimmern in der Tür und hob die Lider eine weitere Spur. Dort, in einem Strahl Mondlicht, stand Felicity.

Felicity stellte die Kerze auf einem kleinen Tisch im Flur ab und schloss die Tür mit einem kaum hörbaren Klicken hinter sich. Auf Zehenspitzen schlich sie zur Tür von Max' Schlafzimmer.

Das Haar jungenhaft über die Stirn fallend, lag er auf dem Rücken, und obwohl sie sich gesagt hatte, dass sie nur einen Augenblick lang nach ihm sehen würde, betrat sie das Zimmer. Nur ein Blick, versprach sie sich. Nur ein einziger.

Der Anblick seiner schlafenden Gestalt, den Mund zu einem halben Lächeln verzogen, ließ sie das Versprechen brechen, das sie sich so voreilig gegeben hatte, und sie setzte sich auf einen Stuhl, der neben seinem Bett stand. Gierig ließ sie den Blick über ihn schweifen. Die eingefallenen Züge waren verschwunden, und selbst im Mondlicht konnte sie sehen, dass auch seine Blässe einer gesunden Gesichtsfarbe gewichen war.

Oh, Max, mein Liebster. Ich liebe dich. Ich liebe dich so sehr. Vergib mir, dass ich nicht die Frau bin, die du brauchst. Wenn ich gekonnt hätte, wäre ich deine Frau geworden. Tränen liefen ihr über die Wangen, aber sie war sich ihrer nicht bewusst. Genauso wenig, wie sie sich bewusst war, dass ihre Lippen ihre Gedanken in die Nacht geflüstert hatten.

Max musste dagegen ankämpfen, nicht die Augen zu öffnen, als er seinen Namen auf ihren Lippen hörte. Sein ganzer Körper spannte sich an, als er ihr gequältes Flüstern wahrnahm. Er wollte so sehr die Arme öffnen und sie an sich drücken, aber er wusste, dass sie das nur wieder in die Flucht schlagen würde. Also verharrte er angespannt und still, selbst als ihre Stimme vor Tränen belegt wurde.

Obwohl ihre Traurigkeit ihm Qualen bereitete, jubilierte sein Herz. Sie liebte ihn! Er hatte es gewusst, aber bis zu diesem Augenblick war es ihm nicht klar gewesen, wie dringend er diese schlichten Worte hören wollte.

Als er hörte, wie sich die Tür hinter ihr schloss, richtete er sich im Bett auf. Heute Nacht würde er keinen Schlaf finden, dachte er, während sein Verstand wie wild zu arbeiten begann. Als die Morgendämmerung aufzog, war er noch immer wach und hatte sich die Taktiken für seinen Feldzug genau überlegt. Er würde Felicity beweisen, dass sie die einzige Frau für ihn war, dachte er, als er sich wieder hinlegte. Sie gehörten zusammen, und bald würde sie dessen genauso sicher sein wie er. Als Max einschlief, lächelte er.

»Und der Wolf sah Rotkäppchen mit Augen an, die so groß wie Untertassen waren, und sagte: ‚Dass ich dich besser sehen kann'!« Max zog die dunklen Augenbrauen zusammen und warf seinem Sohn einen scherzhaft bösen Blick zu, als er dem Jungen in die Nase kniff.

Kichernd wich Philipp zurück und vergrub das Gesicht im Hemd seines Vaters, wobei er das Buch aus Max' Hand schlug.

Max zerzauste mit einer Hand Philips Haare und lachte leise. Als er nach dem abgegriffenen Buch langte, das einst ihm gehört hatte, bemerkte er im Augenwinkel eine Bewegung an der Tür. Noch bevor er den Kopf wandte, wusste er, dass Felicity gekommen war.

Felicity hatte einen langen Kampf mit sich selbst ausgefochten. Nachdem sie in der Nacht zuvor in ihr Zimmer zurückgekehrt war, hatte sie nicht schlafen können, da all ihre Gedanken um Max kreisten. Die Morgendämmerung war gekommen und damit die Erkenntnis, dass sie sich nicht länger verstecken konnte. Sie konnte sich nicht verstecken, und sie konnte sich einfach nicht die schmerzvolle Freude versagen, mit Max Zeit zu verbringen, solange sie hier auf der Osterburg war. Ja, vielleicht würde das den unvermeidlichen Trennungsschmerz noch verschärfen. Aber zumindest würde sie dann noch ein paar Erinnerungen haben, um sie zu wärmen.

Philipp spürte die plötzliche Reglosigkeit seines Vaters, hob den Kopf und folgte dem Blick seines Vaters.

»Mademoiselle Felicity!«, rief er und sprang vom Bett, um zu ihr zu laufen. Er kam schlitternd zu stehen, ehe er sie umrannte, und verbeugte sich, als er etwas verspätet seine Manieren

»Ich weiß, dass du mir damals nicht geglaubt hast. Aber glaubst du mir jetzt?«

»Max, ich weiß, dass du mir nicht wehtun würdest, zumindest nicht wissentlich, aber –«

Er legte die Finger auf ihre Lippen. »Kein aber.« Seine Hände umfassten ihr Gesicht. »Ich würde alles geben – alles, um ungeschehen zu machen, was du ertragen musstest, Felicity. Aber das kann ich nicht.« Einen Atemzug lang lehnte er seine Stirn an ihre. »Ich kann nur versprechen, dich so glücklich zu machen, wie ich kann, heute und alle künftigen Tage, solange wir beide leben.« Er strich mit den Daumen über ihre Wangenknochen. »Wirst du mir erlauben, das zu tun?«

Seine Worte versetzten sie in Panik, als sie sich aus Max' sanftem Griff wand. Sie konnte es sich nicht leisten, an Versprechen oder künftige gemeinsame Tage zu denken. »Es gibt keine zukünftigen Tage für uns«, rief sie. »Verstehst du das nicht? Ich kann dir nicht geben, was du willst. Oder was du brauchst. Oder was du verdienst.«

»Lässt du vielleicht mich beurteilen, was ich will und brauche und verdiene?«

Felicity trat zu Seite und presste die Hände an den Bauch, wo sich ein schmerzhafter Knoten zu bilden begann. Sie spürte ihn hinter ihr, bevor er sie anfasste – eine federleichte Berührung auf ihrer Schulter.

Er hatte eine Abfuhr erwartet. Aber er war nicht darauf vorbereitet gewesen, wie sehr sie wehtat. »Nun gut.« Er bemühte sich, den Schmerz nicht in seiner Stimme durchklingen zu lassen. »Wirst du heute akzeptieren?«

Felicity drehte sich um. »Was meinst du damit?«

»Wir werden jeden Tag nehmen, wie er kommt. Keine Versprechen. Keine Verpflichtungen.«

Schmerz verwoben mit Versuchung brannte in ihr – Versuchung, trotzdem zu glauben, was nicht sein konnte. Selbst wenn sie durch ein Wunder eines Tages seine Geliebte sein konnte, konnte sie nie seine Frau werden.

»Max, wir haben beide unser eigenes Leben. Ein Leben, das sich nie mit dem des anderen vereinen ließe.« Sie bemühte sich, dass die aufsteigenden Tränen nicht auf ihre Stimme schlugen.

»Zwei Leben, die sich irgendwann trennen und ihre eigenen Wege gehen werden.«

»Nicht so vorschnell, *chérie*«, sagte Max leise. »Akzeptier einfach heute.«

Sie ballte die Hände zu Fäusten. »Aber was ist es, das du *willst*?«

Er wollte ein Leben mit ihr. Er wollte ein Leben für immer. »Ich will, dass du von mir nimmst, was immer du willst. Was immer du brauchst. Und ich will, dass du mir gibst, was immer du kannst.« Da er sie berühren musste, strich er ihr eine Haarsträhne hinters Ohr. »Ist das eine Vereinbarung, die du akzeptieren kannst?«

»Max, ich habe dir gesagt, dass ich nie –«

»Sch.« Seine Finger streiften erneut über ihre Lippen. »Nur heute.«

Ihre Blicke trafen sich, und sein Daumen streifte so leicht wie ein Schmetterlingsflügel über ihre Lippen.

Felicity spürte die schmelzende Wärme in ihrem Bauch. Plötzlich schienen sich all ihre Ängste zu zerstreuen, als ihr Universum von Max' silbernen Augen voller Liebe und Versprechen begrenzt wurde.

»Gibt es etwas, das du heute von mir nehmen willst?« Sanft hob er ihren Kopf. »Vielleicht meine Lippen?« Sein Mund streifte über ihren. »Oder meine Zunge?« Seine Zunge glitt über den inneren Rand ihrer Unterlippe.

Er wich zurück und sah auf sie hinab. Ihre Augen hatten sich geschlossen. Ihr Kopf war wie in einer Einladung nach hinten geneigt. Ihre Lippen, feucht von seiner Berührung, hatten sich geöffnet. Bereits jetzt strömte sein Blut heiß durch seine Adern.

»Mehr?«, flüsterte er.

Ihre Augen öffneten sich, groß und dunkel und bereits mehr als halb verführt.

»Willst du mehr, Felicity?«, drängte er. »Sag es.«

»Ja.« Seine Hände stellten etwas Verführerisches und Wunderbares mit der Haut unter ihrem Kinn an, und sie konnte keinen klaren Gedanken fassen. Es gab Gründe, warum sie das nicht tun sollte, allerdings fiel ihr im Moment keiner davon ein.

Sie wusste nur, dass sie seinen Mund wieder auf ihrem brauchte. »Mehr«, flüsterte sie. »Küss mich.«

Langsam, Zentimeter um Zentimeter, senkte Max den Mund auf ihren.

Er nahm ihren Mund sanft, wie man einen kostbaren Wein trinkt, aber er hatte so lange auf ihren Geschmack verzichtet, dass ihm dieser vorschnell zu Kopf stieg, sodass er alle Vorsicht fahren ließ. Seine Hände an ihrem Hals verstärkten ihren Griff, als er ihren Kopf neigte und den Kuss vertiefte.

Er spürte, wie ihr Puls unter seinen Händen zu pochen begann, bis der Rhythmus ihres Blutes seine Haut zu durchdringen schien und ihre Herzen wie eines schlugen.

Felicity spürte, wie ihre Knie weich wurden, als er mit seinem Mund ihren berührte. Wie hatte sie vergessen können, wie verlockend er schmeckte – dunkel und verführerisch und dennoch so sicher, dass sie sich beschützt fühlte. Es war, als ob sie wüsste, dass ihr nichts auf der Welt etwas anhaben konnte, wenn Max' Mund auf ihrem war. Ihre Finger vergruben sich in sein Hemd.

Der Geschmack seines Kusses begann ihren Verstand zu betäuben, als sie plötzlich kühle Luft auf ihren Lippen spürte statt seines heißen Mundes. Mit einem leisen Laut des Protests öffnete sie die Augen.

Max lächelte sie an, obwohl sein Atem nicht ganz regelmäßig kam. Felicitys Blick war vor Erregung verschleiert und desorientiert. Ihr Mund war feucht von seinem Kuss, und er benötigte all seine Selbstbeherrschung, um ihren Mund nicht erneut zu erobern.

»Sollen wir uns setzen?«, fragte er und geleitete sie zu dem kleinen Canapé in der Nähe des Kamins.

Nachdem er Platz genommen hatte, zog er das Bein hoch, um seinen erregten Körper abzuschirmen, und verzog unwillkürlich das Gesicht, während er versuchte, die unbequeme Haltung erträglicher zu machen.

Felicity merkte sofort, dass ihm nicht ganz wohl war, obwohl sie den falschen Schluss zog. Sie setzte sich auf und legte ihre Hand auf seine Brust. »Ist alles in Ordnung? Solltest du nicht im Bett sein?«

Er lachte ein wenig reumütig. »Es geht mir gut«, versicherte er ihr. »Ich habe genug von Nachthemden. Ich habe *maman* sogar gedroht, meines ins Feuer zu werfen und in der Burg herumzulaufen, wie Gott mich geschaffen hat, wenn sie mir nicht meine Kleidung bringen lässt.« Erneut lachte er leise. »Es geht nichts über ein wenig umsichtige Erpressung.«

Felicity warf ihm einen weiteren scharfen Blick zu und ließ sich dann zufrieden auf die molligen Kissen sinken. Sie sah sich in dem Zimmer um mit den Holzvertäfelungen in der Farbe von dunklem Honig, dem blau-beigen Orientteppich, dem flämischen Gobelin, der einen Kirchtag zeigte. Wenn sie die Augen schloss, dachte sie, könnte sie Max als Jungen sehen, der dieses Zimmer bewohnt hatte.

»Wie war es, an so einem Ort aufzuwachsen?«, murmelte sie.

Max folgte ihrem Blick durch das Zimmer und wusste, dass sie sich an die billigen, abgetakelten Wohnungen erinnerte, wo sie ihre Kindheit verbracht hatte.

»Es fällt mir schwer, mich an Einzelheiten zu erinnern.« Er zuckte mit den Schultern. »Wenn du alles hast, dann nimmt ein sorgenfreies Kind einfach jeden Tag als gegeben hin. Erst wenn etwas passiert …«

Sie sah, wie sich seine Augen mit Erinnerungen verdüsterten, und aus irgendeinem Grund erinnerte sie sich an das Datum, das er im anderen Zimmer in den Tisch geschnitzt hatte, und an das seltsame Gefühl in ihr, als sie es das erste Mal gesehen hatte. »Ist etwas am 21. Juli 1825 passiert?«, fragte sie sanft.

Überrascht blickte er sie an. »Ah, du hast die Initialen gesehen?« Er machte eine kurze Pause, und als er erneut sprach, war seine Stimme flach und leise. »Das war der Tag, an dem meine zwei jüngeren Brüder gestorben sind.«

»Die Jungen, die mit dir zusammen auf dem Porträt sind?«

»Ja, es war nur wenige Monate davor gemalt worden. Ich habe mich so hilflos gefühlt, als sie gestorben sind. Als hätte ich etwas tun können, um es zu verhindern. Als wäre ein Teil von mir mit ihnen gegangen.«

Es war über zwanzig Jahre her, aber er erinnerte sich an das leere, verlorene Gefühl, als wäre es gestern gewesen. Erinnerte sich an seine Hilflosigkeit angesichts der bodenlosen Trauer seiner Mutter. »Ich glaube, deshalb habe ich meine Initialen in den

Tisch geritzt. Ich brauchte etwas Greifbares, um mich daran zu erinnern, dass ich noch immer hier war.«

Felicitys Gedanken eilten zu Gräfin Berg, da ihr weiblicher Instinkt darauf reagierte, wie es sein musste, ein Kind zu verlieren. »Deine Mutter scheint eine so zufriedene, glückliche Frau zu sein. Es ist schwer zu glauben, dass sie eine solche Tragödie erlebt hat.«

»Ich habe sie sagen gehört, dass es das Schlimmste ist, was einer Frau passieren kann. Aber *maman* ist stark. Abgesehen davon glaubt sie fest daran, mit den Karten, die einem das Schicksal austeilt, so gut wie möglich zu spielen.«

Max zog sie an seine Seite und vergrub das Gesicht in Felicitys Haar. Als er spürte, wie sie sich versteifte, lockerte er den Griff und rieb besänftigend mit einer Hand leicht über ihre Schulter. »Ich möchte dich nur ein wenig in den Armen halten.«

Nach und nach lehnte sie sich immer mehr in die Biegung seines Oberkörpers und lauschte seiner weichen Stimme, als er Geschichten aus seiner Kindheit erzählte.

»Max! Felicity!« Ohne zu klopfen, platzte Theo ins Zimmer. »Auf! Kommt schnell!«

Max reagierte automatisch auf Theos alarmierten Tonfall und legte den Arm fester um Felicitys Schultern. »Was ist los?«

»Einer der Wachposten, die *papa* aufgestellt hat, ist gerade hereingeritten.« Theo atmete schwer. »Ein Trupp Reiter nähert sich der Osterburg.«

»Kaiserliche Truppen? Albrecht?«

Theo schüttelte den Kopf. »Der Wachposten war nicht nahe genug, um es sagen zu können. Zumindest einige der Männer waren normale Gendarmen.«

Felicity wurde totenstill. Theos Worte spiegelten die Albträume wider, die sie noch immer jede Nacht aus dem Schlaf schrecken ließen. Aber bei dem Geräusch von laufenden Schritten im Flur sprang sie auf und schirmte Max mit ihrem Körper ab. Ihre Augen waren weit aufgerissen, aber ihre Hände ruhig.

Bea kam um die Ecke gehuscht und stürmte ins Zimmer, die Röcke unbedacht beinahe bis zu den Knien hochgezogen, dicht gefolgt von Ariane mit fliegenden goldenen Haaren. Ihre

Gesichter spiegelten Beunruhigung wider, aber in ihren Augen lag auch ein Funken ausgelassener Aufregung.

»Was ist mit euch allen los? Was seid Ihr langsam! Wie Honig an einem Wintermorgen.« Bea griff nach Felicitys Hand.

Einige Schritte hinter ihr trampelte Philipp, ein rot-weißes Kätzchen in einer Hand und eine Spielzeugkutsche an einer Schnur in der anderen, ins Zimmer. Er grinste die Erwachsenen an. »*Grandmère* hat gesagt, dass wir alle im Kerker spielen dürfen.« Er ließ sein Spielzeug und seinen neuen Spielgefährten los, pflanzte sich zwischen Max und Felicity und griff nach oben, um ihre Hände zu nehmen.

»Was?« Felicity sah sich verwirrt um.

»Kommen Sie mit.« Theo grinste. »Sie werden es gleich verstehen.«

Sie stiegen in der Burg hinunter – über Korridore entlang, Treppen hinunter, durch die Küchen und Lagerräume, bis sie vor einer schweren Tür aus dicken Holzplanken, die mit Eisenstäben verstärkt war, standen. Über der Tür war eine Inschrift in einer ungelenken Kinderhandschrift noch immer lesbar: *Lasst, die ihr eintretet, alle Hoffnung fahren.*

Die beiden Brüder tauschten leicht verlegene Blicke aus, und Max zeigte auf Theo. »Er hat es geschrieben.«

Theo zuckte mit den Schultern. »Das war einer unserer liebsten Orte zum Spielen.«

»Solche blutrünstigen Kerle.« Bea stieß Felicity an. »Meinen Sie nicht auch?«

»An deiner Stelle wäre ich nicht ganz so frech.« Max bedachte seine Schwester mit einem scherzhaft bösen Blick. »Ich kann mich da an das eine Mal erinnern …«

»Schon gut, schon gut«, brachte Bea ihn zum Schweigen. »Kein Grund, alle meine Kindheitssünden aufzudecken.«

»Das reicht jetzt.« Theo winkte sie weiter, und schnell schritten sie den Flur entlang, der von Zellen mit vergitterten Türen gesäumt war. Den Gang entlang waren kleine Fackeln in Eisenringen befestigt, aber sie brannten nicht, und das Licht kam von Öllampen, die an der Wand angebracht waren.

Halb fasziniert, halb entsetzt sah Felicity zu, wie Max und Theo mit der Leichtigkeit jahrelanger Vertrautheit zusammenarbeiteten, bis sich ein Teil der Ziegelmauer geräuschlos zu bewegen begann. Bevor sie etwas sagen konnte, schob Max sie auch schon durch den schmalen Zugang.

Noch während er den Mechanismus betätigte, um die Mauer hinter ihnen zu schließen, legte Max einen Arm um Felicitys Schultern, da er sich an die Nervosität erinnerte, die der Tunnel in Greifenklau bei ihr ausgelöst hatte.

Felicitys Herz begann zu rasen, als der gut geschmierte Mechanismus einrastete. Doch noch bevor sie die Dunkelheit umschließen konnte, hörte sie das Kratzen eines Streichholzes, und Theo zündete zwei dicke Kerzen an und benutzte sie dann, um die Öllampen an der Wand anzuzünden.

Licht breitete sich in der langen, schmalen Kammer aus, und es verschlug Felicity den Atem. Der Raum sah aus wie eine Vision direkt aus einem orientalischen Märchen. Die Wände und der Boden waren mit dicken persischen und türkischen Teppichen bedeckt. Gepolsterte Hocker aus feinem, geprägten Leder und Seidensitzkissen mit Quasten luden ein, sich darauf niederzulassen. Ein Tisch mit einem eingelassenen Schachbrett aus Ebenholz und Elfenbein stand zwischen zwei Hockern, Schachfiguren aus schwarzem und weißem Alabaster nachlässig darauf verteilt.

Einen Augenblick lang hatte Felicity das Gefühl, sich plötzlich in Ali Babas Höhle wiederzufinden. Sie wäre nicht überrascht gewesen, eine Schatztruhe voller Gold und Juwelen zu entdecken. Stattdessen sah sie eine halb vollendete Burg aus bemalten Holzklötzen in der Mitte des Zimmers, und lächelte über dieses Zeichen von Normalität, das in dieser Umgebung so fehl am Platz schien.

»Was ist das hier?« Sie schaute Max an.

»Das weiß niemand so genau«, erklärte er. »Es könnte ein Raum sein, in dem sich Frauen und Kinder während der Türkenkriege versteckt haben. Es gibt eine Legende, dass vor langer Zeit einer unserer Vorfahren seine untreue Ehefrau hier eingesperrt hat. *Maman* hat den Raum auf einem alten Plan der Burg entdeckt, als sie Renovierungsarbeiten durchgeführt haben, und wir haben sie keinen Moment lang in Ruhe gelassen, bis man ihn gefunden hat.«

»Irgendwann verloren unsere blutrünstigen Spiele ihren Reiz.« Theo übernahm. »Also beschlossen wir, es als Kabinett des Vergnügens umzugestalten. *Papas* Diener, Franz, hat uns sogar etwas gebastelt, damit wir den Raum beheizen konnten, als es keinen Spaß mehr gemacht hat, dauernd Gänsehaut zu haben.« Er zeigte auf einen gusseisernen Ofen, der Wärme ausstrahlte.

»Ich kann mir die beiden gut vorstellen.« Bea kicherte und stieß Felicity mit dem Ellenbogen in die Seite. »Wahrscheinlich haben sie vor ihrem Schachspiel gesessen und von Harems geträumt.«

Felicity sah den Blick, den die Brüder austauschten, und dachte, dass sie vermutlich ein wenig mehr getan hatten, als nur zu träumen.

Bea zog ein Kartendeck aus ihrer Rocktasche und schwenkte es. »Kann ich jemanden für ein kleines Spiel von *Vingt-et-un* interessieren, um uns die Zeit zu vertreiben?«

»Nein!«, riefen Max und Theo gleichzeitig.

»Sie ist eine Teufelin«, sagte Theo und schüttelte den Kopf. »Sie gewinnt immer. Wir konnten uns nur noch nicht entscheiden, ob sie eine Hexe ist oder ob sie einfach so geschickt im Schummeln ist.«

Bea verpasste ihrem Bruder einen spielerischen Faustschlag und schob die Karten zurück in ihre Tasche. »Eine typisch männliche Einstellung«, seufzte sie melodramatisch. »Wenn du darin besser bist als sie, wollen sie plötzlich nicht mehr spielen und nehmen an, du schummelst.« Sie warf Felicity einen hoffnungsvollen Blick zu. »Spielen Sie denn?«

Felicity hörte, wie Max Luft holte, um etwas zu sagen, und berührte seinen Arm, sowohl um ihn zu beruhigen, als auch um ihn zum Schweigen zu bringen, und schüttelte nur den Kopf. »Nein, leider.« Irgendwie waren in diesem luxuriösen Märchenzimmer die alten, hässlichen Kindheitserinnerungen von rauchgeschwängerten Räumen und dem klatschenden Geräusch von Karten zu weit weg, um wehzutun.

»Ich werde mit dir spielen«, sagte Ariane und boxte ihre Cousine leicht auf die Schulter. »Ich habe keine Chance gegen dich, Bea, aber ich wette, dass ich genug gelernt habe, um gegen die meisten Männer zu gewinnen.« Sie zuckte mit den Schultern.

»Man weiß nie, wann eine solche Fähigkeit nützlich sein wird, wenn ich einmal das Anwesen meines Vaters verwalte.«

Sie ließen sich auf den Kissen nieder.

»Warum willst du das Anwesen deines Vaters verwalten, Ariane?«, fragte Max.

»Weil er es nicht sehr gut macht«, erklärte sie nüchtern. »Ich werde mich unentbehrlich machen. Dann werde ich nie heiraten müssen.«

»Unsere Cousine glaubt, dass die Ehe Frauen unterjocht.« Theo lachte. »Sie hat offenbar *maman* nicht zugesehen.«

Ariane bedachte ihn mit einem finsteren Blick und ihre violetten Augen blitzten. »Doch, das habe ich, aber ich habe auch meine eigene Mutter gesehen.« Sie machte eine wegwerfende Geste in seine Richtung. »Ich muss mich jetzt konzentrieren.«

Während sich die beiden Mädchen beim Kartenspiel zankten, knabberten die anderen Anisplätzchen und halfen Philipp abwechselnd bei seiner Burg. Ihnen gingen gerade die Holzklötze aus, als sie schwaches Stimmgemurmel hörten, und alle Unterhaltungen erstarben.

»Keine Sorge«, flüsterte Max. »Wir sind hier drin sicher.« Er zog Felicity an seine Schulterbeuge.

Zuerst widersetzte sie sich, da sie sich dabei unwohl fühlte, ihm eine solche Intimität im Beisein seiner Geschwister zu erlauben. Doch als Philipp auf ihren Schoß kletterte und sie dabei an Max drückte, gab sie nach und gestattete sich diese Wonne.

Die Wand am anderen Ende der Kammer bewegte sich, und Gräfin Bergs melodiöse Stimme erklang. »Die Luft ist rein, *mes enfants*.«

Felicity kämpfte sich hoch, Philipp noch immer in ihren Armen.

Die Gräfin trat durch den Eingang. »Es waren nur zwei von Albrechts Lakaien, die von den örtlichen Gendarmen verstärkt wurden.« Sie zuckte mit den Schultern und lächelte. »Sie haben sich vielmals entschuldigt, dass sie uns belästigt haben.«

»Sie müssten die örtlichen Gendarmen kennen, um den Humor in dieser Aussage würdigen zu können.« Theo lachte leise. »Sie alle beten *maman* an.«

»Übertreib nicht, Theo.« Sie griff nach oben, um seine

blonden Locken zu zerzausen, und ihr leichtes Lachen war wie der Klang einer Kristallglocke. Die Gräfin sah auf Beatrix und Ariane hinab, die in ihr Kartenspiel vertieft waren. »Ich sehe, du hast ein williges Opfer gefunden.« Sie schüttelte den Kopf, als Bea mit einem triumphierenden Lächeln zu ihrer Mutter aufblickte. »Ich habe keine Ahnung, wie ich eine solche Spielernatur zur Welt habe bringen können.«

»Wie fühlst du dich, Max?« Sie berührte seinen Arm. »Gut genug, um mit uns zusammen zu Mittag zu essen?« Sie erlaubte sich nur eine flüchtige Berührung, denn sie wollte ihn viel zu fest halten. Sie liebte alle ihre Kinder, aber sie spürte eine besondere Wärme, wann immer sie ihren ältesten Sohn ansah. Vielleicht, weil sie sich so deutlich an die Nacht erinnerte, als er empfangen worden war.

»Sehr gerne.« Max beugte sich hinunter, um sie auf die Wange zu küssen.

Mit einem Lächeln hakte sich die Gräfin bei Felicity ein und führte sie alle nach oben.

Kapitel 15

Der Frühling kam früh, und das Wetter wurde warm. Sie verbrachten lange, sorgenfreie Nachmittage mit der Erkundung der Gegend und vergaßen, dass sie Flüchtlinge waren, deren Uhr jederzeit ablaufen konnte. Einen sonnigen Tag lang waren die Wirklichkeit und Wien weit entfernt.

In ihrer schlichten Tracht waren sie mit Philipp in ihrer Mitte durch die Wiesen und Wälder getollt. Auf einer sonnigen Lichtung in der Nähe eines Bächleins hatten sie eine schlichte Mahlzeit aus Brot, Käse und Wein gegessen. Jetzt ruhten sie sich aus, während eine sanfte Brise durch die kleinen, blassgrünen Blätter der Buchen rauschte. Bienen summten und taten sich an Hahnenfuß, Löwenzahn und winzigen Gänseblümchen gütlich. Das klare Trällern der Amseln hallte von Baum zu Baum wider.

Max lehnte an einem Baumstamm und sah Felicity und Philipp beim Schlafen zu. Wie viel Zeit hatten sie noch, fragte er sich. Er hatte sein Netz gesponnen – eine Liebkosung, ein Kuss, ein Tag nach dem anderen. Würde es ausreichen, um sie zu halten? Oder würde sie ihm durch die Finger gleiten, nicht willig, nicht fähig, diesen letzten Schritt zu uneingeschränktem Vertrauen zu tun?

Langsam rückte er näher und legte sich neben Felicity, bis sie kaum noch eine Handbreit trennte. Er beugte sich noch näher, bis sein Mund beinahe ihre Wange streifte.

»Ich liebe dich.«

Sein Flüstern weckte sie nicht auf, doch sie drehte den Kopf zu ihm, und ihre Mundwinkel hoben sich, als hätte sie seine Worte verstanden. Bald, dachte Max. Bald würde es soweit sein.

Er schob seinen Arm unter ihren Kopf und zog sie an sich. Ihre Wärme, ihr Duft hüllten ihn ein, und er verspürte, wie Erregung ihn erfasste. Er schmiegte sie noch fester an sich, bis er beinahe glauben konnte, dass sie Geliebte waren. Dann schlief auch er ein.

Felicity trieb in jenem schattenhaften Reich zwischen Wachsein und Schlaf, in dem sich Traum und Wirklichkeit subtil vermischten.

Sie atmete ein und stellte fest, dass die Frühlingsluft nach Max duftete. Sie vergrub das Gesicht in ihrem Kissen und stellte fest, dass es sich wie Max' Haut anfühlte. Die Brise, die ihr Ohr streichelte, war warm und feucht wie Max' Atem. Sie lächelte und tauchte wieder unter.

Eine sanfte Welle brachte sie wieder an die Oberfläche und schloss sie in einem weichen Kokon ein, in dem sie sich warm und behütet fühlte. Vogelgezwitscher lockte sie noch weiter aus dem Schlaf, und sie streckte sich. Plötzlich wurde sie schlagartig hellwach, als die Wärme ohne Vorwarnung kalt und bedrohlich wurde und ihr einen Schauer über den Rücken trieb. Sie versuchte abzurücken, aber Max' Hand blieb auf ihrem Rippenbogen, wo seine Finger die Rundung ihrer Brust nachformten.

Sie versuchte, sich zu bewegen, stellte aber fest, dass sie festgehalten wurde. Ihre Atemzüge wurden unregelmäßig und drückten ihre Brust gegen Max' Finger. Verzweifelt bemühte sie sich, ihre Atmung zu beruhigen, aber sie atmete nur noch heftiger ein und aus, was wiederum den Druck verstärkte. Sie versuchte, ihn wegzustoßen, und ihr Kopf fiel nach hinten, sodass sie auf einmal Max ins Gesicht sah.

Er schlief. Als sie diese Erkenntnis ereilte, beruhigten sich ihre fahrigen Bewegungen. Ohne zu verstehen warum, begann sie, sich zu entspannen. Max' Hand fühlte sich nicht länger wie eine Bedrohung an, sondern war warm und vertraut, und Felicity gab sich der Berührung hin.

Max erwachte eingehüllt in Wohlbefinden. Nach und nach wurden ihm seine Sinneswahrnehmungen bewusst. Der Duft von Jasmin. Ein weicher, sanft nachgebender Körper. Auch wenn sein Herz in einer seltsamen Mischung aus Erregung und Besorgnis zu hämmern begann, behielt er seine Hand, wo sie war, und öffnete die Augen.

Alles, was er sehen konnte, waren Felicitys Augen, dunkel und so groß, dass er sein eigenes Spiegelbild in ihnen entdecken konnte. Sorgfältig suchte er nach der Angst, die er so oft gesehen hatte. Aber er fand keine Spur davon.

Langsam atmete er aus. »Ich habe lange gewartet, um dich so zu berühren.« Er hauchte ihr einen Kuss auf den Mund. »Du bist sehr weich.«

Felicity starrte Max in die Augen, unfähig, sich zu rühren. Eine Wärme, eine Sehnsucht begannen, sie zu durchströmen. Wie von selbst bewegte sie sich ihnen entgegen. Als sich dadurch der Druck von Max' Fingern auf ihrer Brust verstärkte, stockte ihr der Atem.

»Willst du, dass ich meine Hand wegnehme?« Während er sprach, bewegte sich sein Daumen – nur eine Spur – entlang der weichen Kurve.

Sie machte eine leichte Bewegung mit dem Kopf, die sowohl ein Ja als auch ein Nein hätte sein können, doch ihre Lippen öffneten sich, als diese winzige Liebkosung das Ziehen in ihr erhöhte, bis es auf dem schmalen Grat zwischen Lust und Schmerz wandelte.

Max setzte sich gegen den Baum auf, zog Felicity mit sich hoch und drückte sie an seinen Oberkörper. Er sah, wie ihr Blick nach unten huschte, wo seine Hand lag.

»Ja«, flüsterte er. »Das ist gut so. Sieh hin.« Er drückte einen Kuss auf das Haar an ihrer Schläfe. »Es bin nur ich, der dich berührt. Und du weißt, dass ich dir nicht wehtun werde.« Er spürte, wie sich ihr Herzschlag unter seiner Hand beschleunigte, und sein eigenes Blut begann zu pulsieren. »Das weißt du doch, nicht wahr, mein Schatz?«

»Ja.«

»Fühlt sich meine Hand gut an, Liebes?«

Ihr Kopf senkte sich zu einem winzigen Nicken, aber er war nicht zufrieden.

»Ich habe dich nicht gehört«, drängte er.

»Ja.« Ein Seufzen begleitete das geflüsterte Wort.

Sein Daumen bewegte sich erneut und wanderte die sanfte Rundung weiter hinauf.

Felicity sah zu, wie seine Hand sich bewegte, dunkel auf dem weißen Leinen ihrer Dirndlbluse. Sie hatte Angst, aber ihre Angst hatte nichts mit der Angst gemein, die sie zuvor verspürt hatte. Die Angst, mit der sie so lange gelebt hatte. Jetzt hatte sie Angst vor Gefühlen und Bedürfnissen, die sie nicht erklären konnte. Angst vor dem lustvollen Rausch, bei dem sich ihre Brust anspannte, bis die Knospe gegen den enganliegenden Stoff drückte.

Max hielt den Atem an, als sein Daumen sie streichelte. Seine Aufmerksamkeit war völlig auf Felicitys Reaktion gerichtet, während er seine Hand ganz langsam nach oben bewegte. Für die Dauer eines Herzschlages streifte sein Daumen die Kuppe. Er hörte, wie sie scharf Luft holte, und seine Hand hielt still.

»Willst du, dass ich aufhöre?«

»N-nein.« Erneut stockte ihr der Atem. »Hör nicht auf.« Diese kurze Liebkosung hatte Wellen ausgelöst, die in endlosen Kreisen durch sie strömten und Gefühle entfachten, die sie nicht benennen konnte. Sie sah zu, wie sich seine Finger bewegten. Langsam. Ganz langsam. Zu langsam. In einer instinktiven Bewegung drückte sie sich seiner Handfläche hingegen, sodass er ihre Brust zur Gänze umfasste.

Plötzlich wurde ihr ganzer Körper von einer Hitzewelle eingehüllt, die so intensiv war, dass sie sich fühlte, als ob er sie in Brand gesteckt hätte. Ihre Augen schlossen sich, und ihr Kopf legte sich an Max' Hals. Feuer brandete durch sie. Dann wurde das Glühen geklärt, bis es sich in ihrem Schoß verquickte, und sie presste die Schenkel gegen die Flammen zusammen.

Verwirrt, desorientiert von den Gefühlen, die seine Berührung ausgelöst hatte, regte sie sich. Ihre Bewegung brachte sie noch näher an ihn und drückte sie fest an die Biegung seines Körpers.

Als ihr Gesäß in intimem Kontakt mit seinem erregten Geschlecht kam, hielt Felicity still.

»Sch, Liebling«, flüsterte er. »Ich werde dir nicht wehtun.« Er rieb in sanften Kreisen über ihren Rücken und ihre Schultern. Sie versuchte, sich wegzudrehen, und obwohl seine Hände von ihr abließen, um sie freizugeben, hauchte er: »Bleib.«

Der schlichte Reiz dieses einen Wortes hielt ihre Flucht auf. Er hatte ihr so viel gegeben. Konnte sie ihm nicht dies geben, fragte sie sich. Langsam ließ sie sich wieder gegen ihn sinken.

Max unterdrückte ein Stöhnen, als Felicity sich wieder an ihn drückte. Die einzigen Barrieren zwischen ihnen waren seine Hose und das dünne Leinen ihres Dirndls, und diese Nähe war beinahe mehr, als er ertragen konnte.

Er legte die Arme um sie und verschränkte sie direkt unter ihren Brüsten. »Ich begehre dich, Felicity. Es wäre sinnlos, es zu leugnen.« Er unterstrich seine Worte mit Küssen entlang ihrer Wange. »Aber meine Liebe für dich ist größer als mein Verlangen nach deinem Körper.«

Felicity lauschte der Melodie seiner Stimme neben ihrem Ohr und fragte sich, wie lange er damit zufrieden sein würde, sie einfach nur zu halten. Sie verstand mittlerweile, dass er sie nie grob und achtlos wie Charles Foster nehmen würde. Aber wann würde der Tag kommen, wenn seine Bedürfnisse einfach zu groß wurden, um sie zu ignorieren? Würde er sie nehmen oder würde er einfach Zuflucht bei einer willigen Frau suchen? Sie schloss die Augen gegen den Schmerz dieses letzten Gedankens.

Und was wäre, wenn sie ihm gäbe, was er wollte? Der Gedanke schoss wie ein Blitz durch sie. Dann würde sie, wenn sie in ihr eigenes leeres Leben zurückkehrte, zumindest die Befriedigung haben, ihm das Geschenk gegeben zu haben, das er so sehr wollte.

Sie spürte, wie Max' Mund ihre Wange entlangstrich, und wandte sich seinem Kuss zu.

»Stell dir nur vor, *maman*, Felicity ist schon seit Wochen auf der Osterburg und hat erst jetzt gestanden, dass sie zur Hälfte

Österreicherin und zur Hälfte Italienerin ist.« Beas Augen funkelten schelmisch, als sie Felicity mit einem tadelnden Finger bedachte. »Und ich dachte, ich würde eine amerikanische Schwägerin bekommen.«

Die Gräfin sah, wie Felicitys Hand zwischen dem Schälchen mit Crème Caramel und ihrem Mund innehielt, und verfluchte das lose Mundwerk ihrer Tochter. »Das war mir nicht bewusst, meine Liebe.« Sie wartete, bis Felicity von ihrem Teller aufblickte, und sandte ihr eine Entschuldigung mit ihren ausdrucksstarken Augen. »War Ihre Mutter Österreicherin?«

Felicity schluckte den Kloß hinunter, den Beas achtlose Worte in ihrer Kehle hatten aufsteigen lassen. »Nein, meine Mutter war Carlotta Viviani. Vielleicht haben Sie sie singen gehört.«

»Carlotta Viviani? Aber natürlich.« Das Lächeln von Gräfin Berg wurde breiter. »Während der Anfangszeit unserer Ehe haben wir sie oft in Wien gehört. Erinnerst du dich, Nando?« Sie bedachte ihren Mann mit einem Lächeln, ehe sie sich wieder Felicity zuwandte. »Sie war ganz reizend und ihre Stimme war Ihrer sehr ähnlich.«

Felicity war nicht in der Lage, die Erinnerung der Gräfin nachzuvollziehen, also nickte sie einfach nur. Sie erinnerte sich an ihre Mutter nur als müde, kranke Frau, die den Verlust ihrer Stimme tief betrauert und sich mit Essen und, wenn sie es sich leisten konnte, Laudanum getröstet hatte.

»Wie kommt es dann, dass Sie einen so englisch klingenden Namen haben?

Max erkannte Felicitys missliche Lage und übernahm die Erklärung für sie. »Felicitys Vater war Graf Johann Allendorf. In Amerika hat er seinen Namen zu Allen abgekürzt. Es ist eine lange Geschichte«, sein drohender Blick über den Tisch sagte allen, dass sie niemanden etwas anging, »aber sie hat den wahren Namen ihres Vaters nicht gekannt, bis sie nach Wien kam. Mir war klar, wer sie war, als sie sich nach dem Anwesen der Allendorfs, Greifenklau, erkundigte.«

Die Gräfin erhob sich, zog ihren Stuhl ganz ungezwungen herüber, sodass sie neben Felicity Platz nehmen konnte. »Wie hat mir die Ähnlichkeit nur entgehen können?«, verkündete sie, als sie

Felicitys Gesicht anhob. »Ich erinnere mich sehr gut an Ihren Vater. Da war dieses eine Mal …« Sie kicherte mädchenhaft und warf ihrem Mann einen Seitenblick zu. »Nando, erinnerst du dich an den Maskenball, auf dem ich das Kostüm trug, das ich von den Zigeunern erstanden hatte?«

»Oh ja.« Seine ruhige Antwort strafte den Funken Lügen, der in den Augen des Grafen plötzlich aufblitzte.

»Ich zerrte die arme Lulu von einem Tanz mit Graf Allendorf weg, um sie dir nachzuschicken.« Sie sah wieder zu Felicity. »Sie war ein wenig erbost und hat gesagt, dass Ihr Vater einer der wenigen Männer in Wien wäre, der intelligente Frauen nicht verabscheute.«

Erbleichend starrte Felicity die Gräfin an. »Haben Sie gerade Lulu gesagt?« Ihre Hände umklammerten die Tischkante. »Mein Vater hat auf seinem Totenbett von einer Frau namens Lulu gesprochen. Hat mein Vater sie … gut gekannt?«

Die Gräfin legte den Arm um Felicitys Schultern. »Ich nehme an, so gut wie alle anderen. Lulu hatte eine scharfe Zunge, kokettierte gern und war nicht gewillt, ihre Freiheit gegen die Ehe einzutauschen.«

»Wie lautet ihr Familienname?«

»Gräfin Lulu Thurnheim. Sie lebt jetzt abgeschieden in einem von Wiens Außenbezirken.« Gräfin Berg schüttelte den Kopf. »Ich fürchte, sie hat sich im Laufe der Jahre sehr verändert.«

Mit wenig Freude im Herzen nahm Felicity die volle Tragweite der Erzählung der Gräfin auf. Jetzt hatte sie die letzte Information, für die sie nach Wien gekommen war. Sie musste Versprechen einhalten, erinnerte sie sich selbst. Jetzt hatte sie keine Ausrede mehr, noch länger auf der Osterburg zu bleiben, was nur den unvermeidlichen Abschied hinauszögerte. Selbst ohne diese Neuigkeiten war Beas sorglose Bemerkung heute Abend Beweis genug, dass es Zeit war zu gehen. Bald würden Max' Eltern fürchten, sich eine Schwiegertochter einzuhandeln, die sich ihren Lebensunterhalt auf einer Bühne verdiente, und sie würde ohnehin nicht länger willkommen sein.

Sie stand auf und stützte sich an der Tischkante ab. »Bitte entschuldigen Sie mich«, flüsterte sie. »Ich fühle mich unwohl.«

Schnell, während sie noch stehen konnte, lief sie aus dem Zimmer.

Max erhob sich, um ihr zu folgen, aber seine Mutter erwischte ihn an einem seiner Rockschöße. »Lass sie gehen, Max. Sie wird weinen, und, glaub mir, deine Gegenwart nicht schätzen.«

»Ich habe Angst, dass sie davonläuft!« Max bedachte seine Mutter mit einem finsteren Blick.

Die Gräfin schenkte ihrem Sohn ein Lächeln, das ihn sowohl beruhigen als auch herausfordern sollte. »Dann wirst du einfach etwas dagegen unternehmen müssen, mein Lieber.« Sie nahm seine Hand und drückte sie. »Lass sie nur zuerst in Ruhe weinen.«

Felicity saß auf der Brüstung eines Turms auf der anderen Seite der Burg und verabschiedete sich still und heimlich von der Osterburg. Stimmen, Gelächter, Liedfetzen, der Klang einer Fiedel, das Zupfen auf einer Zither. All diese Laute trieben auf einer milden Brise vom Dorf hoch. Bald würden alle hinuntergehen, um mit den Dorfbewohnern das Maibaumfest zu feiern.

Die wenigen Dinge, die sie zur Osterburg mitgenommen hatte, waren bereits gepackt. Heimlich hatte Paddy ihre Kutsche aus dem Burgstall geholt und in einer alten Scheune am Rande des Dorfes versteckt. Ihr Abschiedsbrief an Max war geschrieben. Jetzt blieb nur, Max das Geschenk zu geben, auf das er schon so lange wartete.

Sie ließ die Tränen, die zu fließen begonnen hatten, ungehindert über ihre Wangen laufen. Besser jetzt als später, dachte sie. Heute Nacht wollte sie für Max nur lächeln. Wenn er später einmal an sie dachte, sollte er sich nicht an Tränen erinnern.

Als Manon damit fertig war, die Reihe mit den winzigen Silberknöpfen auf ihrer steirischen Festtagstracht aus altrosa Brokat zu schließen, sah sich Felicity im Standspiegel an. Ihr Haar war zu einem aufwändigen Knoten auf ihrem Hinterkopf hochgesteckt und zwei Korkenzieherlocken tanzten frech an jeder Wange. Sie hatte die Ringe unter ihren Augen überschminkt und ein wenig Rouge auf ihre Wangen aufgetragen, die von zu vielen Tränen und zu wenig Schlaf blass waren.

Manon legte einen Arm um ihre Taille und erwiderte ihren Blick im Spiegel. »Wirst du es schaffen?«

Mit einem Lächeln, das viel zu fröhlich war, löste sich Felicity energisch. »Hör auf, mich zu bemuttern, Manon. Sonst fange ich zum Weinen an und mach mich zum Narren.«

»Bist du sicher, dass das nicht genau das ist, was du tust?«

»Wovon redest du da?« Sie verschränkte ihre Hände.

»Er liebt dich.«

»Na und?« Ihre Knöchel wurden weiß.

»Er ist ein guter Mann. Und er will dich heiraten.«

»Sag bloß nicht, dass ausgerechnet du, Manon, eine Fürsprecherin für Männer und die Ehe geworden bist«, spottete Felicity und ignorierte den Unterton von Verzweiflung in ihrer brüchigen Stimme. »Wo ist dein gesunder Menschenverstand, auf den du immer so stolz warst?« Sie wandte sich um und ging zum Fenster, um mit einer Quaste zu spielen, die die Vorhänge zusammenraffte.

»Spiel mir nicht die Zynikerin vor.« Manons Stimme war scharf. »Ich weiß, dass du ihn liebst. Ich habe dich nachts oft genug weinen gehört. Ich habe gesehen, wie du ihn ansiehst.«

Felicity richtete sich gerade und sah über ihre Schulter. »Ja, Manon, ich liebe ihn. Und genau deshalb werde ich ihn nie heiraten können.«

»Ich kann deiner Logik nicht folgen.«

»Nein?« Felicity wirbelte herum. »Angenommen, er liebt mich wirklich so sehr, zu tolerieren, dass ein anderer mich jahrelang benutzt hatte. Angenommen, er liebt mich so sehr, dass es ihm egal ist, dass ich mein Geld auf der Bühne verdiene. Angenommen, er heiratet mich.« Sie begann, auf und ab zu laufen und verschränkte dabei ständig die Hände und löste sie wieder. »Was glaubst du, wie lange es dauern wird, bis er aufhört, mich zu lieben, wenn er jedes Mal, wenn er mit mir im Bett ist, in meinen Augen die Erinnerungen an einen anderen Mann, der über mir keucht, sieht.« Ihre Stimme begann zu zittern. »Was glaubst du, wie lange es dauern wird, bis er aufhört, eine Frau zu lieben, die von den Menschen seines Standes gemieden wird, weil eine Frau, die einmal auf der Bühne gestanden hat, sich kaum von einer Dirne unterscheidet? Ich bin nur solange der Liebling von Wien, solange ich Felicity Allen bin. Sie würden mir nie verzeihen, wenn ich Felicity von Berg werde.«

Felicity spürte, wie Tränen in ihr aufstiegen. Sie presste die Hände an ihre Mitte und atmete tief ein. »Ich habe lieber die Erinnerungen an die wenige Zeit, die ich mit ihm hatte, als den Rest meines Lebens neben ihm zu verbringen und zu sehen, wie sich die Liebe in Verachtung verwandelt.«

Ein Klopfen an der Tür ließ sie den Kopf herumreißen. »Einen Moment noch.«

Sie lief zu Manon und nahm sie an beiden Händen. »Oh, Manon, wünsch mir Glück.« Ihre Stimme war atemlos, ihre Augen glänzten.

Manon küsste sie auf beide Wangen. »*Bonne chance, chérie.*«

Max beugte sich hinunter und strich mit den Lippen über Felicitys Hals. Einen Moment lang schloss er die Augen und atmete ihren Duft nach Jasmin und Felicity ein. Er legte die Arme um sie und zog sie an seine Seite.

Bei der zärtlichen Geste beschleunigte sich ihr Puls, und Felicity lächelte Max über ihre Schulter an. Sie hatte festgestellt, dass es trotz der Tränen in ihrem Herzen gar nicht schwierig war zu lächeln. Vielleicht, weil sie ihm das Geschenk der kommenden Nacht so sehr geben wollte.

Max nahm einen Kelch mit dem goldenen Sämling, der aus den Berg-Weingärten in der Südsteiermark kam, und hielt ihn an Felicitys Lippen.

Sie nahm einen winzigen Schluck und schob sanft seine Hand zur Seite. »Kein Wein mehr, Max.« Sie lehnte den Kopf an seine Schulter und sah zu ihm hoch. »Ich möchte heute Nacht einen klaren Kopf haben.«

Bei der aufreizenden Einladung in Felicitys Augen stockte

Max der Atem. Er vergaß völlig die Leute um sie, nahm sie an den Schultern und drehte sie zu ihm herum.

»Was sagst du da, Liebes?«

Felicity legte die Hände leicht auf seine Taille. »Ich sage Ja.«

Max spürte, wie sein Blut zu pochen begann. Da er sie begierig an sich drücken wollte, hielt er sie bedächtig von seinem Körper entfernt. »Warum?«

Felicity hob die Hände und umfasste sein Gesicht. »Weil es Zeit ist.«

Max lehnte die Stirn an ihre, schloss die Augen und kämpfte um die Beherrschung, die ihm rasch entglitt. Seine Hände wanderten von ihren Schultern zu ihrem Hals und seine Daumen streiften sanft über den unregelmäßigen Puls in der Grube ihres Halsansatzes.

Sie standen am Rand der Menge, und Max trat zurück in den Schatten der Bäume und zog Felicity mit sich. Vom Licht abgewandt waren ihre Augen riesig und nahezu schwarz, und er sah, wie Erregung mit Spuren dieser alten Angst rang, die er so gut kannte. Plötzlich spürte er Zweifel im Nacken sitzen.

Seine Hände ließen von ihr ab. »Bist du dir ganz sicher, Felicity? Selbst wenn ich dich nicht gerade berühre?«

Felicity machte einen Schritt zurück. Dann einen weiteren. Dann hielt sie ihm die Hand hin. »Komm mit.«

Er nahm ihre Hand in seine. Sie war warm und trocken und ruhig. Er war geduldig gewesen, dachte Max. Geduldiger, als er je gedacht hätte. Jetzt war die Zeit gekommen, um herauszufinden, ob diese Geduld tatsächlich Früchte getragen hatte.

»Ich kann dir nicht versprechen, dass ich keine Angst haben werde, Max.« Ihr Blick wanderte über sein Gesicht. »Ich kann dir nur alles versprechen, was ich zu geben habe.«

Eine Welle der Zärtlichkeit und Dankbarkeit durchlief ihn, und er hob ihre Hand an seine Lippen und küsste eine Fingerspitze nach der anderen. Dann, den Blick weiterhin auf sie gerichtet, drehte er sie um und drückte seine Lippen auf ihre Handfläche.

Als er den Mund öffnete, strömte sein warmer, feuchter Atem wie eine sinnliche Welle über ihre Handfläche. Als seine

Zungenspitze ihre Haut berührte, spürte Felicity, wie ihre Knie weich wurden.

Ihr entkam ein leiser Laut, während seine Zunge mit ihrer Handfläche spielte und sie legte ihre freie Hand auf seine Hüfte, um sich abzustützen. Das Herz hämmerte in ihrem Brustkorb, und ihr Blut begann sich zu regen. »Was machst du da?«, flüsterte sie.

»*Je fais l'amour avec toi.*« Er drückte einen weiteren Kuss auf ihre Handfläche. »Aber das ist nur der Anfang.«

Sie sprachen nicht miteinander, als sie Hand in Hand den Hügel zur Burg hinaufstiegen. Als Max die Tür zu seinen Gemächern hinter ihnen schloss, lief ihm ein Schauer der Angst über den Rücken. Was, wenn er ihr wehtat? Was, wenn er ihr nicht geben konnte, was sie brauchte?

Felicity sah, wie sich die Zweifel in seinen Augen widerspiegelten, und legte ihm eine Hand an die Wange. »Was ist los, Max?«

»Ich habe Angst.« Er drehte den Kopf, um einen Kuss auf ihren Daumen zu hauchen. »Ich habe Angst, dich zu enttäuschen.«

Obwohl er es nicht wusste, gab es nichts, das er hätte sagen können, um Felicitys Nerven besser zu beruhigen. Da sie ihre Sorge auf Max und seine Zweifel richten konnte, wichen ihre eigenen Ängste zurück, bis sie sich kaum noch an deren Existenz erinnerte.

Sie schüttelte den Kopf, trat näher und drückte ihn gegen die Tür an seinem Rücken. »Küss mich.«

Max umfasste ihren Kopf mit beiden Händen und senkte den Mund auf ihren. Erwartungsvoll öffnete sie die Lippen, doch statt ihren Mund zur Gänze in Besitz zu nehmen, fuhr er mit der Zunge ihre Lippen nach. Immer wieder streifte seine Zunge über ihren Mund. Als ihr Atem an seinen Lippen zu stocken begann, glitt er hinein.

Seine Hände wanderten nach unten – über ihren Hals, ihre Schultern, ihren Rücken und zogen sie näher, bis sie an ihn geschmiegt war.

Als sein erregter Körper ihren Bauch berührte, versteifte sich Felicity für den Bruchteil einer Sekunde. Dann beruhigte, beschwichtigte er sie mit Händen und Mund, und sie entspannte sich an ihm.

Seinen Mund noch immer auf ihrem hob Max sie hoch und trug sie ins Schlafzimmer. Er ließ das Bett links liegen, ging stattdessen zum Kamin, ließ sich auf einem Knie nieder und legte Felicity vorsichtig auf einen dicken Teppich aus Bärenfell.

»Ich bin gleich wieder da.«

Überrascht öffnete sie die Augen. Sie hatte sein Verlangen gespürt und nicht erwartet, dass er hinauszögerte, sie zu nehmen. Sie drehte sich auf die Seite, legte eine Hand unter die Wange und folgte seinen Bewegungen. Er nahm einige Kissen vom Sofa und brachte sie zurück zu dem Fellteppich, auf dem sie lag. Mit einer Hand hob er ihren Kopf, schob ein Kissen darunter und steckte ihr zwei weitere in den Rücken.

Erneut erhob er sich. Er musterte Felicity eindringlich, während er seinen Rock auszog, sich die Schuhe von den Füßen trat und sich seines lose geknoteten Halstuches entledigte. Langsam näherte er sich dem Teppich, wo sie lag. Langsam legte er sich an ihre Seite.

Er streckte die Hand nach ihr aus und begann, sie mit seinem Mund zu lieben. Seine Lippen wanderten über sie und suchten all die geheimen Stellen auf, von denen er wusste, dass sie ihr Lust bereiteten. Immer wieder nahm er Besitz von ihrem Mund. Als sie unter seinen Küssen ganz anschmiegsam geworden war, nestelten seine Finger am obersten Knopf ihres Mieders. Er spürte das leichte Stottern in ihrem Atem mehr, als er es hörte. Da er nicht wusste, ob es Angst oder Erregung war, lehnte sich Max zurück und wartete darauf, dass Felicity die Augen öffnete.

»Versprichst du mir etwas, Liebes?«

Sie nickte.

»Sagst du mir, wenn du willst, dass ich aufhöre?« Er fuhr ihre Unterlippe mit seinem Daumen nach, beugte sich dann vor und folgte der Kurve mit seiner Zunge. »Ganz egal, wann dieser Augenblick eintritt.«

»Ja.« Sie hauchte das Wort in seinen Mund.

Wieder nahm er Besitz von ihrem Mund, und während seine Lippen ihren Zauber wirkten, öffneten seine Finger die Reihe von silbernen Knöpfen auf ihrer Tracht. Er zog den weichen Brokat auseinander, senkte den Kopf und streifte mit den Lippen über die Haut am Rand des Seidenunterkleides, das sie trug.

Felicity bewegte sich auf dem weichen Fell des Teppichs. Es war, als könnte sie nicht stillliegen. Als ob allein seine Küsse ihren Körper ruhelos gemacht hätten. Sein Mund war überall – auf ihrem Gesicht, ihrem Hals, hinter ihren Ohren. Es wurde kühl auf ihren Schultern, als er ihr das Kleid auszog, sie dabei mühelos mit einer Hand hochhob, während er die Tracht mit der anderen herunterzog. Noch bevor sich Angst in ihrem Bewusstsein breitmachen konnte, küsste er sie wieder, bis all die Empfindungen ihr Blut durch ihre Adern rauschen ließen.

Sein Mund noch immer auf ihrem zog er ihre Hände zur Vorderseite seines Hemdes. Sie verstand zwar, worum er sie bat, zögerte aber. Dann berührte er sie. Seine Hand, die leicht auf ihre Hüfte geruht hatte, glitt nach oben, und der Daumen streifte die Unterseite ihrer Brust. Dann wanderte sie in einem großen Bogen weiter und legte sich auf ihr Kreuz. Seine Hand hielt still und wärmte die Seide zwischen seiner Handfläche und ihrer Haut, aber seine Finger bewegten sich, streichelten, bis sie sich wie eine Katze bewegte, die jede einzelne Berührung genoss.

Sie war sich kaum bewusst, was sie tat, als ihre Finger sein Hemd aufknöpften. Als das weiche, weiße Leinen auseinanderklaffte, streiften ihre Hände seine Haut. Ohne nachzudenken, einfach weil sie ihn plötzlich berühren musste, legte sie ihre Handflächen auf seine Brust.

Während jener Tage, nachdem er verwundet worden war, hatte sie ihn so oft berührt. Warum fühlte er sich jetzt so anders an, fragte sie sich. Seine Haut war heiß und feucht und schien zu vibrieren mit dem Blut, das darunter rauschte.

Als sich ihre Hände auf Entdeckungsreise begaben, gab Max ein leises Geräusch tief in seiner Kehle von sich und wölbte sich unter ihrer Berührung auf. Da sie glaubte, ihm wehgetan zu haben, hielten ihre Hände still.

»Bitte. Hör nicht auf«, flüsterte er in ihren Mund. »Ich habe so lange darauf gewartet, deine Hände auf meiner Haut zu spüren.«

Da er Ablenkung von der Lust brauchte, die ihre Hände auf seiner Haut auslösten, bewegte er seinen Mund über die zarte

Kurve ihres Halses zu ihrer Schulter und schob mit den Lippen den Träger ihres Unterkleids beiseite. Doch statt ihn abzulenken, erhöhte das nur seinen Sinnenrausch. Max hatte Angst, dass er zu schnell vorging, also rückte er von ihr ab und legte sich auf den Rücken, wobei sich seine Brust rasch hob und senkte.

Felicity betrachtete Max, der mit halb geschlossenen Augen dalag, sein Mund ganz feucht von ihren Küssen. In diesem Moment erinnerte sie sich nicht länger daran, dass sie nur hier war, weil sie ihm ihren Körper schenken wollte. Stattdessen stellte sie fest, dass auch sie Sehnsüchte hatte.

»Max, ich will …«

Er wandte sich ihr halb zu. »Was willst du, Liebes?«

Plötzlich schüchtern fiel Felicitys Blick nach unten, wo ihre Hand, so klein und blass, auf der goldenen Haut seiner Brust lag. Ihre Finger bewegten sich, während sie nach den Worten suchte, um die Bedürfnisse zu beschreiben, die in ihr pulsierten. »Ich weiß es nicht.« Ihr Blick huschte zurück zu ihm. »Hilf mir.«

Max griff nach ihr und zog sie zu sich hinunter. »Kommst du jetzt mit mir ins Bett, Liebes? Lass es mich dir zeigen.«

Ihre Antwort lag in ihren Augen, und zum zweiten Mal in dieser Nacht hob er sie hoch und wiegte sie in seinen Armen. Nachdem er sie aufs Bett gelegt hatte, setzte er sich auf die Kante und griff nach den Verschlüssen ihres Unterkleids.

Sie sah, wie seine Augen rauchig vor Verlangen wurden, doch es wurde von Zärtlichkeit gebändigt. Er würde ihr nicht wehtun, versicherte sie sich selbst. Sie hielt sich an diesem Gedanken fest, als sie der seltsamen, ruhelosen Hitze nachgab, die durch sie pulsierte. Das Aufblitzen von Angst, von Zweifel wurde verbannt, bis es nur noch ganz am Rande ihres Bewusstseins flackerte.

Felicity konzentrierte sich auf sein Gesicht statt auf das letzte Kleidungsstück, das er mit solch gnadenloser Geschicklichkeit von ihrem Körper entfernte, und begann, sich wieder zu entspannen. Seine Augenbrauen waren wie in tiefster Konzentration zusammengezogen, doch sein wunderschöner Mund lächelte sanft. Das war es, was sie gewollt hatte, wiederholte sie, aber der Gedanke löste sich in einer Wolke der Wonne auf, als sich seine Hände auf ihre Taille legten.

»Du bist so schön. So unglaublich liebreizend.« Er beugte sich hinunter und gab ihr einen weichen, verträumten Kuss, der voller Versprechen war. Dann, weil ihr kleiner, zierlicher Körper ihn lockte, glitt sein Mund nach unten.

Felicity stöhnte leise, als er mit einem Puls tändelte, der in einem ungleichmäßigen Rhythmus trommelte, doch sein Mund war bereits weitergewandert. Max schob die Hände unter ihren Rücken, hob sie seinem Mund entgegen und kostete vorsichtig die Unterseite ihrer Brust. Der winzige Laut, den sie von sich gab, sprach von Lust, und er lächelte, als sein Mund ihre Haut streifte.

Seine Hand strich über ihren Bauch und hinterließ ein Flammenmeer, und Felicity wölbte sich ihm entgegen und bat wortlos um mehr. Doch als sich seine Hand über der Wölbung schloss, die ihr Inneres schützte, flogen ihre Lider auf und automatisch rückte sie von ihm ab mit einer sich beschützenden Geste.

»Sch, Liebes.« Max nahm die Hand weg und beschwichtigte sie mit einem sanften Kuss. »Nichts wird geschehen, außer du willst es.«

Felicity schloss die Augen vor den Tränen, die in ihr aufstiegen. Sie hatte sich versprochen, dass sie ihm alles geben würde, alles, was er wollte, was er brauchte, und jetzt nahm sie dieses Versprechen zurück, noch bevor sie angefangen hatte. Sie erschauerte plötzlich, da Max' Hände sie nicht mehr wärmten.

Doch dann berührte er sie erneut, als er einen Arm unter ihre Schultern schob und sie sanft auf die Kissen hochzog. Sie öffnete die Augen, als er sich neben ihr sinken ließ und sie an sich zog.

»Es tut mir leid.«

Max schüttelte den Kopf und brachte sie mit seinem Mund zum Schweigen, küsste sie, bis er spüren konnte, wie sie wieder anschmiegsam wurde. Er legte seine Hand auf ihre Mitte und spürte, wie ihr Bauch unter seiner Handfläche flatterte. Langsam begann er, seine Hand in winzigen Kreisen zu bewegen, die sowohl beruhigen als auch erregen sollten.

»Mach die Augen auf, Liebes.«

Er hob die Hand und neigte ihren Kopf, sodass ihr Blick auf ihren Körper gerichtet war. »Sieh mir zu, wie ich dich berühre, Felicity«, flüsterte er. »Dann kannst du sehen, dass nur ich es bin.

Und du kannst jederzeit sagen, dass ich aufhören soll.« Er drückte ihr einen Kuss aufs Haar. »Tust du das für mich?«

Ein Schauer, der genauso sehr der Vorfreude wie auch der Angst geschuldet war, durchlief sie, doch als sie »Ja« flüsterte, war ihre Stimme ruhig und sicher.

Kapitel 16

Max' Hand glitt nach unten, und sanft umfasste er Felicitys Brust, als wollte er sie wiegen. Er beobachtete sie genau, während er seinen Daumen über die Rundung gleiten ließ, bis er die Wölbung ihres Brustansatzes einmal, zweimal, ein drittes Mal berührte. Mit einem Seufzen der Wonne, der Einladung, streckte sie sich seiner Hand entgegen, und Max ließ den Atem entweichen, den er in Erwartung angehalten hatte.

Er wiederholte das kleine Spiel immer wieder, bis ihr Körper sich nicht länger stillhalten konnte. Ihre Haut wurde feucht, und er beugte den Kopf zu ihren Brüsten, um den Duft der erwachenden Leidenschaft einzuatmen. Dann wanderte seine Hand weiter, neckte, erregte, streichelte.

Felicity sah zu, wie seine Hand über ihre weiße Haut wanderte. Zuerst sah sie mit einer seltsamen Distanziertheit zu. Dann schmolz diese Distanziertheit nach und nach dahin – von einsetzender Erregung weggefegt.

Ihr Verstand sagte ihr, dass es dekadent war, ihm dabei zuzusehen, wie er sie so berührte, und doch schien es so richtig zu sein, da zu liegen und zuzusehen, wie seine Hand über sie wanderte und überall, wo er sie berührte, kleine Feuer entzündete, bis ihr ganzer Körper in Flammen zu stehen schien. Der sinnliche Genuss machte ihren Körper wohlig matt, doch gleichzeitig drängte sie die rastlose Sehnsucht, sich als Kontrapunkt zu seiner Berührung beständig bewegen zu wollen.

Seine Hand bewegte sich weiter, strich federleicht über ihre schlanken Schenkel und glitt hinauf und hinunter, bis sie sich ruhelos zu bewegen begann. Als sich ihre Beine seiner Berührung öffneten, durchfuhr ihn Triumph wie ein Blitzschlag.

»Dein Körper will, dass ich ihn berühre, Felicity.« Mit einem Finger streifte Max über die Innenseite ihres Oberschenkels. Einen Moment lang hielt er den Atem an, so groß war seine Begierde, in die Hitze zu tauchen, die ihn erwartete. »Willst du auch, dass ich ihn berühre?«

Felicity sah zu, wie sich Max' Hand nur wenige Zentimeter von der Stelle entfernt bewegte, die so betörend pochte. Dann stieg eine verirrte Erinnerung in ihr auf, und Angst durchlief sie erneut. Seine Hand kam näher und entfernte sich dann. Wieder und wieder. Dann waren das Verlangen, der Hunger plötzlich größer als die Angst.

»Max?« Ihre Hand, die locker auf seinem Schenkel gelegen hatte, spannte sich.

»Ja, Liebes?«

»Berühr mich.« Sie holte tief Luft. Die Angst lebte noch am Rande ihres Bewusstseins, aber sie wollte seine Berührung so sehr.

Max senkte den Kopf an ihr Ohr. »Leg meine Hand dorthin, wo du sie haben willst, Felicity, Liebes«, schmeichelte er. Er spürte, wie sie ablehnend den Kopf schüttelte. »Doch«, drängte er. »Tu es.«

Seine Hand streichelte weiter über ihren Schenkel.

Für einen langen Augenblick beobachtete sie die nahezu hypnotische Bewegung seiner Hand. Dann hob sie ihre eigene Hand und brachte sie langsam, ganz langsam näher, bis sie direkt über seiner schwebte. Ihre Zähne schlossen sich um ihre Unterlippe, als sie sie sinken ließ und Max' Hand an ihrem Oberschenkel festhielt.

Nein, dachte sie, als Panik in ihr aufstieg. Sie konnte das nicht tun. Es war zu forsch, zu schamlos und sie hatte zu viel Angst. Aber sie wollte – sie wollte es so sehr. Ihre Finger schlossen sich um seine Hand.

»Ja, Felicity, gut«, lobte er sie. »Zeig mir, wo du berührt werden willst.«

Sie zog seine Hand nach oben. Immer näher. Beinahe verließ

sie der Mut, aber er hielt sie so vorsichtig und seine Stimme in ihrem Ohr schmeichelte und verführte. Seine Hand war jetzt so nahe, dass sie deren Wärme an ihrer eigenen Hitze spüren konnte.

»Ich liebe dich, Felicity«, flüsterte Max. »Denk immer daran, dass ich dich liebe.«

Das letzte bisschen Widerstand strömte aus ihr, und sie schloss diese letzte Lücke und presste seine Hand auf ihre feuchte Haut.

Scharf ließ Max den Atem entweichen. Obwohl er völlig auf Felicity konzentriert war, flackerten seine eigenen Bedürfnisse wild auf, als er ihre feuchte Hitze spürte. Doch er unterdrückte seine Bedürfnisse.

Felicity sah zu – ein wenig verlegen, ein wenig ängstlich –, wie er sie berührte. Aber dann begannen ihre Sinne mit seltsamen neuen Gefühlen zu verschwimmen. Sie beobachtete ihn weiter, wie er sie streichelte, aber ihr Blick verschleierte sich, als er sie immer höher trieb. Ihr Körper drängte sich seiner Berührung entgegnen. Welle um Welle überrollten die Empfindungen sie.

Ihr Körper schien ihr nicht länger zu gehören, und doch gehörte er ihr wie noch nie zuvor. Der Druck wuchs immer weiter, bis sie sicher war, den Verstand zu verlieren.

Er flüsterte in ihr Ohr – Worte der Ermutigung, des Lobes, der Liebe. Sie verstand keines davon und doch verstand sie alle, als sie in den Strudel hineingezogen wurde.

Ihr Körper begann zu erbeben – zuerst leicht wie das erste, weit entfernte Donnergrollen – dann immer stärker, bis sie aufschrie, als sie von einem gewaltigen Ausbruch der Lust mitgerissen wurde.

Max sah zu, wie Felicity in seinen Armen erzitterte, und wusste, dass er noch nie etwas so Schönes gesehen hatte. Langsam ließen die Erschütterungen nach, und er zog sie an sich und drückte das Gesicht in ihr Haar, dankbar, dass sie ihm genug vertraut hatte, um ihm diesen Moment zu schenken.

Langsam spürte Felicity, wie die Leidenschaft verklang, doch Wellen der Erfüllung trieben weiterhin durch sie. Sie hob das Gesicht, das nass war mit Tränen der Freude und der Erlösung, zu Max. Sie konnte nicht sprechen, aber selbst, wenn sie dazu in der Lage gewesen wäre, was hätte sie gesagt? Keine Sprache verfügte über Worte, die ausdrücken konnten, was er ihr gegeben hatte. Sie legte die Hand auf seine Brust. Er lächelte und küsste die Tränen weg.

Ruhig lag Felicity an Max geschmiegt, ihr Verstand noch immer ganz benommen von der ausgelebten Leidenschaft. Hatte sie geträumt, fragte sie sich verschwommen. Die Wirklichkeit konnte doch unmöglich so intensiv, so erfüllt mit höchster Lust sein. Er hatte ihre Frisur gelöst und strich mit den Fingern durch ihr Haar. Im Halbschlaf streckte sie sich an ihm.

»Ist es immer so?«, murmelte sie.

Max lächelte, über alle Maßen glücklich über ihre Frage, die so gestellt wurde, als ob sie nicht nur zu gut wusste, dass es nicht immer so war. »Ich weiß es nicht.« Er strich weiter mit den Fingern durch ihr Haar. »Für mich war es vorher noch nie so.«

Felicity zog die Augenbrauen zusammen, als die Realität in ihre sinnliche Traumwelt eindrang, und sah zu Max hoch. »Nein, natürlich nicht«, sagte sie langsam. »Du hattest kein Vergnügen dabei.«

Seine Finger spannten sich an. »Sag das nicht, Felicity. Du hast absolut keine Ahnung, welches Glück ich empfunden habe.« Max lockerte seinen Griff und strich mit einem Finger über eine blassblaue Ader, die in ihrer Schläfe pochte. »Glück, das du mir geschenkt hast.«

»Du verstehst nicht.« Bestürzt schüttelte sie den Kopf, als sie sich erinnerte. »Heute Nacht sollte es um dich gehen.«

»Um mich? Wovon redest du da?«

Felicity wurde plötzlich bewusst, was sie – beinahe – enthüllt hatte, und sie schüttelte erneut den Kopf. »Ich glaube nicht, dass ich das weiß.« Sie vergrub den Kopf von seiner Schulter. »Kann man den Verstand von zu viel Lust verlieren?«

Trotz der leichten Alarmbereitschaft, die er verspürte, lächelte Max. »Nein, Liebes. Und in einer kleinen Weile werde ich es dir beweisen.«

Felicity schlief, oder vielleicht trieb sie auch nur in diesem nebulösen Reich, das zur Hälfte aus Träumen und zur Hälfte aus Empfindungen bestand. Als sie die Augen öffnete, lag sie noch immer behütet in Max' Armen.

Sie neigte den Kopf nach hinten, damit sie ihm in die Augen sehen konnte. »Jetzt bist du dran.«

»Nein.« Als sie protestieren wollte, brachte er sie mit seinem Mund zum Schweigen. »Jetzt sind wir dran.«

Nickend schloss Felicity die Augen aus Angst, dass er die Gespenster darin sehen würde. Dann hob sie die Hand und schob sie in die Öffnung seines Hemdes.

»Sieh mich an, Felicity.«

Er sprach erst wieder, als sie getan hatte, worum er sie gebeten hatte.

»Waren wir uns nicht einig, dass du mir sagst, wenn du willst, dass ich aufhöre?«

»Ich will nicht, dass du aufhörst.« Ihre Stimme enthielt eine winzige Spur Panik, und ihre Finger ballten sich an seiner Brust. »Ich kann es nicht ändern, dass ich Angst hatte. Noch immer.« Ihre Fäuste verkrampften sich noch mehr. »Aber ich will nicht, dass du aufhörst.«

Max war so sicher gewesen, dass er es schaffen würde, sie von ihrer Angst zu befreien. Als er Zeuge ihres Höhepunkts geworden war, hatte er sich gefreut und gehofft, dass das Feuer der Leidenschaft die alten Gespenster, die Erinnerungen verbrennen würde. Er hatte falsch gelegen, und das tat mehr weh, als er erwartet hatte. Dennoch würde er ihr geben, was immer er konnte. Er nickte einmal. »Nun gut.«

Vorsichtig bettete er sie auf die Kissen und bedachte sie mit einem langen, gründlichen Blick. Ihre Augen enthielten sowohl Angst als auch eine Einladung, doch sie hatte das Kinn in dieser sturen Geste gehoben, die er erkannte. Lächelnd zog er sein Hemd aus.

Bei dem Anblick seiner Narben, die noch immer flammend rot waren, erstickte Felicity einen Laut mit dem Handrücken und setzte sich auf. »Sind die Wunden alle verheilt? Tun sie noch immer weh?« Ganz leicht legte sie ihre Hand auf die üblen Narben, als ob ihre Berührung ihn wieder ganz machen könnte.

Max beugte den Kopf zu ihr und ließ seine Lippen auf ihren verweilen. »Ich habe keine Ahnung, wovon du redest. Ich spüre nichts außer dir.«

Seine Hand fuhr über ihre Seite und formte die Rundung

ihrer Hüfte nach, während sein Mund mit ihrem Gesicht und Hals spielte. Diesmal waren seine Finger kühner, da er wusste, welche Liebkosung sie vor Lust stöhnen ließ.

Dieses Mal stieg die Lust rasch an und füllte Felicity mit ihrer heißen Süße wie warmer Honig. Zuerst war sie so stark, so allumfassend, dass sie wenig tun konnte, außer stillzuliegen, ihr Körper offen und willig, während er sie mit Händen und Mund betäubte.

Dann veränderte die Lust langsam ihre Gestalt. Empfindungen begannen, ihre Haut, ihre Nerven summen zu lassen. Rastlos bewegte sie sich, als ihr Körper höher zu klettern begann.

Da sie ihn einfach berühren musste, ließ sie die Hände über seine Brust und weiter bis zu seinem Rücken gleiten. Ihre Handflächen strichen über seine glatte Haut, die begann, einen feuchten Glanz zu bekommen, und die Empfindung drang in sie ein. Sie verbreitete sich von einem Nervenende zum anderen, bis jede Berührung das Feuer schürte, das begonnen hatte, in ihr zu brennen.

Ihre Hände streiften über seinen Rücken hinunter, bis ihr Fortschritt von der Hose aufgehalten wurde, die er noch immer trug. Ihre Finger strichen an der Stoffkante entlang. Als sie sich unter den Bund schoben – nur einen Zentimeter –, holte Max scharf Luft. Seine Bedürfnisse bedrängten ihn jetzt unablässig. Er fühlte sich wie ein Mann, der in Reichweite der üppigsten Oase verdurstete, doch seine Hände streichelten Felicity weiter behutsam und sanft.

Langsam, da er Angst hatte, sie zu erschrecken, griff er nach dem Verschluss seiner Hose. Er hielt den Mund auf ihrem, um sie abzulenken, doch sie rückte von ihm ab.

Sein Atem kam – gerade – noch immer gleichmäßig, als er sie ansah. »Willst du, dass ich aufhöre, Liebes?«

»Ncin, ich will nicht, dass du aufhörst.« Sie legte die Hand auf sein Herz. »Ich will, dass du den Rest deiner Kleidung ausziehst.« Sie hielt den Blick auf ihn gerichtet, schluckte und fuhr in einem Anfall von Kühnheit mit einem einzelnen Finger von der Mitte seiner Brust bis zu seiner Taille. »Und dann will ich, dass du mich liebst.«

Felicity sah ihm zu, wie er elegant die übrigen Kleider ablegte. Sie konnte spüren, wie das Herz in ihrer Kehle schlug. Emotionen überfluteten sie. Die Liebe, die sie für Max empfand, schien sich in ihr auszudehnen und sie völlig in Besitz zu nehmen. Das Verlangen, das sie durchlief, war so stark und trotzdem fremd. Und die noch immer vorhandene Angst streckte unablässig ihre Tentakel aus, um sie zu berühren. In diesem Augenblick hätte sie nicht sagen können, was stärker war. Doch als er wieder die Hände nach ihr ausstreckte, hielt sie ihn auf.

Sie wusste, wie der Körper eines erregten Mannes aussah. Vielleicht war es, weil sie sich zu deutlich daran erinnerte, dass sie jetzt Max' Körper betrachten musste. Um sich zu besinnen, dass dies der Mann war, den sie liebte wie keinen anderen. Um sich zu besinnen, dass sie sich, wenn er mit seinem erregten Geschlecht in ihren Körper eindrang, ihm willig und freudig öffnen und den Schmerz akzeptieren würde, der ihm Erfüllung bringen würde.

Eine lange Zeit sah sie sein Gesicht an, da sie es sich einprägen musste. Sie musste sich während dem, was folgen würde, daran erinnern, dass es Max war, der sie in Besitz nahm. Sein Gesicht war verzerrt vor Anspannung und Verlangen, und sie streifte mit den Fingerspitzen über seine Wange, wie um ihm zu versichern, dass es in Ordnung war.

Ihr Blick wanderte langsam nach unten und dann noch langsamer. Ihr stockte der Atem und sie hätte beinahe die Augen geschlossen bei den Erinnerungen, die auf sie einstürmten.

»Es ist ein Teil von mir, Liebes«, flüsterte er. »Nur ein weiterer Teil von mir.«

Seine weiche Stimme beruhigte und besänftigte sie. Eine Liebkosung brachte das Verlangen zurück, das wie ein hitziger Fluss durch ihr Blut strömte.

Ihre Hand, die zwischen ihren Körpern lag, zuckte, und ihre Fingerspitzen streichelten über seinen Bauch.

»Berühr mich, Felicity.«

Ihr Blick huschte hoch zu seinem Gesicht.

»Ich habe so lange darauf gewartet, dass du mich berührst.« Sein Mund war von Falten umgeben, als hätte er Schmerzen. »Bitte.«

Ihre Hand kroch nach vorne. Einen Zentimeter. Dann einen

weiteren. Als ihre Handfläche sein Geschlecht streifte, holte er zischend Luft. Mit einem leisen, alarmierten Laut riss sie die Finger weg und ihr Blick flog zu seinem Gesicht. Aber er fing ihre Hand mitten in der Luft auf.

»Bleib.« Er rieb mit dem Daumen über ihre Handfläche. »Berühr mich, Felicity. Berühr mich, damit ich weiß, dass ich nicht träume.«

Max war so sicher gewesen, dass seine Kontrolle ihn nicht verlassen würde. Dass er sich zurückhalten konnte. Aber als er ihre kleine Hand in seiner hielt, war die Versuchung, sie an sich zu pressen, so stark, dass er ihr beinahe nachgegeben hätte. Er ließ einen Atemzug entweichen, der nicht länger ruhig war, und gab ihre Hand frei.

Im dem trüben Licht waren seine Augen dunkel – dunkel und erregt und doch berückend sanft. Langsam, den Blick weiterhin auf ihn gerichtet, senkte Felicity erneut ihre Hand. Als sie in Kontakt mit seiner Haut kam, drängte er sich ihr entgegen. Ihre Hand lag auf ihm und er rückte näher, bis sie zwischen ihren Körpern gefangen war.

Obwohl das Verlangen gnadenlos in ihm pulsierte, bewegten sich seine Hände langsam Felicitys Hüfte hinunter, während er ihren Mund mit einem sanften Kuss eroberte. Da er wusste, wie zerbrechlich dieser Augenblick war, holte Max tief Luft und gab ihr die Zeit, die sie brauchte.

Felicity spürte, wie seine Hand ihre Hüfte nachformte und sich ihren Schenkel hinunterbewegte. Dann strich sie wieder nach oben und seine Finger glitten verlockend über ihre Haut. Lust begann, ihr Blut zu erhitzen. Die Erinnerung an den Zauber, den er gewirkt hatte, durchströmte sie, und sie öffnete die Schenkel.

Als seine Finger zu ihrem Schoß glitten, legte sich ihre Hand wie als Antwort darauf um sein pulsierendes Geschlecht. Sein tiefes Stöhnen vermischte sich mit ihrem leisen Seufzen.

»Felicity?«

»Jetzt, Max.« Sie ließ ihn los und legte sich auf den Rücken. »Komm jetzt zu mir.«

Max stützte sich auf einen Ellenbogen und drehte sich ihr zu, doch dann erinnerte er sich an Felicitys Stimme, an das Entsetzen in ihren Augen, als sie vor so vielen Wochen ihr letztes Geheimnis ihm anvertraut hatte, und er wusste, dass es heute Nacht nichts – nichts – geben durfte, das sie an die Vergangenheit erinnerte. Er schob die Arme unter sie, rollte sich auf den Rücken und zog sie dabei mit sich.

Felicity keuchte auf, als sie sich an ihn gedrückt fand – ihre Schenkel streckten sich auf seinen, ihre Brüste lagen an seiner Brust, seine Erregung pulsierte an ihrem Bauch. Er nahm ihren Mund in Besitz, und seine Hände begannen, ein sinnliches Muster auf ihrem Rücken nachzuzeichnen.

Ihre Atmung beschleunigte sich, als seine geschickten Finger jeden Zentimeter ihrer Haut erforschten. Es war, als befände sie sich in einem dunklen, geheimen Strudel der Lust, der sie immer weiter in seine erotischen Untiefen zog.

Als er sie so hochhob, dass sie mit gespreizten Beinen auf ihm zu sitzen kam, flatterte eine Hand zu ihrer Brust in einem schwachen Protest gegen ihre schamlose Haltung. Doch dann berührte er sie und streichelte ihren erhitzten Kern, bis sie sich an seiner Hand zu bewegen begann, entrückt vor Lust.

Wieder hob er sie an und positionierte sie auf seinem Geschlecht. Bei dem Druck weiteten sich ihre Augen, doch erneut streichelte er sie.

»Nimm so viel oder so wenig, wie du willst, Felicity.«

Mit gespreizten Fingern auf ihren Hüften stützte er sie. Seine Daumen glitten beständig über ihre feuchte Haut, provozierten, luden ein.

Sie stand in Flammen und trotzdem fand er stets eine neue Flamme, die er entfachen konnte. Sie bewegte sich der Lust entgegen, die sie anlockte, und Felicity nahm ihn in sich auf. Einen Zentimeter. Dann einen weiteren. Ihre Augen begannen, sich zu schließen, als sie anfing, nach oben zu treiben.

»Sieh mich an, Felicity.«

Sie öffnete die Augen, erwiderte Max' Blick und ließ sich sinken, bis ihre Körper vollständig vereint waren.

Als sie nach unten glitt, stöhnte Max auf. Er spürte das verräterische Pulsieren seines Körpers, als sie ihn zur Gänze in ihre heiße, seidige Hülle aufnahm. Er hatte alle Kontrolle verloren, stöhnte erneut und bog den Rücken durch, als er sich in sie ergoss.

Max hätte fast laut gestöhnt, als er spürte, wie die Erregung ihn wieder erfasste.

Felicity spürte, wie der Druck in ihr zunahm, und bewegte sich erneut, um sich ihm anzupassen. Max schloss die Augen, und diesmal war sein Aufstöhnen zu hören. Er legte die Hände an ihre Hüften, um sie ruhig zu halten.

»Halt still, Liebes, ja?« Seine Stimme klang angestrengt. »Du hast mich bereits zweimal zum Explodieren gebracht, und ich brauche dich wieder.« Reumütig schüttelte er den Kopf. »Als ich vorhin gesagt habe, dass es für mich noch nie so gewesen ist, habe ich nicht gewusst, wovon ich rede.«

»Wirklich?«

Er nickte. »Wirklich.«

Er sah die Freude in Felicitys Augen aufleuchten, und ihm dämmerte, warum sie sich vorhin angespannt hatte. Es war nahezu unbegreiflich, aber ihm wurde klar, dass sie zu unsicher war, um das Ausmaß ihrer Macht über ihn zu erkennen und wie viel sie ihm gegeben hatte.

Er umfasste ihr Gesicht und vergrub die Finger in ihrem goldenen Haar, das eine wirre Masse an Locken war. »Ich habe noch nie jemanden so geliebt wie dich, Felicity.« Sachte fuhr er ihre Lippen mit einem Finger nach. »Und das werde ich auch nie. Ich werde den Rest meines Lebens damit verbringen, dir das zu zeigen.«

Felicity schloss die Augen, drehte den Kopf zur Seite und streifte mit den Lippen seine Hand. Eines Tages würde er sich an heute Nacht erinnern und wehmütig lächeln, dachte sie und ihr Herz zog sich vor Schmerz zusammen. Eines Tages, wenn er mit jemandem verheiratet war, die den Berg-Namen stolz tragen konnte. Bei dem Gedanken an Max mit einer anderen Frau stockte ihr unwillkürlich der Atem.

»Felicity?«

Nein, sagte sie sich selbst und verscheuchte die düsteren, hässlichen Gedanken an die Zukunft. Für den Zeitraum dieser Nacht gehörte er ihr. Sie wandte sich ihm wieder zu und drückte ihren Mund auf seinen. »Liebe mich noch einmal, Max. Liebe mich jetzt, da ich keine Angst mehr habe, noch einmal.«

Max schmeckte die Dringlichkeit auf Felicitys Lippen und er

konnte spüren, wie sein Körper darauf reagierte, doch er schüttelte den Kopf und flüsterte: »Es ist zu früh, Liebes. Ich werde dir wehtun.«

»Bitte.« Plötzlich wollte Felicity verzweifelt noch eine Erinnerung, umfasste sein Gesicht und eroberte seinen Mund in einem wilden Kuss, der von Leidenschaft und Hingabe und tiefster Liebe sprach.

Instinktiv bewegte sie ihr Becken und spürte die Antwort seines Körpers.

Max ergriff ihre Hüften fester, um sie stillzuhalten, doch sie bewegte sich erneut, und er war verloren. Er rollte sich auf die Seite und zog sie dabei mit sich. Mit seinen Schenkeln umklammerte er sie und begann, sich zu bewegen.

Während ihre erste Vereinigung ein Gewittersturm voller ungestümer Bedürfnisse gewesen war, war dieses Liebesspiel eine sanfte Brise, gezähmt von der zartsinnig gewordenen Leidenschaft, die nun zwischen ihnen wie ein warmer Fluss strömte. Max stellte keine Forderungen, sondern provozierte behutsam, da er instinktiv verstand, dass sie zwar vorhin das Feuer gebraucht hatte, um ihre Ängste und Erinnerungen mit dessen Wildheit zu verbrennen, aber jetzt eine Vereinigung brauchte, die sie in die tiefsten Winkel der Zärtlichkeit führen würde.

Sie bewegten sich langsam, in perfekter Harmonie, als wären sie schon ewig Geliebte. Jeder Kuss war eine hauchzarte Verbindung von Lippen und Zungen. Jede Berührung war ein zärtliches Streifen von Haut auf Haut. Dies war nicht die helle Flamme eines Leuchtfeuers, sondern das tiefe Glühen eines Feuers, das geschürt wurde, um einen während der dunklen, kalten Nacht zu wärmen.

Felicity konnte nicht länger die einzelnen Empfindungen, die Liebkosungen unterscheiden. Jede Berührung, jede Bewegung schienen zu verschmelzen, bis sie nur noch wusste, dass der Mann, den sie liebte, ihr auf intimste, liebevollste Weise huldigte. Ihr Körper war schmiegsam und so durchdrungen von den köstlichen Wonnen, dass sie sich nur sanft an Max wiegen konnte und dem Höhepunkt entgegenschwebte.

Die Nacht war still. Das gelegentliche Knistern des Feuers, das

Zischen der Lampe, das Rascheln der Laken und die Musik ihres Atems waren die einzigen Geräusche, die das Zimmer erfüllten.

Max beobachtete Felicity, die sich mit halb geschlossenen Augen treiben ließ. Nach der heutigen Nacht würde sie verstehen, dass sie zusammengehörten, dachte er. Sie würde verstehen, dass es für ihn niemals eine andere geben würde.

Sie bewegten sich weiterhin in diesem gelassenen Rhythmus, doch Max hörte die leichte Veränderung in ihren Atemzügen, spürte die zarte Linie der Anspannung entlang ihres Rückens. Seine Hand glitt zwischen ihre Körper und suchte ihre heiße, seidige Haut. Als sie stöhnte, streifte er mit dem Mund über ihren und nahm den Laut in sich auf.

Felicity spürte, wie eine erste Welle über sie hinwegfegte, und drängte sich Max entgegen. Dann, unfähig, sich zu rühren, verharrte ihr Körper an seinen geschmiegt, während er begann, sich heftiger zu bewegen.

Ihre Augen weiteten sich, als die zweite Welle sie traf, doch er bewegte sich noch immer und drängte sie weiter hinauf auf den endgültigen Gipfel.

Als Max spürte, wie sie sich um ihn zusammenzog, stieß er einmal, zweimal in ihre Hitze und zusammen glitten sie in die Leere.

Als Felicity erwachte, war der Himmel bereits mit dem weichen Grau und Rosa der Morgendämmerung gesäumt. Einen Moment lang lag sie still, sowohl Körper als auch Geist noch ganz benommen von Liebe und Schlaf. Als sie sich streckte, wurde sie durch die Empfindlichkeit ihres Körpers und das Gleiten ihrer Haut an Max' endgültig wach.

Mehr als alles andere war es diese Empfindung, die sie vollends aufwachen ließ. Sie war an die Biegung seines Körpers geschmiegt, wie sie erkannte, von einem Arm gehalten, der beschützend direkt unter ihren Brüsten lag.

Erneut schloss sie die Augen und sehnte sich danach, ihren Plan zu vergessen und sich wieder in Max' Umarmung zu schmiegen. Wie wäre es, jeden Morgen zusammen mit ihm aufzuwachen? Würde er nach ihr tasten, sie berühren, sie lieben?

Tränen brannten in ihren Augen, doch sie blinzelte sie weg. Später würde es Zeit für Tränen, für Trauer geben.

Vorsichtig schlüpfte sie aus Max' Umarmung. An der Bettkante wandte sie sich um und sah ihn wider besseres Wissen an. Schlaf und Erfüllung hatten die Flächen und Kanten des perfekten, markanten Gesichtes weicher gemacht, und sein Mund war zu einem halben Lächeln verzogen. Plötzlich durchschnitt sie der Schmerz, ihn zu verlassen, so grausam, dass sie die Arme um ihre Mitte schlang, sich vornüberbeugte und hin und her wiegte.

Lange saß sie da und sah ihm zu, wie er schlief. Sie hätte ihn gern noch einmal geküsst, hatte aber Angst, ihn aufzuwecken, also erlaubte sie ihrer Hand nur, über das schwarze Haar zu streifen, das ihm jungenhaft in die Stirn fiel. Sie wandte sich ab und begann, sich schnell, fahrlässig anzuziehen.

Barfuß rannte sie über den Flur in ihr Zimmer, wo Manon auf und ab lief. Ein Blick auf Felicitys Augen, die von der verlebten Liebesnacht und ihren unvergossenen Tränen beschattet waren, legte sie einen tröstenden Arm um Felicitys Schultern.

»Nein.« Felicity wich dem stummen Trost aus. »Sei jetzt nicht lieb zu mir. Ich kann es mir nicht leisten zu weinen.«

Manon öffnete den Mund, um etwas zu sagen, doch Felicity brachte sie mit einer ruckartigen Geste zum Schweigen.

»Red mir nicht dagegen, Manon. Du kennst meine Gründe. Die letzte Nacht hat nichts geändert.« Felicity schloss die Augen und wiederholte im Geiste die Worte, um sich einzureden, dass sie der Wahrheit entsprachen.

Eilig streifte sie die steirische Tracht ab, die Gräfin Berg für sie hatte anfertigen lassen, und zog ihre eigene Kleidung an. Sie würde nichts außer ihren Erinnerungen mit sich nehmen. Ein schneller Blick durch das Zimmer sagte ihr, dass sich keine ihrer persönlichen Sachen mehr darin befand.

Obwohl sie wusste, dass sie sich beeilen sollte, wurden ihre Schritte langsamer, als sie am Schreibtisch vorbeiging, wo drei Briefe lagen, an Gräfin Berg, an Philipp und an Max. Sie nahm den Brief in die Hand, mit dem sie sich so lange gequält hatte, als ob ihre Berührung ihn mit all den Gefühlen durchtränken könnte, die sie nicht in Worte hatte fassen können.

Ganz egal, was sie sagte, ganz egal, wie sie es erklärte, er würde verletzt sein. Sie hatte es gewusst und akzeptiert in dem Glauben, dass es für ihn so das Beste wäre. Aber wie viel mehr würde er verletzt sein nach dem, was sie letzte Nacht zusammen erlebt hatten?

Sie hatte geglaubt, dass sie ihm etwas schenkte, aber war sie nicht in Wahrheit unermesslich selbstsüchtig gewesen und hatte sie nicht stattdessen nur genommen, was er ihr so liebevoll, so großzügig gegeben hatte? Oh, sie hatte gewusst, dass er kein grober oder gefühlloser Liebhaber sein würde, aber sie hatte nicht diese exquisite Zärtlichkeit erwartet, die er ihr zuteilwerden ließ. Jetzt war alles, worauf sie hoffen konnte, dass er sie, sobald seine Wut verraucht war, in angenehmer Erinnerung behalten würde.

Erneut strich sie mit den Fingern über das schwere Papier, unfähig, sich von dieser letzten Erinnerung an Max loszureißen. Kurz überlegte sie, ob sie etwas hinzufügen sollte, aber was konnte sie schon sagen? Konnte sie überhaupt etwas sagen? Oder würden die Harmonie und Erfüllung, die sie noch immer durchfluteten, es ihr unmöglich machen, ihm selbst diese unzureichende Erklärung zu hinterlassen?

Manon berührte ihren Arm und erinnerte sie daran, dass es längst Zeit war aufzubrechen. Mit einem Nicken hob sie ihren Rock und lief aus dem Zimmer.

Als Max aufwachte, hatte er sofort das eindringliche Gefühl, dass etwas nicht stimmte. Er kniff die Augen gegen einen Strahl der frühen Morgensonne zusammen und entdeckte, dass die Stelle, an der Felicity gelegen hatte, leer war. Er fuhr mit der Hand über die Laken, die immer noch den Abdruck ihres Körpers aufwiesen. Sie waren kühl, doch ihr Duft stieg ihm in die Nase.

Also war sie doch fortgelaufen, sinnierte er ein wenig traurig, unfähig oder nicht gewillt, sich im Tageslicht dem zu stellen, was zwischen ihnen geschehen war. Er hatte gehofft, dass sie ihm nach der Nacht, die sie zusammen verbracht hatten, genug vertrauen würde, um bei ihm zu schlafen, bei ihm aufzuwachen. Sie würde es lernen, sagte er sich. Er hatte ein Leben lang Zeit, es ihr beizubringen.

Lächelnd, da er seinen Optimismus wiedergefunden hatte,

schwang er sich aus dem Bett und begann, die Kleidung anzuziehen, derer er sich am Abend zuvor so nachlässig entledigt hatte. Er würde sie küssen, bis sie von ihm erfüllt war, sagte er sich. Seine Schritte waren lang und energisch, als er den Flur hinunter zu Felicitys Zimmer ging.

Die Tür zu ihrem Zimmer stand offen, und er fluchte leise, als er sah, dass seine Schwester in der Türöffnung stand. Er hatte jetzt keine Geduld für Beas Geplapper, wo er doch mit Felicity reden musste. Um sie zu beruhigen. Um sie auch bei Tageslicht zu lieben und ihr zu beweisen, dass die letzte Nacht nicht einfach nur ein flüchtiger, magischer Moment unter dem Deckmantel der Dunkelheit gewesen war.

Bea wirbelte zu ihm herum, ihre Augen aufgerissen und bekümmert. »Oh Max!«, rief sie und packte mit beiden Händen seine Arme. »Sie ist weg! Felicity ist weg.«

»Was meinst du mit weg?« Er stieß Bea so grob zur Seite, dass sie stolperte, als er sich an ihr vorbei ins Zimmer stürzte. Es war leer und zusammengeräumt, als hätte nie jemand darin gewohnt. Nur die Tracht aus altrosa Brokat, die Felicity letzten Abend getragen hatte, hing über einem Stuhlrücken, der Saum am Boden schleifend.

Max starrte das Kleid an, sein Körper völlig reglos, sein Verstand ganz leer, und hatte das Gefühl, als wäre ihm der Boden unter den Füßen fortgerissen worden. Langsam sickerte die Erkenntnis ein.

»Nein«, schrie er, als sich Verzweiflung in Wut verwandelte. »Wie konnte sie das tun?« Er drehte sich um und schlug zuerst mit einer Faust gegen die Wand, dann mit der anderen.

Ohne den Schmerz zu beachten, ging er weiter durchs Zimmer, als ob er instinktiv wüsste, dass er noch etwas anderes finden würde.

Lange Zeit starrte er die feine Handschrift auf dem schweren Papier an und wusste, noch bevor er den Brief öffnete, dass er ihr Lebewohl enthielt. Hatte Felicity heute Morgen an diesem Schreibtisch gesessen und die Worte niedergeschrieben? Nach dem, was sie letzte Nacht zusammen erlebt hatten, war sie in der Lage gewesen, alles mit ein paar gut durchdachten Sätzen zu verleugnen?

Er riss den Brief auf und überflog die Zeilen. Wie töricht war er gewesen zu glauben, dass er sie so leicht hatte überreden können? Er las den Brief ein zweites Mal genauer. Konnte die letzte Nacht ihr so wenig bedeutet haben, dass sie nicht einmal eine kurze Erwähnung fand, fragte er sich, erstaunt über ihre Fähigkeit, ihm Schmerz zuzufügen.

Er las den Brief ein drittes Mal und stolperte diesmal über die letzten Zeilen. »Ich weiß, dass ich dich schlimm verletzt habe, aber, glaub mir, das ist nur, um später noch größeren Schmerz zu verhindern. Vielleicht wird dir das Wenige, was ich dir habe geben können, den Schmerz erträglicher machen.«

Plötzlich erinnerte er sich an ihre Worte letzte Nacht, dass diese Nacht für ihn hätte sein sollen, und da verstand er es. Sie hatte vorgehabt, ihm ihren Körper als letztes Geschenk zu geben, und diese Zeilen vorher geschrieben, vielleicht in dem unbewussten Wissen, dass sie nicht mehr in der Lage sein würde, sie zu schreiben, nachdem sie zusammen mit ihm eine Liebesnacht erlebt hatte.

Er hörte das Rascheln eines Rocks hinter sich, und als er sich umdrehte, stand seine Mutter vor ihm.

»Störe ich? Wäre es dir lieber, wenn ich dich allein lasse?« Die Gräfin bemühte sich um einen legeren Ton, denn sie wollte bei dem erschütternden Schmerz, den sie auf dem Gesicht ihres Sohnes sah, weinen.

Max schüttelte den Kopf. »Ich weiß nicht, ob ich sie suchen und erwürgen soll oder sie suchen und an mein Bett fesseln soll.«

Sie hörte den Schmerz hinter den launigen Worten so deutlich, als ob er aufgeschrien hätte. Sich daran erinnernd, dass Max nicht länger ein kleiner Junge war, ballte sie die Hände in den Falten ihres Rocks zu Fäusten, damit sie ihn nicht an ihre Brust zog. »Darf ich ein wenig Mäßigung vorschlagen?«

Max starrte auf den Brief hinab, den er in seiner Hand zerknüllt hatte. »Sie ist sich so sicher, dass sie es nicht wert ist, geliebt zu werden. Meine Frau zu sein. Wie überzeuge ich sie vom Gegenteil, ohne sie die nächsten zwanzig Jahre an meine Seite zu ketten?« Er hob den Blick und sah seiner Mutter in die Augen.

»Es ist nicht leicht, aber es ist möglich.« Ihre saphirfarbenen Augen enthielten ein schwaches Lächeln. »Glaub mir.«

»Ich gehe zurück nach Wien.«

Seine Mutter unterdrückte ihre erste Reaktion, ihn anzuflehen, nicht nach Wien zurückzukehren. Ihm zu sagen, dass es viel zu gefährlich wäre.

»Natürlich«, sagte sie schließlich. »Mit aller gebotenen Vorsicht, hoffe ich.«

»M-hm«, murmelte Max geistesabwesend, da er in Gedanken bereits die Belagerung plante, die er unternehmen würde. »Bitte entschuldige mich, *maman*.«

Als er an ihr vorbeiging, legte die Gräfin die Hand leicht auf Max' Arm. »Sei geduldig, Max.« Ihr Lächeln enthielt eine Spur Schalk. »Aber nicht zu geduldig.«

Max erwiderte den Blick seiner Mutter, sah das tiefe Verständnis und die Liebe in ihren Augen. Dann grinste er. »Ich hatte lange genug Geduld.« Er hauchte ihr einen Kuss auf die Wange und verschwand.

Kapitel 17

»Sie sagen, dass Ihr Vater Johann von Allendorf war?« Gräfin Lulu Thurnheim nahm Felicitys Kinn fest zwischen Daumen und Zeigefinger und drehte ihren Kopf zum Licht. »Ja«, murmelte sie, »ich kann die Ähnlichkeit sehen. Und natürlich die Augen. Sie haben diese hexenhaften, grünen Augen, für die die Allendorfs immer bekannt waren.«

Sie ließ Felicity los, doch ihr Blick, abschätzend und kritisch, blieb auf Felicity Gesicht gerichtet. »Es ist schade, dass Allendorf so weit unter seinem Stand geheiratet hat. Aber andererseits ist der alte Anton revolutionär genüg, um Ihnen trotzdem den gesamten Allendorfschen Besitz zu vererben.«

Felicity machte einen Schritt zurück, so entsetzt von Gräfin Thurnheims Worten, als hätte die Frau sie geohrfeigt. Ihr wurde klar, dass die Leute genau das gesagt hätten, wenn sie zugestimmt hätte, Max' Frau zu werden. Die Gewissheit, dass sie die richtige Entscheidung getroffen hatte, ließ sie als Reaktion auf die Beleidigung das Kinn heben.

»Wie Sie vielleicht wissen, Gräfin, bin ich eine recht erfolgreiche Opern- und Konzertsängerin. Ich kann Ihnen versichern, dass mein Einkommen mehr als ausreichend ist, und ich muss nicht um das Erbe der Allendorfs buhlen.«

Die herabhängenden Winkel von Gräfin Thurnheims gespitztem Mund hoben sich kurz, und sie nickte. »Wenigstens haben Sie ein schlagfertiges Mundwerk.«

Als Felicity erkannte, dass die alte Frau sie mit Absicht provoziert hatte – zumindest ein wenig –, beruhigte sich ihr Temperament. Dennoch war die Gräfin mit ihrer schroffen Art ganz gewiss nicht das, was sie erwartet hatte. Sie hatte nicht gewusst, was sie erwarten sollte, aber ganz sicher war es nicht diese scharfzüngige Frau mit dem verdrießlichen Zug um den Mund gewesen. Konnte das wirklich die Frau sein, von der ihr Vater auf seinem Totenbett fantasiert hatte? Warum nicht, dachte sie. Schließlich waren ihre Eltern zum Zeitpunkt ihres Todes auch kaum strahlende Abbilder ihrer Jugend gewesen.

»Was wollen Sie von mir?«, fragte die Gräfin. »Setzen Sie sich doch.« Sie machte eine fahrige Geste zu den Stühlen, die rund um einen kleinen Tisch standen.

Während ihnen Kaffee serviert wurde, der heiß und bitter war, nahm Felicity auf der Kante eines Stuhles Platz und blickte auf ihre Hände. Sie wollte nur loswerden, wozu sie hierhergekommen war, und dann so schnell wie möglich wieder das Weite suchen.

»Ich habe sozusagen eine Botschaft für Sie. Als mein Vater im Sterben lag, hat er von Ihnen gesprochen.« Sie sah die hochgezogenen Augenbrauen der Gräfin und verbesserte sich. »Verzeihen Sie, ich glaube, dass er von Ihnen gesprochen hat. Das heißt, er hat von jemandem namens Lulu gesprochen.« Ihr Magen verknotete sich und sie schwieg, da sie es schwer fand, solch intimen Worte angesichts des kühlen, abschätzigen Blickes der Gräfin auszusprechen.

»Fahren Sie fort.«

»Wie ich gehört habe, kannten Sie meinen Vater. Ich habe niemand anderen gefunden, der Lulu heißt.«

»Was ist diese Botschaft, von der Sie reden?« Die Gräfin gestikulierte ungeduldig. »Reden Sie schon.«

Felicity zögerte. Ihr Vater hatte ihr wenig Fürsorge und noch weniger Zuneigung gezeigt, und trotzdem verabscheute sie es, dieser sauertöpfischen, alten Frau mitzuteilen, was ihm anscheinend so viel Kummer bereitet hatte. Doch dann erinnerte sie sich daran, dass sie ein Versprechen zu halten hatte.

»Er nahm mir das Versprechen ab, diese Frau namens Lulu zu

finden und ihr zu sagen, dass er sie immer geliebt hat.« Sie schluckte. »Dass er nie eine andere geliebt hat.«

Die Gräfin stieß ein schnaubendes Lachen aus. »Das klingt Johann von Allendorf ähnlich. Er hatte immer einen Hang für sentimentale Anwandlungen.« Sie setzte sich auf ihrem Stuhl zurück, und ihr Mund verzog sich plötzlich zu einem wehmütigen, nahezu mädchenhaften Lächeln. »Er war ein attraktiver Mann, und ich habe gerne Zeit in seiner Gesellschaft verbracht.«

»Aber Sie waren nicht in ihn verliebt.« Felicity verspürte ein vages Gefühl der Enttäuschung – als hätte sie eine lange Reise umsonst unternommen.

»Nein. Damals habe ich mir nicht gestattet, mich zu verlieben.« Die Mundwinkel der Gräfin drehten sich nach unten, als ihr Blick sich nach innen richtete. »Alles, was ich geliebt habe, war meine eigene Vision von Freiheit und ein Leben, das der Kunst gewidmet war.« Sie zuckte mit den Schultern. »Aber was ist schon eine weitere verpasste Möglichkeit in einem Leben voller verpassten Möglichkeiten?«

Felicity betrachtete die Gräfin und verspürte einen Anflug von Mitgefühl. Mit ihren blassblauen Augen und dem verbitterten Mund war sie ein trauriger Kontrast zu Gräfin Berg, die vor Vitalität und Enthusiasmus übersprudelte.

Die Gräfin warf Felicity einen scharfen Blick zu. »Bitte, kein Mitleid.« Sie erhob sich. »Ich bin dieser Tage gelangweilt. Sie werden mich wieder besuchen.« Sie kniff Felicity in die Wange. »Um mich für die Zurückhaltung Ihres Vaters zu entschädigen.«

Obwohl sie kein Verlangen hatte, Zeit in der Gesellschaft von Gräfin Thurnheim zu verbringen, nickte Felicity. Das würde ein letzter Liebesdienst für ihren Vater sein, dachte sie. Wenn sie damit fertig war, würde sie vielleicht frei sein.

Als Felicity Madame Schoberlechners eleganten Modesalon verließ, plagte sie ein vages Gefühl der Niedergeschlagenheit. Seit sie von der Osterburg zurückgekehrt war, war selbst ein so unschuldiges Vergnügen, wie ein neues Kleid anzuprobieren, bestenfalls eine Aufgabe geworden, die es zu erledigen galt.

Sie spazierte den Graben hinunter und blieb gelegentlich stehen, um den Blick in ein Schaufenster zu werfen – mehr als Zeitvertreib, als sich tatsächlich für etwas Spezielles zu interessieren. Sie wollte einfach die Rückkehr nach Hause so lange wie möglich hinausschieben. Ihr leeres Haus, wo sie alles an Max erinnerte.

Sie hatte gewusst, dass es nicht einfach sein würde, nach Wien zurückzukehren. Von außen betrachtet war ihr Leben problemlos zu dem Alltag zurückgekehrt, den sie vor dem Verlassen der Stadt gehabt hatte. In der Oper und bei Liederabenden wurde ihr enthusiastisch applaudiert. Bei den Empfängen der Aristokratie war sie ein gerngesehener Gast. Sie musste nicht einmal ein Nachspiel von Erzherzog Albrecht befürchten, der als Kommandant der Wiener Garnison zurückgetreten und an die italienische Front gereist war.

Aber manchmal überfielen sie die Erinnerungen so heftig, dass sie das Gefühl hatte, als wäre sie gerade von einer steilen Treppe getreten und hätte nichts als Luft unter ihren Füßen. Einfach gesagt war die Freude, die ihr Leben für jene kurzen Wochen erhellt hatte, wie eine Kerze ausgelöscht worden, was alles in Dunkelheit gestürzt hatte.

Vielleicht hatte sie es sich deshalb zur Gewohnheit gemacht, nahezu überall hin zu Fuß zu gehen. Die Bewegung beruhigte ihre Nerven und erschöpfte sie körperlich, was es ihr überhaupt erst möglich machte, ein wenig Schlaf zu finden.

Und dann gab es die Träume. Unbarmherzig verfolgten sie sie und zwangen sie dazu, die Stunden, die sie mit Max verbracht hatte, erneut zu durchleben – das Lachen, die Liebe. Aber wenigstens wurden diese Träume von einem unterliegenden Strom an Süße, an Freude befeuert. Es waren die Albträume, die so schwer zu ertragen waren. Jene schrecklichen Visionen von Max verfolgt, gefangen, gefoltert, die sie von ihren eigenen erstickten Schreien aufwachen ließen.

Trotz des Kummers, der ihre Seele beschwerte, vielleicht seltsamerweise sogar deswegen, war Felicity überzeugt, dass sie die richtige Entscheidung getroffen hatte. Besser jetzt eine saubere Trennung, als später endlos zu leiden. Das sagte sie sich immer wieder. Dennoch, in den dunklen Stunden der Nacht, wenn sie schreiend und schweißgebadet erwachte, fragte sie sich verzweifelt, wann ihr Schmerz endlich nachlassen würde.

Selbst als sie an diesem sonnigen Nachmittag im Mai den Graben hinunterspazierte, kroch die stets präsente Erinnerung an ihre Albträume ihr Rückgrat hoch. Da sie eine Atempause von ihren eigenen düsteren Gedanken brauchte, richtete sie die Aufmerksamkeit auf die anderen Leute, die genauso sorglos und modisch unterwegs waren wie vor jenen Tagen der Revolution im März. Und doch hatte sich Wien auf eine nicht greifbare Weise verändert.

Ja, die Wiener gingen weiterhin ihren Vergnügungen, ihrem Klatsch und ihren Liebesaffären mit befremdendem Eifer nach. Das war gleich geblieben. Aber die Stadt hatte ein Flair von Boheme, von Avantgarde angenommen. Männer mit Bärten und den großen Schlapphüten, die einst Zeichen der Radikalen waren, wurden nicht nur in den Bezirken um die Universität gesehen, sondern in den Straßen und auf den Plätzen der Innenstadt. Menschen, die nie ein Interesse an Politik geäußert hatten, unterhielten sich jetzt angeregt über die viel geschmähte Verfassung, die von der Krone gewährt worden war, statt von der Ständeversammlung abgesegnet zu werden, wie die Radikalen verlangt hatten.

Der arme, geistig beschränkte Kaiser Ferdinand thronte noch immer in der Hofburg. Und obwohl Metternich nach England ins Exil geflohen war, war sein böser Schatten weiterhin präsent. Sein Netzwerk an Spionen blieb intakt. Sie berichteten jetzt einfach neuen Machthabern, und alle wussten es.

Obwohl die Radikalen noch immer lautstark nach einer liberaleren Verfassung verlangten, schienen die Wiener im Allgemeinen äußerst zufrieden mit der augenscheinlichen Lockerung der Zügel zu sein. Jetzt gab es Zeitungen, die es wagten, Artikel zu drucken, die noch vor wenigen Monaten eine sofortige Verhaftung bedeutet hätten. Die Säle der Varietés und die Kabaretts präsentierten Nummern, die die machthabenden Männer verspotteten. Wie so oft in ihrer Geschichte nahmen die Wiener, was ihnen geboten wurde, und kamen damit aus.

Trotzdem lag direkt unter der Oberfläche eine nervöse Erwartungshaltung. Es war, als ob alle wüssten, dass die kurzfristige Gewalt im März nur in den Untergrund gegangen war, um auf einen günstigen Moment zu warten, um erneut auszubrechen.

Als sie vor einem Schaufenster stehenblieb, war sich Felicity nur am Rande des großen Mannes mit dem breitkrempigen Hut bewusst, der hinter ihr angehalten hatte, um anscheinend den Inhalt des gleichen Schaufensters zu bewundern, in das sie blickte. Doch als sie plötzlich eine Hand auf ihrem Kreuz spürte, zuckte sie zusammen und versteifte sich, als wäre sie verbrannt worden. Sie erkannte die Berührung, noch bevor ihr Blick hochflog und auf das Spiegelbild im klaren Glas traf.

Der erste Moment der Überraschung hatte sie völlig reglos verharren lassen, aber dann spannte sich ihr Körper an, um herumzuwirbeln. Doch bevor sie sich bewegen konnte, drückte seine Hand fester gegen ihren Rücken, und sein Flüstern in ihrem Ohr war deutlich und gebieterisch.

»Dreh dich nicht um.«

Als die betäubende Überraschung nachließ, spürte Felicity eine Welle der Panik durch sie strömen. War er verrückt? Wusste er nicht, dass er wegen Hochverrats gesucht wurde? Glaubte er, dass ein Hut und ein Bart ihn ausreichend verkleideten? Bevor sie etwas sagen konnte, redete er weiter.

»Ich komme heute Abend zu dir. Lass die Tür in den Hof offen.«

»Nein!« Diesmal hätte sie sich fast zu ihm umgedreht, doch seine Hand drückte eine Warnung gegen ihren Rücken. »Ich will dich nicht sehen.«

»Aber ich will dich sehen. Wir sind noch nicht fertig, Felicity.« Seine weiche Stimme war flach und grimmig. »Noch nicht einmal annähernd.«

Ihr Blick huschte nach oben und traf auf seinen. Seine Augen waren unnachgiebig, ohne die Spur eines Lächelns. Sie erkannte, dass es nichts gab, was sie jetzt tun konnte, ohne in aller Öffentlichkeit eine Szene zu machen. Aber sie konnte ihre Tür vor ihm versperren.

»Denk nicht einmal darüber nach.«

Felicity zuckte schuldbewusst zusammen und wandte den Blick vor der Treffsicherheit ab, mit der er ihre Absicht erahnte.

Max sah das Aufblitzen von Panik in ihren Augen und erkannte schuldbewusst, dass er ihr Schmerz zufügte. Aber in seinem Studium der Medizin hatte er gelernt, dass man seinen Patienten manchmal Schmerz zufügen musste, um sie zu heilen.

Warum war er so sicher, dass er das Heilmittel für Felicity war, wollte eine verschlagene innere Stimme wissen. Er wusste es mit jeder Faser seines Seins, sagte er sich, erzürnt von den Hindernissen, die er sich selbst in den Weg legte. Schließlich konnte auf dieser Welt niemand sie mehr lieben als er.

Was glaubte er denn, was er da tat? Felicity spürte, wie Wut durch sie schoss. Sie begrüßte sie, da sie wusste, dass Wut ihre einzige Waffe gegen Max war.

»Du kannst mich nicht zwingen«, fuhr sie ihn an. »Du kannst mich nicht zwingen, mich mit dir zu treffen.« Sie kniff die Augen zusammen. »Es sei denn, du setzt deine körperliche Kraft gegen mich ein.«

Sie spürte, wie die Hand auf ihrem Rücken erschlaffte, und grimmige Befriedigung breitete sich in ihr aus. Sie hatte gewonnen, sagte sie sich, als sie die Augen gegen das Brennen hinter ihren Lidern schloss. Sie hatte gewonnen. Warum tat es dann so weh?

Als ob sie Trost für den Schmerz suchte, den sie sich selbst mit ihren eigenen Worten zugefügt hatte, sah sie auf und erwiderte wieder Max' Blick im Glas. Dann wurde ihr die ganze Tragweite ihres Fehlers bewusst. Die Unbarmherzigkeit in seinen Augen war verschwunden, und an ihre Stelle war eine Traurigkeit getreten, die so tiefgehend war, dass Felicity in ihren Tiefen versank.

»Bitte?«

Wenn er ihr widersprochen hätte, hätte Felicity standfest bleiben können. Wenn er darauf bestanden hätte, hätte sie sich weigern können. Aber dieses eine Wort entwaffnete sie so vollständig, dass die nervöse Energie aus ihr strömte und sie völlig erschöpft zurückließ. Erneut spürte sie seine Hand an ihrem Rücken, und diesmal stützte er sie. Für den Bruchteil eines Augenblicks erlaubte sie sich, sich dem Luxus seiner Berührung hinzugeben. Dann versteifte sie ihr Rückgrat und trat einen Schritt zur Seite.

»Die Tür wird offen sein.« Sie zupfte an ihren Handschuhen herum, da sie ihre Hände irgendwie beschäftigen musste.

»Und du wirst da sein?«

Ein letztes Mal trafen sich ihre Blicke im Glas.

»Ja.« Sie hob das Kinn, um dem Schmerz zu trotzen, der sie durchflutete. »Ja, ich werde da sein.«

Kapitel 18

Felicity war allein in der Küche und bereitete Tee zu, als sich die Tür öffnete und Max eintrat. Sie besann sich jeder Unze Selbstbeherrschung, über die sie verfügte, und zwang sich dazu, nur einen Blick über die Schulter zu werfen und seine Anwesenheit mit einem knappen Nicken anzuerkennen, obwohl die Sehnsucht, sich umzudrehen und in seine Arme zu laufen, so groß war, dass sie sie beinahe schmecken konnte.

Diesmal hatte er grobe Arbeiterkleidung angelegt und trug ein Bündel, das das Werkzeug eines Handwerkers hätte enthalten können. Der Vollbart, der ihn am Nachmittag getarnt hatte, war verschwunden, doch man sah ihm an, dass er sich offenbar einige Tage nicht rasiert hatte.

Obwohl ihre Gesangsausbildung es ihr ermöglichte, weiter gleichmäßig zu atmen, waren ihre Hände nicht ganz ruhig, als sie den Teekessel erwärmte, den Tee abmaß, das kochende Wasser einschenkte. So sehr ihr diese kleine Schwäche zuwider war, ignorierte sie sie doch, da sie wusste, dass sie all ihre Kraft brauchen würde, um Max gegenüberzutreten.

Stumm beobachtete Max Felicity, wie sie in der Küche hantierte, als ob er nicht da wäre. Geistesabwesend rieb er sich mit der Hand über die Brust, als könnte die Geste den Schmerz vertreiben, der in ihm hauste, seit er aufgewacht war und entdeckt hatte, dass sie fort war. War das wirklich nur etwas mehr als zwei Wochen her? Es schien ein ganzes Leben lang zurückzuliegen.

Heute Nachmittag hatte er das kurze Aufflackern von Freude in ihren Augen gesehen, bevor sie es rasch verborgen hatte. Aber jetzt fragte er sich, ob er nur gesehen hatte, was er sehen wollte, was er so sehr brauchte.

Der Schmerz schien sich in jeder Pore seines Körpers, in jedem Winkel seiner Seele breitgemacht zu haben und erinnerte ihn an die Selbstvorwürfe und das Schuldbewusstsein, die ihn nach Maries Tod verfolgt hatten. Aber das war nichts im Vergleich mit der Pein, die Felicity austeilen konnte, dachte er grimmig. Als Selbstschutz wallte Wut in ihm auf.

Das Porzellan klirrte, als sie es auf ein Tablett stellte, und er sah, dass ihre Hände zitterten. Eine Welle der Zärtlichkeit strömte durch ihn, und bedrohte den Schild aus Wut, den er errichtet hatte. Er bemühte sich, ihn festzuhalten, und seine Stimme war barsch, als er nach dem Tablett griff. »Lass mich das machen.«

Das Schweigen hing schwer zwischen ihnen, als sie sich an den gesandeten Eichentisch setzten, der einen großen Teil der Küche einnahm. Felicity starrte auf ihre Tasse, die Max ihr eingeschenkt hatte, und wusste, dass ihre Hände zu sehr zitterten, um sie anzuheben, ohne den heißen Tee zu verschütten.

»Weißt du, Felicity, ich habe dich nie für feige gehalten.«

Bei der sanft ausgesprochenen Spöttelei ruckte ihr Kopf hoch, die Augenbrauen zusammengezogen, ihre Augen wütend. Max hätte beinahe gelächelt. Das war genau seine Absicht gewesen. Die Wut, die ihre Augen bereits zu der Farbe von Kiefern im Zwielicht verdunkelte, würde sie weniger empfänglich für seine Überredungskunst machen, aber er hatte kein Verlangen, ihre Schwäche auszunutzen.

»Nenn es Feigheit, wenn es dir gefällt,«, fauchte sie. »Ich nenne es Schmerzvermeidung – schlicht und einfach.«

Max lehnte sich zurück und zwang sich dazu, einen Muskel nach dem anderen zu entspannen, um sich davon abzuhalten, sie zu berühren. »Und du hast damit Erfolg, nehme ich an«, sagte er gedehnt. »Was das Vermeiden von Schmerz angeht.«

»Oh, zum Teufel mit dir.« Felicity sprang auf und stieß ihre Teetasse um, sodass die goldene Flüssigkeit sich über den Tisch ergoss. »Warum kannst du mich nicht in Ruhe lassen? Ich habe dir in meinem Brief alles gesagt, was es zu sagen gibt. Wir haben keine Zukunft. Gar keine.« Sie ballte die Fäuste und schlug damit auf den Tisch und dann noch einmal. »Kannst du das nicht verstehen?«

Sie wirbelte vom Tisch weg, aber Max umfasste ihr Handgelenk. Er hielt sie mit einem wenig sanften Griff fest und erhob sich. Als er über ihr aufragte, sah er, wie in ihren Augen Wut mit Verzweiflung kämpfte und verlor. Plötzlich strömte seine eigene Wut, die ihn die letzten zwei Wochen aufrecht gehalten hatte, schlagartig aus ihm. Sein Griff wurde sanfter und sein Daumen begann die Stelle zu streicheln, wo seine Finger sie so fest gepackt hatten.

Felicity löste die Hand aus seinem Griff, da sie nur zu gut wusste, wie verführerisch seine Berührung sein konnte. Die Wut, ihre einzige Stütze, verblasste, und Verzweiflung drohte sie zu verschlingen. Wie sollte sie gegen ihn angehen, wenn eine Berührung reichte, um sie zum Schmelzen zu bringen?

Max hatte sich gesagt, dass er nicht wählerisch bei seinen Methoden sein würde, wenn er Felicity einmal gefunden hat. Aber jetzt, da er hier war, nahe genug, um sie zu berühren, ihren Duft einzuatmen, musste er vor sich selbst zugeben, wie beschränkt seine Möglichkeiten wirklich waren.

»Weißt du, du hast die Oberhand«, gab er leise zu. »Da ich ein gesuchter Mann bin, gibt es keine Möglichkeit für mich, mich mit dir zu treffen, außer du lässt es zu. Und trotz der Tatsache, dass du heute Nachmittag von Gewalt geredet hast, weißt du ganz genau, dass ich dich niemals zu etwas zwingen würde.« Er machte eine Pause. »Oder willst du das abstreiten?«

Felicity spürte, wie sie vor Scham errötete, als sie sich an ihre gemeinen Worte erinnerte. »Nein. Ich weiß, dass du mir gegenüber nie Gewalt anwenden würdest.«

Er grinste unerwartet, was seinem Gesicht mit den schändlichen Bartstoppeln einen verwegenen Ausdruck verlieh. »Obwohl ich zugeben muss, dass es außerordentlich verlockend ist, in Betracht zu ziehen, dich für die nächsten zwanzig oder dreißig Jahre an mein Handgelenk zu ketten.« Max' Grinsen verschwand, und seine Augen wurden ernst. »Ich werde nicht aufgeben, Felicity.« Er umfasste ihr Kinn mit einer Hand. »Wenn du singst, werde ich im Publikum sein. Wenn du ausgehst, werde ich irgendwo auf der Straße sein. Und der Tag wird kommen, an dem wir wieder miteinander sprechen werden.«

»Nein!« Sie packte seine Arme. »Du kannst nicht bleiben. Du musst Wien verlassen.« Panik stieg schlagartig in ihr auf und machte ihre Stimme heiser. »Wenn du in der Stadt bleibst, ist es nur eine Frage der Zeit, bis sie dich finden.«

»Vielleicht.« Er schüttelte ihre Hände ab und machte einen Schritt zurück. »Aber da du mit mir nichts mehr zu tun haben willst, geht dich das wohl nichts mehr an, nicht wahr?«

Bevor Felicity antworten konnte, hatte Max sein Bündel genommen und trat in den Abend hinaus.

»Dieser ganze Aufruhr ist wirklich mehr, als ein Mensch ertragen kann. Man sollte meinen, dass diese bärtigen, ungehobelten Schurken mit dem zufrieden sind, was der Kaiser ihnen gewährt hat. Aber nein, sie und diese lächerliche bürgerliche Nationalgarde hatten tatsächlich die Nerven, mit ihren Forderungen zur Hofburg zu marschieren.« Gräfin Thurnheim schnaubte, und die Haube auf ihrem Kopf bebte. »Ich war nie eine von Metternichs Bewunderern, aber ich muss sagen, dass während seiner Amtszeit solche Exzesse zumindest nie toleriert worden wären.«

Die Gräfin deutete mit dem Kopf in Richtung einer Gruppe junger Männer, die mit zwei Polizisten stritten.

»Sehen Sie sich das nur an. Ein friedlicher Bürger kann heutzutage nicht einmal mehr einen Abendspaziergang im Volksgarten unternehmen, ohne von diesen Schuften belästigt zu werden.«

Felicity musterte die Gruppe und tat so, als ob es nur aus müßigem Interesse geschähe. Aber sie wusste, dass es nicht so war. Sie suchte Max. Da sie sich beständig an seine Worte erinnerte, hatte sie, wann immer sie in den vergangenen Tagen ihr Haus verlassen hatte, jedes Gesicht, jede Gestalt genau gemustert in der Hoffnung, dass es Max war. In der Hoffnung, dass er es nicht war.

»Was ist los mit Ihnen?«, fauchte die Gräfin neben ihr. »Warum schauen Sie sich diese Flegel mit so einem verzückten

Gesichtsausdruck an?« Sie gab Felicity einen heftigen Stoß in die Seite. »Reißen Sie sich zusammen, Mädchen.«

Felicity öffnete den Mund, und eine scharfe Erwiderung lag ihr bereits auf der Zunge, doch dann schaute sie die Gräfin an und sah die verblassten Augen und den verbitterten Mund. Einen kurzen, panikerfüllten Moment lang fragte sie sich, ob sie eines Tages auch so aussehen würde.

Dann holte sie tief Luft und rief sich ins Gedächtnis, warum sie einen Abend mit dieser mürrischen, alten Frau verbrachte. Tief atmete sie die milde Frühlingsluft ein, die vom Duft von Flieder erfüllt war, der in Wien so reichlich wuchs. Sie ließ die harschen Worte unausgesprochen und konzentrierte sich stattdessen auf diese angenehme Sinneswahrnehmung, während die Gräfin weiter über die Ereignisse des Tages schwatzte.

Plötzlich ertönten laute Rufe vom anderen Ende des Gartens, und als Felicity sich umsah, entdeckte sie einen bunt zusammengewürfelten Trupp der Nationalgarde, erkennbar an ihren weißen Armbändern und alten Waffen, der von einer Gruppe Soldaten zum Garten zurückgetrieben wurde.

Die Gardisten flohen vor dem Ansturm, quetschten sich durch das schmale, schmiedeeiserne Tor und stürmten in den Garten.

»Kameraden!«, schrie einer der Studenten. »Vergesst diese elenden Polizisten. Hier sind brave Männer, die unsere Hilfe brauchen.«

Mit schwingenden Fäusten, ihre Wahlsprüche rufend und laut fluchend liefen die Studenten los.

Felicity sah von einer Gruppe zur anderen. Es war eine Frage von wenigen Augenblicken, bevor die beiden aufeinanderprallen würden, erkannte sie, und sie standen direkt im Weg. Sie packte Gräfin Thurnheims Ärmel, um sie von dem Gehweg in die Fliederstauden zu ziehen, die zumindest ein wenig Schutz boten, doch die Frau weigerte sich, sich zu bewegen. Dann schien alles gleichzeitig zu geschehen.

Gräfin Thurnheim hob den Studenten, die auf sie zuliefen, die Faust entgegen, blieb weiterhin mitten auf dem Weg stehen und verfluchte die Radikalen mit dem blumigen Wortschatz eines Stallburschen.

Felicity versuchte, sich über den Schreien der beiden Gruppen und den Flüchen der Gräfin Gehör zu verschaffen und bemühte sich, die ältere Frau zur Seite zu ziehen.

Die Studenten ignorierten die beiden Frauen völlig, drängten einfach vorwärts und schoben die Gräfin und Felicity auf die Gardisten zu, die sich noch immer auf dem Rückzug vor den Soldaten befanden. Einen Augenblick lang fielen die Studenten zurück, stürmten dann wieder vor und klemmten die Frauen zwischen den beiden Gruppen ein.

Felicity spürte, wie sie nach vorne gestoßen wurde. Binnen Sekunden war sie umgeben von schubsenden, schwitzenden Körpern, und sie ruderte mit den Armen und griff nach Kleidung, Gliedmaßen, allem, damit sie nicht zu Boden fiel. Eine überraschende Bewegung hob sie hoch, riss sie von den Füßen und trieb sie nach vorne. Dann fielen die Studenten plötzlich zurück. Wie die Scheren einer Krabbe schwärmten sie um die sich in der Unterzahl befindlichen Gardisten, um gegen die Soldaten zu stürmen. Ohne die Stütze der Körper um sie herum verlor Felicity den Stand und stürzte zu Boden.

Einen Moment lang betäubte der Aufprall sie, und sie lag mit geschlossenen Augen still, während um sie herum Schreie ertönten. Als sie die Augen wieder öffnete, schien alles um sie herum zu verschwimmen. Mit einem Kopfschütteln stützte sie sich auf einen Ellenbogen auf.

Ein schriller Schrei hinter ihr ließ sie über die Schulter blicken. Für den Bruchteil einer Sekunde erstarrte sie, als ihr Blickfeld von drei Männern mit altmodischen Musketen ausgefüllt wurde. Sie liefen wie verrückt auf sie zu. Und sie erkannte, dass sie direkt in ihrem Weg lag.

Ein ungeahnter Schub Energie wurde in ihr freigesetzt, und sie rollte sich zum Rand des Weges, einmal, zweimal. Die Steine am Rand des Weges verhinderten ihren Fortschritt, aber sie stieß sich ein weiteres Mal ab und spürte, wie sie in ihren Rücken stachen, als sie über sie auf den Rasen rollte.

Gerettet, dachte sie, als sie mit dem Gesicht nach unten im feuchten Gras lag und darauf wartete, dass ihr Atem, der schmerzhaft in ihrer Kehle kratzte, wieder ruhiger wurde. Sie war in Sicherheit. Kaum hatte sie diesen Gedanken zu Ende gedacht, spürte sie, wie sie vom Boden hochgehoben wurde. Mit letzter

Kraft hob sie die Fäuste, um sich gegen ihren Angreifer zu wehren, und landete einen Treffer auf dem Kinn des Mannes, der mächtig genug war, um ihn vor Schmerz ächzen und fluchen zu lassen.

Sie zog den Arm zurück, um erneut auf sein Gesicht zu zielen, als ihr Handgelenk in einem stählernen Griff gepackt wurde.

»Hör auf, verdammt noch mal«, sagte eine vertraute Stimme. »Wenn du mich niederschlägst, kommst du hier nicht unversehrt raus.«

»Nein.« Felicity wandte sich in Max' Armen, während er sich einen Weg durch die blühenden Büsche bahnte, weg von dem Kampf, der noch immer tobte. »Lass mich runter.« Sie drückte mit beiden Händen gegen seine Brust. »Ich muss zurück zu Gräfin Thurnheim.« Ihre Stimme wurde lauter. »Sie ist noch immer irgendwo da hinten.«

Max blieb abrupt stehen und stellte Felicity auf den Boden ab. »Bleib hier. Ich hole sie.«

Als er sich umdrehte, packte Felicity den Ärmel seines groben Arbeiterhemdes. »Ich begleite dich. Sie verabscheut die Radikalen. So, wie du angezogen bist, wird sie nie mit dir mitkommen.«

»Dann ist das ihr Pech.« In der einbrechenden Dämmerung funkelten seine Augen vor Wut. »Aber du bleibst hier, Felicity, und wenn ich dich fesseln muss. Ich habe praktischerweise ein Seil dabei.«

Ein Schuss ertönte, gefolgt von einem Schmerzensschrei, und Felicity erbleichte. »In Ordnung. Aber geh schnell.«

Einen kurzen Moment lang trafen sich ihre Blicke. Max streifte mit den Fingern über ihre Wange und drehte sich um, um sich wieder ins Getümmel zu stürzen.

»Max!«

Er drehte sich im Laufe um und sah zurück zu Felicity.

»Sei vorsichtig.«

Er nickte einmal und war weg.

Sie grub die Nägel in die Handflächen, während sie wartete. Mehr als einmal wollte sie ihm nachlaufen, da sie wusste, dass sie sich nicht verzeihen würde, wenn er verletzt oder verhaftet wurde.

Sie wusste, dass nur wenige Minuten verstrichen waren, doch diese kamen ihr wie Stunden vor. Nicht gewillt, noch länger zu warten, umrundete sie einen Fliederbusch und ging in die Richtung, die Max genommen hatte.

»Was glaubst du, wo du hingehst? Verdammt noch mal, habe ich dir nicht gesagt, du sollst bleiben, wo du bist?« Max' zornige Stimme ließ sie so abrupt stehenbleiben, dass ihre glatten Ledersohlen auf dem feuchten Gras rutschten.

Bevor Felicity etwas sagen konnte, wandte sich Gräfin Thurnheim Max zu. »Wie kommen Sie dazu, sie so vertraut anzusprechen, Sie Rüpel«, stieß sie hervor, schwang ihren Pompadour nach ihm und verfehlte ihn um fast einen halben Meter. »Und wie können Sie es wagen, mich so anzufassen. Lassen Sie mich sofort los.«

Felicity bedeutete Max zu schweigen, ging zur Gräfin und legte ihre Hand auf den Arm der älteren Frau. »Er versucht nur, uns zu helfen. Wir sollten dankbar sein.«

»Dankbar?«, kreischte die Gräfin. »Ich soll solchem Abschaum dankbar sein?«

»Das ist nicht der richtige Ort, um Ihren Gefühlen freien Lauf zu lassen.« Felicity packte den Arm der Gräfin. »Kommen Sie jetzt mit. Bitte.«

Fassungslos über Felicitys scharfen Tonfall öffnete die Gräfin den Mund, doch ihre Bestürzung schien ihren Widerstand geschwächt zu haben, und sie gehorchte und bewegte sich in die Richtung, in die Felicity sie lenkte.

Außerhalb des schmiedeeisernen Zauns wandte sich Felicity Max zu, der ihnen gefolgt war. »Danke, dass Sie uns zu Hilfe waren.«

Max zog eine Augenbraue hoch, dass sie ihn entließ. »Ich würde die Damen gerne zu Ihrer Kutsche oder nach Hause begleiten. Heute Abend sind die Straßen nicht sicher.«

»Wie können Sie es wagen …« Die Gräfin brach ab, als sie spürte, wie sich Felicity ihren Arm fester ergriff.

»Sie brauchen sich keine Umstände zu machen.« Felicity sah Max ungehalten an. Verstand er denn nicht, dass die Gräfin ihn erkennen könnte? »Wir kommen schon zurecht.«

»Ihr gehorsamster Diener, Fräulein.« Er vollführte eine

arrogante, kleine Verbeugung, die nicht zu seiner bescheidenen Kleidung passte. »Aber es ist mir ein Bedürfnis, Sie zuerst in Sicherheit zu bringen.«

Felicity seufzte und gab nach, da ihr klar war, dass Max offensichtlich darauf eingestellt war, den ganzen Abend mit ihr zu streiten. »Gräfin Thurnheims Kutsche ist in der Nähe des Haupteingangs zum Volksgarten.«

Sie gingen flott und erreichten bald die wartende Kutsche, deren Angeln protestierten, als die Gräfin die Tür aufriss. Sie ignorierte die Hand, die Max ihr hinhielt, kletterte hinein und knallte die Tür hinter sich zu. Mit einem Stock klopfte sie auf das Dach, um dem Kutscher ein Signal zu geben.

»Ich wünsche Ihnen eine sichere Heimfahrt, Gräfin«, sagte Felicity leise.

Als der Kutscher den Pferden zuschnalzte, steckte die Gräfin den Kopf zum Fenster hinaus. »Einen Augenblick, Fritz«, rief sie. Sie umklammerte den Fensterrahmen mit beiden Händen und fixierte Felicity mit einem verächtlichen Blick. »Sie sollten sich schämen. Sie, eine Allendorf, nehmen Hilfe von diesem radikalen Abschaum an.«

»Es gab gute, praktische Gründe, das zu tun, Gräfin, unter anderem auch wegen Ihrer eigenen Sicherheit. Abgesehen davon hatte mein Vater äußerst republikanische Ansichten, aber vielleicht erinnern Sie sich nicht daran.« Felicity kaschierte ihren Ärger mit einem kühlen, distanzierten Tonfall. »Und ich bin in Amerika aufgewachsen.« Sie sagte die Worte wie eine Herausforderung. »Und tatsächlich halte ich die Vorstellung, dass alle Menschen gleich sind, für äußerst ansprechend.«

Stumm bewegte die Gräfin den Mund, was sie wie einen an Land gestrandeten Fisch aussehen ließ. Dann griff sie nach dem Stock und schlug damit erneut auf das Dach der Kutsche. Mit einem Ruck und mit quietschenden Federn rollte die Kutsche los.

Felicity seufzte. »Irgendwie glaube ich nicht, dass sie jemals wieder Wert auf meine Gesellschaft legen wird.«

»Irgendwie glaube ich nicht, dass du etwas dagegen haben wirst.« In Max' Stimme lag ein Lächeln, aber seine Augen waren ernst.

»Nein. Ich habe mein Versprechen gehalten.« Plötzlich fühlte sie sich so müde. »Und mehr.«

»Ich bringe dich jetzt nach Hause.«

Felicity wusste, dass ein Protest sinnlos war, also drehte sie sich um und marschierte los.

Felicity ging an Manon vorbei und ignorierte ihr aufgeregtes Getue. Sie hörte Max' Schritte hinter sich, ignorierte ihn aber ebenfalls, als sie in den Salon eilte. Sie blieb an der Kredenz stehen, schenkte sich einen Fingerbreit Cognac ein und kippte ihn mit einer Grimasse in einem Zug hinunter.

Mit ein wenig angetrunkenem Mut gewappnet, drehte sie sich um und sah Max an. »Warum hast du Wien noch nicht verlassen?« Mit ruckartigen Bewegungen begann sie, ihre ruinierten Handschuhe einen Finger nach dem anderen auszuziehen. »Wartest du darauf, dass sie dich finden? Bis dich jemand erkennt? Bis ein falscher Freund dich denunziert?« Sie schob sich die Pelisse von den Schultern, ließ sie zu Boden gleiten und warf ihre zerdrückte Haube nach.

»Hast du nicht geglaubt, was ich gesagt habe?« Er stand ganz still. »Ich warte, Felicity. Warte auf ein Versprechen.«

Sie verharrte mitten in der Bewegung und starrte ihn an. »Wovon redest du da?«

»Ich habe dir gesagt, dass ich nicht aufgebe, Felicity.« Er trat näher und umfasste ihre Schultern. »Ich will ein Leben mit dir. Denn ohne dich habe ich keines.«

»Du bist verrückt.« Sie drückte mit beiden Händen gegen seine Brust, doch sie hätte genauso gut versuchen können, einen Granitblock zu bewegen. »Hast du nichts von dem verstanden, was ich in meinem Brief gesagt habe?« Erneut drückte sie gegen ihn. »Lass mich los, verdammt noch mal. Ich kann nicht denken, wenn du mich anfasst.«

Max gab sie frei und sie wich hastig zurück.

»Weißt du, was das Erste war, das Gräfin Thurnheim zu mir gesagt hat? Sie hat gemeint, es wäre schade, dass mein Vater so weit unter seinem Stand geheiratet hat.« Sie lachte bitter. »Ist dir nicht klar, dass alle genau das sagen werden, wenn du mich heiraten würdest?«

»Es ist mir egal, was die Leute sagen werden.« Max zwang sich zu einem ruhigen Tonfall. »Und meiner Familie auch.«

»Vielleicht ist es dir heute egal, vielleicht auch morgen. Aber eines Tages wird es dich kümmern.« Sie nahm einen Atemzug, der beinahe ein Schluchzen war. »Und eines Tages wirst du dich erinnern, dass ich Charles Fosters Mätresse war, und du wirst anfangen, mich zu hassen.«

»Nein!« Max umfasste erneut ihre Schultern und zog sie an sich. »Du warst nie Charles Fosters Mätresse. Er hat dich jahrelang vergewaltigt. Meinst du wirklich, dass ich den Unterschied nicht verstehe?«

Felicity starrte ihn an. Sie bezweifelte nicht, dass er heute seine Worte glaubte. Aber was war mit morgen? Nächstes Jahr? In fünf Jahren, wenn sich die Leidenschaft, die bereits einen Sturm in seinen Augen aufziehen ließ, abgekühlt hatte?

Max sah ihr in die Augen. Er sah die Zweifel und wappnete sich gegen den Schmerz. »Hast du tatsächlich so wenig Vertrauen in mich, Felicity? Glaubst du wirklich nicht an das, was wir zusammen erlebt haben?«

Felicity nahm einen tiefen Atemzug. »Wir haben zusammen eine Nacht verbracht.« Sie schluckte und sagte sich, dass sie jetzt aus reiner Liebe zur Grausamkeit gezwungen wurde, um ihm einen Dienst zu erweisen. »Glaubst du ernsthaft, dass eine Nacht als Basis für eine Ehe ausreicht?«

Seine Hände blieben auf ihren Schultern liegen, doch Max zuckte zurück, als hätte sie ihn geohrfeigt. »War das alles, was es für dich war?« Er schüttelte den Kopf und fuhr fort, bevor sie antworten konnte. »Ich habe dir einmal gesagt, dass du für jemanden mit deinem Beruf eine bemerkenswert schlechte Schauspielerin im wirklichen Leben bist. Ich nehme das zurück. Du bist sehr gut geworden. Wirklich sehr gut.« Seine Hände verkrampften sich. »Zu dumm, dass ich dir nicht glaube.«

»Das ist dein Problem.« Sie senkte den Blick, unfähig, in seine silbernen Augen zu schauen, in denen solcher Schmerz hauste. Schmerz, den sie ihm zugefügt hatte.

»Nein! Sieh mich an.« Er schüttelte sie. »Wenn du mich schon anlügst, Felicity, dann sieh mir dabei wenigstens in die Augen.«

Zögernd hob sie den Blick und spürte entsetzt, wie sich ihre Augen mit Tränen füllten und strömten ihr über die Wangen.

Max verspürte einen Schwall von Erleichterung, von Triumph, und seine Hände umfassten Felicitys Gesicht. Sanft wischte er die Tränen mit den Daumen ab. »Deine Tränen sind eine Antwort, Felicity, Liebes, aber ich brauche die Worte.« Er beugte sich hinunter, streifte seinen Mund über ihren und schmeckte das Salz ihrer Tränen. »Kannst du sie mir geben?«

Zusammen mit den Tränen, die ihr noch immer über das Gesicht liefen, schien auch ihr Widerstand wie weggeschwemmt. Es wäre so einfach, dachte sie. So einfach, diese drei kurzen Worte zu sagen, die schon so lange in ihrem Herzen lebten.

Mit letzter Kraft zog sie sich vom Abgrund zurück. Sie konnte es nicht tun. Sie durfte es nicht. In diesen Worten lag ein Zauber, eine Beschwörung. Sobald sie sie bei Tageslicht ausgesprochen hatte, konnte sie sie nie wieder zurücknehmen und auch keinen Teil von sich selbst.

»Nein«, flüsterte sie. »Ich kann nicht.« Sie machte einen Schritt nach hinten und seine Hände fielen von ihr ab.

Er sagte nichts. Aber sein Blick huschte über ihre Züge, als ob er sich ihr Gesicht einprägen wollte. Seine silbernen Augen waren ein stumpfes Zinngrau geworden, und das Einzige, das in ihnen lebendig war, war Schmerz.

Blind vor Tränen drehte sie sich um und umklammerte die Rückenlehne eines Stuhls, um aufrecht bleiben zu können. Als sie hörte, wie sich die Tür leise schloss, wusste sie, dass Max gegangen war.

Kapitel 19

Donnernder Applaus brandete um Felicity auf. Automatisch vollführte sie immer wieder einen tiefen Knicks. Automatisch bückte sie sich, um die Blumensträuße aufzuheben, die zu ihren Füßen landeten. Aber ihre Augen waren ruhelos, als sie versuchte, jenseits der Bühnenbeleuchtung in den Zuschauerraum zu sehen.

Zweimal an diesem Abend hatte sie ihren Einsatz verpasst, weil ihre Gedanken nicht bei der Musik gewesen waren und ihr Blick nicht auf den Dirigenten gerichtet. Zweimal hatte sie geglaubt, Max im Publikum entdeckt zu haben, und ihr Puls war in die Höhe geschnellt. Dank ihrer Ausbildung hatte sie sich schnell genug erholt, um ihre Fehler zu überspielen, und obwohl ihr Gesang technisch perfekt war, war ihr Herz für den Rest des Abends nicht bei der Musik gewesen.

In einem letzten tiefen Knicks sank sie nieder und schlüpfte dann mit einem Seufzer der Erleichterung hinter die schweren, weinroten Samtvorhänge. Erschöpft lehnte sie sich an einen Tisch, der noch nicht weggebracht worden war. Der Lärm um sie – die lauten Rufe der Bühnenarbeiter, die lachenden Vertraulichkeiten der Chorsänger, das Brüllen eines unzufriedenen Tanzmeisters – enervierten sie, doch war sie trotzdem unfähig, genug Energie aufzubringen, um ihre Garderobe aufzusuchen.

Der Tanzmeister stürmte an ihr vorbei und murmelte noch immer italienische Verwünschungen. Die gescholtenen Mitglieder des Corps de Ballet, die das Ziel seines Zorns gewesen waren, folgten ihm schlurfend und mit traurig schwingenden Tüllröcken hinter die Kulissen. Eines der Mädchen weinte bitterlich, und trotz ihrer Müdigkeit stieß sich Felicity vom Tisch ab, da sie einige tröstende Worte an das Mädchen richten wollte.

Doch bevor sie vortreten konnte, holte eine der Tänzerinnen das weinende Mädchen ein, und Felicity lehnte sich zurück. Sie würde sich hier noch eine Minute ausruhen, dachte sie. Nur eine einzige Minute.

»Geh, Hanni, wein doch nicht. Du weißt, dass er immer schreit, egal ob deine Füß' schwer wie Blei oder leicht wie ein Stanitzel mit Schlagobers von Demel sind.« Felicity hörte die Stimme des Mädchens mit dem deutlichen Dialekt der Wiener Außenbezirke.

Hanni schüttelte den Kopf und vergrub das Gesicht noch tiefer in den Händen.

»Oh, jetzt komm schon.« Die Stimme des anderen Mädchens war forsch. »Das war unsere letzte Vorstellung für diese Saison. In ein paar Tag' wirst du mit deinem Offizier nach Baden unterwegs sein.«

»Nein«, schluchzte Hanni. »Diese schwachköpfigen Studenten mit ihren dummen Barrikaden und blöden Parolen haben alles ruiniert.« Sie wischte sich die Nase mit dem Handrücken ab. »Fredis Urlaub ist gestrichen.«

»Oh, mach dir keine Sorgen.« Die andere Tänzerin lachte und machte eine unbekümmerte Geste. »Das ist 'ne typische wienerische Farce. In ein paar Tag' werden die Barrikaden abg'rissen sein und du wirst deinen Fredi wieder haben.«

Hanni schüttelte den Kopf. »Er hat den Befehl, irgend so 'nen uralten Grafen zu verhaften, ihn zurück nach Wien zu bringen und dann für Gott weiß wie lang zu bewachen«, sagte sie finster. »Als ob das 'nen Unterschied macht. Fredi hat g'sagt, dass der Alte eh schon seit Jahren auf seinem Landsitz eing'sperrt ist.«

Felicitys Kopf ruckte so abrupt hoch, dass ihre Gelenke knackten. Ihr Onkel! Das Mädchen konnte nur Onkel Anton gemeint haben! Sie durfte nicht zulassen, dass er verhaftet wurde und vielleicht den Rest seines Lebens in einem Habsburger Gefängnis verbrachte. Sie musste etwas unternehmen, dachte sie hektisch. Aber was? Ihre Gedanken wirbelten. Sie würde alleine nicht nach Greifenklau finden. Zwar war sie einige Male dort gewesen, aber immer nur zusammen mit Max. Und er hatte dafür gesorgt, dass sie keine Aufmerksamkeit auf ihre Route richtete, und ihr gesagt, je weniger sie wusste, desto besser war es für sie.

Max. Oh, Gott, dachte sie. Wenn sie so tief gesunken waren, dass sie einen verkrüppelten, alten Mann ins Gefängnis schleppten, was würden sie dann erst Max antun, falls sie ihn fanden? Und falls das geschähe, dann wäre es ihre Schuld. Sie hob eine zittrige Hand an den Mund und ließ dabei einen Blumenregen niedergehen.

Er war noch immer in Wien. Sie hatte ihn zwar drei Wochen lang nicht gesehen, aber sie hatte seine Anwesenheit so sicher gespürt, als wäre er an ihrer Seite gewesen. Ohne sie wäre er vielleicht in Sicherheit. Vertrautes Schuldbewusstsein wallte in ihr auf. Und jetzt würde sie ihn in noch größere Gefahr bringen müssen. Sie würde nach ihm suchen müssen, denn erneut brauchte sie seine Hilfe, um Greifenklau zu finden.

»Darf ich Ihnen helfen, gnädiges Fräulein?«

Ein schlanker, blonder Mann kniete zu ihren Füßen und begann, die Blumen aufzulesen. Nur einen Augenblick lang sah er zu ihr hoch.

»Th–«

Er brachte sie mit einem Kopfschütteln zum Schweigen.

Schnell kniete sich auch Felicity hin und begann ebenfalls, Blumen einzusammeln.

»Was machst du hier, Theo?« Mit klopfendem Herzen hielt sie den Blick auf den Boden gerichtet, die Hände auf den Blumen, obwohl sie ihn schütteln und fragen wollte, ob Max etwas zugestoßen war.

»Im Theater oder in Wien?«

»Sowohl als auch.«

»Ich bin nach Wien gekommen, um hier zu sein, falls Max Hilfe braucht.«

Ihr stockte der Atem und sie sah ihn an. »Also gebt du und deine Familie mir die Schuld?«

Theo erwiderte ihren Blick. »Nein. Ich weiß nicht, was zwischen dir und Max vorgefallen ist. Ich weiß nur, dass er seine

Entscheidung getroffen hat, und ich bin hier, solange ich ihm helfen kann.«

Seine blaugrauen Augen waren ruhig und enthielten nichts von dem Tadel, den sie befürchtet hatte. Aber sie enthielten auch nicht die Wärme, an die sie sich von der Osterburg erinnerte.

»Du kannst ihm helfen.« Eine Idee blitzte in Felicitys Kopf auf. »Ich weiß, wie du ihm helfen kannst.« Sie streckte den Arm aus, um seine Hand zu ergreifen.

»Nein«, warnte er und zog seine Hand zurück.

Erst jetzt bemerkte sie, dass er die gleiche grobe Arbeitskleidung wie die Bühnenarbeiter trug.

Felicity reagierte schnell, stand auf und stützte sich an der Tischkante ab.

»Seien Sie so gut und bringen Sie doch bitte die Blumen in meine Garderobe.« Sie legte die Hand an ihre Stirn. »Und leihen Sie mir Ihren Arm. Ich fühle mich erschöpft und matt.«

Während sie langsam zu Felicitys Garderobe gingen, erzählte sie ihm in einem schnellen Flüstern, was sie brauchte.

Die Junimorgendämmerung kam früh, und Felicity atmete leichter, jetzt, da die Nacht mit ihren Dämonen vorbei war. Immer wieder hatten die Schwächen und schrecklichen Möglichkeiten des Plans, den sie und Theo ausgeheckt haben, sie verfolgt. Doch als die Dämmerung sich über dem Himmel ausbreitete, fühlte sie sich stark und selbstsicher. Nichts würde schieflaufen, sagte sie sich. Das musste sie einfach glauben.

Obwohl sie sich bemühten, die Straßen zu meiden, in denen die Studenten Barrikaden errichtet hatten, wurden sie mehr als einmal aufgehalten. Doch jedes Mal wurde Felicity erkannt, mit Beifall begrüßt und weitergewunken.

»Warum bist du gestern ins Theater gekommen, Theo?«, fragte Felicity, als sie die Stadt verlassen hatten und durch die üppige Landschaft fuhren.

Seine blaugrauen Augen waren ernst, als er sie eine lange Zeit ansah, ehe er antwortete. »Ich wollte dich bitten – anflehen, deine Entscheidung zu überdenken. Jeden Streit zu schlichten, den du mit Max hast.«

»Aber du hast nichts gesagt.«

Theo schüttelte den Kopf. »Als ich dich da stehen sah«, er zuckte mit den Schultern, »konnte ich deine Erschöpfung, deinen Schmerz spüren. Da wusste ich, dass du nicht einfach nur kapriziös bist oder die Spröde spielst.«

»Wie geht es ihm?« Felicity hatte sich gesagt, dass sie diese Frage nicht stellen würde, aber jetzt, da die Worte gesprochen waren, war sie seltsam erleichtert.

Er lehnte den Kopf an die Lederkissen und starrte zur Decke der Kutsche hoch, als er seine nächsten Worte abwägte. »Er arbeitet wie besessen. Er ist überall dabei mit Ratschlägen, Hilfe, was immer gebraucht wird. Aber sein Herz ist bei dir und sein halber Verstand noch dazu.« Er schüttelte den Kopf. »Es ist nur eine Frage der Zeit, bis er einen Fehler begeht – bei einer Verkleidung nachlässig ist, ein achtloses Wort sagt.« Er sah ihr in die Augen. »Und wir wissen beide, was das bedeuten würde.«

Schuldgefühle waren ihr nicht fremd. Sie wusste, dass sie Max verletzt hatte, und ihr Kummer begleitete sie stets. Aber jetzt meldete sich das schlechte Gewissen mit solcher Heftigkeit, dass sie aufkeuchte. Sie presste beide Hände auf den Mund, und plötzlich explodierten all die Emotionen, die sie so sorgfältig in sich verschlossen hatte.

»Oh, Theo, ich wollte ihm nicht wehtun.« Sie krümmte sich vor Schmerz, als sie sich an Max' Augen erinnerte, als sie ihn das letzte Mal gesehen hatte. Der stumme, tiefe Schmerz, der in ihnen gelegen hatte. Schmerz, den sie ihm hinzugefügt hatte. Es wäre so viel einfacher gewesen, wenn er wütend gewesen wäre. Wenn er ihr Vorwürfe gemacht hätte. Aber das hatte er nicht. Er hatte sie nur angesehen mit diesem überwältigenden Schmerz in seinen Augen.

Felicity spürte, wie sich Theos Arm um sie legte, und sie versteifte sich unter der sanften Berührung. Doch statt sich davon abschrecken zu lassen, zog er sie näher, bis sie an seiner Schulter lag.

»Ich weiß, dass du ihm nicht wehtun wolltest.« In leichten, vorsichtigen Kreisen streichelte er ihr über die Schulter. »Wenn das alles vorbei ist, vielleicht könnt ihr euch versöhnen.«

Theos liebevolle Worte machten den letzten Rest ihrer

Beherrschung zunichte, und Felicity verlor den Kampf gegen die Tränen. Mit einer Gelassenheit, die seine Vertrautheit mit weiblichen Tränen zeigte, trocknete er mit seinem Taschentuch ihre Wangen und drückte es ihr dann in die Hand.

»Er braucht dich, Felicity. Er hat zuvor schon geliebt, aber er hat zuvor noch nie eine Frau gebraucht.« Theo hob Felicitys Gesicht an. »Er braucht dich«, wiederholte er. »Kannst du das nicht sehen?«

»Nein.« Verzweifelt schüttelte sie den Kopf. »Das glaubt er nur. Ich tauge nicht für ihn. Wenn ich weg bin, wird es ihm wieder gut gehen.« Sie drückte ihre geballten Fäuste an Theos Brust. »Es wird ihm wieder gut gehen.«

»Du verstehst ihn wohl noch immer nicht?« Theo lächelte leicht. »Er wird überleben, falls du das darunter verstehst, dass es ihm wieder gut geht. Max ist kein Mann, der leicht zu brechen ist. Aber was er für dich empfindet und der Schmerz, den du ihm zugefügt hast, werden ihn immer begleiten.«

Felicity schüttelte den Kopf, doch bevor sie etwas sagen konnte, zügelte Paddy die Pferde.

Kaum war die Kutsche zum Stehen gekommen, als Theo auch schon hinaussprang und Felicity hinunter hob.

»Du hast es nicht geschafft, einen Schlüssel zu organisieren, oder?«, fragte Felicity hoffnungsvoll.

Bedauernd schüttelte Theo den Kopf. »Es war schwierig genug, Max so diskret über Greifenklau auszufragen, damit er keinen Verdacht schöpft.« Er verzog das Gesicht, was ihn sehr jung wirken ließ. »Ich denke, es wäre exzessiv gewesen, mich als Taschendieb zu betätigen.« Er griff zurück in die Kutsche nach einem Bündel mit Werkzeugen, zuckte mit den Schultern und grinste. »Ich fürchte, wir haben nicht genug Zeit, um das elegant anzugehen.«

Nachdem er das Bündel geöffnet hatte, zog er eine Brechstange heraus und stieß sie in den Schlitz zwischen den beiden Türen. Das Holz begann zu zersplittern, und er schob sie weiter hinein, doch das Werkzeug rutschte aus dem Spalt, schrammte das Holz entlang und hinterließ eine tiefe Kerbe. Theo fluchte unterdrückt und setzte die Brechstange erneut an.

Als Theo mit der Tür fertig war, sah sie so aus, als hätte ein

Rammbock sie getroffen. Schnell rollten er und Paddy das Fass weg, das den Tunnel blockierte. Paddy blieb draußen bei den Pferden, während Felicity und Theo in der Dunkelheit verschwanden.

Theo stieß gegen die Steinplatte am Ende des Tunnels. Nichts. Er legte die Hände flach an und drückte fest dagegen, aber da der Durchgang so nieder war, dass er nicht aufrecht stehen konnte, kam keine Hebelwirkung zustande.

»Ich glaube, Max hat sie mit den Schultern hochgeschoben.«

Theo grunzte etwas wenig Schmeichelhaftes, stützte aber die Arme an die Tunnelwände und schob die Schultern nach oben gegen den Stein. Mit einem Kratzen begann die Platte nachzugeben. Er hörte, wie etwas auf dem Steinboden über ihm rasselte, achtete aber nicht darauf und drückte fester zu. Mühevoll hievte er die Steinplatte zur Seite, bis die Öffnung breit genug war, um durchzuschlüpfen. Er packte die rauen Ziegel zu beiden Seiten der Falltür, zog sich nach oben und sah sich plötzlich einem großen Küchenmesser gegenüber.

»Halt«, sagte eine zittrige Stimme. »Wer sind Sie?«

Das Messer war auf gleicher Höhe mit seiner Kehle, aber Theo riskierte einen Blick nach oben und sah den alten Mann, der es hielt. Er erkannte, dass dies der alte Diener sein musste, den Felicity erwähnt hatte. Die Hand des alten Mannes zitterte heftig, und das Messer kam bebend ein Stück näher.

»Wir wollen deinem Herrn nichts tun«, sagte Theo leise, da er den Mann nicht aufregen wollte. Auf diese kurze Entfernung war ein Messer gefährlich, selbst wenn die Hand, die es hielt, schwach und zittrig war. »Wir sind gekommen, um ihm zu helfen.«

»Wir?«

»Leopold?«, ertönte Felicitys Stimme aus dem Tunnel. »Es ist schon gut. Das ist der Bruder von Graf Max.« Sie zupfte an Theos Hose. »Hilf mir hoch, Theo.«

»Fräulein Felicity?« Der alte Mann sank neben der Falltür auf die Knie und das Messer klapperte vergessen zu Boden.

Binnen weniger Augenblicke waren sie alle in der Küche, und Felicity erklärte rasch die Situation.

Leopold sah sie traurig an und schüttelte den Kopf. »Sie können ihn nirgendwo hinbringen, Fräulein Felicity. Seit Wochen ist er schon zu schwach, um auch nur das Bett zu verlassen. Er geht nirgends mehr hin außer ins Grab.« Er bekreuzigte sich und zwei Tränenbäche liefen über seine faltigen, schlecht rasierten Wangen. »Immerhin werden sie nicht in der Lage sein, ihm noch mehr anzutun.«

»Nein«, rief Felicity. »Wir müssen ihn wegbringen. Ich lasse ihn nicht hier.« Sie packte Theos Arm. »Ich gehe zurück und hole Paddy. Er kann dir helfen, während ich bei den Pferden bleibe.«

»Nein, wir haben keine Zeit zu verschwenden.« Theos Stimme war plötzlich forsch und strahlte Autorität aus. »Wir haben ja keine Ahnung, wann die Soldaten kommen, um ihn zu holen. Es könnte jederzeit sein. Ich werde ihn tragen.«

»Einverstanden.« Sie richtete sich auf. »Gib mir nur ein paar Minuten mit Onkel Anton, um ihm alles zu erklären.«

Die Luft in dem kleinen Zimmer mit den verschlossenen, verhangenen Fenstern roch übel. Er lag so still, dass Felicity sich nicht einmal sicher war, ob er noch atmete. Sie kniete sich vor der Kante des schmalen Bettes und legte eine Hand auf die Brust ihres Onkels und die andere auf seinen Arm. Sie konnte spüren, wie sich seine Brust hob und senkte, aber seine Atemzüge waren so schwach, dass sie sich fragte, ob sie zu spät kam.

»Onkel Anton? Kannst du mich hören?« Sie beugte sich näher zu ihm. »Ich bin es. Felicity.«

Die pergamentenen Lider des alten Mannes zuckten.

»Kannst du mich verstehen?« Ihr Tonfall wurde drängend.

Die knochendürre Hand unter ihrer bewegte sich schwach.

»Wir – Theo und ich sind gekommen, um dich von hier wegzubringen.«

Seine Lider hoben sich, und er sah sie an, seine Augen überraschend klar.

»Ich habe durch Zufall herausgefunden, dass sie vorhaben, dich zu verhaften. Wir bringen dich irgendwohin, wo du in Sicherheit bist.«

Seine Augen verdüsterten sich mit Sorge. »M-Max?«

»Er ist in Sicherheit«, beruhigte Felicity ihn. »Wirklich.«

Als ob das eine Wort ihn erschöpft hätte, schloss er erneut die Augen. Als sich seine Lippen bewegten, beugte sich Felicity vor, um seine Worte aufzufangen.

»Sie können mir nichts mehr antun. Will nicht, dass du …« Sein Mund bewegte sich. »Gefahr.«

Die Hand unter ihrer zuckte leicht.

»Es ist in Ordnung.« Sie streichelte seine dünne Hand. »Wir schaffen es.«

»Ich sterbe, Felicity.« Erneut öffnete er die Augen, die noch immer klar waren, aber seltsam abwesend blickten, als ob er durch ihr Gesicht hindurchsehen würde. »Hat keinen Sinn.«

Ihre Augen füllten sich und Tränen liefen ihr über die Wangen. »Ich weiß, dass du im Sterben liegst, Onkel Anton.« Sie strich über seine Stirn und ließ ihre Hand dort liegen. »Ich möchte, dass du in Freiheit stirbst. Im Sonnenlicht.« Sie hörte, wie sich hinter ihr die Tür öffnete.

Der alte Mann richtete den Blick auf Felicity, und seine Finger schlossen sich schwach um ihre Finger. »Ja«, hauchte er.

Kapitel 20

Der Gasthof lag am Rande eines Dorfes – die Zimmer waren spärlich eingerichtet, aber die Bettwäsche war sauber. Die Frau des Wirtes, freundlich und mit roten Wangen, hatte Essen gebracht, doch es blieb unberührt.

Felicity saß am Bett ihres Onkels, und ihre Finger streichelten die gefleckte, pergamentene Haut seiner Hand. Das war das dritte Totenbett, an dem sie saß, dachte sie, und darauf wartete, bis ein weiterer Mensch, den sie liebte, seine letzte Reise antrat. Sie schloss die Augen vor den Tränen, die begonnen hatten, sie zu füllen.

Ein leichter Druck an ihren Fingern ließ sie erneut die Augen öffnen. Ihr Onkel war aufgewacht. Sein Blick bewegte sich zu dem offenstehenden Fenster, das die Mittagssonne und die Landluft, erfüllt mit dem Duft von frisch gemähtem Heu und über dem Sims wucherndem Geißblatt, hereinließ.

Sie beantwortete den stummen Dank mit einem Lächeln und einer Berührung, ehe er wieder die Augen schloss und zurück in dieses schattenhafte Reich glitt, das der Vorraum des Todes war.

Felicity lehnte sich auf ihrem Stuhl zurück und ließ sich, während sie noch immer die Hand ihres Onkels hielt, vom Schlaf umarmen.

. . .

Von einem schrecklichen Lärm unsanft geweckt, setzte sich Felicity ruckartig auf. Desorientiert sah sie sich im Zimmer um und erinnerte sich. Stimmen. Es gab Stimmen, die im Zimmer nebenan schrien. Wütende, rabiate Stimmen. Sie legte die Hand ihres Onkels auf die raue Decke und riss die Tür auf.

»Idiot! Hast du den Verstand verloren?« Max packte Theo am Revers und schleuderte ihn so heftig gegen die Wand, dass durch den Aufprall der Verputz abbröckelte. »Du hast eine Spur hinterlassen, der ein Kretin folgen könnte!« Max zog seinen Bruder an sich, sodass ihre Gesichter nur wenige Zentimeter voneinander entfernt waren. »Wenn du dabei umgekommen wärst, hättest du nichts Besseres verdient!« Erneut schleuderte er Theo gegen die Wand. »Aber Felicity! Verdammt noch mal! Was ist, wenn Felicity etwas zugestoßen wäre?«

Die Nähte von Theos Jacke rissen, als Max ihn erneut vorwärts zerrte.

»Nein!«, schrie Felicity und warf sich zwischen die beiden Männer. »Was macht ihr da?« Ihre Finger krallten sich in Max' Hemd.

»Und du!« Max' Hände gruben sich in Felicitys Schultern. »Was hast du dir dabei gedacht? Hast du dir überhaupt etwas gedacht?« Er schüttelte sie. »Antworte mir!«

Felicity spürte, wie seine Hände sie grob packten. Sie sah, dass sein Gesicht vor Zorn verzerrt war. Aber sie sah auch all die Emotionen, die diesen Zorn ausgelöst hatten, in den Tiefen seiner Augen – und plötzlich kam ihr jeder Widerstand abhanden. Obwohl ihre Erinnerungen ihr einen Schauer über den Rücken bescherten, verspürte sie keine Angst. Sie ließ sein Hemd los, hob die Hände, um sein Gesicht zu umfassen, und gab einen besänftigenden Laut von sich.

Bei der leichten Berührung ihrer Finger auf seinem Gesicht löste sich Max' Wut auf, als hätte es sie nie gegeben. Stattdessen überfluteten ihn Gewissensbisse und heiße Scham, und er legte die Arme um Felicity und drückte sie an sich.

»Ich hatte Angst, dich verloren zu haben«, murmelte er in ihr Haar.

Ihre Ängste, ihre Zweifel verblassten zu undeutlichen

Schemen, als Felicity die Arme um seinen Hals legte und sich festhielt.

Ein unnachgiebiges Klopfen an der Tür und die griesgrämige Stimme des Wirtes brachten sie wieder auseinander. Den Arm noch immer um Felicitys Schultern gelegt, öffnete Max die Tür.

»Ich entschuldige mich.« Er zuckte mit den Schultern und sein Gesicht verzog sich zu seinem charakteristisch charmanten Lächeln, bei dem der mürrische Mann verlegen mit den Füßen scharrte. »Ein Missverständnis.«

Er steckte die Hand in seine Tasche und gab dem Wirt eine Münze. Nach einem verstohlenen Blick in das Zimmer wandte sich der Mann wieder der Treppe zu.

Max behielt den Arm weiter um Felicity, als hätte er Angst, sie loszulassen, und drehte sich zu Theo um. »Es tut mir leid.« Er zog seinen Bruder mit seinem freien Arm heran. »Als mir klar wurde, wohin ihr gefahren wart, war ich wütend – und kopflos vor Panik. Nachdem ich Greifenklau erreicht hatte und die aufgebrochene Tür sah und das Haus leer fand …« Er zuckte mit den Schultern und grinste reumütig. »Was ist das Stadium, das auf Wut folgt? Aber als ich eurer Spur hierher gefolgt bin und herausgefunden habe, dass Felicity bei dir war, habe ich wirklich den Kopf verloren.« Max zerzauste das Haar seines Bruders. »Ich habe dir doch nicht wehgetan, oder?«

Theo strich sich den Gipsstaub von der Jacke und schüttelte lächelnd den Kopf. »Nein, aber du schuldest mir eine neue Jacke.«

»Betrachte es als erledigt.« Max grinste.

Felicity bemühte sich nach Kräften zu lächeln. Sie wusste, wie eng das Band zwischen den beiden Brüdern war, und das schlechte Gewissen, dass sie Schuld daran hatte, dass die zwei aneinandergeraten waren, quälte sie.

»Du darfst Theo nichts vorwerfen.« Sie legte die Hand auf Max' Brust, nahm sie aber aufgrund der Intimität der Geste sofort wieder weg. »Es war meine Idee. Ich habe ihn um Hilfe gebeten, weil ich nicht wusste, wie man nach Greifenklau kommt.«

Max zog eine Augenbraue hoch. »Wie hast du ihn gefunden?«

»Er hat mich gefunden.« Die Zweifel waren plötzlich alle wieder da, und sie rückte von Max ab. »Er war gestern zufällig in der Oper.« Sie sah auf ihre Hände, die sie an ihrer Taille verschränkt hatte.

»In der Oper?« Max richtete sich auf, als er seinen Bruder ansah. »Ich habe dich nicht gesehen.«

Unbehaglich rollte Theo mit den Schultern. »Ich war hinter der Bühne.«

»Was …?« Mit zusammengekniffenen Augen studierte Max Theos verlegene Haltung. Als ihm die Zusammenhänge dämmerten, begann ein Muskel in seiner Wange zu zucken. »Hattest du vor, dich für mich einzusetzen, kleiner Bruder?« Mit verletztem Stolz trat er vor.

»Hör auf!« Entsetzt von der Zwietracht, die sie unabsichtlich gesät hatte, nahm Felicity Max am Arm und zog ihn zu sich herum. »Lass ihn in Ruhe. Wenn du mit jemandem ein Hühnchen zu rupfen hast, dann wende dich an mich.« Sie schüttelte ihn. »Verstehst du nicht? Er liebt dich.«

Max sah in Felicitys geliebtes Gesicht und spürte, wie der Groll über die gutgemeinte Einmischung seines Bruders aus ihm floss. Plötzlich lag ihm die Frage, von der er sich geschworen hatte, sie nicht zu stellen, auf der Zunge. »Und du, Felicity? Liebst du mich auch?«

Seine Stimme war sanft, bettelte aber nicht. Nein, sie forderte heraus. Trotzdem öffnete sie den Mund, um das Gefühl zu verleugnen, das schon so lange in ihr lebte.

Er streckte die Hand nach ihr aus – kein Flehen, sondern eine Einladung. Und trotzdem zögerte sie.

Als sich ihre Blicke trafen, strömte die Liebe – seine Liebe und ihre eigene –, die sie so lange verleugnet hatte, durch sie und befreite sie von all den Unzulänglichkeiten, all den Sünden, derer sie unschuldig war, aber für die sie sich dennoch bestraft hatte. Sie legte die Fingerspitzen an seine.

»Ja.« Freude wallte in ihr auf. »Ja, Max«, wiederholte sie, ihre Stimme fest und sicher. »Ich liebe dich.«

Langsam, als ob sie etwas unendlich Zerbrechliches, etwas unendlich Kostbares wäre, legte Max die Hand an Felicitys und verwob seine Finger mit ihren. Er bewegte sich langsam, da er sich bewusst war, dass er die Freude, die Leidenschaft, die in ihm pulsierten, zügeln musste, als er sie immer weiter an sich zog. In einer zarten Berührung strich er mit dem Daumen über ihre Lippen.

»Sag es noch einmal, Felicity, Liebes.« Er umfasste ihr Gesicht mit beiden Händen. »Ich habe so lange darauf gewartet, diese Worte von dir zu hören.«

Wieder sagte sie die Worte und wieder, berauscht von dem Überschwang in ihrem Herzen, von der Freude in Max' Augen.

Das Rascheln von Bettwäsche, ein schwaches Husten drangen in ihr flüchtiges Paradies, und sie lösten sich voneinander. Hand in Hand gingen sie ins nächste Zimmer.

Als sie sich neben das Bett setzten, öffnete der alte Mann die Augen. Sie leuchteten auf, als er Max erkannte, und seine Mundwinkel hoben sich im tapferen Versuch eines Lächelns.

Max legte seine kräftige Hand auf die stark geäderte und verkrüppelte.

Als Onkel Anton wieder eingeschlafen war, ging Max nach unten und bat den Wirt und seine Frau in einen Alkoven abseits des Schankraums.

»Möglicherweise kommt jemand und stellt Fragen.« Er griff in seine Tasche und breitete eine Handvoll Münzen auf dem Tisch aus. »Sie werden ihnen sagen, dass eine Frau die oberen Räume belegt. Eine Frau, die im Sterben liegt – wegen Cholera.«

Der Wirt fuhr sich mit der Zunge über die Lippen. »Und wenn sie mir nicht glauben?« Sein Blick huschte zurück zu den Münzen auf dem Tisch.

»Sie werden dem hier glauben.« Max zog ein leicht zerknittertes Stück Papier aus seiner Jackentasche und wusste, dass jeder, der die blutrote Schrift des Warnzettels sah, wusste, dass dieses Haus unter Choleraquarantäne war, selbst wenn er die Worte nicht lesen konnte.

Theo stand im Zugang zur Nische und beobachtete die Transaktion. Wie konnte man jemanden sein ganzes Leben lang kennen und ihn doch überhaupt nicht kennen, fragte er sich. Er war mit Max aufgewachsen. Hatte mit ihm gespielt, mit ihm gestritten, mit ihm Geheimnisse und hübsche Dorfmädchen geteilt. Jetzt, im Laufe des letzten Monats, den er in Wien verbracht hatte, hatte er einen Mann gesehen, der für ihn ein Fremder war. Ein Mann, der Gefahr mit scheinbarer

Gleichgültigkeit herausforderte. Ein Mann, der mit Gewalt und Täuschung vertraut war.

Als Max durch den Schankraum zurück zur Treppe schritt, folgte Theo ihm und warf seinem Bruder einen Seitenblick zu. »Trägst du immer eine Handvoll Goldmünzen und Cholerawarnzettel bei dir, wie wir anderen unsere Zigarren mit uns herumtragen?«

Max zuckte mit den Schultern. »Vor Jahren hat mir einer dieser Warnzettel die Haut gerettet. Es hat den Anschein, dass selbst unsere ehrenwerte Polizei erbleicht bei dem Gedanken, ein Haus oder ein Zimmer zu betreten, in dem jemand mit Cholera liegt.« Er grinste. »Es mag makaber erscheinen, aber seitdem habe ich immer einen davon bei mir.«

Felicity saß am Bett ihres Onkels, wo er sie zurückgelassen hatte, die Finger um die missgestaltete Hand des alten Mannes gelegt. Stumm setzte sich Max neben sie und bedeckte ihre verschränkten Hände mit seinen. Und so saßen sie zusammen, während die Sonne in Richtung Westen zog, ihre Wache ein Akt der Liebe, der sie nur noch enger aneinander band.

»Max.«

Die Kraft in der Stimme erschreckte sie beide.

Anton von Allendorfs Augen waren offen und wachsam, als er den Mann ansah, der der Sohn war, den er nie gehabt hatte. »Kümmere dich um Felicity.« Seine Hand zuckte, als wollte er seine Worte betonen. »Schatten in ihren Augen.« Er nahm einige stockende Atemzüge, als hätten ihn bereits diese wenigen Worte erschöpft. »Schau, dass sie verschwinden.«

Die grünen Augen, die ihren eigenen so ähnelten, richteten sich auf Felicitys Gesicht. Einen Moment lang sahen sie sie aufmerksam an und dann trat nach und nach der entrückte, weit entfernte Ausdruck ohne Fokus in sie. »Danke für den Sonnenschein, mein Kind.« Seine Hand zitterte, als er die Luft einsog. »Ich kann den Sonnenschein sehen.«

Die pergamentenen Lider schlossen sich. Felicity sah zu, wie der Atem ihres Onkels immer flacher wurde – jeder Atemzug schwächer als der letzte. Die Pausen zwischen den Atemzügen wurden länger. Bis sie auf den nächsten Atemzug wartete, der nicht kam.

Sie spürte, wie Max den Arm um sie legte, und lehnte den Kopf an seine Schulter. Ihre Augen füllten sich, und ihr Herz war traurig und gleichzeitig seltsam leicht.

»Er hatte ein hartes Leben«, sagte Max leise. »Aber du hast ihm einen leichten Tod beschert.« Er wich zurück und hob ihr Gesicht an. »Und ihn glücklich gemacht. Du hast ihm ein großes Geschenk gegeben.« Er umfasste ihr Gesicht. »Das weißt du, oder?«

Felicity nickte und ließ sich an seine Brust ziehen. Liebevoll streichelte er ihr Haar, während ihr die sanften Tränen der Trauer übers Gesicht liefen.

Sie begruben ihn noch in dieser Nacht im Licht einer einzelnen Laterne und einer dünnen Mondsichel. Max und Theo hatten mithilfe des Dorfpriesters das Grab in einer vergessenen Ecke des winzigen Friedhofes ausgehoben, und zusammen hatten sie Anton, den letzten Grafen Allendorf, in die dunkle, fruchtbare Erde der niederösterreichischen Tiefebene gesenkt.

Die kaiserlichen Truppen, die nach ihrer entkommenen Beute suchten, waren gekommen und – eingeschüchtert von der roten Cholerawarnung – wieder gegangen, und sie kehrten nicht in den Gasthof zurück. Trotzdem würden sie alle sicherer sein im Trubel und in der Anonymität von Wien, sagte Max. Nur der alte Leopold würde in der Obhut des Priesters zurückbleiben, bis sie ihn auf die Osterburg bringen konnten, um dort den Rest seiner Tage in Frieden zu verbringen.

Felicity lehnte an Max' Brust, seine Arme fest um sie gelegt. Doch trotz des sanften Schaukelns der Kutsche schlief sie nicht. Trotz des kräftigen, gleichmäßigen Herzschlages unter ihrem Ohr. Bald würde es dämmern, aber jetzt war es die tiefste, dunkelste Stunde der Nacht, und geisterhafte Umrisse und Schatten glitten am Kutschenfenster vorbei.

Sie war nur von einer Morgendämmerung bis zur nächsten aus Wien weg gewesen, dachte sie, und doch hatte sich ihr ganzes Leben verändert. Wie hatte sie ihre Liebe für Max zugeben können, fragte sie sich. Wie hatte sie sich diese Verantwortung aufbürden können? Wie hatte sie ihm Hoffnung verheißen können, wo sie diese doch nie erfüllen konnte? Und doch konnte sie sich nicht dazu überwinden, zu bedauern, diese Worte ausgesprochen zu haben, denn die Erinnerung an die reine Freude, die sie dabei verspürt hatte, strömte noch immer warm durch ihre Adern.

Im gleichen Zeitraum hatte sie gesehen, wie ihr letzter Blutsverwandter starb und begraben wurde. Und sie hatte diese Momente mit Max verlebt. Sie schloss die Augen und gab sich der Trauer hin, ohne zu wissen, dass es ein weiteres Glied in der Kette war, die sie mit dem Mann verband, der sie in seinen Armen hielt. Die Kette, die so zart wie ein Seidenfaden war – und genauso stark.

Mitten im Straßenlabyrinth um die Universität hielt Paddy die Kutsche an. Theo verschmolz sofort mit den Schatten, während Max in der Kutsche blieb, da er sich nicht von Felicity trennen wollte. In ihren Augen hingen weiter jene Schatten, von denen ihr Onkel gesprochen hatte. Und hinter den Schatten lauerten die Zweifel, von denen er wusste, dass sie nicht verschwunden, sondern nur für den Moment verblasst waren. Wie sollte er sie jetzt allein lassen, dachte er verzweifelt. Jetzt, wenn sie so zerbrechlich war?

Selbst in der Dunkelheit der Kutsche sah Felicity die Qual in Max' Augen und dachte an Theos Worte. Max war in Gefahr, und sie hatte kein Recht, es noch schlimmer zu machen, indem sie ihm zusätzliche Sorgen bereitete. Später, wenn all das vorbei war, würde sie ihn daran erinnern, dass sie nicht die Frau war, mit der er sich ein Leben aufbauen konnte. Aber jetzt war er ein Krieger, der in die Schlacht geschickt wurde und es war ihre Pflicht, ihn stark und unbesiegbar zu machen und nicht, ihn zu schwächen und abzulenken.

Da sie wusste, was sie tun musste, strömte die Kraft, so deutlich und klar wie eine kräftige Brise vom Meer, durch sie wie die Erhörung eines Gebets. Sie befreite ihre Hände aus Max' Griff und hob sie, um sein Gesicht zu berühren.

»Jetzt sind die Schatten in deinen Augen, Liebster.« Ihre Finger strichen seine perfekten Gesichtszüge nach. »Sag ihnen, dass sie verschwinden sollen. Ich komme schon zurecht.« Sie lächelte. »Ehrlich.«

Max spürte die Vitalität, die durch ihre Fingerspitzen pulsierte, und ihm ging das Herz auf. Wie hatte er sie je für zerbrechlich halten können? Sie war so stark und resolut, wie sie sein musste. Er legte die Hände auf ihre und drehte den Kopf zur Seite, um einen Kuss auf ihre Handfläche zu drücken. Ihr leises Aufkeuchen sagte ihm, dass sie denselben kurzen, scharfen Stich Begierde verspürt hatte, der ihn durchlaufen hatte.

»Wann verlässt du Wien?«

Er schüttelte den Kopf. »Sie brauchen mich hier.«

Panik wallte in ihr auf, doch sie kontrollierte sie. »Ja, aber sie brauchen dich frei und am Leben.« Ihre Hände senkten sich und kamen auf seinen Schultern zu liegen. »Wirst du wenigstens darüber nachdenken?« Sie kannte ihn gut genug, um ihn nicht zu bedrängen.

Max nickte. »Ich werde zu dir kommen, wann immer ich kann.«

»Nein.« Angst schoss durch sie. »Du lebst schon gefährlich genug, ohne auch noch das zu tun. Vielleicht werde ich jetzt wegen Onkel Anton beobachtet.«

»Oh, Felicity.« Max legte die Hände an ihren Hals. »Glaubst du wirklich, dass ich dir jetzt fernbleiben kann?«

Mit äußerster Mühe zwang sich Felicity ihn heiter anzublicken. »Dann sei vorsichtig.«

»Werde ich sein.« Er schmunzelte. »Jetzt, da ich wahrhaftig etwas habe, wofür es sich zu leben lohnt.« Seine Hände verkrampften sich. »Sag es mir noch einmal.«

»Ich liebe dich.« Ihre Finger verwoben sich in sein Haar und spielten mit den Locken in seinem Nacken, auch wenn ihr bewusst war, wie verletzlich sie sich machte. »Ich liebe dich«, wiederholte sie, als ob die Worte ein Gebet wären, das ihn beschützen konnte.

Er senkte den Kopf und nahm ihren Mund in Besitz.

Oh, Gott, dachte Max, als die süße, heiße Begierde in ihm aufstieg und sein Körper sich spannte. Wie hatte er vergessen können, dass ihr Mund so himmlisch nach wildem Honig schmeckte?

Oh, Gott, dachte Felicity, als seine Zunge sanft über die ihre glitt. Er hatte schon zuvor Begierde in ihr erweckt, aber jetzt, da alle Schutzmauern, alle Barrieren verschwunden und die unwiderruflichen Worte ausgesprochen waren, konnte sie spüren, wie sie bereits bei der geringsten Berührung zu glühen begann. Ja, die hässlichen Erinnerungen waren noch immer in ihr, aber jetzt hatte sie eine Waffe dagegen. Eine Waffe, die stärker war als nur ihr eigener Wille, sie zu bekämpfen.

Ein Geräusch draußen ließ Max zurückweichen. Erneut ertönte es, dieser Käuzchenruf, den er und Theo immer als Signal benutzt hatten.

»Ich muss los, Liebes.« Erneut streifte er mit dem Mund über ihren. »Das war Theos Zeichen.«

»Was?« Benommen von seinem Kuss hatte Felicity nichts gehört.

Der Ruf ertönte erneut, diesmal lauter, drängender.

»Ich liebe dich, Felicity.« Ein letztes Mal strichen seine Finger über ihr Gesicht.

Bevor sie etwas sagen konnte, war Max aus der Kutsche gesprungen und verschwand in die Schatten, die sich mit der heraufziehenden Dämmerung bereits violett verfärbten.

Kapitel 21

Max lehnte lässig an einem Schrank, während er der Botschaft lauschte, die Resi gerade gebracht hatte. Er spürte, wie der verräterische Muskel in seiner Wange zu zucken begann, und kontrollierte ihn gnadenlos, obwohl niemand außer Theo und Resi hier war, der ihn hätte sehen können. Es hatte den Anschein, als ob er trotzdem alle Täuschungsmittel brauchen würde, die er sich angeeignet hatte, dachte er grimmig. Falls ihre Nachricht die wahre Situation wiedergab, tat er gut daran, in Übung zu bleiben.

»Und wenn schon. Dann weiß die Polizei eben, dass ich in Wien bin.«

»Aber es ist nicht nur, dass sie es wissen.« Resi wrang ihre durch harte Arbeit rauen Hände. »Sie wissen es, weil es ihnen jemand gesagt hat.« Sie trat vor. »Verstehen Sie nicht? Es kann bedeuten, dass es unter uns einen Informanten gibt.« Sie machte einen weiteren Schritt und sog einen stockenden Atemzug ein. »Was, wenn es nicht einfach nur jemand ist, der weiß, dass Sie in Wien sind, weil er Sie vielleicht gesehen hat? Was, wenn es jemand ist, der weiß, wo Sie zu finden sind?«

»In den letzten zwei Wochen oder sogar noch länger habe ich jede Nacht an einem anderen Ort geschlafen, Resi.« Max fragte sich, wen er versuchte zu beruhigen, sie und Theo oder sich selbst. »Das macht mich nicht wirklich leicht zu finden.«

»Und es gibt Leute, die wissen, wo Sie in jeder dieser Nächte waren.«

»Wie viele Leute?«

Resi biss sich auf die Lippe. »Vier. Vielleicht fünf.«

Max wandte sich ab und ging zum Fenster. Er wollte die Flügel öffnen, die fest geschlossenen Fensterläden aufreißen und die milde Nachtluft einatmen. Stattdessen hielt er die Hände fest in die Taschen gesteckt und starrte sein eigenes Spiegelbild im dunklen Glas an.

Er hörte das Klappern von Pferdehufen unten auf den Pflastersteinen. Er hörte das Zischen von Wachs, als eine der Kerzen zu flackern begann. Er hörte seinen eigenen Atem, der noch immer gleichmäßig war, obwohl er spüren konnte, wie das Herz gegen seine Rippen schlug. Was sollte er tun, dachte er mit der Wut der Verzweiflung. Was sollte er tun?

»Wird dich das davon überzeugen, dass du Wien verlassen musst?« Theo drückte die Schulter seines Bruders.

»Sie brauchen mich.« Max sagte die Worte ganz schlicht, ohne eine Spur von Arroganz. »Sie sind hitzköpfige Idealisten – alle. Keine militärische Ausbildung, keinen Schimmer von Strategie. Und sie stehen ganz alleine da.« Er lachte bitter. »Die fetten, phlegmatischen Wiener Bürger haben das Interesse verloren, jetzt, da die Habsburger es für angebracht hielten, diese erbärmliche Verfassung zu gewähren.« Mit der Faust trommelte er einen schnellen, nervösen Rhythmus in seine andere Hand. »Es ist ihnen egal, dass die Bauern nur die Rechte haben, die ihr Herr ihnen zugesteht. Die Armut der Arbeiter stört sie nur, wenn sie gezwungen sind, sie wahrzunehmen.« Er verzog verächtlich den Mund. »Für sie spielt nur eine Rolle, dass sie am Sonntagnachmittag genug Schlagobers für ihren Kaffee und Kuchen haben.«

»Bist du sicher, dass deine idealistischen Gefährten nicht nur eine Ausrede sind, um in Wien zu bleiben?«

Max erwiderte den Blick seines Bruders im Glas. Er hätte sich gegen Vorwürfe verteidigen können, gegen Spott, aber nichts davon lag in Theos ernstem Blick.

Einer seiner Mundwinkel hob sich zu einem schiefen Lächeln. »Kann sein.« Er zog eine Schulter in einem selbstironischen Achselzucken hoch. »Wahrscheinlich.«

Da seine Zeit von den Scharmützeln an den Barrikaden

vereinnahmt worden war, von Strategien, die er entwickeln musste, von verwundeten Männern, um die er sich kümmern musste, hatte er es nicht geschafft, Felicity seit ihrer Rückkehr vor vier Tagen zu besuchen. Warum hatte er dann trotzdem das Gefühl, dass er sie irgendwie beschützen könnte, wenn er in der Stadt bleiben würde? Wenn er ganz ehrlich zu sich selbst war – er hob eine Hand, um ein schmerzhaftes Ziehen in seiner verletzten Schulter zu massieren –, würde er zugeben, dass sie ohne ihn hier wahrscheinlich sicherer wäre.

»In Ordnung, Theo.« Er nickte langsam. »Du hast gewonnen.«

Theo atmete laut aus und klopfte seinem Bruder leicht auf den Rücken. »Ich kann dir gar nicht sagen, wie erleichtert ich sein werde, dich in Osterburg auf eigenen Beinen statt in einem Sarg abzuliefern.«

»Osterburg?« Max drehte sich um. »Ich gehe nicht nach Osterburg zurück.«

»Aber wohin …« Theos Augen weiteten sich, was ihn sehr jung aussehen ließ. »Oh, Gott, bitte sag mir nicht, dass du nach Prag gehst.« Sein Flüstern war heiser. »Windisch-Grätz ist auf dem Weg dorthin, um die Rebellion niederzuschlagen, und es wird ein Massaker.«

Max lächelte und tätschelte seinem jüngeren Bruder die Wange. »Keine Sorge, kleiner Bruder. Ich mag ein Faible für die Unterlegenen haben, aber ich habe nicht vor, Selbstmord zu begehen. Dafür freue ich mich zu sehr auf mein Leben.« Sein Lächeln wurde breiter. »Nein«, er fing an, auf und ab zu laufen, »ich gehe nach Ungarn. Das sind die Einzigen mit genug Mut, um sich wirklich gegen die Habsburger zu erheben. Und sie haben es immer gehasst, unter dem Habsburger-Joch zu stehen.« Er schlug mit der Faust in seine Handfläche. »Sie werden gewillt sein zu kämpfen. Und wenn es so weit ist, werden sie jemanden brauchen, der ihre Männer ausbildet.«

»Falls die Ungarn wirklich versuchen, sich vom Kaiserreich zu lösen, und ihre eigene Armee bilden, wirst du als Verräter angesehen werden«, sagte Theo leise.«

»Von wem?« Max blieb stehen. Die Muskeln zwischen seinen

Schulterblättern verkrampften sich vor Anspannung, als er seinem Bruder ins Gesicht sah.

Theo überbrückte die Entfernung zwischen ihnen und legte beide Hände auf die Schultern seines älteren Bruders. »Glaubst du wirklich, dass ich die letzten Wochen an deiner Seite hätte verbringen können, wenn ich nicht glauben würde, dass du etwas *für* Österreich tun willst und nicht dagegen?«

Gerührt nickte Max ruckartig und wandte sich ab. »Wirst du es *maman* und *papa* erklären?«

»Natürlich. Und Felicity.«

»Nein!« Er wirbelte erneut zu Theo herum. »Ich werde es Felicity selbst erklären.«

»Bist du verrückt?« Mit geballten Fäusten ging Theo auf ihn zu. »Ihr Haus steht wahrscheinlich unter Beobachtung. Du bringst dich in noch größere Gefahr. Und sie ebenfalls.«

»Theo, es gibt einige Dinge, die ein Mann selbst erledigen muss«, sagte Max leise. »Das ist eines davon.«

Theo schüttelte den Kopf und wollte sich abwenden, doch Max hielt ihn zurück.

»Du verstehst das jetzt noch nicht, kleiner Bruder, aber eines Tages wird es dir klar sein. Glaub mir.« Er widerstand dem Impuls, Theos Haar zu zerzausen, und klopfte ihm stattdessen auf die Schulter. »Resi, wenn du zurückgehst, dann lass die Küchentür offen und sag Fräulein Felicity, dass sie mich heute Abend erwarten kann.« Er lächelte reumütig. »Aber überlass die schlechten Nachrichten mir.«

Felicity konnte nicht schlafen und lief trotz der späten Stunde in ihrem kleinen Salon auf und ab. Die letzten paar Tage war sie schon angespannt gewesen, angespannt mit einer Unbehaglichkeit, die sie nicht ganz definieren konnte. Sie hatte Max nicht gesehen. Er hatte keinerlei Nachrichten geschickt, obwohl Resi oft stundenlang unterwegs war, um Gott weiß welche Botendienste für die Revolutionäre durchzuführen.

Die Tür öffnete und schloss sich mit einem kaum hörbaren Klicken, und Felicity wandte sich hastig um. In dem Moment, in dem sie Resis Gesicht sah, wusste sie, dass etwas nicht stimmte.

Die junge Frau sah auf ihre Hände, ihre Füße, überallhin, damit sie Felicity nicht ins Gesicht sehen musste, als sie ihr Max' Botschaft überbrachte. Aber Felicity versuchte nicht, sie auszufragen. Sie würde es bald genug erfahren, sagte sie sich, als sie Resi entließ.

Einen Moment lang schloss sie die Augen, wie man es tat, um Kraft zu sammeln. Dann, während die Beklemmung bleischwer auf ihr lastete, ging sie in die Küche, um auf Max zu warten.

Sie zwang sich, nicht Hannahs Töpfe und Pfannen umzuräumen, die über dem großen Herd hingen. Sie zwang sich, sich zu setzen. Sie zwang sich, eine Tasse Tee zu trinken, die sie nicht wollte. Die Glocke einer nahegelegenen Kirche schlug Mitternacht, als sie ein Geräusch im Hinterhof hörte.

Sie stand auf und umklammerte die Tischkante, um sich davon abzuhalten, wegzulaufen. Sie hatte darauf gewartet, dass er zu ihr kam, und jetzt, da er hier war, glaubte sie nicht, über die Kraft zu verfügen, sich anzuhören, was er ihr sagen würde. Ja, sie hatte von Anfang an gewusst, dass er nicht für sie bestimmt war. Selbst als er ihr all diese wunderschönen Versprechen gemacht hatte, hatte sie es gewusst. Aber jetzt, da der Augenblick gekommen war – ihre Knöchel wurden weiß –, glaubte sie nicht, dass sie es ertragen konnte.

Seine Kleidung war schlicht aber äußerst gepflegt – von seinem eng gebundenen Halstuch bis zu seinen abgetragenen, aber auf Hochglanz polierten Stiefeln. Mit seinem Zylinder und der runden Nickelbrille würde ein zufälliger Beobachter ihn mit Leichtigkeit für einen Buchhalter oder einen Kanzleigehilfen halten.

Max legte Hut und Brille auf den Tisch ab und sah zu Felicity, offensichtlich bereit davonzulaufen. Zum hundertsten Mal in den zwei Stunden, seit er die Entscheidung getroffen hatte, Wien zu verlassen, wünschte er sich, er könnte sie mitnehmen. Vielleicht würde sie im Laufe der Zeit lernen zu glauben, was er ihr anbot. Vielleicht würde sie diesen getriebenen Ausdruck in den Augen verlieren, wenn er sie vorsichtig genug, zärtlich genug, oft genug liebte. Aber er wusste, dass dies warten musste, bis die bevorstehenden Schlachten verloren oder gewonnen waren.

»Du bist gekommen, um dich zu verabschieden.« Sie machte

bewusst einen tiefen, beruhigenden Atemzug aus dem Zwerchfell und hob die Mundwinkel in der Nachahmung eines Lächelns. »Es ist schon gut, Max. Ich verspreche dir, dass ich nicht weinen und es dir schwer machen werde.«

Max runzelte die Stirn. »Verdammt noch mal, ich habe Resi gesagt, dass sie nichts sagen soll.«

»Das hat sie auch nicht.«

Er schüttelte den Kopf. »Woher weißt du dann, dass ich Wien verlassen muss?«

»Du musst Wien verlassen?«, wiederholte sie.

Max sah den verblüfften Ausdruck auf Felicitys Gesicht, und ihm dämmerte, was sie gedacht hatte. Oh, Gott, dachte er, als die Unruhe, die Enttäuschung begannen, sich in ihm auszubreiten. Sie hatte gedacht, dass er hier war, um sich auf elegante Weise aus ihrem Leben zu verabschieden. Der Schmerz, dass sie ihm noch immer nicht glaubte, flammte wieder auf, doch er versuchte, ihn zu ignorieren.

Mit gnadenloser Beherrschung blieb er, wo er war, obwohl er sie lieber mit leidenschaftlichen und zärtlichen Küssen an die Versprechen erinnert hätte, die er gemacht hatte. Die Versprechen, die er alle einhalten würde – wenn der Herrgott gnädig war.

»Die Behörden haben herausgefunden, dass ich in Wien bin.« Er sprach schnell. »Da wir nicht wissen, ob das nur ein unglücklicher Zufall oder ein absichtlicher Verrat ist, ist es am klügsten, wenn ich mich für die nächste Zeit aus der Stadt zurückziehe.«

»Ist es das, was du mir sagen wolltest?« Felicity hielt den Atem an.

Max grinste, da er den angespannten Augenblick um ihrer beider Willen entschärfen wollte. »Meine Mutter hat mir beigebracht, dass es von sehr schlechten Manieren zeugt, sich auf Französisch zu empfehlen.«

Von der anderen Seite des Zimmers streckte er die Hand nach ihr aus, bewegte sich aber nicht. Jetzt musste sie den ersten Schritt tun, dachte er. Und er musste sehen, wie sie ihn tat.

Das Herz schlug gegen ihre Rippen wie ein wilder Vogel gegen die Stangen eines Käfigs. Felicity hatte sich auf den

Augenblick vorbereitet, wenn Max nicht mehr Teil ihres Lebens sein würde. Sie hatte sich versichert, dass die Erinnerungen, die er ihr geschenkt hatte, über all die Jahre ausreichen würden, die vor ihr lagen. Aber jetzt, als er dastand und ihr die Hand in einer stummen Einladung entgegenhielt, wollte sie alles, was er anbot.

Eine furchtbare Sehnsucht, diese ausgestreckte Hand zu nehmen, erfüllte sie. Sie ohne Fragen, ohne Zweifel zu nehmen. Aber die Fragen, die Zweifel waren da, ganz egal, wie sehr sie sich wünschte, sie zu vertreiben. Konnte er sie wirklich ehrlich gemeint haben, diese süßen Versprechen? Konnte er sie wahrhaftig lieben, obwohl er wusste, was sie gewesen war? Würde er sie noch immer lieben, wenn die scharfe Kante der Leidenschaft, die sie in seinen Augen sehen konnte, abgestumpft war?

Ungeduldig schob ihr Verstand all diese Gedanken beiseite, all die Fragen, die auf sie einstürmten, und griff nach dem Mut, der es ihr ermöglicht hatte, zu überleben. Vielleicht erkannte ihr Unterbewusstsein, dass die Hand, die Max ausstreckte, nicht ganz ruhig war. Sie machte einen Schritt, dann einen weiteren. Dann lief sie auf ihn zu, in seine Arme. Der Augenblick, dachte sie kühn, als sie ihre Arme um ihn schloss. Sie würde den Augenblick nehmen.

»Felicity«, flüsterte Max, als er wieder sprechen konnte. »Ich möchte mein ganzes Leben mit dir verbringen.« Er vergrub das Gesicht an ihrem Hals und wollte in dem Duft von Jasmin und Felicity ertrinken, der ihm in die Nase stieg. »Wann wirst du endlich anfangen, es zu glauben?«

Sie legte den Kopf in den Nacken und sah zu seinem Gesicht hoch. Er lächelte, aber in seinen Augen lag eine Spur Traurigkeit. Wie sollte sie ihm die Zweifel erklären? Die Zweifel, die in dunklen Ecken lauerten, um sie in einem ahnungslosen Moment zu überfallen. Wie sollte sie ihm erklären, dass nichts sie jemals wieder ganz machen würde? Nicht einmal die Erfüllung all der Versprechen, die er so großzügig, so voreilig gemacht hatte.

Schuldbewusstsein, weil sie weniger war, als er verdiente, durchströmte sie. »Oh, Max.« Sie schüttelte den Kopf. »Hast du mir all die Monate nicht zugehört?«

»Im Gegenteil, Liebes.« Er hob ihr Gesicht an und streifte mit den Lippen über ihren Mund. »Ich habe dir sehr genau zugehört.«

Felicity öffnete den Mund, um zu protestieren, und er glitt hinein, um ihre Zunge zu necken.

»Aber ich habe nicht nur deine Gründe wahrgenommen, warum du nicht die richtige Frau für mich bist«, er unterstrich seine Worte mit langsamen, behutsamen Küssen, »sondern auch deine Gründe, warum du die einzige Frau für mich bist.«

Sie wich zurück. »Aber ich habe nicht –«

»Oh doch.« Er senkte den Kopf und fuhr mit den Lippen ihre Wange entlang. »Hör zu.«

Als seine Zunge begann, den Umriss ihres Ohrläppchens nachzuzeichnen, gab sie einen leisen Laut der Überraschung und der Wonne von sich.

»Hast du das gehört, Liebes?«, flüsterte er. »Das klang für mich wie ein ausgezeichneter Grund.« Bevor sie Einspruch erheben konnte, nahm er wieder ihren Mund.

Bei dem Ansturm von Empfindungen schloss Felicity die Augen. Sein Mund verführte sie, während seine geschickten Finger bereits ihre Haarnadeln herausgezogen hatten und ihre Haare lösten. Sie hörte einen Laut – ein Seufzen, ein Wimmern, ein Stöhnen – und ihr wurde bewusst, dass sie ihn ausgestoßen hatte.

»Ja, Liebes«, murmelte er. »Das war sehr gut.« Sein Mund bewegte sich nach unten, um das Tuch an ihrem Hals beiseite zu schieben. Er spürte, wie sie zitterte, als seine Zunge über ihr zartes Schlüsselbein glitt. »Gib mir einen weiteren Grund, Felicity«, drängte er und wiederholte die feuchte, geschmeidige Liebkosung.

Als sich sein Mund auf die Grube am Ansatz ihrer Kehle senkte, spürte er mehr, als dass er es hörte, den leisen, lustvollen Laut, den sie von sich gab, und er hob den Kopf und lächelte in sanftem Triumph.

Felicity drehte sich der Kopf, als die Lust sich ihrer bemächtigte – sein Mund auf ihrer Haut, seine Hände, die sie streichelten, sein Duft, alles zusammen vereinte sich, um sie zu entzücken und zu reizen. Sie öffnete die Augen und sein Lächeln schlug ihr entgegen – dieses sanfte Lächeln so voller Charme und Süße – und sie war verloren.

»Wirst du meine letzte Stunde in Wien mit mir verbringen, Felicity?« Seine Finger wanderten über ihr Gesicht, als ob er sich ihre Züge mit seinen Händen einprägen wollte. »Wirst du mir eine Erinnerung geben, die mich wärmt, während ich weit weg bin? Eine Erinnerung, die meinen Hunger stillt, bis ich dich wieder in meinen Armen halten kann?«

Ihr fehlten die Worte, also hob sie nur eine Hand und legte sie an seine Wange.

Langsam beugte er sich hinunter und hob sie hoch. Sie in seinen Armen wiegend, stieß er die Tür mit der Schulter auf und stieg die Treppe hinauf.

Das Schlafzimmer war getaucht in das weiche Licht der Lampe, die Manon entzündet hatte, und der Duft von verblühenden Rosen trieb süß und ein wenig traurig in der Luft.

Sanft setzte Max Felicity ab. Obwohl das Verlangen, das so viele Wochen lang unbefriedigt geblieben war, bereits sein Blut erhitzte, waren seine Hände behutsam. Als er sie auszuziehen begann, spürte er ihr schwaches Zittern. Sie hatte die Augen geschlossen, aber er wusste, wenn sie offen gewesen wären, hätte er den Schimmer von Angst gesehen, den er so sehr für immer vertreiben wollte. Obwohl er zusehen wollte, wie seine Hände ihren kleinen, perfekten Körper entblößten, beugte er sich vor, um sie mit seinem Mund abzulenken. Das Vergnügen, dabei zuzusehen, würde er sich für einen anderen Tag aufheben, wenn sie nicht länger zitterte. Oder falls sie es doch täte, dann nur aus Leidenschaft.

Stück für Stück schien ihre Kleidung wegzuschmelzen, bis sie in einem Meer aus blassgrünem Musselin und weißen, gerüschten Unterröcken stand. Erst als sie die kühle Nachtluft auf dem feuchten Pfad an Küssen spürte, die er auf ihrer Schulter hinterlassen hatte, wurde Felicity bewusst, dass sie nur noch ihr Unterkleid trug. Sie erkannte die liebevolle List, die er benutzt hatte, und als sie die Augen öffnete, lächelte er auf sie hinab.

Liebe wallte in ihr auf, und sie hob die Hände, um sein Gesicht zu umfassen. »Lieb mich, Max«, flüsterte sie, da sie es wollte, es brauchte, ihm mit ihrem Körper Erfüllung zu schenken.

Max hob sie aus der Stofffülle zu ihren Füßen und trug sie zu dem Bett, das Manon aufgeschlagen hatte. Mit eleganten und sparsamen Bewegungen schlüpfte er aus seinen Kleidern und legte sich neben Felicity.

Er rollte sich auf die Seite und drehte sie so, dass sie mit dem Gesicht zu ihm lag. Angefangen mit der zarten, anmutigen Kurve ihres Halses, strich er über ihren Körper mit einer Gelassenheit, die provokant aber gleichzeitig behutsam war. Er sehnte sich danach, Felicitys seidige Haut zu berühren, doch stattdessen zwang er sich dazu, mit der Seide ihres Unterkleides zufrieden zu sein. Für den Augenblick.

Felicity erinnerte sich an den berauschenden Taumel, den sie erlebt hatte, als Max sie vor so vielen Wochen geliebt hatte. Vielleicht weil sie sich so gut daran erinnerte, konnte sie sich eine Wiederholung dessen nicht vorstellen. Gewiss war es ein magischer Moment herausgelöst aus der Zeit gewesen, der nie wieder erlebt werden konnte. Deswegen, als Max` Hand über ihre in Seide gehüllte Hüfte glitt, wobei sein Daumen mit herausfordernder Absicht über ihren Bauch strich, stockte ihr Atem vor Überraschung, als die betörende Flamme in ihr zum Leben erwachte.

Verwirrt, erregt, wurde sie zu einer willigen Teilnehmerin an Max' Spiel, als sie zusah, wie sich seine Hand über ihren Körper bewegte. Seine Fingerspitzen zeichneten ein sinnliches Muster auf ihrer Hüfte. Seine Knöchel streiften über ihren Oberschenkel und glitten, wie durch Zufall, zu ihrem Schoß, der zu pochen begonnen hatte. Sie öffnete den Mund, um ihn erneut aufzufordern, sie zu lieben, sich das Vergnügen zu nehmen, das sie ihm schenken wollte, doch was herauskam, war ein leises Stöhnen, als er den Kopf senkte und mit den Lippen über ihre mit Seide bedeckten Brüste strich.

Er legte den Kopf zurück, damit er ihr ins Gesicht sehen konnte. »Noch einmal?«, flüsterte er, seine samtige Stimme eine Einladung zu sinnlicher Freude.

Sie neigte den Kopf in einem Nicken, doch er wartete weiterhin. »Ja«, seufzte sie schließlich.

Erneut senkte er den Kopf, doch diesmal verweilte er, und

seine Lippen schlossen sich über der Knospe, während seine Zunge sie streichelte.

Felicity sah zu, wie sich sein Kopf ihrer Brust näherte. Sein Haar von der Farbe einer Rabenschwinge glänzte vor dem Hintergrund der weißen Seide. Da sie ihn ebenfalls berühren musste, hob sie die Hand und strich über die schwarzen Locken.

Sie seufzte, als sie seinen warmen Atem an ihrer Brust spürte. Doch dann stürzten die Empfindungen so schnell auf sie ein, dass ihre Atemzüge zu stocken begannen. Seine Lippen umschlossen sie und sie spürte die Liebkosung seiner Zunge, welche die Seide befeuchtete, die sie noch immer bedeckte. Als die Kante seiner Zähne über sie glitt, beugte sie sich ihm entgegen, die Finger in sein Haar verwoben, und drückte ihn noch fester an ihre Brust.

Er antwortete auf ihre unausgesprochene Forderung. Sein Mund neckte und provozierte. Seine Hand schlüpfte zwischen ihre Schenkel und ließ die Seide über ihre feuchte Haut gleiten.

Max ließ seinen Mund über ihre Haut wandern, weiter nach oben, bis sein Gesicht auf gleicher Höhe mit ihrem war. Langsam, um ihr weiterhin die Möglichkeit zu geben, ihn aufzuhalten, löste er die Träger ihres Unterkleides und begann, es nach unten zu ziehen.

Aber sie hielt ihn nicht auf. Nein. Sie hob die Hüften, um es ihm leichter zu machen, sie von der Seide zu befreien. Sie trat das Unterkleid weg, sodass es über das kühle Leinenlaken rutschte und zu Boden fiel.

Zentimeter um Zentimeter kam Max immer näher. Als sein erregtes Geschlecht sich in ihre feuchte Wärme drängte, presste sie die Schenkel zusammen, und er hielt still, da er nicht wusste, ob Angst oder Begierde ihre Bewegung ausgelöst hatte. Während er sie sorgfältig beobachtete, begann er, sich zurückzuziehen, aber sie hielt ihn fest.

Zögernd streckte sie die Hand aus und schloss die Finger um seine Hüfte. »Bleib.«

Max lächelte und streifte den Mund über ihren. »Ich gehe nirgendwo hin.« Er strich die Hand über ihren Schenkel und ließ sie nur einen Augenblick lang provozierend tiefer tauchen. »Lass mich ein, Felicity, Liebes.« Beinahe unbemerkbar begann er, seine Hüften zu wiegen.

Er spürte, wie sich ihre Schenkel lockerten. Als er in sie glitt – nur ein wenig –, hielt er wieder still. Doch ihre Hand auf seiner Hüfte hielt ihn fester. Er spürte, wie sie sich instinktiv bewegte, um ihm besseren Zugang zu gewähren, und langsam, ganz langsam, den Blick mit ihrem verschränkt, füllte er sie aus.

Um seine Selbstbeherrschung nicht zu verlieren, konzentrierte Max sich verzweifelt auf Felicitys Gesicht, da er sich von dem üppigen Verlangen, das durch ihn brandete, distanzieren musste.

Die Wonne ihrer Vereinigung war so grenzenlos, so köstlich, dass Felicity spürte, wie sie weich und schmiegsam wurde, bis sie sich kaum bewegen konnte. Selbst Luft zu holen schien eine unmögliche Anstrengung zu sein.

Durch halb geschlossene Lider bemerkte sie die Falte, die sich zwischen Max' Augenbrauen bildete, sah die Angespanntheit um seinen Mund. Sie bewegte sich leicht, und ihre Hand flatterte nach oben, um seine Wange zu berühren. »Stimmt etwas nicht?«

»Bitte beweg dich nicht, Liebes.« Er versuchte zu lächeln. »Ich bin kurz davor, mich zu blamieren.«

Augenblicke verstrichen und die Gefahr einer Explosion wich zurück. Einen winzigen Schritt. Seine Hand huschte zwischen ihre Körper und berührte sie. Der Funke entzündete sich und wurde zu einer Flamme. Seine Finger glitten immer wieder über ihre feuchte Haut und die Flamme wuchs zu einem lodernden Feuer.

Diesmal war es Felicity, die sich an ihm zu wiegen begann und nahm, was er ihr so unbedingt geben wollte. Als er spürte, wie sie um ihn herum zu beben begann, zog er sich zurück und füllte sie dann erneut. Wieder und wieder füllte er sie mit sanften Stößen, und als er spürte, wie sie begann, den abschließenden Gipfel zu erklimmen, ergab er sich.

Zusammen erreichten sie den Gipfel. Zusammen erzitterten sie einen langen Augenblick lang in diesem atemlosen Wunder. Zusammen stürzten sie hinab.

Kapitel 22

Noch immer vereint lagen sie still, ihr Schweiß vermischt, ihre Herzschläge im gleichen Takt.

Erfüllt mit einer Befriedigung, die so viel mehr als nur rein körperlich war, spielte Max träge mit einer Strähne von Felicitys goldenem Haar. Er hatte eine weitere Schlacht gewonnen, dachte er, in dem Krieg um Felicitys Freiheit. Mit einem Löckchen strich er über die Kurve ihrer Schulter. Was hätte er darum gegeben, die nächsten Tage, Wochen, Monate hier mit ihr zu verbringen – wie lange auch immer es dauerte, bis sie ihm endlich glaubte. Bis er die Schatten aus ihren Augen vertrieben hatte, von denen der alte Graf Allendorf gesprochen hatte. Aber das würde warten müssen, bis der andere Krieg beendet war. Er ignorierte den Schauer, der ihm über den Rücken lief. Wie auch immer die Würfel fallen mochten.

Wonnetrunken schwebte Felicity auf einer Wolke der Glückseligkeit. Die Wellen, die sie durchliefen, waren nur mehr hauchzart, aber sie waren noch immer da und erinnerten sie an die Sinnesfreuden, die sie erlebt hatte.

Die Glocke einer nahegelegenen Kirche schlug zwei Uhr und brachte abrupt die feindliche Welt in das stille Zimmer, wo das einzige Geräusch ihre Atemzüge waren, die in einen ruhigen, identischen Rhythmus verfallen waren.

Max vergrub das Gesicht in ihrem duftenden Haar. »Ich muss aufbrechen, Liebes.«

Kurz spannten sich ihre Finger an, ehe sie zurückwich, sich einer weiteren zuvor unbekannten Kraftreserve bediente und zu ihm hochlächelte. »Ich weiß.«

Es verschlug ihm den Atem, als er aus ihrem Körper rutschte, sein Hunger nach ihr noch nicht ganz gestillt. Er fing das leichte Stocken ihres Atems auf, das sein eigenes widerspiegelte, und lächelte. Es war ein weiteres Geschenk, das er mitnehmen würde.

Schnell zog Max sich an, während Felicity ihr abgelegtes Unterkleid suchte und dann in einen Morgenmantel aus elfenbeinfarbenem Satin schlüpfte.

Um den Wunsch, ihm wie eine Glucke nicht von der Seite zu weichen, zu bekämpfen, wanderte sie im Schlafzimmer umher und nahm wahllos Dinge in die Hand. Mit plötzlich nervösen Fingern richtete sie die Haarbürsten aus Ebenholz und die Parfumfläschchen aus Kristall auf ihrem Toilettentisch gerade. Sie arrangierte die verblühenden Rosen neu, was deren Duft durch das Zimmer treiben ließ. Sie sagte sich, dass sie nicht fragen würde, doch als sie merkte, dass Max ruhig stand und offenbar bereit war, drehte sie sich zu ihm hin und verschränkte die Hände hinter ihrem Rücken.

»Gehst du wenigstens irgendwohin, wo es sicher ist?« Es war ihr zuwider, wie gedämpft ihre Stimme klang. Sie hat für ihn tapfer sein wollen, doch der Mut hatte sie verlassen.

»Ich gehe nach Ungarn.«

Angst senkte sich wie ein Felsbrocken in ihr, als Max ihr sanft erklärte, was er Theo bereits früher in dieser Nacht auseinandergesetzt hatte.

Er sah den betrübten Ausdruck in ihren Augen, obwohl sie keinen Versuch machte, ihn von seinem Vorhaben abzubringen. Nur zu gut verstand er die Zurückhaltung, die sie sich auferlegt hatte, und er ging auf sie zu und öffnete die Arme. Als sie ohne zu zögern in seine Umarmung trat, ließ er einen Seufzer der Erleichterung, der Dankbarkeit in ihr Haar entweichen.

»Ich komme zurück und hole dich, sobald ich kann.« Seine Hand glitt unter ihr Haar und streichelte ihren Rücken, da er sie beruhigen, trösten wollte. Er fühlte sich so unzulänglich, dachte Max, so schäbig, da er seine Geliebte weder trösten noch beschützen konnte. »Kehrst du auf die Osterburg zurück, während ich weg bin?« Er hob ihr Gesicht an. »Ich würde mir weniger Sorgen machen, wenn ich wüsste, dass du in Sicherheit bist.«

Felicity versteifte sich. Wie sollte sie in sein Heim zurückkehren, als hätte sie tatsächlich ein Recht darauf? Ja, sie war seine Geliebte, aber das war alles, was sie sein konnte. Das wusste sie, selbst wenn er es nicht tat. Noch nicht. »Ich fürchte, dort gäbe es wenig Engagements für mich«, wich sie aus.

Max sagte nichts, da er wusste, dass sie recht hatte. Seine Zukunft war zu ungewiss, dass er sie von einer Karriere abbringen durfte, die sie brauchen mochte, um sich ihren Lebensunterhalt zu verdienen. Er nickte einmal und senkte den Kopf, um ihre Stirn zu berühren, als er stumm ihre Entscheidung akzeptierte.

»Ich liebe dich.« Max umfasste ihren Kopf, seine Handballen auf ihren Wangenknochen.

Felicity sah die Traurigkeit, die Verzweiflung in seinen Augen und streckte ebenfalls die Hände nach ihm aus. »Und ich liebe dich.« Einen Moment lang schloss sie die Augen – um Kraft zu sammeln, um die drohenden Tränen zurückzudrängen. »Geh jetzt, *mon amour*, und pass auf dich auf.«

Er spürte, wie dünn der Faden war, der ihre Beherrschung zusammenhielt. Da er auch spürte, wie dringend sie beide diese Beherrschung brauchten, nickte Max. Ein weiteres Mal senkte er den Kopf zu ihrem Mund. Nur noch ein Kuss, dachte er. Nur noch ein Versprechen.

Dann wandte er sich mit verschwommenem Blick ab und ging hinaus.

Felicity hörte, wie er die Treppe hinunterlief. Sie hörte das leise Klicken der Tür. Tränen, heiß und bitter, brannten in ihren Augen, und sie hätte die Erleichterung willkommen geheißen, die sie brachten. Aber sie konnte bereits den langen, beschwerlichen Weg sehen, der vor ihr lag. Und sie wusste aus bitterer Erfahrung, dass Tränen ein Zugeständnis an Verletzlichkeit waren, die sie sich nicht leisten konnte.

Mit trockenen Augen setzte sie sich an ihren Toilettentisch und begann, ihr Haar zu bürsten.

• • •

Der Sommer zog dahin – heiß, trocken, unterbrochen von Gewaltausbrüchen, die von den Behörden, die an allen Fronten die Oberhand zu haben schienen, rasch und effizient erstickt wurden.

In Prag sandte Fürst Windisch-Grätz seine Artillerie gegen die Rebellen, die – wenn überhaupt – mit alten Musketen und Duellpistolen bewaffnet waren. In Italien triumphierten Feldmarschall Radetzky und Erzherzog Albrecht in Custozza und Mailand. In Wien wurde der ohnehin magere Tageslohn der Arbeiter um weitere fünf Kreuzer gekürzt, weshalb sie sich mit Spitzhacken, Schaufeln und Eisenstangen bewaffneten und Richtung Innenstadt marschierten. Unterstützt von der Polizei verwandelte die Nationalgarde, ausgestattet vom Kaiserlichen Zeughaus, den Prater, Spielplatz für alle Wiener, egal ob reich oder arm, in ein blutiges Schlachtfeld, als sie brutal gegen diese neue Bedrohung ihrer gutbürgerlichen Existenz vorgingen.

Aber – als Neuigkeiten aus Ungarn die Hauptstadt erreichten – wussten alle, dass es noch nicht vorbei war.

Umgeben von Zeitungen, Flugblättern, Handzetteln, ihre Finger von Druckerschwärze verschmiert, saß Felicity am Gaubenfenster ihres Schlafzimmers und versuchte vergeblich, eine laue Brise zu erhaschen, um der Schwüle einer Hitzewelle mitten im September entgegenzuwirken.

Die ganzen Schriften enthielten einige Neuigkeiten und jede Menge Andeutungen und Gerüchte. Aber das war alles, was sie hatte, seit der kurzen, verschlüsselten Botschaft vor mehr als drei Monaten, die eine Woche, nachdem Max abgereist war, eingetroffen war und ihr mitteilte, dass er sein Ziel sicher erreicht hatte.

Die Ungarn hatten in einer freien Wahl ein Parlament gewählt, und diese Körperschaft hatte keine Zeit vergeudet, die kaiserliche Regierung der Habsburger herauszufordern. Mit der typischen Kühnheit der Magyaren hatten sie die beiden Vorgehensweisen gewählt, welche die größte Provokation darstellen würden – eine eigene Währung und eine eigene Armee.

Darüber berichteten die Zeitungen mit zumindest einem Mittelmaß an Sachlichkeit. Aber mit schmähender Sensationsgier ergötzten sie ihre Leser mit Geschichten über Graf Maximilian Berg.

Er hatte eine feurige, leidenschaftlich aufgenommene Rede vor dem Parlament gehalten. In der neugebildeten ungarischen Armee hielt er jetzt den Rang eines Obersten inne. Wo immer er hinging, war die wunderschöne Gräfin Eva Vasary, verwitwet und unermesslich reich, an seinem Arm. Und jede Erwähnung von ihm endete mit der Erinnerung, dass Graf Berg, sollte er den Habsburgern in die Hände fallen, wegen Hochverrats hingerichtet werden würde.

Sie legte die Zeitungen beiseite und wischte sich gründlich die Finger sauber. Es war gekommen, wie sie es vorausgesagt hatte, sagte sie sich. Dennoch lebte weiterhin ein Funken Hoffnung in ihrem Herzen.

Wenigstens gab es nichts, was sie zu bedauern hatte, um ihren Schmerz zu verschlimmern, dachte sie, als sie ein schnelles Gebet für seine Sicherheit gen Himmel sandte. Eines nur gab es zu bedauern. Max hatte ihr kein Kind geschenkt. Als ihr klar wurde, dass es kein Kind geben würde, hatte sie bitterlich geweint, ihr einziges Zugeständnis an ihre eigene Verletzlichkeit während der vergangenen Monate. Jetzt waren ihre Augen trocken, als sie auf die Straße hinuntersah.

Ein Lumpensammler schlurfte entlang der Schatten der Häuser und zog seinen halbleeren Sack hinter sich durch den Staub. Ein alter Mann, den Rücken gebeugt unter der Last eines großen Weidenkorbs, der Werkzeuge enthielt, um Messer und Scheren zu schärfen, schleppte sich vorbei. Ein Karren hielt rumpelnd unter Felicitys Fenster, und der italienische Hausierer trällerte seinen kleinen Singsang und bot *salamini* und Käse an. Ihr müder Blick wanderte an ihm vorbei, doch dann kam ihr etwas an seiner Haltung merkwürdig vor, und sie sah zurück zu ihm. Der Hausierer blickte auf und schob sich die runde Mütze zurück, um sich die Stirn mit dem Handrücken abzuwischen.

Theo! Es war Theo! Felicity umklammerte das Fenstersims. Hatte er eine Nachricht von Max? Sie sprang auf und lief aus dem Zimmer. Doch noch bevor sie die Tür erreichte, blieb sie stehen, da sie sich an die lebhafte Beschreibung von den Reizen der ungarischen Gräfin in den Zeitungen erinnerte. Welche Botschaft konnte Max schon für sie haben? Dennoch, Theo war ihr ein guter Freund gewesen, dachte sie. Sie schuldete es ihm, sich anzuhören, was immer er zu sagen hatte.

Theo sah mit zusammengekniffenen Augen zu dem Fenster, in dem er Felicity entdeckt hatte. Wo war sie? Als sie verschwunden war, war er sicher gewesen, dass sie sofort herunterkommen würde. Wieder rief er den Singsang, den er so sorgfältig einstudiert hatte, und drehte sich um, um die Waren in seinem Karren hin und her zu schieben, während er wartete. Als sich die Tür öffnete und Felicity auftauchte, seufzte er vor Erleichterung.

Er griff in seinen Karren und hielt ihr einen birnenförmigen Käse und Trockenwürste an einer Schnur hin. »*Signorina, prego.*«

»Warum hast du dich wieder verkleidet?« Sie stupste den Käse mit einem Finger an und biss sich auf die Lippe, um zu verhindern, dass sie nach Max fragte.

»Ich bin gekommen, um dich nach Osterburg zu bringen.«

Ihr Blick flog zu ihm hoch. »Warum?«

»Bald wird es wieder zu gewalttätigen Auseinandersetzungen kommen.« Er tauschte den Käse gegen einen anderen aus. »Jelačić marschiert auf Ungarn zu. Wenn die Kämpfe dort beginnen, wer weiß schon, was in Wien geschehen wird. Diesmal wird cs richtig zur Sache gehen.«

Sie sagte nichts und starrte den Käse in Theos Hand an.

»Meine Eltern wollen, dass du mit deinen Leuten auf die Osterburg kommst. Dort werdet ihr sicher sein.«

»Deine Eltern?« Sie verzog das Gesicht, als ihr klar wurde, was ihre Frage verraten hatte. Aber es war einerlei, dachte sie müde. Es war schlicht und einfach einerlei.

Theo sah den müden, niedergeschlagenen Ausdruck in Felicitys Augen, und er hatte Mühe, in seiner Rolle als fahrender Hausierer zu bleiben und nicht die Hand tröstend nach ihr auszustrecken. »Wir haben auch nichts von ihm gehört. Max hat seine Gründe, warum er keine Nachrichten schickt, Felicity. Dessen bin ich mir sicher.«

Spöttisch hob sie die Augenbrauen. »Ja, das nehme ich auch an.«

Theo schüttelte den Kopf und fragte sich, wie Felicity Max' Gefühle für sie bezweifeln konnte. »Gräfin Vasarys Familie ist einflussreich, und sie ist mit dem halben ungarischen Hochadel verwandt. Max braucht so viel Unterstützung von den Magnaten, wie er bekommen kann.«

Felicity kämpfte gegen das Aufkeimen von Hoffnung in ihr.

Theo las die Gefühle in ihren Augen und nahm schnell einige seiner Waren in die Hand. »Lass mich reinkommen«, sagte er. »Wir können uns drinnen unterhalten.«

In dem Moment, in dem Felicity die Tür hinter ihnen schloss, legte Theo den Arm um ihre Schultern und dachte nicht mehr an die Käseballen, die zwischen ihnen zu Boden fielen.

»Hör mir zu, Felicity.« Er hob ihr Kinn an, damit sie ihm ins Gesicht sehen musste. »Ich kenne meinen Bruder. Er wird zu dir kommen, sobald er kann – falls er dann noch am Leben ist.«

Bei seinen brutal offenen Worten schnappte Felicity leise nach Luft.

»Ich will nicht derjenige sein, der ihm in die Augen sehen und erklären muss, dass ich dich nicht rechtzeitig in Sicherheit gebracht habe.«

Sie sah in Theos blaugraue Augen, die normalerweise so gelassen, aber jetzt stürmisch waren. Ihr wurde klar, dass er seine Worte glaubte. Er glaubte sie tatsächlich. Aber wenn es stimmte, was er gesagt hatte, dann würde Max hierher nach Wien kommen, dachte sie, während ihr Herz begann, gegen ihre Rippen zu schlagen – voller Angst, voller Hoffnung.

Plötzlich fielen die Verzagtheit, die Niedergeschlagenheit, die ihr Wesen während der letzten Monate gedämpft hatten, von ihr ab. Sie würde in Wien bleiben. Und falls Max kam, um sie zu suchen, dann würde sie, so Gott will, hier sein.

Theo sah, wie Leben in Felicitys Augen trat. Er suchte nicht weiter, sondern sprach rasch, geleitet von Erleichterung und Arglosigkeit. »Kannst du dich bereit machen, heute Abend aufzubrechen?«

Sie nickte.

Seine Stimme war drängend, als er ihr seine Anweisungen gab.

Sie nickte erneut und schickte ihn fort.

Die Pferde, ausgeruht und ungeduldig, stampften mit den Vorderhufen auf den Pflastersteinen. Hannah kauerte in der Kutsche, während Paddy und Manon, er rotgesichtig, sie blass, Felicity am Bürgersteig gegenüberstanden.

Als Theo aus den Schatten trat, um sich zu ihnen zu gesellen, begannen Paddy und Manon gleichzeitig zu sprechen, aber Felicity brachte sie mit einer schnellen Geste zum Schweigen.

»Ich fahre nicht mit, Theo.«

»Was?«, rief er. »Bist du verrückt?«

Sanft legte sie ihm eine Hand auf den Arm. »Sei nicht böse, Theo. Falls Max zu mir kommt, dann hierher, nach Wien.«

»Es wird Krieg geben, Felicity. Falls du hier bleibst, wirst du vielleicht mittendrin sein.« Er nahm ihre Hände. »Weißt du, was mit Frauen passiert, wenn eine Armee in eine Stadt einmarschiert?« Theo hob die Stimme. »Was, wenn Max nicht kommt, nicht kommen kann? Was, wenn ihm etwas zustößt?«

Felicity befreite ihre Hände und legte eine auf Theos Wange. »Dann werde ich hier sein und der Sache helfen, für die er gestorben ist.« Sie nahm seine Hände und stellte sich auf die Zehenspitzen, um ihn auf beide Wangen zu küssen. »Pass gut auf sie auf, Theo«, sagte sie und neigte den Kopf zu Paddy und Manon. »Sie sind alles an Familie, was ich habe. Und danke deinen Eltern in meinem Namen. Vielleicht werden wir uns eines Tages wiedersehen.«

»Felicity –«

»Ich komme schon zurecht, Theo.« Sie drückte seine Hände. »Danke.«

Sie drängte ihn zur Kutsche, und als er zögerte, stupste sie ihn erneut an. »Gute Reise.«

Ein weiteres Mal drehte er sich um und machte einen Schritt auf sie zu, doch sie schüttelte leicht den Kopf, bis er endlich in die Kutsche sprang und Paddy das Zeichen gab.

Felicity stand ganz still – bis die Kutsche um die Ecke bog und nicht mehr zu sehen war, bis das Geräusch ihrer Räder auf dem Pflaster verklungen war. Dann wandte sie sich Resi zu, die auf den Stufen hinter ihr stand, und lächelte.

»Morgen wirst du zu deinem Onkel gehen, Resi, und ihm sagen, dass ich helfen will. Er braucht nur sagen, was ich tun soll.«

Kapitel 23

Seit zwei Tagen hörten sie Schüsse. Sie ertönten sporadisch – manchmal von den Außenbezirken, wo die Bahnhöfe lagen, manchmal vom Stephansplatz, der nur wenige Straßen entfernt war. Felicity zuckte zusammen, als Schüsse direkt um die Ecke losbrachen. Irgendwie machte die Zufälligkeit der gewalttätigen Auseinandersetzungen sie noch viel beängstigender – weil man nie wusste, wann sie einen erwarteten oder wie nahe sie sein würden.

Vor zwei Tagen waren die Neuigkeiten aus Pesth eingetroffen, dass der kaiserliche Kommissar, Graf Lamberg, aus seiner Kutsche gezerrt und von einer aufgebrachten Menge buchstäblich in der Luft zerrissen worden war. Als der Kriegsminister Graf Latour sofort befahl, die in Wien stationierten Soldaten nach Ungarn zu entsenden, strömten die Menschen zum Bahnhof, um sie davon abzuhalten, die Züge Richtung Osten zu besteigen. Die Scharmützel waren blutig, und die Radikalen verbuchten es als Erfolg, als viele der Soldaten ihre Marschbefehle wegwarfen und sich ihnen anschlossen.

Die Kämpfe tobten weiterhin in der ganzen Stadt – vereinzelt, aber blutig genug. Studenten und Arbeiter stürmten das Zeughaus und nahmen alles, was dort war – mittelalterliche Hellebarden und antiquierte Musketen, Kavalleriepistolen und Säbel. Eine Menge, die Blut sehen wollte, attackierte Graf Latour in seinem vornehmen Büro im Kriegsministerium und knüpfte seine Leiche an einer Straßenlaterne auf. Unter schwerer militärischer Bewachung flohen der Kaiser und sein Hof nach Olmütz in Mähren – zweihundert Kilometer von der Hauptstadt.

Felicity lief in ihrem Salon auf und ab und ärgerte sich über ihren erzwungenen Müßiggang. Sie hatte gebeten, irgendwie helfen zu dürfen, da sie mehr tun musste, als nur darauf zu warten, dass die Stunden und Tage vergingen, aber Resis Onkel hatte mit den Schultern gezuckt und sie zu Dr. Fischhof geschickt.

Fischhof hatte sie in der gleichen beengten Wohnung empfangen, in die sie vor so vielen Monaten gegangen war, um Michael Severin zu treffen. Er hatte höflich und aufmerksam ihrem leidenschaftlichen Appell zugehört, und als sie fertig war, hatte er sie angesehen und den Kopf geschüttelt.

»Max würde mich umbringen, wenn ich Sie in Gefahr brächte.« Er hatte gelächelt, die angeborene Sanftheit in seinen Augen einen Moment lang stärker als das fanatische Feuer, das darin brannte.

»Er hat mit Ihnen über mich gesprochen?«

»Nein, kein einziges Mal«, sagte er. »Aber ich habe seine Augen gesehen.«

Also war Felicity nach Hause zurückgekehrt, unzufrieden und doch – und doch war der winzige Funke Hoffnung, der, ohne dass sie es sich eingestand, in ihr hauste, zu einer kleinen Flamme angewachsen.

Erneut Schüsse, diesmal noch näher. Vorsichtig spähte Felicity aus dem Fenster, aber alles, was sie sehen konnte, war die verlassene Straße, die Fenster und Fensterläden der Häuser fest verschlossen. Als bedeutungslose Auflehnung entriegelte sie die Fensterflügel und schob die Fensterläden weit auf. Tief atmete sie die Luft ein, die den ersten subtilen Hauch von Herbst angenommen hatte, und versuchte, die Rastlosigkeit zu vertreiben, die sie plagte.

Bei einem Krach in der Küche versteifte sie sich. Schnell stieß sie sich vom Fenster ab und lief in den hinteren Teil des Hauses.

Resi, ihr Kleid schmutzig und blutverschmiert, kniete neben einem jungen Mann in grober Arbeiterkleidung und versuchte ungeschickt, seine blutende Schulter zu verbinden. Mit aufgerissenen und erschrockenen Augen sah sie zu Felicity hoch.

»Es tut mir leid, gnädiges Fräulein«, stammelte sie. »Ich konnte ihn nicht einfach auf der Straße lassen.«

Automatisch schob Felicity die Ärmel ihres schlichten, gestreiften Baumwollkleides hoch, trat vor und kniete sich neben Resi.

»Es tut mir leid«, begann das Dienstmädchen erneut.

»Du hast das Richtige getan, Resi.« Felicity drückte die Hand des Mädchens. »Jetzt sei ein braves Kind und hol Verbände, heißes Wasser und saubere Tücher.«

Während das Mädchen davoneilte, beugte sich Felicity über den verletzten Mann und begann mit schnellen, aber vorsichtigen Bewegungen, die Reste seines groben Hemdes wegzuschneiden.

Schnell, viel schneller, als alle für möglich gehalten hätten, vereinten sich kaiserliche Truppen und die kroatischen Streitmächte, frisch geschlagen von der ungarischen Armee, vor Wien.

Ein paar hundert Freiheitskämpfer hatten es durch die feindlichen Linien nach Wien geschafft – einige aus Böhmen, einige aus der Steiermark. Aber es waren wenige, zu wenige, um die vielen zu ersetzen, die geflohen waren, sodass ganze Abschnitte der Stadtmauer unbemannt blieben. Die Munitionsvorräte wurden gefährlich knapp. Die Nahrungsmittelverteilung an die Kämpfenden wurde unregelmäßig, und oft mussten sie mit einem Stück Käse und etwas Brot auskommen, das eine wohlmeinende Hausfrau gebacken hatte.

Der eiserne Ring um Wien zog sich zusammen, als die Loyalisten die Stadt mit Hagelgeschoss beschossen – was Verluste und noch mehr Schäden verursachte. Die reichen Bürger im Stadtrat verlangten aus Angst um ihre gefüllten Lagerräume und schmucken Häuser, dass die Stadt kapitulierte. Der klägliche Rest der Ständeversammlung, hin- und hergerissen zwischen dem Wunsch nach Freiheit und dem Wunsch nach Gesetzmäßigkeit, zauderte. Die Hälfte der Bevölkerung floh nach Westen aus Angst, dass egal, wer die kommende Schlacht gewann, sie die Verlierer sein würden.

Als der Oktober in seine zweite Hälfte zog, begann das Erdgeschoss von Felicitys Haus, einem Lazarett zu gleichen. Der Großteil der Kämpfe fand weiterhin in den Außenbezirken statt, aber jeden Tag wurden immer mehr Verwundete zurück in die Stadt gebracht. Zusammen mit Resi und ein paar Frauen aus der Nachbarschaft kümmerte sich Felicity, so gut sie konnte, um die Männer, die zu ihr gebracht wurden, konnte aber oft nicht mehr tun, als zu versuchen, ihnen ihre letzten Stunden erträglicher zu machen.

»Gnädiges Fräulein!« Resi rutschte über den verschmutzten Parkettboden, als sie in den Salon stürmte. »Die Ungarn! Sie sind da!« Sie blieb stehen und presste sich schnaufend eine Hand auf die Brust. »Gerade haben wir Nachricht erhalten, dass die Ungarn Schwechat erreicht haben.«

Felicitys Hand zitterte leicht, aber sie machte damit weiter, Gesicht und Oberkörper des namenlosen Mannes, der fiebernd auf einer Pritsche lag, mit Wasser und Schwamm zu kühlen. Ihr Herz schien in der Kehle zu schlagen, als sie sich fragte, ob Max wohl bei ihnen war. Sie wollte so sehr, dass er hier war, und gleichzeitig wünschte sie ihn weit weg, wo er in Sicherheit sein würde.

Einige Meter entfernt richtete sich einer der verletzten Männer auf seiner Pritsche auf. »Die Ungarn sind nicht gekommen, um uns zu helfen. Sie jagen nur die Kroaten«, beschwerte er sich.

»Falls sie uns den Jelačić, diesen Verbrecher, vom Leib halten, kommt uns das nur zugute«, sagte ein anderer Mann. »Entschuldigen Sie, gnädiges Fräulein.« Er nickte in Felicitys Richtung.

»Glaubst wirklich, dass uns das 'nen Dreck nutzen wird?«, brummte ein weiterer Mann in seinem rauen Arbeiterdialekt. »Alle geben Befehle und niemand befolgt sie – die Ständeversammlung, das Studentenkomitee, die Nationalgarde und diese feigen Blutsauger im Stadtrat. Allen ist nur ihre eigene Sache wichtig.« Er wurde von einem heftigen Husten geschüttelt. »Und mir san nur Kanonenfutter.«

Felicity überließ die Männer ihrem Streit, stand auf und huschte aus dem Zimmer. Da sie einen Augenblick für sich allein brauchte, stieß sie die Küchentür auf und trat in den kleinen, rechteckigen Hinterhof.

Plötzlich nahmen das Grollen der Artillerie und die scharfen, schnellen Salven von Gewehrfeuer, an die sie sich beinahe gewöhnt hatte, eine neue Bedeutung an. Jede einzelne der Explosionen konnte bedeuten, dass eine dieser todbringenden Vorrichtungen Max bedrohte. Sie lehnte sich an die raue Mauer des Hauses und betete, dass er in Sicherheit und weit weg war. Dort fand sie auch der Bote von Dr. Fischhof.

Der Mantel des Mannes war zerrissen und schmutzig. Die blutige Bandage, die um seinen Kopf gewickelt war, war zum Teil von dem breitkrempigen Hut verdeckt, den er verwegen schief trug. Er wartete stumm, während sie das kleine Paket auswickelte, das er ihr überreicht hatte. Mit Fingern, die plötzlich vor Nervosität ungeschickt waren, riss Felicity das Einwickelpapier auf. Ihr entkam ein Keuchen, als ein goldener Siegelring in ihre Hand rollte. Der Ring, von dem sie wusste, dass der alte Graf Berg ihn Max an seinem einundzwanzigsten Geburtstag geschenkt hatte. Der Ring, ohne den sie Max nie gesehen hatte. Vor Entsetzen, was das bedeuten musste, wurde ihre Kehle ganz eng.

»Wie? Was?«, stammelte Felicity, während sie die Hand fest um den Ring schloss. Sie wandte sich dem Mann zu, ihre Augen voller Kummer.

»Graf Berg ist hier.«

»Hier? In Wien?« Plötzlich atemlos vor Erleichterung trat Felicity zu dem Mann. »Haben Sie ihn gesehen?«

Der Mann schüttelte den Kopf. »Er ist bei den Ungarn in der Nähe von Schwechat – alles im allen nur zwanzigtausend Mann.« Die Enttäuschung des Mannes zeigte sich auf seinem Gesicht. »Viele der Offiziere und Truppen sind in Ungarn geblieben. Sie haben sich geweigert, die Grenze nach Österreich zu überschreiten.«

»Wie hat er dann –«

»Zwei seiner Kuriere haben es durch die kaiserlichen Linien geschafft. Der Graf hatte Dr. Fischhof den Ring gegeben, um Befehle zu unterzeichnen. Jetzt wird er ihn selbst brauchen – hoffentlich.«

»Was wird passieren? Wissen Sie es?«

»Die Ungarn verlangen, dass die Verteidiger der Stadt offiziell um ihre Hilfe bitten, damit sie nicht beschuldigt werden, sich eingemischt zu haben.«

»Werden sie das tun?«

Müde zuckte der Mann mit den Schultern. »Das weiß Gott allein. Die Ständeversammlung ist besorgt wegen der rechtlichen Details und die Mitglieder des Stadtrates um ihre Geldbörsen.«

Felicity nickte. »Danke, dass Sie mir das gebracht haben.« Sie trat näher an den Boten und legte die Hand auf seinen Arm. »Kann ich etwas für Sie tun, bevor Sie gehen? Brauchen Sie etwas zu essen?«

Der Mann lächelte traurig und vollführte eine elegante Verbeugung, die in dem schmuddeligen Hof fehl am Platz wirkte. »Danke. Wir haben, was wir brauchen.«

»Dann zumindest einen frischen Verband.«

Der Mann schüttelte den Kopf. »Wir werden es alle noch viel schlimmer haben, bevor es vorbei ist.« Erneut verneigte er sich und ließ sie dann stehen, ihre Finger fest um Max' Ring geschlossen.

Unfähig stillzusitzen, schritt Max in dem Zelt am Tisch entlang auf und ab, wo General Mogo, sein Kommandeur, und die höheren Offiziere saßen.

»Wenn wir lange genug warten, wird es keine Verteidiger mehr geben, die wir ablösen können.« Er machte auf dem Absatz kehrt. »Warum sind wir hierhergekommen?«, wollte er wissen und schlug mit den Händen so heftig auf den Tisch, dass dieser wackelte. »Um zuzuhören, wie die kaiserliche Artillerie sie völlig aufreibt?«

»Heute gab es keine Kämpfe«, betonte einer der Offiziere. »Auch nicht vorgestern.«

»Weil sie sich vorgestern neu formiert haben«, fauchte Max und fragte sich, ob der Mann tatsächlich so dumm sein konnte, wie seine Bemerkung anzudeuten schien. »Gestern hat Jelačić die Kroaten eine der Hauptbarrikaden mit brutaler Effizienz einnehmen lassen.« Er fixierte den Offizier mit einem eisigen

Blick. »Und heute, während Wien brennt, sitzt der Kommandant in seinem Netz wie eine fette Spinne und wartet auf eine Antwort auf seine Forderung nach bedingungsloser Kapitulation.«

»Beruhigen Sie sich, mein lieber Berg.« General Mogo tippte mit einem Finger auf die Karte, die auf dem Tisch lag. »Morgen rücken wir gegen Jelačić vor.«

»Und wenn die Stadt heute kapituliert?« Mit Mühe mäßigte Max seinen Tonfall. »Sie haben die Nachricht gehört, die meine Kuriere aus der Stadt zurückgebracht haben. Wenige sind gewillt, den Kampf fortzusetzen, und viele sind dabei, ihn aktiv zu unterminieren.«

Der General zuckte mit den Schultern. »Dann ziehen wir uns nach Ungarn zurück und schonen unsere Truppen für künftige Schlachten.«

Max spürte, wie sich jeder einzelne seiner Muskeln anspannte. »Und sehen untätig dabei zu, wie Wien geplündert und vergewaltigt wird.«

»Wien?« Der Offizier, der vorhin gesprochen hatte, sah Max mit einem schmalen, höhnischen Lächeln an.

Max wirbelte herum und hielt, die Jahre striktester Disziplin vergessen, direkt auf ihn zu.

General Mogo klopfte mit seinem Stab gegen die Tischkante, was Max mitten im Schritt innehalten ließ.

»Meine Herren, bitte mäßigen Sie sich ein wenig.« Der General erhob sich. »Sie sind entlassen. Ich nehme an, dass Sie alle dringende Pflichten haben, um die Sie sich kümmern müssen.«

Max schlug die Hacken zusammen und schritt aus dem Zelt. Vielleicht würden die anderen Offiziere damit zufrieden sein, untätig abseits zu stehen und zuzusehen. Bevor er das täte, würde er eher seine Seele dem Teufel verkaufen.

Es war vorbei, dachte Felicity, als sie zusah, wie eine niedergeschlagene Gruppe Männer vorbeistapfte. Nur die Arbeiter und einige der Studenten hatten gegen die Kapitulation gestimmt, und jetzt strömten die Verteidiger alle zu den vorbestimmten Plätzen, um ihre Waffen abzugeben.

Plötzlich begann eine Glocke zu schlagen, gefolgt von einer weiteren und noch einer. Irgendwo begann ein Trommelwirbel, und sein Echo hallte wider, als andere Trommeln den gleichen Rhythmus aufnahmen.

Die Männer, die in dem Zimmer hinter ihr lagen, setzten sich auf und begannen, sich leise zu unterhalten. Ein schlaksiger Jugendlicher lief vorbei, und Felicity lehnte sich aus dem Fenster und rief nach ihm.

»Was ist passiert? Was bedeuten die Glocken und Trommeln?«

»Die Ungarn!« Der Junge blieb stehen und grinste zu ihr hoch. Mit einer jubelnden Geste warf er seine Mütze in die Luft. »Man hat ihr Kanonenfeuer vom Observatorium aus gesehen.«

Hin- und hergerissen zwischen Freude und Angst konnte Felicity nichts anderes tun als nicken. Sie hörte, wie die Männer hinter ihr zu jubeln begannen. Sie beobachtete, wie die Leute auf der Straße, die die Worte des Jungen mitangehört hatten, einander umarmten. Es war leicht für sie, dachte sie. Für sie bedeutete es Hilfe in einem Augenblick der Not. Für Felicity bedeutete es, dass Max in Gefahr war. Als ob er ein Talisman wäre, der ihre Wünsche erfüllen konnte, rieb sie den Siegelring, der an einem Lederband um ihren Hals hing.

Aber am nächsten Morgen, als der letzte Tag im Oktober dämmerte, waren sowohl der freudvolle Aufruhr als auch die erneuten Kämpfe vorbei. Da wussten die Wiener bereits, dass die ungarischen Streitkräfte zurückgedrängt worden waren. Es war nur ein vorgetäuschter Angriff gewesen, grummelten einige. Ein Manöver, um die Ehre der Ungarn zu retten. Die Bürger des Stadtrats beeilten sich, Fürst Windisch-Grätz eine Delegation zu schicken, die ihn anflehte, die Stadt zu besetzen, aber der alte Mann zerriss die Bittschrift und warf den Boten die Papierfetzen ins Gesicht.

Am späteren Morgen hatte die Bombardierung begonnen – die Kanonen feuerten Salve um Salve um Salve ab, bis es den Anschein hatte, dass sich eine Vielzahl an Gewittern über der Stadt zusammengezogen hatte.

Eine Stunde später gab es in der Stadtmauer mannsgroße Löcher. Entlang den Stadtmauern schlugen Flammen aus dem

Großteil der Häuser. Kanonenkugeln, die auf den Straßen landeten, ließen scharfe, tödliche Bruchstücke von Pflastersteinen durch die Luft fliegen.

Eine halbe Stunde danach begann der Sturm auf die Stadt, sowohl von den kaiserlichen Truppen als auch von den Kroaten, angefacht durch Geschichten von Wiens Reichtümern und seiner schönen Frauen.

Alleingelassen in einem Haus voller Verwundeter, während Kanonenkugeln um sie herum einschlugen, strengte sich Felicity verzweifelt an, die Leute in den Keller zu schaffen. Zuerst halfen ihr die Männer, die trotz ihrer Verletzungen auf den Beinen waren, doch als die Kanonenkugeln mit unheimlicher Regelmäßigkeit trafen, verschwand einer nach dem anderen. Aber Felicity bemühte sich weiter und bekam kaum mit, als das Kanonenfeuer zuerst nachzulassen begann und dann zur Gänze aufhörte.

Ihre schmerzenden Arme waren längst taub geworden, als sie den letzten Mann zur Kellertür zerrte. Schweiß strömte über ihr Gesicht und ließ ihre Sicht verschwimmen und jeder Atemzug brannte in ihrer Lunge.

Sie packte die Schultern des Mannes und versuchte, ihn über die Stufe zu heben. »Helfen Sie mit«, keuchte sie. »Können Sie ein wenig mithelfen?«

Der Mann stöhnte nur als Antwort, und sie versuchte es erneut.

»Nein.« Das Wort kann als Ächzen heraus. »Lassen Sie mich hier.«

»Sie müssen da runter«, schnaufte sie. »Kanonen.«

»Sie haben aufgehört zu schießen. Hören Sie nur.«

Zum ersten Mal fiel Felicity die albtraumhafte Stille um sie auf.

»Wissen Sie, was das bedeutet?«, flüsterte der Mann. »Es bedeutet, dass der Sturm auf die Stadt begonnen hat.«

Felicity starrte ihn an, zu betäubt, zu erschöpft, um zu verstehen, was er damit meinte.

»Verschwinden Sie von hier.«

Sie schüttelte den Kopf und griff erneut nach seinen Schultern.

»Gehen Sie.« Der Mann gurgelte, während sich blutiger Schaum an seinen Mundwinkeln bildete. »Ich bin ohnehin erledigt.«

Aber sie hielt ihn, als das Rasseln in seiner Kehle lauter wurde, bis es in ihren Ohren widerzuhallen schien. Sie hielt ihn weiterhin, als seine Augen trüb wurden. Als sein Kopf zur Seite fiel, verstand sie endlich, dass er gestorben war.

Schwankend erhob sie sich und stützte sich an der Wand ab. Er hatte ihr gesagt, von hier zu verschwinden. Ihr Verstand vor Erschöpfung betäubt, schüttelte Felicity den Kopf. Es gab nirgends, wo sie hingehen konnte. Abgesehen davon, dachte sie wild, konnte sie nicht von hier weg. Sie musste hierbleiben und auf Max warten.

Sie stolperte durch das leere Haus, das noch immer mit dem Gestank der verwundeten Männer erfüllt war, die hier gelegen hatten. Sie brauchte Luft, dachte sie, als ein schwarzer Vorhang drohte, sich vor ihren Augen zu senken. Ihre Hände griffen durch den Nebel nach dem Riegel eines Fensterflügels, trafen aber nur auf Luft. Unfähig, sich noch länger aufrecht zu halten, gaben ihre Knie nach, und sie sank zu Boden, auf die Glasscherben und Holzsplitter, die von den Fenstern übriggeblieben waren. Dann senkte sich der schwarze Vorhang und sie erschlaffte.

Kapitel 24

»Wenn Sie jetzt unser Lager verlassen, könnte ich Sie vors Kriegsgericht bringen, weil Sie Ihre Männer im Stich lassen.« General Mogo ließ seinen Stab durch die Finger gleiten. »Das wissen Sie, oder?«

»Ja.« Max sah seinem Kommandeur direkt in die Augen, als er das eine Wort aussprach.

»Und warum sind Sie so sicher, dass ich das nicht tun werde?«

»Weil Sie ganz genau wissen, dass ich meine Männer nicht im Stich lasse.« Er kniff die Augen leicht zusammen. »Schließlich haben diese bereits alle Kämpfe hinter sich, die sie schlagen müssen, bis ich zurückkomme. Vorausgesetzt, dass ich am Leben bin, um das auch zu tun.« Max erlaubte sich die Andeutung eines Lächelns. »Und Sie werden mich nicht vors Kriegsgericht bringen, weil meine Dienste Ihnen in den kommenden Monaten zugutekommen werden.« Die Worte wären arrogant gewesen, wenn sie nicht der Wahrheit entsprochen hätten.

Der General runzelte die Stirn. »Was genau haben Sie denn vor?«

»Ich habe vor, ein Versprechen einzulösen, General.«

Da er einsah, dass er nichts weiter aus seinem widerspenstigen Untergebenen herausbekommen würde, machte der General eine ungeduldige Geste mit seinem Stab. »Gehen Sie. Ich will, dass Sie binnen achtundvierzig Stunden zurück sind. Dann marschieren wir ab.«

Max schlug die Hacken zusammen und wandte sich um.

»Berg.«

Max blieb stehen und drehte sich halb um.

Mogo zeigte mit dem Stab auf Max. »Ich werde fuchsteufelswild sein, wenn Sie sich umbringen lassen.«

»Ich auch, General.« Max' Mundwinkel hoben sich zu seinem ersten echten Lächeln seit Wochen. »Das wäre ich auch.«

Felicity kam zu sich, ohne zu wissen, was sie aufgescheucht hatte. War es der Lärm auf der Straße gewesen? Oder der scharfe Geruch, der sie zu umwabern schien? Sie stemmte sich hoch, bis sie zu sitzen kam, und nahm einen tiefen Atemzug, der in einen Hustenanfall überging. Mühsam kämpfte sie sich auf die Knie und öffnete die Augen.

Rauchfäden trieben durch das Zimmer. Sie rieb sich die Augen mit dem Handrücken, während sie sich in ihrem benommenen Zustand zu erinnern versuchte. Hatte Hannah etwas auf dem Ofen vergessen? Nein, erinnerte Felicity sich, Hannah war zusammen mit den anderen auf der Osterburg. An eine Wand gestützt, schaffte sie es aufzustehen. Schwindlig und erschöpft von dieser kleinen Anstrengung ließ sie die Lider sinken.

Als sie die Kraft fand, erneut die Augen zu öffnen, hatten sich die Rauchfäden zu einem Schleier verdichtet. Plötzlich schlug am anderen Ende des Zimmers eine Flamme durch die Decke. Sicher, dass sie das nur geträumt hatte, schüttelte sie den Kopf, um ihn klarzubekommen. Aber es war kein Traum. Mit entsetzter Faszination sah sie zu, wie sich die Flamme in das Zimmer fraß und die Seidentapete schwarz zurückließ.

Sekunden verstrichen oder vielleicht auch Minuten, während sie reglos dastand, den Blick auf das Schauspiel vor sich fixiert. Endlich brachte sie ein fiebriges Aufwallen von Energie dazu, sich in Bewegung zu setzen. Wasser! Sie musste Wasser holen. Doch dann erinnerte sie sich daran, dass sie kein Wasser gehabt hatten, seit die kaiserlichen Truppen das Wasserwerk eingenommen hatten. Die nächstgelegene Wasserstelle war ein Gemeinschaftsbrunnen eine Straße entfernt.

Obwohl die rasch schwarz werdende Wand sie hätte warnen

sollen, dass es sinnlos war, hielt sie auf die Küche zu, um dort einen Eimer zu holen. Aber sie hatte erst zwei Schritte gemacht, als sich, ohne Vorwarnung, die Decke vor ihr aufzulösen schien und ein dicker Balken, der wie ein Weihnachtsscheit glomm, auf den Fußboden krachte und sie mit einem Ascheregen überzog.

Mit einem Schrei schüttelte sie die Arme, wich zurück und schlug nach den Funken, die überall waren. Über ihr ertönte ein weiteres bedrohliches Knistern und dann noch eines. Schneller, als sie für möglich gehalten hätte, lief sie zu Haustür. Doch als sie sie aufriss, fachte der Zug von draußen die bereits gierigen Flammen an. Bei dem Getöse hinter ihr drehte sich Felicity um, gerade rechtzeitig, um zu sehen, wie der Rest ihres Hauses in einem schwarz-roten Inferno aufging. Die plötzliche Hitzewelle ließ sie einen Schritt zurückweichen, und sie stolperte auf den Bürgersteig.

Während sie sich hochkämpfte, blickte sie auf und erkannte, dass das Feuer, das sie aus dem Haus getrieben hatte, bereits den ersten Stock vernichtet hatte. Der blaue Verputz der Fassade war unter einer rußigen Schicht nicht mehr zu sehen, und die verkohlten Fensterrahmen starrten wie riesige, tote Augen auf sie hinab.

Tieftraurig wandte sie sich um und lief direkt in einen kräftigen Körper, der ihr den Weg versperrte.

Instinktiv wich sie zurück, aber eine Hand packte ihr Haar und riss ihren Kopf hoch. Der Mann spiegelte das rote und schwarze Inferno wider, das sie hinter sich gelassen hatte – mit rot-goldener Mütze, kohlschwarzem Haar und Schnurrbart und scharlachrotem Umhang – und einen Moment lang dachte Felicity, dass sie den Verstand verloren hatte.

»Sie haben uns gesagt, dass die Frauen in Wien wunderschön sind.« Die Hand in ihrem Haar verkrampfte sich. »Sie haben nicht gelogen.«

Das dunkle Gesicht kam näher, und obwohl Felicity zurückzuckte, zog er sie weiter an sich heran. Eine Hand noch immer in ihren Haaren vergraben, hob der Soldat sie hoch, als würde sie nichts wiegen, und rannte die Straße hinunter.

Im Augenblick unfähig, sich zu bewegen oder auch nur zu denken, unterwarf sich Felicity der Entführung. Als der Mann sie an der Mündung einer Gasse absetzte, war sie noch immer erstarrt. Grob drückte er sie an die Mauer eines Hauses. Seine pechschwarzen Augen glitzerten, während er seine Hände über ihren Körper hinunter und wieder hinauf gleiten ließ. Als er ihre Brüste umfasste, pressten sich seine Finger brutal in ihre Haut.

Als er zurücktrat und nach dem Verschluss seiner Hose griff, drang die Erkenntnis über das, was gleich geschehen würde, in ihren gelähmten Verstand. An die kalte, feuchte Mauer gedrückt, begann sie zu zittern.

Sie beobachtete ihn. Sie beobachtete seine Brust, die sich mit seinen schnellen Atemzügen hob und senkte. Sie beobachtete seine obszön rote Zunge, die unter dem dicken, schwarzen Schnurrbart über die Lippen leckte. Sie beobachtete seine Hände, die, ungeschickt durch Lust und Ungeduld, mit dem Verschluss seiner Hose kämpften. Und sie konnte die Angst an sich selbst riechen.

Vielleicht war es das Letzte mehr als alles andere, das sie aus ihrer Starre riss und wilde Entschlossenheit durch ihre Adern pumpen ließ. Sie würde nicht wieder ein Opfer sein! Sie würde lieber sterben, als wieder ein Opfer zu sein!

Als er auf sie zukam, ging sie mit Fäusten und Füßen auf ihn los, ihre Haare wild fliegend. Immer wieder fand sie eine noch unangetastete Quelle der Kraft, die sie gegen ihn einsetzen konnte. Mit einem glücklichen Tritt sandte sie ihn zu Boden. Obwohl die Versuchung wegzulaufen riesig war, wusste sie, dass ihre Chancen auf Flucht bei null lagen. Nein, dachte sie, als ihr Blick auf den langen Dolch fiel, der an seinem Gürtel hing. Sie würde bleiben und kämpfen.

Langsam stand er auf und wischte sich mit der Hand über den Mund, den sie blutig geschlagen hatte. Langsam kam er auf sie zu, den Kopf gesenkt, die Schultern nach vorne gerichtet, wie ein wildes Tier, das zum Todesstoß ansetzte.

Felicity presste sich für besseren Halt an die Mauer. Ihre Hände sehnten sich danach, nach ihm zu schlagen, aber sie wusste, dass sie warten musste, bis er näher herangekommen war. Bis sie eine realistische Chance hatte, nach der Waffe zu greifen.

»Das hättest du nicht tun sollen.« Die Worte kamen als leises Zischen heraus, der slawische Akzent machte sie rauer, bedrohlicher. »Ich hätte dich nur genommen und gehen lassen.« Wieder wischte er sich mit der Hand über den blutigen Mund. »Jetzt werde ich dich nachher umbringen.« Er machte einen Schritt und dann einen weiteren.

Er war weniger als eine Armlänge entfernt, als Felicity sich bewegte. Mit einer Hand griff sie nach dem Dolch, während sie ihm gleichzeitig die andere mit aller Kraft in die Seite rammte, was ihn zurückstieß. Lautlos glitt die Waffe aus der Scheide, und Felicity fiel gegen die Mauer zurück. Der Knauf grub sich beruhigend in ihre Mitte. Mit weißen Knöcheln umfasste sie den glatten, kalten Griff mit beiden Händen und wartete.

Der Soldat hatte den Verlust seiner Waffe nicht einmal bemerkt und starrte sie einen Augenblick lang an. Dann stürzte er mit einem unmenschlichen Brüllen vorwärts und das Brüllen ging weiter, als er sich auf der unbarmherzig scharfen Klinge aufspießte, die er selbst an diesem Morgen geschliffen hatte.

Er taumelte zurück, während Felicity weiter den Dolch hielt, dessen Klinge jetzt so scharlachrot wie sein Umhang war. Er ging zu Boden, versuchte wieder aufzustehen und sank dann auf dem Pflaster zusammen. Sein Körper rollte herum, bis der Mann mit dem Gesicht nach unten zu ihren Füßen zu liegen kam. In einer bizarren Mischung aus Erleichterung und Entsetzen schrie sie auf, ohne dass es ihr überhaupt bewusst war.

Jeder Atemzug brannte in seiner Lunge, als Max sich an eine Hausecke fallen ließ, da seine Beine begonnen hatten nachzugeben. Die Stadtmauer war längst gefallen, und die Straßen waren voller marodierender Soldaten, die zu sehr auf Vergewaltigung und Plünderung aus waren, um ihm Beachtung zu schenken.

Als sein Blick die Straße hinunterwanderte, sah er die Flammen, die aus dem Fenster eines Hauses schlugen. Entsetzt erhaschte er einen Blick durch die roten und orangen Flammenzungen auf eine hellblaue Mauer. Oh, Gott, dachte er. Felicitys Haus! So gut er konnte, bedeckte er sein Gesicht mit dem scharlachroten Umhang, den er beim Überschreiten der

Gefechtslinie einem toten kroatischen Soldaten abgenommen hatte, und begann zu laufen. Dann hörte er Felicity schreien.

Ihre Füße eingeklemmt zwischen der Mauer und dem Körper des Soldaten, starrte sie nach unten. Sie kämpfte gegen die Übelkeit, die in ihrer Kehle aufstieg, befreite ihre Füße und machte einen Schritt zur Seite und dann einen weiteren. Doch weiter kam sie nicht, da sie nicht in der Lage war, wegzulaufen oder auch nur den Blick abzuwenden.

Sie hätte nicht sagen können, wie lange sie dort stand. Schließlich ließ sie das Geräusch von Stiefeln auf dem Pflaster sich gerade rechtzeitig umdrehen, um zu sehen, wie eine Gestalt am Eingang der Gasse schlitternd zu stehen kam. Wieder sah sie die gleiche rot-goldene Feldmütze, den gleichen scharlachroten Umhang wie bei dem Mann, der hinter ihr lag.

»Nein!«, schrie sie und packte den Dolch fester. »Nein!« Da es keinen Weg zurück gab, machte sie einen Schritt nach vorne.

»Felicity.«

Sie blieb so plötzlich stehen, dass sie beinahe kopfüber umkippte. Das konnte nicht sein, dachte sie. Es konnte nur ein Trugbild sein.

»Felicity, Liebes.« Die Gestalt streckte die Hand nach ihr aus.

»Max?« Sie blinzelte ungläubig. »Max?«

»Ja, Liebes.«

Das Messer fiel klappernd auf das Pflaster, und dann lief sie, lief sie. Als sich seine Arme um sie schlossen, wusste sie, dass sie zu Hause angekommen war. Zum ersten Mal in ihrem Leben war sie wirklich zu Hause angekommen.

Als sie das Gesicht zu ihm hob, liefen ihr Tränen über die Wangen, aber sie lächelte. »Ich liebe dich, Max.«

Max ging das Herz über, als er auf sie hinuntersah. Zum ersten Mal gab es keine Zweifel, keine Bedenken in ihren Augen. »Und ich liebe dich.« Seine Finger glitten über ihr Gesicht und seine Kehle zog sich zusammen. »Ist alles in Ordnung?«, fragte er, da er an ihren Aufschrei dachte, der ihn aufgehalten hatte, wenige Momente, bevor er in das Inferno laufen wollte, das einst ihr Haus gewesen war. »Bist du verletzt?«

»Nein, es geht mir gut.« Sie schluckte und drehte den Kopf leicht, um über ihre Schulter zu schauen. »Er hat mir nicht wehgetan.«

Max' Arm um sie spannte sich an, als er ihr Gesicht an seine Brust drückte, um sie abzuschirmen. Doch Felicity verspürte das dringende Bedürfnis, sich die Folge ihrer Tat anzusehen, weil sie sich in ihrem tiefsten Inneren bewusst war, dass sie durch diesen einen schrecklichen Akt die volle Verantwortung für ihr eigenes Leben übernommen, es bewahrt und sich selbst aus dem Gefängnis ihrer eigenen Angst befreit hatte.

»Ich habe einen Mann getötet«, sagte sie, als sie sich wieder Max zuwandte. »Er wollte mich vergewaltigen und ich habe ihn getötet.«

»Ja«, sagte er schlicht, da er ihr Bedürfnis spürte anzuerkennen, was sie getan hatte – es offen und ohne Ausreden, ohne Entschuldigungen anzuerkennen.

Einen langen Moment sah er ihr in die Augen und sagte ihr ohne Worte alles, was ihm auf dem Herzen lag. Dann senkte er den Mund für einen kurzen Kuss auf ihren.

»Komm jetzt.« Er wandte sich zur Straße, den Arm noch immer um ihre Schultern gelegt. »Wir haben keine Zeit zu verlieren.«

»Nein!« Felicity wirbelte zu ihm herum und legte beide Hände auf seine Brust. »Oh, Gott, Max, was ist mit den verwundeten Männern in meinem Haus?«

»Verwundete? In deinem Haus?«

»Ja.« Sie hatte keine Geduld, ihm jetzt alles zu erklären. »Als die Bombardierung angefangen hat, habe ich diejenigen, die zu schlimm verletzt sind, um zu gehen, in den Keller geschafft.« Die Worte strömten aus ihr heraus. »Was wird jetzt aus ihnen?«

Sie riss sich von Max los und lief von der Gasse auf die Straße, nur um entsetzt vor einer massiven Feuerwand stehen zu bleiben.

Max folgte Felicity, umarmte sie und zog sie an seinen Körper. Er hätte alles getan, um ihr den Anblick zu ersparen.

»Es tut mir leid, Liebes.« Niedergeschlagen senkte er den Kopf. »Es gibt keine Möglichkeit, dass wir dort hineingehen und lebend wieder herauskommen.«

Unfähig, etwas zu sagen, starrte Felicity die Flammen an, halb blind von den Tränen, die ihre Augen füllten.

Ein brennender Dachbalken vom Haus auf der anderen Straßenseite landete krachend vor ihnen und ließ Funken auf sie regnen, während im gleichen Augenblick Dachziegel auf das Pflaster in der Gasse herunterstürzten, wo sie noch vor einem Augenblick gestanden hatten.

Max verstärkte den Griff seiner Arme. »Komm jetzt, Felicity. Schnell. Wir sind erledigt, wenn wir …« Ein weiterer herabfallender Dachbalken übertönte mit dem Lärm seine Worte.

Er zog sie an sich und zusammen stürzten sie sich in die Stadt, die im Begriff war, in die Knie gezwungen zu werden.

Bei Einbruch der Nacht hatten sie den verlassenen Bauernhof hinter den Gefechtslinien erreicht, wo Max sein Pferd und einige Vorräte gelassen hatte. Während einer mageren Mahlzeit aus Käse, Brot und Wasser, die wie Nektar und Ambrosia schmeckte, tauschten sie Erzählungen aus, was jeder von ihnen in den vergangenen Monaten durchgemacht hatte.

Während die Flammen über Wien hell loderten, sah Max Felicity beim Schlafen zu, entschlossen, dass nichts sie wieder trennen würde. Die Dämmerung war ein Versprechen auf dem Horizont, als er sich hinunterbeugte, um sie mit einem Kuss zu wecken.

Felicity streckte sich und wurde abrupt wach, als ihre überanstrengten, wunden Muskeln sie an alles erinnerten, was am Tag zuvor geschehen war. Doch als sie Max' Mund auf ihrem spürte und die Augen öffnete, wurde ihre Welt von seinem Gesicht erfüllt und alles andere verblasste.

Er küsste sie erneut. »Wir müssen aufbrechen, Liebes.«

Felicity nickte und erlaubte ihm, sie auf die Beine zu ziehen. Sie legte den Kopf in den Nacken, um zu ihm hochzusehen. »Wo gehen wir hin, Max?« Ihre Stimme war leise, aber fest.

Ganz leicht strich Max mit den Fingern über den blauen Fleck auf ihrem Wangenknochen und wünschte sich, dass er eine tröstliche Lüge für sie hätte. »Wir werden kämpfen. Für unsere Freiheit.« Sein Blick wanderte kurz zu der weit entfernten

Silhouette der Stadt, aus der noch immer Rauch aufstieg. »Und damit sie nicht umsonst gestorben sind.«

Seufzend nickte Felicity, als sie an die Männer und Jungen dachte, die sie auf den armseligen Pritschen auf dem Boden ihres Salons hatte sterben sehen.

»Haben wir eine Chance?«, fragte sie. »Werden wir gewinnen?«

Max zuckte mit den Schultern. »Wer weiß. Aber wir werden zusammen sein. Das verspreche ich.« Sein Griff um ihre Schultern wurde fester, als er sich für ihren Protest wappnete. »Ganz egal, was passiert, wir werden zusammen sein.«

Felicity lächelte, die Zweifel endlich aus ihrem Herzen verschwunden, und schlang die Arme um Max. »Ja«, flüsterte sie an seinem Hals, dieses eine Wort ihr eigenes Versprechen. »Ja.«

ENDE

Danke, dass Sie *Felicity, Weg in die Freiheit* gelesen haben. Falls Ihnen das Buch gefallen hat, dann hinterlassen Sie bitte eine Rezension bei Ihrem bevorzugten Online-Buchhändler, LovelyBooks oder Goodreads.

Leseprobe

Ariane, Weg in eine neue Welt

Kapitel 1

Paris, Oktober 1858

»Ariane, wenn du diesen gelangweilten Blick nicht ablegst, wirst du nie einen Ehemann bekommen.«

Mit Mühe widerstand Ariane de Valmont der Versuchung, vor Verzweiflung die Augen zu verdrehen. Anstatt ihren Mund zu einem aufgesetzten Lächeln zu verziehen, klappte sie ihren Fächer auf und hielt ihn so vor ihr Gesicht, dass nur ihre Augen zu sehen waren.

Sie war fest entschlossen, sich nicht zu amüsieren, obwohl die eingängigen Melodien von Offenbachs *Orpheus in der Unterwelt* sie dazu verleiteten, mit dem Fuß im Takt der Musik zu wippen, und die Possen der äußerst menschlichen griechischen Götter, die sich auf der Bühne tummelten, köstlich waren. Stattdessen ließ sie ihren Blick über die Zuschauer schweifen.

Das Theater, das trotz der üppigen Verzierung mit vergoldeten Stuckdekorationen und rotem Samt ein reizvolles Ambiente bot, war bis auf den letzten Platz besetzt, und nur die Wandleuchten im Zuschauerraum waren gelöscht worden, um der Tatsache Rechnung zu tragen, dass das Publikum selbst ebenso Teil der Unterhaltung war wie das, was auf der Bühne dargestellt wurde.

Die Logen waren den Damen vorbehalten, die entweder allein oder in Begleitung ihrer Eltern, Anstandsdamen oder – schließlich war man ja in Paris –, Liebhabern, das Theater besuchten, um zu sehen und gesehen zu werden. Die Herren, die entweder ungebunden waren oder so taten, als wären sie es, befanden sich im Parkett. Sie mochte die Einzige sein, deren Laune nicht mit der Heiterkeit in Einklang war, die das Theater zu durchdringen schien wie der opulente Duft eines sinnlichen Parfums, stellte Ariane verdrossen fest, aber sie war gewiss nicht die Einzige, deren Aufmerksamkeit woanders lag als auf der Bühne.

Lächeln, Winken, das Flattern von Fächern, kokette Blicke, diskrete Handzeichen wurden mit schwindelerregender Geschwindigkeit ausgetauscht. Es war genau wie auf einem Pferdemarkt in ihrer Heimat, dachte sie mit einem Anflug von Verachtung. Aus der ganzen Gegend kamen Männer mit Pferden, deren Mähnen und Schweife mit bunten Bändern geflochten waren, in der Hoffnung, einen reichen Käufer anzulocken. Der einzige Unterschied bestand darin, dass der Preis für eine blaublütige Braut mit einer ansehnlichen Mitgift oder eine schöne, versierte Mätresse unendlich viel höher war – sowohl für den Käufer als auch für die Verkäuferin.

Der Gedanke, dass sie nicht anders war als alle anderen, verbesserte ihre Laune nicht im Geringsten. Ihr Vater hatte sie nach Paris geschleppt, um aus ihr nichts anderes als eine Zuchtstute zu machen, dachte sie grimmig. Alles, was ihn interessierte, waren männliche Erben für das Valmont-Vermögen. Ein Vermögen, das es nicht gäbe, wenn sie die Familienbesitztümer in den letzten Jahren nicht so erfolgreich geführt hätte, sinnierte sie verstimmt.

Da saß sie nun wie auf dem Präsentierteller, in einer hochmodischen und verschwenderisch teuren Robe aus vielen Metern zart lilafarbener Seide, das blonde Haar kunstvoll frisiert und mit einer Reihe gleichfarbiger Seidenrosen geschmückt, an denen eine arme Näherin viele Stunden gearbeitet hatte. Allein der Gedanke daran, wie hoch die Rechnung der hochmütigen Pariser Schneiderin, die mit ihrer Heerschar von Näherinnen einen ganzen Monat auf ihrem Chateau verbracht hatte, gewesen war, trübte Arianes Stimmung noch mehr.

Sie hatte versucht, *papa* darauf hinzuweisen, dass es viel vernünftiger wäre, wenn sie das Geld für die Reparaturen an den Ställen verwenden würden. Aber er hatte nur geringschätzig abgewinkt und sie daran erinnert, dass sie genug Geld hatten. Sie hatte darauf verzichtet zu bemerken, dass der einzige Grund dafür darin bestand, dass sie einen Großteil ihrer Zeit damit verbrachte, jede seiner Entscheidungen über die Führung ihrer Anwesen diplomatisch zu umgehen – wenn er sich überhaupt die Mühe machte, eine Entscheidung zu treffen.

Sie beugte sich ein wenig nach vorne und sah hinunter auf die Sitzplätze im Parkett. Die Herren, dachte sie, lächelten und verschenkten kokette Blicke ebenso oft wie die Damen. Sie trugen entweder elegante Abendkleidung oder Uniformen, die so farbenfroh und mit so vielen Goldlitzen verziert waren, dass sie sicher war, dass diese Opulenz auf einer Bühne nicht fehl am Platze gewesen wäre. Ihre Koteletten waren aufwendig onduliert, ihre Schnurrbärte verwegen gezwirbelt, und sie alle sahen aus, als hätten sie in ihrem Leben noch keinen einzigen Tag ehrlicher Arbeit geleistet. Wie konnte ihr Vater nur von ihr erwarten, dass sie sich einen Ehemann aus einer so erbärmlichen Ansammlung von Gecken aussuchte, fragte sie sich – selbst wenn sie geneigt wäre, sich überhaupt einen Ehemann zu wünschen.

Plötzlich geriet ihr Blick ins Stocken und kam abrupt zum Stillstand. Es war sein Haar, das als Erstes ihre Aufmerksamkeit erregte. Die blonde, leicht gelockte Mähne streifte entgegen jedem modischen Gebot seine Schultern und ließ ihn wie einen Löwen inmitten von Hauskatzen aussehen. Und die Farbe! Ein Dutzend verschiedener Blondtöne – von der Farbe von sonnengebleichtem Weizen bis hin zum satten Ton von dunklem Waldhonig – gingen ineinander über. Ihre Finger wurden unruhig mit dem unbewussten Wunsch, es zu berühren.

Ihr Blick folgte den geraden, klaren Linien seines Profils, die sie an Gesichter erinnerten, die sie auf römischen Münzen gesehen hatte. Sie hatte sich immer gefragt, wie ein solches Profil von vorne aussehen mochte.

Als hätte er ihren Gedanken erahnt, drehte er sich leicht und sah direkt zu ihr hoch. Ariane senkte ihren Fächer und rückte nach vorne, weil sie so gerne die Farbe seiner Augen ausgemacht hätte.

Sie wusste es nicht, aber ihr Gesicht verlor den unbeteiligten, gelangweilten Ausdruck, ihre Mundwinkel hoben sich zu der Andeutung eines Lächelns, und ihre steif zurückgenommenen Schultern lockerten sich so weit, dass ihre Mutter ihr einen Blick zuwarf.

Marguerite de Valmont sah, wie sich der Gesichtsausdruck ihrer Tochter veränderte, und lächelte. Sie lehnte sich in ihrem vergoldeten und mit rotem Samt bezogenen Stuhl zurück und erlaubte sich einen kleinen Seufzer der Erleichterung. Es würde alles gut werden, dachte sie und richtete ihre Aufmerksamkeit wieder auf ihren Gatten.

Die griechischen Götter, die auf der Bühne herumtollten, entlockten Christopher Blanchard ein geistesabwesendes fahles Lächeln, aber seine Aufmerksamkeit galt vor allem den Menschen im Publikum. Er hatte schon an zu vielen Orten gelebt, an denen die Überlebenschancen proportional zu seiner Fähigkeit stiegen, die Leute, mit denen er zu tun hatte, sofort und exakt einschätzen zu können. Und aus seinen eigenen Kindheitserfahrungen in Paris vor zwanzig Jahren wusste er nur zu gut, dass die Pariser Gesellschaft genauso tödlich sein konnte wie jede Goldrauschstadt in Kalifornien, wenn auch vielleicht auf etwas subtilere Art. Und doch, so dachte er, war es genau diese Pariser Gesellschaft, nach der sich sein Vater sein ganzes Leben lang gesehnt hatte.

Chris war seit einer Woche in Paris, lange genug, um sich eine exquisite, maßgeschneiderte Garderobe zuzulegen und zu begreifen, dass der Hauptantrieb der Pariser Gesellschaft das Streben nach Vergnügen, Geld und Macht war.

Er hatte sich auch vergewissert, dass Comtesse Léontine de Caillaux, die Schwester seines Vaters, noch immer in demselben tristen Herrenhaus lebte, an das er sich nur zu gut erinnerte. Und er hatte herausgefunden, dass das Geld aus dem Verkauf der Goldmine, die ihm und seinem Vater gemeinsam gehört hatte, in Aktien einer Investmentbank geflossen war, die seinem

Halbbruder gehörte, der im Gegensatz zu ihm ehelich geboren war.

Sein Blick schweifte über die Logen über ihm und stockte, als Chris eine attraktive Frau entdeckte – eine voll erblühte Rose, die nicht mehr ganz taufrisch war. Sie lehnte an der Balustrade ihrer Loge, die Arme unter ihren Brüsten verschränkt, was die Wölbungen ihres cremefarbenen Busens unverhohlen betonte. Als sie seinem Blick begegnete, pflückte sie eine Blume aus dem Bouquet, das vor ihr lag, und strich damit unmissverständlich einladend über ihren Mund.

»Suzette Lavalier ist eine der teuersten Kurtisanen von Paris«, murmelte sein Nachbar. »Aber man munkelt, dass ihr Geschick jeden Franc und sogar noch mehr wert ist.«

»Eigentlich zielt mein Geschmack auf Frauen ab, die noch nicht von der Hälfte der männlichen Bevölkerung ausprobiert wurden.« Chris grinste Roger de Monnier an. Er fühlte sich in der Gesellschaft des jüngeren Mannes wohl, obwohl ihre Bekanntschaft erst ein paar Tage alt war. »Ich bin noch nicht annähernd alt genug, um das Geschick einer Frau zu brauchen.« Sein Grinsen wurde eine Spur anzüglicher. »Und abgesehen davon gehe ich davon aus, dass ich genug Geschick für uns beide habe.«

»Ich bin sicher, du wirst keine Probleme haben, das zu finden, was du suchst.« Roger lächelte Chris an und fragte sich, ob es eine Möglichkeit gäbe, die nicht ganz so zivilisierte Aura des Amerikaners zu kopieren, die so viele einladende weibliche Blicke anzuziehen schien. »Paris hat für jeden Geschmack etwas zu bieten.«

»Das bezweifle ich nicht.«

Als sie sich wieder der Bühne zuwandten, spürte Chris ein Kribbeln in seinem Nacken. Da sein Instinkt ihm schon mehr als einmal das Leben gerettet hatte, neigte er den Kopf nach oben und zur Seite und entdeckte zielsicher die Augen, die ihn über die Spitze eines lilafarbenen Fächers beobachteten.

Weiterhin den Blick auf ihn gerichtet, senkte die junge Dame versonnen ihren Fächer auf die Brüstung der Loge, und Chris spürte ein plötzliches Ziehen bis in die Magengrube. Ein Ziehen, das eine Hitze verbreitete, die dem Feuer von Whiskey auf nüchternem Magen nicht unähnlich war.

Auf den ersten Blick mochte ihre verführerische Schönheit zart wirken, dachte er, aber da war eine Kühnheit, die durch den schwungvollen Bogen ihrer Augenbrauen noch betont wurde. Sie mochte wie eine sanfte Aphrodite aussehen, die leicht in das Bett eines Mannes gelockt werden konnte, aber er vermutete, dass sie stattdessen eine stolze Athene war. Sie würde gegen die Kapitulation ankämpfen, sinnierte er, aber wenn sie erst einmal gewonnen war … Bei diesem schockierend klaren Bild geriet sein Blut in Wallung.

Sein Blick wanderte hinunter zu ihrem Mund. Ihre Mundwinkel neigten sich nach oben in der leisen Andeutung eines Lächelns, während sie ihn weiterhin mit einer Direktheit ansah, die ein anderer Mann vielleicht als entnervend oder unangemessen empfunden hätte. Aber es gab wenig, was Chris verunsicherte, und er hatte keine Geduld für die höflichen Nettigkeiten der feinen Gesellschaft, also antwortete er in gleicher Weise. Anstelle der diskreten Verbeugung, die die Konvention verlangt hätte, warf er den Kopf in den Nacken, was eher eine Herausforderung als eine geziemende Begrüßung war.

Sofort verschwand jede Spur eines Lächelns vom Mund der jungen Dame. Ihre Augenbrauen zogen sich zusammen, aber sie sah noch immer nicht weg. Nein, sie beobachtete ihn weiter, und unter ihrem Blick spürte er, wie sich Hitze in seinem Bauch ausbreitete. Sieh an, dachte er, während sich seine Mundwinkel hoben, vielleicht würde ihm sein Aufenthalt in Paris neue, angenehme Erinnerungen bringen, die die alten, hässlichen ersetzen würden.

Ariane beobachtete, wie der Fremde den Kopf zurückwarf. Sie war nicht sehr bewandert in den Spielchen, die Männer und Frauen miteinander trieben, aber sie verstand eine Herausforderung besser als die meisten. Obwohl sie die Stirn runzelte und sich fragte, zu was er sie herausforderte und warum, wurde sie von der schieren, ungezähmten Schönheit des Mannes abgelenkt. Die Bewegung seines Kopfes ließ seine Haarpracht nach hinten schwingen, sodass sie das Licht einfing, und sie fragte sich, wie es sich wohl anfühlen würde, mit den Fingern durch diese dichte Mähne zu fahren.

Als sie sah, wie sich sein Mund zu einem Lächeln verzog, das sowohl jungenhaft charmant als auch frech war, ließ sie der erschreckende Gedanke, dass er genau wusste, was in ihrem Kopf vorging, erstarren. Doch ihr Stolz erlaubte es ihr nicht, den Blick abzuwenden.

»Roger, wer ist das?« Chris wandte seinen Blick nicht von ihrem Gesicht ab, als er sprach. »Die Schönheit mit den goldenen Haaren in dem lilafarbenen Kleid.«

Roger de Monnier beugte sich vor und senkte den Kopf in einer wohlerzogenen Verbeugung, als er die junge Dame erkannte.

»Das ist Comtesse Ariane de Valmont. Sie und ihre Eltern sind für diese Ballsaison nach Paris gekommen«, sagte er. »Sie ist offenbar älter als die meisten Debütantinnen. Gott weiß, warum ihre Eltern sie so lange auf dem Land versteckt hielten. Aber keine Spur von Skandal«, beeilte er sich hinzuzufügen. »Möchtest du, dass ich dich vorstelle?« Bedauern flackerte in Roger auf. Er war selbst ziemlich angetan von der jungen *comtesse*, aber jetzt, da er sah, wie sie und sein neuer Freund sich gegenseitig anstarrten, machte er sich keine Illusionen über seine Chancen bei ihr.

»Sehr gerne.« Chris bedachte seinen Freund mit einem kurzen Lächeln, bevor sein Blick wieder zu der jungen Dame zurückkehrte.

»Chris?«

»Hm?«

»Sie ist eine junge Dame aus guter Familie.« Roger kaute auf seiner Unterlippe, nicht ganz sicher, wie er das, was er sagen wollte, formulieren sollte, ohne seinen Freund zu beleidigen. »Und dies hier ist nicht«, er räusperte sich diskret, »der Wilde Westen.«

Langsam drehte sich Chris zur Gänze zu ihm, und Roger

wäre fast zurückgeschreckt, als er sah, wie die hellgrünen Augen des anderen Mannes eine Kälte ausstrahlten.

»Ich wollte nicht …«

»Keine Sorge, *mon ami*. Ich mag in deinen Augen ein unzivilisierter Amerikaner sein, aber meine Eltern waren den hier Anwesenden durchaus ebenbürtig. Ich weiß, welches Verhalten deine Gesellschaft verlangt.« Er machte eine Pause und hob eine goldbraune Augenbraue. »An der Oberfläche.«

»Ich wollte dich nicht beleidigen.«

Chris entspannte sich und lächelte. »Dann werde ich es auch nicht so auffassen.«

Gleichzeitig wandten sich beide Männer wieder der Bühne zu, wo sich die Sänger für das Finale des Aktes aufgestellt hatten.

Verdammt, fluchte Chris in Gedanken. Warum hatte er sich von Rogers Worten so aus der Fassung bringen lassen? Er war sich so sicher gewesen, dass es ihn nicht länger kümmerte, was die Gesellschaft von ihm dachte. War er nicht gerade deshalb hierhergekommen? Um all die alten Gespenster zu vertreiben? Um all die alten Erinnerungen auszulöschen?

All die Jahre hatte er sich eingeredet, dass nichts davon mehr von Bedeutung sei. Jetzt wurde ihm klar, dass er sich selbst belogen hatte. Er war nicht so gleichgültig, wie er es gerne gewesen wäre. Die Erinnerungen waren noch immer wie ein Stachel in seinem Fleisch.

Als der Vorhang fiel, brandete Beifall in einer Welle auf, aber der Großteil des Publikums war bereits mit den Vergnügungen beschäftigt, mit denen es die Pause zu füllen galt.

Ariane war in den letzten Minuten sorgfältig darauf bedacht gewesen, ihren Blick stets auf die Bühne gerichtet zu halten. Jetzt, als die Zuschauer zu plaudern und sich zu zerstreuen begannen, ließ sie ihren Blick wieder über das Parkett schweifen. Der Sitzplatz des blonden Mannes war leer, und sie unterdrückte einen Anflug von Missmut, indem sie sich versicherte, dass es sie nicht im Geringsten kümmerte, wo er sich aufhielt.

»Ich glaube, ich werde Justine de Monnier in ihrer Loge

besuchen«, sagte sie und wandte sich ihrer Mutter zu. Aber sie stellte fest, dass ihre Mutter ihr nicht zuhörte. Stattdessen blickte sie mit unverhohlener Verehrung zu ihrem Gatten auf und hing an jedem Wort, das er zu ihr sagte.

Achselzuckend stand sie auf, doch bevor sie sich von ihrem Stuhl entfernen konnte, warf ihr Vater ihr einen ärgerlichen Blick zu.

»Setz dich, Ariane«, sagte Pierre de Valmont. »Ich habe dir doch gesagt, dass man in der Pause in seiner Loge bleibt, um Besucher zu empfangen.«

»Wenn alle in ihren Logen bleiben, wer sind dann die Besucher?«, fragte sie mit vorgetäuschter Naivität.

»Sei nicht unverschämt. Jetzt setz dich wie…«

Ein Klopfen an der Tür zu ihrer Loge unterbrach ihn.

»Da hast du es«, sagte Valmont erfreut und vergaß seine Verärgerung über seine Tochter.

Mit einem indignierten Schnauben nahm Ariane wieder auf ihrem Stuhl Platz. »Wenn das dieser pummelige kleine Duc de Santerre ist«, entgegnete sie, »dann werde ich …«

»Dann wirst du höflich sein«, beendete ihr Vater den Satz mit Nachdruck und lud die Besucher ein, die Loge zu betreten.

Bestellen Sie das Buch, »Ariane, Weg in eine neue Welt«, um weiterzulesen.

Über den Autor

Nina Beaumont wurde in Salzburg als Kind russischer Eltern geboren und wuchs in den USA auf. Während ihres Studiums lebte sie zeitweise in Österreich.

Bereits als Kind begann Nina zu schreiben; viele Jahre arbeitete sie als Übersetzerin und Lektorin.

Ihre Begeisterung für Geschichte und das Reisen entdeckte Nina früh, daher ist es für sie ein Vergnügen, Schauplätze ihrer Romane für Recherchen zu besuchen.

Derzeit lebt die Autorin wieder in Österreich und ist glücklich, sich völlig dem Schreiben widmen zu können. Wenn sie sich von ihrem Computer loseisen kann, freut sie sich aufs Lesen, Kochen und auf Opernbesuche.

Die neu übersetzte Serie von fünf historischen Liebesromanen unter dem Titel *Liebe in stürmischen Zeiten* bietet Liebe, Leidenschaft und Sinnlichkeit. Intrigen, Verschwörungen und Aufstände in Wien, St. Petersburg und Paris des 19. Jahrhunderts.

Für weitere Informationen besuchen Sie Nina Beaumonts

Website https://www.ninabeaumont.com/ und melden sich für ihren Newsletter an. Als Dankeschön erhalten Sie die Kurzgeschichte »Es begann in Paris«, in der sich Arabella Douglas und Graf Ferdinand Berg, die Hauptpersonen von *Arabella, Weg der Hoffnung* (das erste Buch in dieser Reihe), zum ersten Mal begegnen.

Felicity, Weg in die Freiheit ist das zweite Buch der historischen Reihe *Liebe in stürmischen Zeiten* von Nina Beaumont.

Alle Romane in dieser Reihe sind in sich abgeschlossen und können unabhängig von den anderen Titeln gelesen werden.

Printed in Poland
by Amazon Fulfillment
Poland Sp. z o.o., Wrocław

92077556R00181